与我
相关的远方

阚乃庆 著

作家出版社

序一
一部行旅之书，万千思接天下

人生在世，其价值可能并不在于读了多少书，行了多少路，想了多少事，写了多少字，重要的在于读了行了想了写了，更在于认真读了行了想了写了吧。

乃庆嘱序，盛情难却。为别人的书写序，一般而言要比作者年长一些，高明一些，于我而言，感觉只因为年长。

与乃庆相识，在江苏电视台。当时我的兴趣所在，是媒介批评。电视，在中国可能要算是传媒的一个异数——比我出生得晚，而在某种意义上，死得比我还早；其盛时轰轰烈烈，寂时冷冷清清。于是不少明白人，在电视看上去还挺景气的时候出来了。乃庆本来就是在学界和业界来回转换的，本意去大学做个教授，结果人家觉得人才难得，让他做了学校的宣传部长。折中一下也好，可以一边做教授一边做部长。

我对乃庆的这一转型有兴趣，专程去拜访过他——2016年在太湖边上一个叫九龙湾的地儿。如今已不记得谈了些什么，无非是交换一些对人生志业的看法吧。其后，就陆续读到他写的本书里的一些文章。

记得第一次读的是关于苏东坡的那篇，洋洋洒洒，有几万字，感觉学到了很多。从前对苏轼的了解，都来自正史，轶事里印象深的只有"东坡肉"，因为在中国作家协会工作的时候，吃过"作家宴"，其中有这么一道菜，还有"水淹七军""火烧连城"，好像又叫"三国宴"。就在乃庆这篇长文里，知道了更多的轶事，而且更有趣。从此把东坡看成了跟自己一样的有着各种常人弱点的人。乃庆写人，往往通过行旅，当代如此写作的，余秋雨无疑是个开路者。不过余秋雨的路很正，告诉我们的都是大道理。其写过苏东坡，但记不清写什么了。卡夫卡应该没写过，但乃庆写的就是我感兴趣的，比如只是写了几个与他相关的女人，从而一改从前我对卡夫卡的阴暗印象。印象中乃庆文章没有太多道理，只有将我们拉近所写对象的引力。

本书诸篇，均有此等引力，或曰功力。

乃庆这部《与我相关的远方》，题材无疑在其专业与政务之外。本书之前，他出版过一部《高湾史记》，令我印象深刻。如果说那些与行旅有关的读书感悟，我写不到像他那样扎实，但还算是敢写的（我微信公众号名即"老李读行"），只是一读到"高湾"，就感觉自己力有不逮。这是一部社会学与人类学加历史学范畴的长篇著作，在浸润于乡土风情的个人认知基础上，采用多学科的方法写就。于是不免"羡慕嫉妒恨"，因为其站得住脚能够永垂。而其有此功力，再出版这部充满哲思的历史人文散文集，无疑也是值得一读的。

一位好作家，从前人们往往说会有两套笔墨。乃庆看上去也是，但慢慢读着，感觉他到底还是相融相通的一套。记得从前读过他结集的一本老厚的电视方面的专著，回头看，无论是影视传播学、社会学还是文学，乃庆的文章，都一样真诚明晰，一样情深意厚。

我与乃庆最大的区别在轻与重：浅尝辄止是我，简单清浅如我；认真厚重是他，豪放婉约如他。他还有很多技能是我无力为之的，如书法与古体诗。文人做到像他那样，也就到头了吧，包括还要处理诸多事务，多么像中国古代文人的生活。

本来不配写序的，想不如做一个导读，可是又怕导歪了，便想还是读者自己慢慢玩味去吧。总体而言，倒是可以说，乃庆这部《与我相关的远方》，圆心在他生活工作过的扬州南京无锡，半径则画到了整个中国及欧洲—— 一部行旅之书，万千思接天下。从其所着力摹写的人物看，先后出场的有曹雪芹、朱元璋、李白、李叔同、李元昊、苏东坡、李煜、梵高、卡夫卡、路遥、顾宪成……从抵达的目的地看，先后有北京香山、长白山天池、中原汝州、浙东天姥山、杭州虎跑寺、西夏王陵、昆明翠湖、江苏常州、南京清凉山、欧洲阿姆斯特丹、陕西延安、山西太行山、无锡张泾……

时常想，世上书这么多了，还差自己的一部吗？想下来的结果是，个人活在世上，需要与人连接，个人对他人会有意义，因为每个人都是在与他人的联系中长成的，他人，既是历史的，又在当下。所以，我们应该读读真诚的有趣的厚重的书写。

《与我相关的远方》，即为如此这般的一部美文集。

李幸（媒介批评家、华南理工大学新闻与传播学院原院长）

2022年4月于广州

序二
一切景语皆情语

跟乃庆兄一样，因为职业的关系，我也到过不少地方，访友问古。但过去都不过留下"到此一游"和"到此一醉"而已。读完书稿《与我相关的远方》，我突然间在书中的文字中找到了一种久违的知己感，当然，还有自惭。

2014年6月，在杭州街头漫步的时候，我突然闪过一个念头，以后每到一个地方，就记录下眼睛里闪过的那些能够记住且有共情的景色、文物和人事吧，这才对得起自许的码字者和记录者的名头。我后来还一本正经地在自己的电脑里和个人博客上冠之以"行录中国"，一个如此高大上的名目。

但是，自那以后，我走过更多地方，自许"行录中国"的文字却没有留下多少，如今甚至想法也差不多烟消云散了。不仅诺言空许，也辜负了许多提供帮助期待看到我的文字记录的朋友。

正是怀着这种复杂的情感，让我集中精力，在两天内克服手机和电脑阅读的障碍（我习惯读纸书），读完了《与我相关的远方》。乃庆兄书中所写到的一些地方，诸如黄叶村、明孝陵、虎跑寺、清凉山、东林书院，更不用说苏东坡老死的常州，我都到过，书中记录的那些人那些事，许多我也知道，但我却陷溺于醉酒，困于自己的疏懒，竟然没有写过一篇。

也是借他人的文字，浇自己心中的块垒吧。我在乃庆兄的文字里，读到了许多类似的感悟，那些书中所写的我未曾抵达的地方，也会列入我未来云游的目的地。至于书的最后部分，乃庆兄对故友的几篇完全个人化的追忆怀想，读来同样打动我，不仅让我有知己之感，甚至想立即和乃庆兄把盏叙谈。

我和乃庆兄是一面之交。某年我应展江老师之邀到扬州，因我曾在媒体业服务，展江老师找了扬州几位媒体业的同行一起餐聚聊天，乃庆兄正好回扬州，因此结缘。我和乃庆兄不仅曾是同行，我们俩也都写自己的故乡，他出版的关于故乡的记忆《高湾史记》，确实类似史记的写法，写出了宝应县泛水镇高湾村的生生不息、烟火万卷，不像我写江南故乡，只是杂乱无章地随记。《高湾史记》记录的是乃庆兄地理上的故乡，《与我相关的远方》则更像一个走出故乡的游子寻找精神原乡的记录。无论是黄叶村的曹雪芹，汝州的风穴寺"临济喝"，李白梦游的天姥山，虎跑禅寺的弘一，还是《西风烈》里的党项西夏，翠湖畔的陆军讲武堂和西南联大，苏东坡的最后岁月，清凉山的李煜，抑或欧洲的梵高、卡夫卡等，无不从眼前景物延展至历史场景和主人的命运，更有今世共情的叹息和省思。

这其实是重新打量历史。在现实与历史、残景与人文之间腾挪辗转，是需要很高的知识门槛的，必得对历史掌故和人文典籍熟悉，尤其还需有激发的共情。我偷懒的一个重要原因，其实就是对历史资料的把握远远不够，也很难专注去查证阅读。但这正是乃庆兄所努力的。就在今年的清明节，乃庆兄所写的《清明留言》一文中。他提到三十多年前在锡山旅游，路边看到一方老旧模糊的明代字碑，是纪念五百年前一位叫崔溥的朝鲜文官的，他即找来崔溥所撰的《漂海录》来研读。没有这种对历史资料的钻研，很难如此开阖收放自如为文。

梁衡先生在总结文章如何才能写好时，提出了"文章五诀"：形、事、情、理、典。我个人认为，形事典理之外，其实情最重要。观堂先生《人间词话删稿》中有言："昔人论诗词，有景语、情语之别，不知一切景语，皆情语也。"虽是论诗词，但论散文之道，同样妥帖。

"每个人的生命的每一瞬间，都处在历史的交会点上。那些精微如闪电一般瞬间照亮生活的精微感受，那些在世界和历史重要节点上的个体人生状态，那些隐藏在黄土草丘里的曾经生动怒放的生命，那些消隐在山河之间的大开大合的历史，那些有限世界里的无限，那些曾经鲜活的枯寂，无疑是这个世界的精彩，也是历史馈赠的珍宝。"

这是乃庆兄自序中的话。我转录于此是想说，除了对历史资料熟悉之外，更要有面对眼前的历史遗存生发的真实共情，残景古人才能入文，文章也才能圆融而不生硬，无论关山万里还是历史深处的远方，才会与我相关相近相亲，才会有刘勰所言的那种"神与物游""故寂然凝虑，思接千载；悄然动容，视通万里……"。

关于人文景观与历史人物的书写，古代诗文中亦多见。当代中国以散文随笔之法写作者甚多，我之陋见，滥觞于余秋雨的《文化苦旅》。但是，即使是同样的题材，也并不是说别人写了我就不能写。虽然李白游黄鹤楼时写"眼前有景道不得，崔颢题诗在上头"的故事是千古美谈，正如一千个读者眼中有一千个哈姆雷特一样，每个人因为阅历见识不同，即使面对相同的人文景观，也会有不同感受，这种私人感悟才是最真切珍贵的。

"尔未看花时，此花与尔同归于寂。尔来看花时，则此花颜色，时明白起来。"王阳明说得对。记录下自己的感受，本来就应该是读书人尤其是曾经记录者的自觉。

"关心书本里的思想，关心人生经历中的思想，关心历史上所有发生过的思想，然后以一己之笔，一己之力，参与思想。——这，才是最美好的原乡。"

诚哉斯言。

朱学东（自由撰稿人 《中国周刊》《南风窗》原总编辑）

2022年4月于北京

目 录

心在云层之上

风从异方来

尘埃里的花朵

明明就在那里

自序：有限的抵达

残荷孑立，孤蝉嘶鸣，蜘蛛盘踞网上虎视眈眈，螳螂高张臂刃耀武扬威，金鱼的鳍尾摇曳在厚黑的缸底，蜗牛以不可见的速度前行，留下鲜亮的涎迹，带刺的月季缠着瘦硬的铁篱，如彼此伤害的恋人，紫藤的柔须则是人的欲念，绝望地伸向遥不可及的天空……

暑假结束，当我风尘仆仆地从南太行的大山深处和西太平洋的万顷碧波中归来，位于江南的小院陌生了，茂盛得毫无节制，荒芜得生机勃勃。我明白，这一切，都缘于我不在的这两个月，两个月的"安那其状态"，无剪无锄，无培无育，无增无删，动植物恢复了元气，还原了自然，成就了一片朴茂元真的生命状态。

世界环环相扣，万物静默如谜。

这个世界是连绵的，"我在""曾在""将在"，三个时空即构成"我"存在的三个层面。没有了"我"的世界仍然美好如初。我生前如此，身后也会如此，毫无疑问，毫无悬念。

那么，"我"的价值何在？

雅斯贝尔斯认为，"存在"的意义除了人作为一种存在而存在之外，还有另一个重要的价值，即人知道自己存在的存在。

在《旧约》里，约伯受到惩罚，在"尘土和炉灰中懊悔"。世间的一切最终都归于劫灰，最终归于尘土——至此，劫灰与尘土了无分别。我们身处的世界，有不同的维度，既有时间上的长度，也有空间上的宽度，自然界的演化和人类的历史都在这两个维度上并行不悖地展开。而作为个体的人，只是三维动物，对于四维的时间，只能看到一个片段，感知世界的一个截面。两千多年前，古希腊的赫拉克里特面对眼前奔涌不息进入爱琴海的基非索斯河，有感于"万物皆流，无物常驻，宇宙中的一切都处于流动变化之中"，悟出"人不可能踏进同一条河流"的著名哲思。而同一时代的孔子在东方的一座并不著名的尼山脚下，面对五川汇流，发出"逝者如斯夫，不舍昼夜"的千古一叹。其实，汤汤激流也罢，静水流深也罢，在"逝者如斯夫"的语境中，一切都是过眼烟云。瞬时花开，刹那雪灭，所有的人，所有的事，都渺微琐屑，都短生促息，都无足称道。

人，也是这个世界的"劫余"。《石头记》把男主的前世定义为女娲补天留下的一块石头，幻形入世，情僧恨海，四大皆空，只落得一片白茫茫大地真干净。来自自然，复归自然，无痕无迹，无悲无喜。人同此心，心同此理。

思想设定了舞台，又反观了表演。

"我"是演员，也是看客。演得逼真，看得沉醉。

秋天的后半夜，蛩虫振翅，做最后的秋声。我独卧江南，看法国的纪录片《脸庞·村庄》。年轻的街头艺术家JR带着祖母级的当年新浪潮女神阿涅丝·瓦达尔，开着改装车在法国乡间游弋，把随机遇到的人拍成人像照片，打印成巨幅招贴画，张贴在他们的农舍、仓库上：有开着拖拉机耕种800顷土地的足不出户的农民，已经垂垂老矣的矿井工人，三代传承、乐在其中的乡村敲钟人……最终，JR把印着阿涅丝布满皱纹的眼睛和皮肉松弛的脚趾的巨幅招贴画贴到列车的车厢上，铿锵的车轮噙着铁轨，带着阿涅丝的脚走到她不曾去过的地方，让她的眼睛看看她未曾见过的陌生世界，借此完成了新浪潮向世界的最后告别。——在这里，以不蹈陈俗、即兴创作的法国新浪潮和"以发现代替虚构"的不列颠叙事传统颉颃并进，竟然殊途同归——是创作力的匮乏所致还是向优秀传统不自觉的敬礼，似乎都是，也都不是。

大地的事，其实从来不仅是大地上的事。阿涅丝看到的都是"有我之境"，而一个人的生命半径究竟有多大？究竟会经历多少"有我之境"？究竟要走过多少千山万水，才能走到自己的内心深处？我在但丁所说的"人生的中途"，带着发肤生出的苔藓味，离开了那个醉生梦死的江边小城，告别了悠游生活，其内心依据，其实是一种企图心，一种不甘沉沦、不愿因袭的妄念。

自觉不自觉地，我们都会在路上，都会遭遇陌生。王船山先生说过"人于所未见未闻者不能生其心"。行走大地，也就和读书阅世一样，成为人生的必修课。世界要让自己的脚去走，万物要靠自己的心丈量。触摸山河，历史无言，沧桑变迁的密码尽在山顶流岚、涧底落红之中。稻粟千重浪，恍惚千军万马走过路过，断壁残垣间，仿佛繁花簇锦开过盛过。大漠孤烟，是西域人家的一脉千年香火，残阳昏鸦，是朝代更迭的一抹血色温柔。

印度裔的奈保尔出生在美洲的海岛，他在《大河湾》中道出了生存的悖论。在写作中，他的眼前不断浮现这个星球的远景，还有上面的芸芸众生——他们迷失在时间和空间之中，却永不停息地奔波劳碌，可怕的劳碌，无谓的劳碌。几乎就在我完成对家乡的诚意之作《高湾史记》的同时，我开始了另一种写作。这次的目的地不是熟悉的家乡，而是陌生的远方。远方无数的人、无数的事，都与我相关。我体会到，所有的远方都是故乡，所有的写作都是对家乡的朝圣之旅。关心书本里的思想，关心人生经历中的思想，关心历史上所有发生过的思想，然后以一己之笔，一己之力，参与思想。——这，才是最美好的原乡。

古代人推崇通人，所谓通物、通史、通天地，历史即人生，人生即历史。——历史，是中国人的宗教。

在央视策划《国家记忆》时，我提出"触摸有温度的历史"——历史需要人的感知，需要人的体温，需要千千万万的盲人摸象，而只要盲人足够多，就有还原全象的可能。历史本来没有真相，有的只是不断接近事实的过程。

伫立山河，俯察古今，我们和古人享受着同一个世界，体验着同一种生命感受。《传道书》里说："已有的事，后必再有。已行的事，后必再行。"爱过、恨过、迷茫过、得意过，痛苦过、欢乐过……所有这些，都成了历史的一部分。除了死亡，我们的先人已经尝试了一切，他们用各个不同的人生，解释了这个世界的秘密。

世界是一个大生命，个体是一个小生命。

每个生命本身就是一部微型历史。

每个人的生命的每一瞬间，都处在历史的交汇点上。那些精微如闪电一般瞬间照亮生活的精微感受，那些在世界和历史重要节点上的个体人生状态，那些隐藏在黄土草丘里的曾经生动怒放的生命，那些消隐在山河之间的大开大合的历史，那些有限世界里的无限，那些曾经鲜活的枯寂，无疑是这个世界的精彩，也是历史馈赠的珍宝。

一个是人性的恒量，一个是世界的变量，这两者之间的参差交互，构成了神秘诡谲的社会关系。

在这样的视野里，曹雪芹以一生的悲苦哭成"石书"不啻命运的无情播弄；"一代词帝"李煜承受了不能承受的社稷之重，其实是一次人生的错位玩笑；艺术达人李叔同成为一代宗师弘一的背后是对极致极乐追求而不得；卡夫卡与三个女人的关系则解释了他隐秘深邃的内心秘密；梵高的一无所成的背后有着他并不深谙的潜在规则；李白乖戾嚣张的人生与其狂悖不羁的诗性，相生相长，如影相随；苏东坡在江南的炎炎夏日里，则补写了他人生的最后缺笔……历来的人们都被他所展现的表象所过分看重或者看轻，人性的弱点浮沉其间，加之大时代的裹挟推搡，历史的吊诡、人生的多态、生活的苦乐就此铸成。

"写作须是一把冰镐，砍碎我们内心的冰海"，这是一次避轻就重、耗费心神的精神之旅，是一场注定无望的寻找，一次向不可知的圣殿的朝圣，一次自我疗伤，一次自我了断，在人们熟视无睹甚至不再耐烦的，却又始终陌生的历史真相中爬梳、探索，在人性的幽微迂曲中体会、求问，在未启的事实前悬想、索答，在青蘋之末揣摩涟漪的形貌，在草蛇灰线中猜度人生的履痕，在熙攘人流中感受现实无法挣脱的苍凉，在言语的外壳中撬开欲盖弥彰的生活，在文本的微弱气息中感受人性末梢的悸动。这其间，拒斥与接纳，执着与超脱，缠绕与间离，开放与闭合，相生相长，如影伴形，所有的努力只是有限的抵达，最终在人生的宿命和充满隐喻的生活中，望峰息心，止于归宿。

不积跬步，无以至千里。然而，大地太大，即使登临大山绝顶，也不足以见其大。一山一水，难以拼凑大地的全景。必须借助思想的力量，只有借助思力，方能济目力之穷。

就这样，写作就不仅仅是一种描摹、一种塑造、一种考证，也是一种对人性的追问、对人生的寻踪，是人与人之间的深度对话，是对生命的勘探。借助我的经验、我的人生、我的生活、我对世界的有限认知，建设自我，观照天地，钩沉历史，体味人心，在山重水复中看到柳暗花明，在乱花迷眼中找到真正的自我。而从各个不同的生命景象中，展开合理的逻辑，借由实证主义的写作精神和自觉的文体意识，对此展开演绎、归纳、书写、歌哭，我认为这才是一种生命的学问，一种真正有价值的存在。

这是生命的敞开，也是生命的凝聚。这是我的寂寞园地，我的纸上江山，我一个人的夜半歌声，一个人的张灯结彩，一个人的临水照影，一个人的锦衣夜行，一个人的耕云播雨，一个人的犯上作乱。

在这个一日千里的时代，自我勘探，自我开发，一边坚守，一边建设，在不断的拆迁中不断装修自己的内心。

这是我的远方，永远无法抵达的远方。

随风而逝的灵魂

历史的熔岩冷却
留下山高水长
地老天荒

山 河 血 证

从空中看，太行山像是一头麟角峥嵘的巨兽，一路奔腾踊跃，龙吟虎啸，从漠北一直迤逦至山西晋城。随后，山形由陡峭转为柔和，销蚀了亢锐之气，风平浪静，波澜不惊，以安稳沉静的样貌没入广袤的豫西大平原。

大粮山就处在南太行的这一段不为人瞩目的余脉末梢上。

山，并不高峻，然而毕竟是在平原中，还是显得有些兀然，平地高耸，独立支天。此刻，风静云止，青峦四合，平野苍翠，梯田层叠。平畴绿野间，路网交织，高大的电塔相连接天，其间，东一簇西一簇地点缀些村舍树木。如果目力好的话，还可以看见更小的星点，那是身着玄衣的农人在种麦菽。

这里炊烟袅袅，农耕牧歌，安静如初，宛如远古。

这是南太行西侧的一片丰土，很难想象，这片寻常的土地，竟然上演了一场古代最著名的战争惨剧——长平之战，成为赵国四十万年轻将士的埋骨地！

不消说刚登基四年的二十多岁的赵孝成王，就连经历了五十年执政风云的七十多岁的秦昭襄王也料想不到，这场战争竟是两国之间倾其所有的一场血战：两国把所有资源悉数押上，展开一场国与国之间的殊死搏杀。命运对赌的结果是赵国大败，青壮年尽失，自此一蹶不振；秦国则惨胜，"伤亡者过半，国内空虚"。

大粮山的山下就是煤田，山上的土色竟然是黄色的。传说是当年廉颇为迷惑秦军，芟荑山上的草木，露出金黄的土色，秦军以为是满山满坡的粟米，逡巡不敢用兵。事实的情形却是：赵军被分割包围，四十万人被堵在丹河河谷，首尾不能相顾，四十六天断粮，人竟相食，最终兵败。这之后，强盛的中原强国赵国从此开始衰落，直至为秦所并，兵亡国灭。

大粮山上竖着廉颇的褐色立像，双目炯炯，怒发冲冠：这场大战原来是他的舞台，可他只上演了上半场，其后便不得不含恨交出兵权，忍看赵军下半场的败绩，几十万本国儿孙惨遭屠戮，流血漂橹，一代名将怎能不义愤填膺?!

牙旗不再飘扬，静静地耷拉在竹竿上。庞大的战阵不再，震耳的厮杀声不再，刺鼻的血腥气不再。

夏天的太行山麓，蜃气阵阵，如烟如雾。我极目远眺，很难想象，在这片平和的土地上，竟然曾发生这样的惊天血战。后世的人们只有借助文字，才能还原两千年前的这场中原大战。

让我们复盘，推演长平之战的缘起和台前幕后，重温那段血雨腥风的历史。

一

二千多年前，晋国。

晋城是当年晋国的起源地。2018年夏天，我在晋城和原《山西日报》总编辑、文化学者姚剑酒叙，老先生见识不凡、视野开阔，带着年轻的妻子和只有几岁的小儿子，在山环水绕的晋城安然度日。他告诉我，一直想写一部晋国的历史。国富兵强的晋国是真正的超级大国，三十八个晋王就是一部春秋史。说到春秋五霸，其实号令天下时间最长、真正产生全国影响的只有齐桓公和晋文公，他们是一等的诸侯，是可以代天子行事的诸侯，是国君中的国君，不同于其他后来以军事实力称雄的南方霸主。

可那是一个什么样的时代？天下失去了秩序，一切都可以争夺，无所谓礼数，只要有实力；无所谓正义，只要有利益。这是作为商人之后的孔子一直赞叹从商代沿袭而来的周礼，并倡导"克己复礼"的由来。

国人都知道"三家分晋"。其实在赵、魏、韩三家争夺天下之前，晋国的地盘上还有一个实力更强的智家，四家坐分了强大的晋国。可是这个智家显然并没有其姓氏所昭示的那般有"智"，他犯了一个致命错误：借机发动了对赵氏的战争。就在智氏和韩、魏联军兵临城下之时，赵氏派人乘着夜色潜入魏、韩两军的军营，一番唇亡齿寒加兔死狐悲之类的警戒性说辞，让本来就疑虑重重的韩、魏一下子清醒了，被策反后的韩军和魏军像后来屡屡上演的戏码一样，随即倒戈，和杀出太原城的赵军一起，灭掉了智氏。智家七代人惨淡经营的基业被灭，宗庙被毁，地盘被瓜分，上演了一出野心和能力不相配的世家悲剧。曾经强大的智氏和历史上众多的弱小势力一样，堕入不为人知的历史深处。

赵、魏、韩三家抱团，切分了一个大蛋糕。接下来，他们迅速消化智家的领土，并且互相交换土地，让各自的领土尽量连成一片。这个勾兑过程前前后后花了几十年。赵家曾由于下宫之难，险些被灭族，但这次却从原本领土面积最小的世卿，一下子膨胀成和魏家、韩家差不多的规模；而魏氏则占据了晋国最核心最繁荣的河东地区，也就是黄河和太行山之间的区域；韩氏也聪明地占据了南太行，将领土连成一体——"三国演义"的结果是，各得其所。

再过了几十年，三家心照不宣，顺便找到一个由头，干脆把名存实亡的晋侯晋静公也废了，把这个末代国君迁到了晋城沁水的山里安度晚年，晋君留存不多的土地也被三家撕扯瓜分。至此，在晋国十多个世卿大族之间的激烈竞争中，赵、魏、韩三家卿族分立成了三国，笑到了最后。

三家分了晋，尘埃落定，赵、魏、韩三国君主志得意满，可他们突然发现，在他们的西边有一个共同的强敌——雄心勃勃的秦国。南京大学的胡阿祥教授跟我谈过，他考证出，"秦"本是象形字，是一个人的双手捧着一枝"禾"，这是一种密植丛生、穗子朝天的谷草，现在当地民间叫作"草谷"，这也是营养丰富的优质马料。秦的先祖非子因为替周王朝种"秦"养马，马大蕃息有功，得"分土为附庸"，因而创业立国。这个养马的部族自然善御善战，战力不凡。周赧王五十九年（前256年），赧王崩，从此天下无主三十五年，七雄并争。直到秦始皇扫荡六合，成为第一位君临天下的皇帝。

当时的中国版图上，最强大的国家，西边是秦，东邻的是赵、魏、韩，再往东，则是燕国和齐国，南边的长江流域，自西而东则是幅员广阔的楚国。此所谓战国七雄。这几个大国都是富甲一方的千乘之国，但是各自的国情不一，文化不同，风俗殊异，各国各行其道、各臻极致的发展造就了中国历史上第一个黄金时代。直到"书同文""车同轨"之后，一切归于大秦帝国，那个金戈铁马的战国年代渐去渐远，只留下一个雄阔的千年背影。

秦地的人，耐劳、自苦、倔强、硬气，战争更是把他们磨砺成一块块锐利的生铁，在诸侯列国看来，这是一个雄视天下、野心勃勃的虎狼之邦。尽管困踞在西北高原，却是一个不甘自守一隅、必欲夺取天下的六国公敌。

尽管商鞅因变法而遭车裂，但是秦国以一人的献祭换来了国富兵强。对于秦国来说，要想夺得天下，必须向外发展，方向只有一个：东进！

秦国的东边是谁？是自北而南一条线的赵、魏、韩。尽管历史上的秦国和晋国曾是友好邻邦，以至于有"秦晋之好"的成语流传天下，但是现在的情势不同了，从晋国分出的三国却成了秦国东进的拦路虎。天下人都知道，赵魏韩三家，这是打断骨头连着筋的异姓兄弟，平时各怀心机，但是遇到外敌，则抱团共御，绝不含糊。

赵国是秦王东进遇到的第一块石头，但是这块石头可是撼动不得：赵国有名将赵奢、廉颇镇守，还有那个让秦王头疼的蔺相如，岂敢轻举妄动？秦国就像在羊圈外兜兜转转的豺狼，眼睛喷血，垂涎欲滴——赵啊魏啊韩啊，哪个都肥美无比，但却不得其门而入，无从下口。

有时候忍不住，索性撸起袖子干一票。周赧王四十五年（前270年），秦军越过韩国进攻赵国，被赵将赵奢大败于阏与（今山西和顺西北）。秦国火中取栗，这下子却被烈焰狠狠地咬了一口，以至于好几年都不敢动弹。

看似水平浪静，风沉雷默，其实危机一直潜伏在每一个可能的缝隙里，就像天边的日出，黑暗中的曙色变成了天光大亮。

东方渐明，机会来了。

二

2018年8月的一天，我在山西泽州广播电视台的张利台长陪同下，登上了太行山。

太行，天下之脊，太行之东即为山东，太行之西为山西。中国的地形自此拾级上行，直达青藏高原，步步升高，如登天梯。

上党，《释名》曰："党，所也，在山上其所最高，故曰上党也。"意为"上与天党"。东部依太行山与华北平原为界、西部依太岳山和中条山与晋南接壤——坐拥天下之脊的上党，从古至今，都是一块兵家必争之地。分裂既久的王朝一统之旅基本都遵循这样的路线图——北方的强势政权逐鹿中原胜出后，随即剑指山西，占领山西后南下，从汉水经长江水流而下，顺势荡平江南的小王朝，江山遂成一统。而上党就处在中原到山西的险要之处，有"得上党而望中原"之说。正缘于此，上党地区向来金戈铁马，烽烟不断，为历代"建功立业"者所倚重。

20世纪40年代上党战役当是抗战后国共之间的一场恶战。当时的上党是晋绥、晋察冀、晋冀鲁豫三大解放区的依托和腹心地带，是东北、西北、山东和华中各解放区相互之间联系的枢纽。为此，毛泽东在重庆谈判中，以其特有的诗人豪情说到上党："太行山、太岳山、中条山的中间，有一个脚盆，就是上党区。在那个脚盆里，有鱼有肉。"上党之役打响了人民解放战争的第一枪。"上党端盆"后，改天换地的解放战争开始风卷全国。

古道热肠的张利是高平人，和我性情相投，一见如故。他告诉我，高平即古代的长平，就是那场惊天血战的发生地。

行走在太行山，天气晴朗，山谷生风，缕缕送爽。

一个个山村点缀在山坡野道，峡谷深处，时现让人惊讶的古建筑，无论画梁雕栋的寺庙道观，还是独出心裁的世家大宅，都在说明文明的薪火在南太行的一带封闭大山里得以传承，形制完整，脉络清晰。

云，白而且亮，在天上快速积聚。

阳光热辣，风雨欲来。

位居太行山的赵、魏、韩还有一个驰名天下的"特产"：人才，特别是纵横家。他们在诸侯国之间游走，纵论天下，决胜千里。"合纵"的核心是为了抗衡秦国而进行的南北纵向联合，而"连横"则是秦国与东方诸国合作而进行东西横向的联合。就在阏与之战败北后，魏人范雎入秦，向秦王提出"远交近攻"的战略，即与在海边的齐国、燕国结盟，夹击中间的赵、魏、韩三国。

面对天下这盘大棋，秦昭王开始了新的谋篇布局。

秦国人开始了他们的行动。

公元前262年，秦国攻占了韩国野王（今河南沁阳），像一把冰冷的钢刀，把韩国的上党与本土的联系完全斩断。

韩桓惠王慌了，让上党郡郡守冯亭把上党献给秦国，以求秦国息兵。上党民众曾受暴虐的秦兵涂炭，誓死不降。冯亭同上党郡的百姓谋划之后，决定把上党郡的十七座城池献给赵国，和赵军合兵抗秦。

使臣来了，好事上门。赵孝成王赶紧和自家的两个叔叔商量，先是和平阳君赵豹谈，平阳君不主张接受上党郡，认为冯亭不将上党交给秦国，是想嫁祸给赵国，赵国接受它带来的灾祸要比得到的好处大得多。接下来赵王又问平原君赵胜，平原君的意见却完全不同，他劝赵孝成王接受冯亭的上党郡。理由是，平时发动百万大军作战，经年累月地攻打，常常也攻不下一座城池。如今坐享其成得到十七座城池，这是送上门的大利，岂能失去这么好的机会？

赵孝成王心里痒痒，但是又不放心，只得再问这个曾三任相国的叔叔：接受上党的土地，秦国必定派凶悍的白起来进攻，谁能来抵挡？平原君的回答是，别人难与白起争锋，但我国有廉颇，勇猛善战、爱惜将士，虽说廉将军野战不如白起，但是守城完全可以胜任。

于是，年轻的赵孝成王接受了冯亭奉献的地图，派平原君去接收上党，封冯亭为华阳君，同时令廉颇率军驻守长平，抵挡秦军。

这事在秦国激起了巨大反响。

捂在锅里的鸭子要飞了，八年前吃了赵国败仗的秦国本来就憋了一口气，这次不让了！起兵攻赵，必须的！

一场惊天动地的大战就此爆发。

无论是年逾古稀的秦昭王，还是正处而立之年的赵孝成王，他们都没有想到，这场大战竟然拖了那么久；他们也没想到，这场战争几乎耗尽了各自的国力；更没有想到的是，这场战争过后，天下的消长几成定局，一个强悍的大一统帝国即将在太平洋西岸的漫天血色中诞生。

长平之战，耗时三年的漫长战争，无数的走马换将、无数的血色记忆、无数的生动细节，但是粗略说起来，其实也很简单——

先是秦军进攻，赵军防守，廉颇依托有利地形，坚守不出。双方互有胜负。接下来，赵王换将，赵括遵照赵王意图，变更了廉颇的防御部署及军规，更换将吏，组织进攻。秦国也暗中换帅，秦军第一悍将白起登场，白起针对赵括急于求胜的弱点，采取了佯败后退、诱敌脱离阵地，进而分割包围赵军，最终打败赵军，获得战争的胜利。

后世从这个战争里得出一个"纸上谈兵"的成语，作为普遍道理教导后人。顺理成章地，这场战争的最大罪过都被堆到了赵括身上。其实战争从来就是真正的"国之大者"，不是一个将军所能决定的事，尤其是这样的战争，是两个国家举全国之力、全国资源、全国智慧而进行的殊死搏杀，上到国王贵族，下到黎民百姓，谁也不能作壁上观，一荣俱荣，一损俱损。所以说，"多难兴邦"，只能在遭受集体不可抗的战争或巨灾的语境下才能悟出的深刻道理，从来不是一个寻常的话语，更不能作为渲染悲情的说辞。

先从秦、赵两国的国王说起。

秦昭王，也叫秦昭襄王。姓嬴，赵氏，名稷，算是楚王的外甥。早年在燕国做过人质，寄人篱下，风刀霜剑下培养了坚韧、沉默、狡黠、狠而准的忍者性格。十九岁那年，其二十二岁的兄长秦武王好勇斗狠，在周王室太庙打赌举鼎，被砸断胫骨而死。强势的邻国诸侯赵武灵王借机横插一杠，偏要秦国迎立在燕国为质的公子稷为秦王，这就是后来的秦昭王。没有想到的是，秦昭王做了四十年的儿皇帝，然后一举废掉了自己的母后宣太后。

秦昭王独当一面，开始发力。其后的十五年，秦昭王历经与各诸侯国之间的战争与和平：他以白起为将军，先后战胜赵、魏、韩、齐、楚等国。周天子从天下乱势中看到自己的结局，恐慌的周赧王于是联合各国，订立合纵盟约，大举攻秦。正愁找不到借口的秦国立即起兵攻打洛邑，把周天子姬延掳到秦国，迁九鼎于咸阳。一个"郁郁乎文哉"的周朝七百九十年国祚就此结束。

秦昭王，在位整整五十五年，时间超过了前任的孝公、惠文王、武王的总和，在秦国的三十九个国君中，他成为在位时间最长的一位，也是中国历史上在位时间最长的国君之一。五十五年的励精图治，一张蓝图绘到底，足够的时长成就了秦国。秦昭王在政治军事诸方面都建立了卓越的功勋，特别是军事方面的成就，即使较之秦王政也毫不逊色，翦伯赞说，昭王末年，"秦对六国的斗争已取得决定性胜利"。

而在长平之战中，与年届七旬的秦昭王相比，刚刚执政五年的赵孝成王可谓是个雏儿。

其实，对赵孝成王来说，秦国一直是他挥之不去的噩梦。上位的第一年，秦军的铁蹄就踏破了他的仲夏夜之梦，凶悍的秦军一口气连拔赵国三座城池，赵孝成王一筹莫展，向齐国求救。齐王提出让年幼的长安君做人质，才肯出兵。而年老的赵太后护犊心切，执意不肯。老臣触龙出面了，他说服了赵太后，让幼子入齐为质，救国救民。个中说辞有理有据，丝丝入扣，步步为营，言辞恳切而又深明大义。《战国策》中对此的生动记录，成为文章的典范，以至进入今天的中学语文课本。——赵孝成王靠着老臣的出马，躲过一劫。

真是怕什么来什么。这次，秦军是为了上党这块肥肉。玄色的大旗遮天蔽日，在看不到头的营寨中猎猎作响。

老将廉颇却按兵不动，几十万大军龟缩在修筑的百里石墙下。赵王吃不消了。本来受太行山之阻，赵国被韩国隔断东西两块。这下子干耗了两年，粮草缺口越来越大。眼看就要秋收了，农事在即，这些平时务农、战时出征的农民大军要回家收割，一直僵持下去，就会陷入无粮可收的局面。

赵王急了，临阵换将的昏招让赵国陷入一场灾难。他让廉颇带兵撤出战场，换上了年轻的赵括——说一千道一万，横竖是赵家人，本家嘛毕竟妥当放心，何况其父乃是让秦军胆寒的名将赵奢，错不了的。

名臣蔺相如强支病体，立即晋见赵王，言辞恳切道："大王仅凭虚名而任用赵括，是胶柱鼓瑟，不知变通。赵括只会读他父亲遗留的兵书，并不懂得灵活应变。"可赵孝成王不听。

就在赵括大军将要起程时，赵括母亲要求觐见，老人家见到赵王就说："不可让赵括为将。"赵孝成王追问其中原因，赵括母亲回答说："我儿与其父二人的心地不同,希望大王不要派他领兵。"赵孝成王不应,赵括的母亲长叹一声,请求道:"大王如果定要派他领兵,日后一旦兵败,恳求不要累及旁人,家眷不受株连。"赵孝成王皱起眉头,答应了这个晦气的请求。

秦国也换将了,不过是悄悄地。秦昭王派武安君白起担任上将军,让原来的主帅王龁担任尉官副将,并号令三军,有胆敢泄露白起出任最高指挥官消息的,格杀勿论。

同是临阵换将,赵国把身经百战的老将换成了纸上谈兵的新手,秦国则把主将换成最有实力的"杀人将军"白起,其手段高下立判,其结果可想而知。

赵孝成王年轻,经验缺乏,生性犹豫。他接下来的日子显然越来越不好过了:像是身处风雨飘摇下的漏屋,端着水盆,手足无措。在没有经验的基础上,赵孝成王做出了他自以为是的决定,而没有远见的武断带来的往往是事与愿违的败乱和崩溃,刚愎自用的后果也常常是始料未及的灭顶之灾。

历史从来不缺少机会,但是往往不会给第二次机会。这就是"天地不仁,以万物为刍狗"的真切含义。

欲戴皇冠,必承其重。BBC 的名剧《皇冠》,在展示了"二战"后庞大的不列颠帝国衰亡史的同时,揭示一个平常的贵族女子伊丽莎白成为一代帝国女王的心路历程,让人感喟。戴上皇冠的王者,所谓"受命于天,既寿永昌",所谓英明神武,天纵英才,其实去除头顶上的光环之外,个人仰仗的不过是先天的血统加上后天的见识和教育,如此而已。而一个才识不足、德位不配的普通人被始料未及地推上王位,造就了多少历史和个人的悲剧!人们常常感慨大人物的翻云覆雨决定无数底层蚁民的生死荣辱、悲欢离合,其实,在不断转换的空间和流动不居的时间面前，没有人不是弱者。

长平之战，是两国之间倾其所有的生死决战，更是秦王和赵王之间的对决，考验的是他们过人的胆气、超拔的决心、敏锐的目力，以及他们对目标的精准判断、洞察本质的智慧、卓越的动员和整合能力。

秦赵开战，打破了"秦晋之好"的美丽泡沫。大军对垒，两年下来，死伤无算，粮草不济，赵王想到的就是速战速决，不再拖延，而秦王深谙"熬"的精义，在廉颇高筑墙的同时，秦昭王则开凿运河，举全国之力，运输粮草，准备打持久战。看到赵军准备进攻，他马上转变策略，重作战略调整。

原来是廉颇对王龁，现在换成赵括对白起。两年来胜负各半的战斗僵局被打破，战争形势由此急转直下。兵书上说，进攻才是最好的防御。顶着名将父亲光环的赵括放弃了廉颇精心修建的百里石长城，换计策，换人员，换布阵，有八人先后谏言，赵括不听，令这八位勇士自刭，未死在敌人之手，却横尸在自己的军阵之前，可谓死不瞑目。

慈不掌兵，赵括自是不屑一顾。部署停当后，他挥剑向前，随即展开了进攻。

"能而示之以不能，用而示之以不用"。白起显然是一个久经围场的高明猎手，他不动声色，坐等击杀的最佳时机。赵军一来，秦军一打就跑，一步步把赵军引入战阵的纵深处。与此同时，白起派出两支小部队，悄悄离开了大军营寨，一支是两万人的奇兵，还有一支五千人的骑兵。两支部队偃旗息鼓，衔枚疾走，兜了一个大圈，然后快速迂回，一个大隔断，加上一个小隔断，像两把利刃，一下切断长平和赵国之间的咽喉要道，赵括的前方司令部和后方的辎重部队顿时失联。赵括万万没有想到，这两支小部队的两个小动作一下子让赵国断了命脉。

四十万大军被围住了，粮草断了，与国内的联系也断了，成了一支狼奔豕突的孤军。在太行脚下的不大的河谷里，像是一群即将出水的鱼阵，翻滚腾跃，冒死冲撞。

节骨眼上，七十岁的秦昭王出马了，他亲自赶到秦国东部，进行战争总动员，让全国十五岁以上的青年全部上阵。秦国本来就有一个邪恶而有效的政策：杀死敌人，凭敌军的首级可以换取军功。《史记》里说："有军功者，各以率受上爵。宗室非军功，不得为属籍。"也就是说，只要有军功，不管出身如何，必按军功大小给爵位，无军功者，不得把你当作贵族对待。这次秦昭王更是做了军功按倍计算的激励措施，秦国老小都发动起来了。

与此同时，赵国也慌了，他们的策略是求助外援。这场长平之战后，秦军再度东进，才有魏国的信陵君窃符救赵的故事，而在当时，魏国和韩国受到秦国的威胁，不敢相救。赵王只得向东边的齐国求援。

齐国不止一次被赵国玩弄过，面对赵国的使臣，冷笑一声，不予理睬。

赵国孤军奋战，被困无援，等待的只能是飞蛾扑火般的自杀式突围。

打仗靠的是后勤，粮草是不出现的将军。被铁桶一般围住的赵军开始出现人吃人。到了第四十六天，赵括决定开始总出击，带头冲锋，冲出包围，哪怕鱼死网破！

白起等待的就是这一刻，秦军早就准备了强弩硬弓，赵军"四五复之，不能出"。《史记》记载，赵括红了眼，带领锐卒"自搏战，秦人射杀之。卒四十万人皆降"。

箭矢如雨，赵括死于冲锋阵前，一场大战以一面倒的结果而告终。

《荀子·议兵》记载，荀子与秦相李斯有过一番对话，他们复盘刚刚结束的六国战争。在分析战国形势时，作为赵人的荀子说："兼并易能也，唯坚凝之难焉。……韩之上地，方数百里，完全富足而趋赵，赵不能凝也，故秦夺之。故能并之而不能凝，则必夺；不能并之又不能凝其有，则必亡。"

一句话，赵亡在非战，亡在政治。

三

山顶流云，像有一只看不见的手在牵云布雨。

张利到底是本地人，领着我驱车在七弯八绕的南太行山地穿行，在当地乡镇一位退休领导的带领下，我们来到了长平之战纪念馆。

这里是长平之战的一处埋骨地。当地人以此为基础，在一片庄稼地上盖起了这座纪念馆。

玻璃罩下，是横七竖八的尸骸，纵横交错，相互枕藉，凌乱不堪：四肢折断的，腰背反拧的，脖子折断的，让人从心底发怵生寒。考古的结果里说，从死者的牙齿检验得知：死者中很多都是十四五岁的少年。

这是改朝换代的牺牲，是大历史中的炮灰。作为个人，他们在史书上没有留下任何痕迹。他们的一生究竟是怎样的呢？我们可以想象，他们是刚刚洗脚上岸的田舍郎，是打鱼晒网的渔家儿，是刚滑下牛背的牧童，是四方奔走的商贩，他们善良淳朴，贞介耿直，也有可能猥琐奸猾，甚至心术不正，但是他们大多是平常人，过着平常的人生。他们从苦役一般的农活中、从老婆孩子的热炕头被驱逐出来，羊群一般被驱上战场，匆匆把手里的锄镐桨橹换成了剑戟戈矛，他们面对的敌人像是漫山遍野的庄稼、浩浩荡荡的波涛，凶悍的秦兵呼喊着，奔跑着，会瞬间跳跟到跟前，一刀取了你的人头，然后手提着到首领那边登记上账，等着战后在老家兑换几亩土地和几椽房屋。

这个尸骸纵横的尸骨坑是高平永录乡农民李珠海（小名猪孩）和儿子李有军在1995年春耕犁地时发现的。其实当地人发现尸骨、箭镞，几千年来从来没有间断。甚至有声称发现赵括随身所带的佩剑的。晋城一位做文旅的朋友向我展示过带有三个棱的秦箭的箭镞，划纸即破，十分锋利。

四十万人被掳住了，被强捺在不大的丹河河谷中。虽说放下了武器，但是几十万人麇集在不大的河谷中，意外随时可能发生。

一个难题摆在了白起面前，面对这么多的降军，该怎么处置？

《史记》对此的记载十分简单："秦已拔上党，上党民不乐为秦而归赵。赵卒反覆，非尽杀之，恐为乱。"既然赵国老百姓不喜欢我们，那就只剩一个字——"杀"！

据说司马迁的先人是白起的副将，也许是为了为先人隐，对残忍的杀降这一反人类的罪行，竟然就这么浮皮潦草地几句话就交代了，而且还从白起的心思出发，做了这样开脱式的解释，这可能正是司马迁不受山西人待见的地方。所以说，历史从来都是个人眼里的历史，即使是司马迁这样的大史家也难脱其俗。历史的吊诡也由此可见一斑。其实，研究历史就是一个不断接近真相的过程，而要还原这个真相，要拨开多少重迷雾，又要揭开多少客观事实的遮蔽，豁开多少主观认知的昏蒙？

杀戮开始了。

今世的我们已经很难想象，四十万人一夜之间被杀灭，是一种什么样的可怖场景。当地传说，那是一个月明之夜，"杀人将军"白起让秦兵的手臂上系上白布，刀剑斧钺弓箭石头，一边是兵器，一边是铁锹，连杀带埋。一夜的屠杀，一夜的嘶吼，一夜的血流，一夜的哀号，直到朝阳从东天的血色中冉冉升起。

这是一场残酷的屠杀，也是一场耻辱的虐杀。明朝的冯梦龙在《东周列国志》"质平原秦王索魏齐，败长平白起坑赵卒"一章中做了这样的描写："四十万军，一夜俱尽。血流淙淙有声，杨谷之水皆变为丹，至今号为丹水。武安君收赵卒头颅，聚于秦垒之间，谓之头颅山。"最可靠的可能还是《史记·范雎蔡泽列传》中的记载："北坑马服，诛屠四十万之众，尽之于长平之下，流血成川，沸声若雷。"

山崩地裂，草偃木摧，山河易色，日月无光。

那是中国历史上一个黑暗的日子：四十万人竟然被有着同色毛肤、同样手脚、同感痛痒的同类屠杀殆尽。尸积如山，血流成河。据说白起只让赵军中的二百四十人归赵，这都是一些未成年的孩子，这些从长平逃回的年轻后生们惊魂未定，诉说着长平杀戮的惨状。

户户灵幡，家家戴孝，整个赵国沉浸在巨大的悲伤、愤怒、仇恨之中，忧虑和恐惧的心理也在朝野上下急剧发酵——而这恰恰是白起所期望的。他的打算是，待他的虎狼之师擦拭完刀刃上的血迹，随后杀到赵都邯郸。

柏杨在《白话版资治通鉴》里这样写道：直到民国时期，这道山谷内外与丹水旷野，还常常能在暮色中听到奇特的隐隐如天际雷声的战马嘶鸣与喊杀声，村民动辄便能挖到白骨骷髅。

战争对每个人来说都是灭顶之灾，没有人能置身事外。战争也是无数个体情绪和情感汇成的巨流。后世无人能够尽述这四十万个死难者的姓名。我们只是知道：这些都是为人子、为人父的赵国人，他们的粗重呼吸和拼死呐喊没能激起历史的哪怕一点尘埃，只是汇成了一个庞大的数字，沉入历史深处，无感无觉，无声无息。

　　铠甲生虮虱，万姓以死亡。
　　白骨露于野，千里无鸡鸣。

潜寐黄泉下，千载永不寤。

浩浩阴阳移，年命如朝露。

——我相信，这是死去的冤魂没有说出来的心声。

走出阴气森森的尸骨坑，太阳还在热辣辣地照着，烫人的雨点就从天上砸下来了。

雨，越下越紧，越下越凉。

坐在车上，车窗外是一道长墙，画着长平之战的前后缘起的各种情景。

车轮缓行，如穿行历史，一幕幕，一场场，如同一场默剧。

四

高平县城并不见大，很是幽静，路面宽阔，道旁植树，阴凉宜人。

热情的张利招待我吃饭，菜肴实在，味道平和。其中最具盛名的，就是高平独有的民间小吃"吃白起"，也叫"白起豆腐"，其实就是寻常的煎豆腐，用木炭烤得两面焦黄，旁附一小碗醋蒜香油汁，用汤勺舀起蘸着吃。这"吃白起"原本是高平民间的夜担小吃。夜色下，小吃匠的担子上挂着灯笼，在小街昏黄的灯光下吆喝买卖，不知何年何月，这色小吃就被叫成了"白起豆腐"或"吃白起"：烤白起的肉，吃白起的脑髓。

这座高平县城，就是长平关遗址所在地。显然，在嵯峨纵深的上党高地，这片盆地是唯一能够纵横大军的战场，而长平关则恰恰是卡在这片盆地中央的一座险关要塞。长平大战的所有主要遗迹，都在这片平地周围的重重山谷之间。据当地研究长平之战的民间爱好者考证，因长平之战产生的历史地名有四百八十多个，古诗有三百六十多首，成语有一百多个。在中国乃至世界上，没有哪场战役比长平之战更让当地百姓刻骨铭心，保留了如此之多的古老地名、诗词和成语故事。这足证战场区域之广、历史渊源之久、人心伤痕之深。

看看这些地名吧，有赵括村、报国村、八义村、弃甲苑村、箭头村、围城村、王降村，有廉颇屯、武安寨、白家坡、强营村、马村、牧沟村、徘徊村、三甲镇，更让人印象深刻的还有哭头村、血河村、休尸村、血山村、地夺掌村等，都是长平之战遗存的重要兵营垒寨。

地名，是深铭在大地上的文化符号。在这块土地上，可以见证仇恨是如何生长的。该有多少代人，他们发了多大的愿心，怀着多大的仇恨，把一道寻常的吃食说成是吃脑髓？才会把脚下的地名叫得如此血腥残忍、杀气腾腾，且口口相传、代代沿袭？

南太行的这片土地浸透了太多的血色，印下了太多的血迹，人心里留下了太多的伤痕。从来地，战争是政治的祭坛，里面供奉的是平民百姓的生命和血肉。瑞典从事非虚构写作的战地记者、作家皮特·恩格伦有部描写一战的著名作品《美丽与哀愁》，在2018年上海书展上备受瞩目，书里写道："战争是一种没有灵魂的力量，它会吞噬人们，你的生命、青春，你的尊严和荣耀、理想、信念。"

战争与和平是人类永恒的命题，也考验着人类的智慧。我的好友、原西沙海警区政委陈俨将军有本军旅小说《大奔袭》，刻画了20世纪70年代的一批军人形象，让人久久难忘。其中有一篇《铁军的勋章》，写他的一个在军营里长大的战友，好勇斗狠，迷恋战争，经历了战争后，他终于明白：没上过战场，不是完整的军人。但是作为军人，职责在于守护国土安全和百姓安康。和平，这才是军人的最高奖赏。大学时读雨果的《九三年》，在那个"砍头只当风吹帽"的法国大革命时代，年轻的将领郭文为了救护敌军的孩子，仰着高贵的头颅，走向原来为敌人准备的断头台。在法兰西金子般的晨曦中，他以高贵的精神阐释了这样的理念：在绝对正确的革命之上，还有绝对正确的人道主义。

2000年前后，我去当年的南京军区大院采访军旅作家朱苏进，走过警卫战士练习瞄准的枪口，采访这位当年的炮兵。他说，中国史载三千年，没有战争的时间只有区区几十年，让人心惊。在一次新浪年会上，我遇到吴稼祥，在北京香山这个新中国领导人最早进入北京时的暂住地，与这位写过《果壳里的帝国》的政治学者交流。吴稼祥认为，中华文明是典型的流域文明，为了统治河流的全流域，战争是必须的。也就是说，分久必合、合久必分是中国历史的宿命，是地理决定的历史的必然。既然是中国王朝的宿命，那么战争频仍也就是中国老百姓面对的必然命运。

战争会在人心中产生伤痕，就像树的断枝处长出瘤瘿一样，战争造成的心理创伤往往会伴随一个人的一生，甚至成为一种思维，成为"与天斗其乐无穷，与地斗其乐无穷，与人斗其乐无穷"的心理底色。南京晓庄学院教授邵建在南京大屠杀纪念日发表了一篇纪念文章，文中比较了一件史实：侵华战争期间，同一天的中国《大公报》和日本《朝日新闻》，两份报纸的头版都报道了一个送子上战场的母亲，都被视为爱国的典范、民族的楷模。借此邵教授从人道主义的角度对战争进行了反思：两位在各自国家的英雄会在战场上兵戈相见，都会指斥对方，会成为你死我活的敌人。就这样，正义在对方眼里走向了敌对，成为罪恶的一面，这一现象值得反思。接下来，他收到了读者的来信，其中有骂汉奸的，有寄小刀的，有恐吓他下班路上当心挨板砖的。他苦涩地摇头，感到悲哀而无奈。

五

赵国四十万年轻后生的血祭，成就了秦国的东进序曲。

箭镞用尽，刀刃锩口，秦军士兵满脸血污，挥砍了一夜的手臂也软耷了，面对着满山满谷的尸骸，连杀人如麻的白起也胆怯了，以至于秦昭王让白起的大军星夜兼程、一鼓作气，继续进攻赵都邯郸，白起不同意了。他在战场零距离地领略到赵人顽强的战斗意志——秦兵之顽强在于利诱，即有战功即可封爵得地，赵兵之顽强则源于其内在的民族气质和尚武传统。

白起接受了赵国割地请和的要求。暴怒的秦王解除了白起的职务，五个月后，白起被秦王命令自杀。他一生杀了六国士兵一百三十万人，被称为"人屠"。伏剑自刎时，白起愤恨不已："我何罪于天而至此哉？"良久，又说："我固当死。长平之战，赵卒降者数十万人，我诈而尽坑之，是足以死。"

这位战争狂人，为战而生，为战而死。是不是也是一种死得其所？

长平之战，成为历史的转折点，战国以后再无此类大战。从此以后，原来的六国与秦之间的合纵连横，变为秦王横扫六合、一统天下的全国战争。

长平之战过后三十九年，秦王赢政统一全国，结束了五百多年的春秋战国史，中国思想史上的第一个黄金年代也就此消退了赫赫的光芒。

普天之下，莫非王土，率土之滨，莫非王臣。万姓朝秦，四海归一，可是中国并没有海晏河清，风平浪静，而是陷入了"合久必分，分久必合"的死循环之中，成为中国式的政治逻辑。大烧杀、大劫掠、大采伐、大毁灭难以数计，几百年一个轮回，无可逃脱。

据当地博物馆援引的史书记载，唐玄宗李隆基在开元十一年正月，率臣在高平祭奠长平之战，超度四十五万亡灵。祭奠持续了七天七夜，把"古杀谷"改为"省冤谷"，并立庙为祀，以平息四十五万亡灵（然据葛剑雄教授考证，《旧唐书》《新唐书》《资治通鉴》均无此记载）。

在高平城西五里，倒是有一个哭头村，原先叫骷髅头村，传说是秦军割下死者人头登记领赏的地方。杀谷坡顶，有一座小庙，叫作骷髅庙。主神堂是骷髅王的神位与塑像。殿前立有明代年间立的《重修骷髅庙记》石碑，碑文里说，骷髅王就是赵括，名号是从唐玄宗"省冤"时期开始的。正殿内有一幅年代不详的壁画，画的是年轻的赵括跪拜唐玄宗，向大唐天子李隆基鸣冤申诉。奇特的凭吊，奇特的怀古，正如这块土地，一直沉浸在幽暗的历史心结和历史谬误的烟尘之中，难以被文明发展史的阳光彻底朗照。

山河铁证，心念回响。

雨停了，太行山洗涤一新，苍翠欲滴。

山上的雨水汇成了长短不一的水瀑，琤琤琮琮跌落下来。山路石阶上，微凹着不知哪个年代留下的蹄印，积水贮留，印着顶上的日头和流云，清晰如画，俨然天外之天。

2018年初秋于江南

补记：

完稿之际，传来凄厉的警报声，一看日期才知，警报原来是为了纪念"九一八"事变而鸣。八十七年前的今天，日本关东军炮轰沈阳东北军北大营，对中国举起了屠刀。窗外，正在军训的大一新生身着迷彩服，站立敬礼，一派肃然之气隔空传来，真切逼人。——战争，一直是和平的历史注脚。

清 凉 山 月

南京，山水城林掩映下的六朝古都。

行走无疆的余秋雨教授曾这样评说南京：南京什么都好，就是有两样不好，一是南京话难听，二是南京夏天太热。确实，这个城市最为人所不能忍受的就是夏天的热。那个热啊，沸浪蒸腾，如处汤镬。"火炉"之称名实相符，像一个亘古至今的劫数，让世世代代的南京人无处逃遁。

但在南京城的中央，却有一个清凉的地方。

清凉山。

山以"清凉"命名，也是一处名副其实的清凉的所在。说是山，其实并不高大，要是跟不远处的钟山比起来，充其量也就是一处高地而已。春天万木竞秀，蓬勃出一团团绿烟，秋天落叶萧萧，树色沉着，满山斑驳，冬天也不见多少荒凉，阔叶的乔木尽管萧落了，常绿的却依旧齐整，整座山仍然有青有黛。

而夏天的清凉山，于人是最相宜的。

伴着急促的蝉嘶走进山去，但见各式杂树，高低错落，遮天蔽日。林间有人迹踏成的小道，道边的槐松杉柏或立或垂，圈拱成一绿色的隧道。人在其中，顿时感到清凉不少，只是树隙间筛下些日光，让人还是能感受到山外的热度。

对于热浪滚滚的南京来说，这里无疑是避暑的胜地了。

清凉山上，绿树掩映之间，有一些仿古的建筑，门口立有石碑，上面刻有一些真真假假故事和说词，供好古者口口相传。山腰有一眼古井，井上建亭，斗檐翼然，古井幽奥，凛凛然隐见寒意。

难怪天性敏感的李煜，早在一千年前就选中这块地方作为自己的夏宫了。

清凉山，往东十千米就是巍峨的钟山，往西两千米，就是蜿蜒坚实的石头城。谙熟文史的李煜不会不知道，在他选中清凉山之前的七百年，诸葛亮当年沿江东下，来到被称为建业的南京，与年少气盛的孙权会盟，登上的也就是这座清凉山。雅号风水的孔明留下了一声浩叹："钟山虎踞，石头龙蟠，真帝王之宅也！"——诸葛先生除了有对主人孙权的拍马之嫌外，这句话还真是说到了妙处。

其实，南京有两个别称金陵和石头城，都与清凉山有关。公元前333年，楚国灭了越国，在清凉山上筑城，设立金陵邑，成为南京历史上第一个行政建制。到了三国时期，孙权把吴都从镇江移到南京，在原来的城基上修建了石头城。自此，清凉山一带的石头城成为军事重镇，南北战争，往往以夺取石头城决定胜负。临近长江的石头城渐渐形成一个河港城市，南来北往的人和货物就在此聚散。东吴时，大陆最早去台湾的船队就是从石头城下由江入海、浩荡远航的。

合久必分、分久必合，这是中国历朝政权难以逃脱的治乱循环。隋朝结束了魏晋南北朝的乱局，而代起的唐朝经过烈火烹油之盛，也终于走到了尽头。南北分治再度出现。南唐在南京建都，一传再传，到了李煜手中。李煜到了清凉山，便自号钟山隐士、钟峰隐者。其实，王者与隐士身份不同，其心智模式也截然不同：前者志于进，后者甘于退；前者求诸外界，后者反诸内心；前者以驾驭众人、征服世界为业，后者以诗词书画、求放己心为乐。可谓南辕北辙，背道而驰。而纵观李煜一生，作为帝王的心胸、心境全无，心机、心术匮乏，首鼠两端，左右不是，最终身桃"薄命君王"和"千古词帝"两个封号，如同铁锁沉江，没入历史深处，供后人不尽凭吊。

一

　　那是北宋开宝八年，也就是975年的腊月。风雪弥天，鸦阵号寒，一支浩荡的船队从人去楼空的金陵驶向百里之外的瓜洲，船队高张"曹"字帅旗——这是北宋大将曹彬"献俘阙下"的凯旋大军，他们即将从长江上溯运河，再从楚州进淮水，再由泗州入汴水，最后到达大宋帝都汴京。

　　李煜此时脱却了团龙黄袍，卸下了蟠螭皇冠，换上了白帽白衫，素净而寒碜。此时，他的身份已经从一位九五至尊的国王变成了一个屈辱的囚徒，由云霄跌落尘壤，待人发落。

　　两天前，自知江山不保的李煜拜别了太庙。

　　太庙简单得几近潦草，里面供奉的神主，有用来证明南唐江山合法性、其实八竿子打不着的远祖：唐高祖李渊、太宗李世民、玄宗李隆基、宪宗李纯、宣宗李忱，还有就是李煜的祖父和父亲了。李煜的祖父李昇灵牌上写着"唐烈祖光文肃武孝高皇帝之位"，后面墙上悬挂着宫廷画家为这位南唐的开国元勋精心绘制的画像：头戴冕旒，身穿衮服，炯炯有神的刚毅目光中，显露着一派武将的气质。李煜的父亲李璟的灵牌上写着"唐元宗明道崇德文宣孝皇帝之位"，灵牌后面的画像也是出自宫廷画家的手笔：眉清目秀，温文儒雅，着装不见冕旒、龙袍，只穿一领文臣的锦衣，显示着一派骚人墨客的风度。

假托的远祖，加上开国的祖父和后续父亲，还有在灵位下跪拜恸哭的李煜，这就是南唐四十年江山的前世今生，教坊乐工用江南丝竹在演奏祭乐，乐曲徘徊低回，和陈后主的《后庭花》调性迥异，而在李煜听来，却是一样的凄切哀婉，一样的孤苦无助。

熟读史书的李煜知道，七百年前，吴帝孙皓承继先祖孙权的东南霸业，可是面对不可一世的西晋大军，却"面缚舆榇"，"一片降幡出石头"。其实，早在四百年前，历史就先行预演了：陈叔宝守着陈朝的半壁江山，被挥策南下的隋朝水师破城，颟顸而荒淫的陈后主被人从一眼枯井中用辘轳吊出，解往长安，客死他乡。每读到这两段历史，李煜总是心悸不已，当年他力图挣脱这个"历史周期律"，但是自己最终却难逃覆辙，如今城破被俘、肉袒出降，自己把那段不堪的历史又无聊地演了一遍。

寒风扑面，江涛若奔。李煜一字一咽地吟出一阕《破阵子》：

四十年来家国，三千里地山河。

凤阁龙楼连霄汉，玉树琼枝作烟萝，几曾识干戈。

一旦归为臣虏，沈腰潘鬓消磨。

最是仓皇辞庙日，教坊犹奏别离歌，垂泪对宫娥。

世事无常，而有定。深陷其中，无力挣脱。

南京城果然是一个魔咒。而此刻，虎踞龙盘的石头城渐行渐远，城垣上的雉堞渐渐模糊，消失在漫天风雪中，李煜眼前一片朦胧。

二

那天晚上，月亮很亮，透过金陵城的崔嵬城墙，洒落在南唐的红绿琉璃和玲珑花石上，折射出一派祥和的柔光。那是937年的七月初七，李煜放声啼哭着，闭着眼睛，蜷着身子，赤裸裸地来到这个陌生的世间。

"月亮公公，月亮婆婆，请你下来，吃个馍馍。"江南的乞巧节，大街小巷都有孩子击掌而歌，这是李煜来到世间听到的第一个声音。

这一年南唐建国，对于刚坐上皇位的祖父李昪来说，李煜的出生自然是喜上加喜。这位皇孙阔额、丰颊、骈齿，长相清奇，更难得的是生就一副重瞳子，要知道，传说中的舜帝也是重瞳子！这种祥瑞吉兆，无论如何都是上天的垂爱，天佑我南唐江山社稷！

衔着金钥匙出生的李煜，生来注定是一位众星拱月的主儿。集美姿、才情、权势于一身，令天下人心仪，没有想到他竟是这个号称承续大唐帝国国祚的王朝的终结者，一个末世哀曲的灵魂歌者。

李煜出生时其实是一个乱世。举世无双的唐帝国土崩瓦解后，在九州烽火中崛起各路豪杰，自拥兵马，纷争天下。仅在中原，从后梁到后周的五十多年的时间里，就相继有五个王朝更迭，共八姓，十四帝。南方则有后蜀、荆南、楚、吴、吴越、南汉、北汉，皇帝轮流做，明年到我家，百川汇海，龙蛇杂处。当时一名叫徐知诰的吴国将领功高震世，权倾朝野，轻徭薄赋，与民休息，整饬军纪，加之自己的克勤克俭，借助口口相传的舆论，在纷纭的乱世，很快赢得随风摇摆的人心。中原名士纷纷投奔，其中不乏经天纬地的仁人志士。

臣僚摆平了，国泰民安了，天下归心了，但是，徐知诰却闷闷不乐，夫人询问缘由。

知诰答曰："夜有噩梦，恐兆不祥。"

夫人开导他说："梦无吉凶，全在人圆；善于圆梦者可替你排解忧虑。"

徐知诰出门，在庭中遇到正在早朝路上的周宗，也就是那位后来做了李煜岳丈的老臣，他便开问："吾在梦中路过顺天门，突然跌倒在地，是否预示将有厄运降临？"

周宗听后，当即答道："此乃可喜可贺之吉兆也。梦中倒地，必有人拥立矣！"接着掀袍跪拜。

就这样，徐知诰和他的同伴稳扎稳打，相互推着、让着，交叉着政治舞步，徐知诰登上了皇帝宝座。他恢复了原先的李姓，追认覆亡刚刚三十年的唐帝国的余绪，命国号为"唐"。

自918年辅佐吴政起，李昇花费了十九年的工夫，从一个孤儿成长为一名将领，从一个重要的辅臣到君临天下的皇帝，在"知命"之年登上了帝王宝座，完成了人生的华丽大转身。

当时的南唐可谓威震东南，富甲天下，北拒江淮（即长江、淮河），南届五岭（即位于湖南、江西南部和两广北部的大庾岭、骑田岭、萌渚岭、都庞岭和越城岭），东及衢、婺（现在的浙江衢县、金华），西至湖湘（现在的湖南、湖北一带），凡三十余州，广袤数千里。这是当时华夏版图上人口密集、物产丰富、文化昌明的好地方，一块真正的膏腴之地。

值得称道的是，这位自幼生长于烽火连天、金戈铁马之中，经历过无数腥风血雨的钢铁战士却不轻言用武。当战争的阴霾在江淮大地消散之后，他奉行"王者以民为天，而民者以食为天"，爱惜民力，赡养民生，他发誓不再轻易动用刀兵，以免生灵枉遭涂炭。为此，他经常教诲臣下："百姓皆父母所生，汝等何以要争城扩地，使其肝脑异处，膏涂草野？"

在控制朝政的二十五年里，李昪奉行的基本国策是保境睦邻，劝课农桑，振兴文教。半个世纪的保境睦邻政策赢得了和平、安定的环境，在富饶的江淮水乡大展宏图，南唐一时成为远离战乱旋涡、百姓安居乐业的净土。时人沈彬在《金陵杂题》中咏叹道：

正惭海内皆涂地，

来保江南一片天。

李昪宵衣旰食，励精图治，南唐声名远播，引来四方朝贺。其中有中国境内的吴越、荆南、闽、南汉、后蜀、于阗、辽等国，还有中国境外的高丽、新罗等国。各国冠盖，络绎于途，一时间，南唐成为东亚强国富民的梦想。不幸的是，登基仅仅六年之后，李昪和当时很多追求长生的人一样，不计后果地服食丹药，终于不治身亡。

弥留之际，李昪对后继的长子李璟殷殷嘱托："汝守成业，宜善交邻国，以保社稷。他日北方倘以武力寻衅，汝能守吾言则为孝子，百姓定谓汝为贤君矣！"在咽气之前，他还怕儿子记不住，又忍痛用牙齿将儿子的手指咬破，以微弱的生息最后叮嘱道："勿忘吾言！"

在朝野的一片哀恸声中，李昪的长子李璟子承父业，在一干老臣的簇拥下，坐上了父亲的王位。

"茕茕一身，不阶尺土"的李昪，一生呕心沥血，"创化家为国之事"，兵不血刃，智取吴国，并把分布在江淮地区的三十五州、军土地，惨淡经营成实力雄厚的江南强国。直到他临终之前，皇家的一个仓库德昌宫还积蓄价值七百余万钱的军械、金帛。

李璟承继的是一个富足的王朝，一个"十国"中的强者。

三

在南京，有一些在别的城市难得一见的生活细节，其来有自，源远流长。

爬山就是其中之一。周末万人爬山是南京的一道独特的风景。"春牛首，秋栖霞"，江南风暖、春芽吐翠的时节，最吸引人的就是位于南京南郊的牛首山了。满山游嬉的人群绝对不会注意到，在牛首山互为犄角的两座山头上面，有二座被人遗忘的王陵，他们形制相仿，比邻而居，一起守护着江南的苍茫烟雨，守护着古都的云飞木落，守护着一个存世仅三十八年的短命王朝的秘密。

这就是南唐二陵。

十年前我和同好驱车去江宁。可要找到南唐二陵其实并不容易，沿途没有标志牌，只得一路以口相问。弯弯曲曲的乡村道路被江宁建设的工程车轰隆隆地来回碾压，已经没有了形状。在一道荒凉的石板路的尽头，终于见到了这二位距今一千多年前的父子的陵墓。

我们看到的帝王墓大都气势轩昂，昭示着王家的威仪。眼前的这二座王陵却简陋局促：并不宽阔的石板路扩开纷披的绿草，两旁也没有石人石兽，甚至没有稍微像样一点的树木。与东南方向不远的明孝陵、中山陵相比，显得落寞而寒怆。

墓道不长，短短十数步后就潦草地分为左右，东边的是钦陵，埋着父亲李昪，西边是顺陵，葬着儿子李璟。钦陵外表并不显眼，但是内在的壁画却颇为可观，用石青、石绿、赭石和丹粉，绘出牡丹、莲花、宝相、海石榴和云气纹，色彩鲜艳，典雅庄严。父亲合眼二十年后，儿子也躺倒在父亲身边，拱守在父亲身边。相形之下，李璟的墓更为粗糙潦草，简单的石头墓室，简单的棺椁，墓室内，穹顶上也没有耀眼的日月星辰，棺椁的底座也没有了水银的江河湖海。

墓制有别，父子二人的经历、事功，乃至气质、秉性也迥然有异。

父皇去世，李璟敬遵遗嘱，为息兵止戈，保持太平，改元"保大"。同时，他希望在治国安邦方面也能像父辈那样取得美玉般的辉煌业绩，故而把自己的名字从"景通"更名为"璟"。

愿望归愿望，现实归现实。在优渥的环境下长大的李璟并没有父亲的雄才大略，更没有长袖善舞的拿云手段，他其实骨子里是一个文采风流的诗人，一位长于写景抒情、遣词造句的高手。尽管传世的词作只有区区四首，但篇篇都是精品。最出名的是下面两首：

应天长

一钩初月临妆镜，蝉鬓凤钗慵不整。

重帘静，层楼迥，惆怅落花风不定。

柳堤芳草径，梦断辘轳金井。

昨夜更阑酒醒，春愁过却病。

望远行

玉砌花光锦绣明，朱扉长日镇长扃。

夜寒不去寝难成，炉香烟冷自亭亭。

残月秣陵砧，不传消息但传情。

黄金窗下忽然惊：征人归日二毛生。

　　情愫生心，发而为词。尤其难得的是通篇修辞：自然陈词，如盐入水，化为无形，亦如行云流水，一任自然。

　　日后，大臣们常回忆的是南唐保大七年（949 年）元日，李璟组织的君臣诗酒联对。那一天，瑞雪纷飞，桃符迎春。李璟特邀诸弟和近臣登楼赏雪赋诗。席间，他先作诗，诗成后，要求与会诸臣传阅并依韵唱和，诸臣心领神会，"如葵心之向日驭，似蛰户之环雷门"，大家兴致勃勃，竞相吟咏，以"美丰年之兆，申万物之情"。一场下来，共得诗二十一首。

　　一批宫廷画院高手也被邀来助兴，为这次联谊活动绘形写意，舞文弄墨：人物行状、楼阁宫殿、雪竹寒林、池沼禽鱼、法部丝竹……林林总总，各自施墨，见缝插针，组成一幅绝妙名画。

　　上有所好，下必盛矣。南唐诗词于是大盛，一时成为天下文数。从这个意义上说，南唐由帝王倡导的文化昌明，成为盛唐之后的一次文艺复兴，一次中国文化历尽劫波后在江南的末世盛放。

　　但是，南唐的国祚一点都不能跟盛唐相比：先是用兵闽、楚，造成国库空虚，错过了北伐中原、统一天下的大好时机。恰在此时，北方的后周取代了后汉，国势强盛，二代皇帝励精图治，怀着"十年开拓天下，十年养百姓，十年致太平"的雄心，着手谋划统一大业。

　　在北周的强权压制下，南唐国势却日益局促。在两国对峙、兵戎相向中，在江南温风暖雨中长成、在翰墨箫管中涵育的李璟一味牢记父皇不动刀兵的遗训，一味退让，割地、进贡，淮南的十四个州（光州、寿州、庐州、舒州、蕲州、黄州、滁州、和州、濠州、泗州、楚州、扬州、泰州、通州）先后割让给了后周。至此，南唐所辖的地盘只剩下了江南二十一个州、军。这还不算，南唐还向北周称臣纳贡，每年进献贡物数十万。北周皇帝感到回报远超自己的想象，大喜过望，宣布大兵后撤。李璟大松了一口气，激动之余，致信北周，承认南唐对后周的附属地位，并在政治上继续退让：主动下令削去帝号，停止一切天子礼仪，改称"唐国主"。

从此，南唐与北周开始划江而治。其实，这条号称天堑的长江从来是守不住的，南唐从淮北退到长江，等于是把自己最柔软的腹部直接暴露在对方的刀刃之下。

文恬武嬉的南唐君臣，依然沉醉在歌舞升平之中，靠先辈留下的财富贿赂对手，喂饱了敌人，损耗了士气，换得暂时的苟安。

可好景不长，经过短短十余年的平安后，北周演出了一场黄袍加身的喜剧，赵匡胤兵变，大宋成立。赵皇帝不管前朝的那一套，开始对一江之隔的南唐虎视眈眈，磨刀霍霍。李璟惊恐有加，不管不顾地做出了作为执政者的最后一个决定：迁都！他以前所未有的行动力，在洪都（现在的江西南昌）大兴土木，营建殿宇，修葺城垣，拓展御道。没过几年，他就在惊恐不安中怏怏而亡，把南唐的残山剩水和朝不保夕的宗庙社稷，还有委曲求全的性格，一并传给了猝不及防的儿子李煜——一个同样沉迷于诗词歌舞的继承人。

李璟留下的最后诗句是"灵槎思浩渺，老鹤忆空同"，是他在洪都思念金陵时写下的句子。自此，这个当政十二年的窝囊皇帝告别了风雨飘摇的半壁江山。

从另一方面讲，李璟的这种风流倜傥的诗人气质和头角峥嵘的华章文采，为他的儿子李煜日后嗜文厌武、醉心翰墨，成长为工书画、善辞章、知音律，独领风骚的绝代才人，起了潜移默化、润物无声的作用。在富有雅颂风味的家学熏陶下，景通的儿子们后来几乎都嗜诗能词，李煜之外，其六子从嘉曾独领词坛风骚，并有诗文传世。《全唐诗》和《全五代诗》还收有其七子从善和九子从谦的诗，可惜其余诸子的作品全部散佚，不复存世，否则将是中国诗词史上的又一旷代奇观。纵观父子诗人，大概只有前世的曹操、曹丕、曹植父子和后世的赵佶、赵桓父子，可与他们相颉颃——一个失败的帝王，却不经意间以自己的言传身教，造就了一个诗词世家。

在南唐二陵，李昪、李璟父子俩在地下比邻而居。他们没有看到，他们的承继者李煜，猝不及防地脱下孝服，换上黄袍，坐上了南唐的金銮殿。他们更是想象不到，就在短短十四年之后，他们器重的后代和后宫男女三千人，尽被北方的宋强虏北去，旖旎一路，血泪千里。从此，他们再也没有了祭祀之盛，没有了牲醴之飨，父子二人在野风肆虐中坐看日升月落，云起雨收，就这么在南京郊外寂寞相守了一千年。

走出南唐二陵，不远处的是南京的祖堂山公墓，平时沉寂孤冷，清明则人烟沸腾，纸钱飘摇。再远处的淡淡云烟处，就是南京城，高楼如林，人车如蚁。

四

二十五岁的李煜被推到了台前。政治的聚光灯下，他恍恍惚惚，如宿醉未醒。

在他看来，宫廷的你争我斗、一地鸡毛毫无美感，朝廷的攻守杀伐、尔虞我诈也无趣得紧，在笔歌墨舞、诗词歌赋、声律歌吹中，他已经完全安放了自己。我只想对月当歌，吟句染翰，只想与诗耽、与酒狂、与曲舞、与美人乱：只与这些美好的物事纠缠一生，难道就不行吗？

而在此前，作为王子的李煜过的又是什么日子呢？

"思追巢（父）许（由）之余尘，远慕（伯）夷（叔）齐之高义"，成了他在青少年时期生活的理想和信条。李煜自号钟隐，别号钟山隐士。隐于山林，逍遥人世，是他的理想。

在南唐的朝廷里，书画是君臣们习以为常的游戏。一个位次并不算高的大臣卫贤做好一幅《春江钓叟图》，请李煜题签，他欣然命笔，填了一首风格清丽的《渔父》词：

> 浪花有意千重雪，桃李无言一队春。
> 一壶酒，一竿身，世上如侬有几人。

填了一阕，犹觉意犹未尽，又即兴填了一阕：

> 一棹春风一叶舟，一纶茧缕一轻钩。
> 花满渚，酒满瓯，万顷波中得自由。

"万顷波中得自由"，这就是他神往的世界，超尘脱俗，逍遥近仙。

自少年时代起，李煜就自甘寂寞，将功名利禄视为身外之物。对于江山社稷、军国大事，则避之唯恐不及，而他在远离政治乃至世俗的艺术世界里，却找到了自己安身立命的所在，享受了心灵的大自由。徜徉在书法、绘画、音乐、诗词等广阔天地里。触目所见，琳琅珠玉，犹如漫步山花烂漫的山阴道上，移步换景，步步动人，目不暇接，不知所之。而他的不凡才情，更使他在文山艺海里，左右逢源，长袖善舞。

先说书法，李煜的书体自成一格。"作颤笔曲之状，遒劲如寒松霜竹"，这就是书法史上独具一格的"金错刀"书法：大字如截竹木，小字如聚针钉，落笔瘦硬而风神溢出。李煜有时书兴所致，则扔掉毛笔，卷帛而书，甚至捞起长衫下摆，濡墨劲挥，被戏称为"撮襟书"。而这种挥洒自由的书体，矫若游龙，翩若惊鸿，用笔结字尽如人意，犹如高手过招，飞花摘叶，皆可伤人。李煜的书法手迹，曾在世间盛传一时。直到南唐灭亡一百五十多年以后，宋徽宗赵佶惺惺相惜，特诏令编纂《宣和书谱》，还收藏李煜的行书墨帖二十四种。

书画同源，一枝两叶。李煜善书，亦善画，山水人物，花卉翎毛，都很精到，尤擅墨竹。画竹时，如同作书"金错刀"，遒劲与颤曲并奏，疾行和盘桓照拂，撇捺勾勒，状如削玉，偃仰随风，披离自在。苍干如古木含霜，烟梢似嫩芽沾露。据《宣和画谱》载，直到北宋末年，宫中还藏有李煜的九幅画作，即《自在观音相》《云龙风虎图》《柘竹双禽图》《柘枝寒禽图》《秋枝披霜图》《写生鹌鹑图》《竹禽图》《棘雀图》《色竹图》。可惜，后世离乱纷纭，李煜的书画作品全部散佚不见，后人无缘得见，殊为痛惜。

工欲善其事，必先利其器。李煜对笔墨纸砚也下了一番功夫，他直接参与设计的文房四宝是历朝历代求之不得的珍品。无论是"尖、齐、圆、健"的宣笔、"坚如玉、纹如犀"的徽墨、"滑如春冰密如茧"的澄心堂纸，还是"抚之如柔肤，扣之似金声"的龙尾砚，都是天下之冠。李煜还在饶州（现在的江西鄱阳）、歙州（现在的安徽歙县）、扬州三地设置专门的官衙，督办墨务、砚务和纸务。书写工具的提档升级，使得大量的书画典籍得以留存后世，为纸上文明的传薪厥功至伟。以至于李煜被俘后，刚刚把龙椅焐热的赵家皇帝现场揶揄道，你如果能拿出这一半的功夫经营天下，何至于此？皇帝没有想到，他的末世子孙赵佶、赵桓也是耽于丹青，失去了大好河山，落得个被俘归北、客死他乡的命运。

历史常常是一个循环。

而此时，大宋刚刚建国，一个江南王被俘，成为殿下臣子，而这个臣子绝无逆反之心，而且还擅长吟诗弄词，不时上呈御览。还有什么比这个更让宋太祖称心如意的呢？

李煜身居北国，但是新皇帝招待得还不错。新建的馆舍虽不如江南的皇家御园，但是毕竟养着花草鸟兽，该有的也都有了，夫复何求？还是按照过去的章程来吧，毕竟生活还得继续。荷花且传宴，红叶当催诗。矜桃李以作赋，折芝兰以按节。临曲水而奏章，登山阜而谱曲。

其实，李煜留下的诗词并不多，现存词可确定者三十八首，存诗十六首。但从数量上来说，与中国留下诗作最多的"十全老人"乾隆的一万多首诗词相比，自是不可同日而语。只是那个无人敢说一"不"字的皇帝的上万首诗词无一首让人记得，而李煜就不同了，他存世的五十四首中的每一首几乎都是精品，都堪称绝唱，甚至都成为国人文学启蒙的必读之作，深刻地影响了国人的审美趣味甚至文化心理。

雍容华贵的宫廷生活，醉生梦死的歌舞宴饮，如此人生极乐，在李煜的诗词里，得到了登峰造极的表达。无论是"花明月黯笼轻雾"的丽人艳情、"红日已高三丈透"的缠绵悱恻，还是"晚妆初了明肌雪"的男欢女爱、"亭前春逐红英尽"的离愁别恨，无不婉转旖旎，极尽修辞之能事，可谓名句迭出，字字珠玑。在我们这个诗歌王国里，作为"诗余"的词，到了李煜这里，达到了写景状物和表情达意的高峰。无论是对意外之境的想象，还是对汉字的造型排列和音乐节奏，乃至文字作为喻格的运用，都达到了一个世人难以企及的高度。

一个落红成阵的傍晚，春困将至，将晚未晚。时光如流水，日常如小年，李煜在宫中登高怅望，信口占一阕《阮郎归》：

东风吹水日衔山，春来长是闲。
落花狼藉酒阑珊，笙歌醉梦间。
佩声悄，晚妆残，凭谁整翠鬟？

流连光景惜朱颜，黄昏独倚阑。

美时美刻，无端惆怅，不择辞藻，不治妆容，犹如倾国佳人，虽粗服垢面，然难掩国色。如此美词，怎不让人沉醉？

词是供按弦击节、供人传唱的，就这样，李煜的词从粉墙黛瓦的南唐王宫中流转而出，在南唐的烟花三月里，在湖光山色间，在瓦肆勾栏处，在寻常巷陌，阡陌田舍里，和着江南的雨丝风片，柳烟飞花，在南唐的国土中氤氲出一片文化的天空。而此时从宫中流出的诗词，不再是气使颐指的最高指示，更不是不容置疑的敕令律例，而是最美的物事与最美的心灵相遇碰撞出的最动人的美乐懿音，而作者偏偏是天下最有才的才子，天下最美的情郎，这是他们的国王，他们心仪的偶像。

一次兴之所至，一个叫刘洞的隐士献词一首《石城怀古》，其中有句"石城古岸头，一望思悠悠。几许六朝事，不禁江水流"。此诗虽系凭吊六朝，却颇似南唐国势，李煜掩卷改容，十分伤感，以他对语词的敏感，他自然明白语言对心理塑造的力量。兴高采烈的李煜一下子泄了气。他太不想做亡国之君了，但是在惨淡的现实面前，徒呼奈何。

李煜在江南做国王的十五年，畏宋如虎，度日如年，靠降格称臣和逐年增加的岁供，苟安了十四年，最终还是城破被俘。李煜的词作是彻底的性情之作，一旦成为亡国之君，被囚汴京之后，"日夕只以眼泪洗面"，国破家亡的至悲剧痛，抚今追昔的不尽悔恨，无不使他痛彻肺腑，欲死不能，随着他被折成两截的断裂人生，其词作内容由追摹风情的风花雪月延伸到感时伤逝的家国之痛，由一己的遭遇扩展为人生无常的悲剧，风格也变为沉郁苍凉、忧思深广，从歌筵勾栏的倚声而作的艳曲变为言志之作，以深切的痛感和凄怆的氛围流传千古。王国维的《人间词话》里说："词至李后主而眼界始大，感慨遂深，遂变伶工之词而为士大夫之词。"

这个窝囊颟顸的末世之君，却被后世称为"一代词帝"，政治和诗词，社稷和人格，帝王之业和文学之美，在李煜身上，矛盾而统一，相悖相逆，而又相辅相成——政治上，他是一位局促偏安的亡国之君；文学上，他却是独步天下的"一代词帝"。李煜，在他的王国里没能实现南面而王的帝国梦，却在诗词这个洋洋大观的世界里登上了赫赫皇位，尽管不是他的所愿，但也实在地印证了"国家不幸诗家幸"这句老话了。

　　后世研究者注意到，在中国古代，确实存在"皇族艺术家"这个特殊的人群，而且还会周期性地出现，李煜、赵佶自不必说，就连明代粗鄙少文的朱元璋的后代，也出现过所谓的"书画皇帝"朱瞻基，还包括不世而出的天才艺术家朱耷（八大山人）和朱若极（石涛），清代爱新觉罗家族本是盘弓射雕之族，其后世的家族几乎无一不醉心并享受汉文明的艺术世界，并达到了一般艺术家难以企及的高度。个中的缘由发人深省，除了他们自小就见识了最高的艺术范式和受过最好的人文教育之外，主要还是他们自身的经历使然——当历史处于天翻地覆的改朝换代中，不幸把这些原本养尊处优的皇族从高高的云端，一下子扔到万劫不复的黑暗底处，惊恐苦痛，颠沛不已，欲死不得，求生不能，两极的遭遇，使得他们在对极境的体认和对自己心境的体会中，把自己的感情世界拉开撕裂，成就了感天动地的情怀之作。

五

　　自古文人多风流，这句话在李煜身上也得到了印证。

　　美的语句，美的音乐，美的景，美的人，但凡美的物事，李煜都有好奇进而占有的心思，他也有这个条件和资质。一般地说，男人拥有江山，也就拥有了美人，而美人通过拥有男人，也拥有了江山。更何况李煜和周娥皇这一对妙人儿确实是才子佳人，十分般配呢。

周娥皇是顾命大臣周宗的长女，是一位聪颖灵秀的扬州姑娘。君臣联姻，往往被视作政治同盟。而对于这两位年轻人来说，却是求凤得凤，求凰得凰。李煜善诗词、精书画、知音律，而娥皇呢，通书史、能歌舞、工琵琶，他们惊奇地发现：对方在才艺上是自己最理想的伴侣和知音。可谓珠联璧合，天从人愿。

娥皇盛于容貌，颇有顾恺之画笔下洛神的风姿，善于操缦安弦，弹得一手好琵琶。一日，娥皇在澄心堂的藏书中，寻到几册《霓裳羽衣曲》残谱。年深日久，纸张脆裂残破，又经虫蛀，曲谱如草蛇灰线，时断时续。她如获至宝，依谱循声，边弹边吟，时辍时续，悉心构思，仰仗自己深厚的舞乐功底，终于再现了礼赞大唐帝国盛世的太平法曲，使得散佚了两百多年的大唐遗音失而复得。惊喜之余，李璟把名重天下的烧槽琵琶赐给了这位才艺双绝的儿媳。不过，娥皇在曲终处做了改动。把舒缓如游丝远逝去的尾曲改为急转直下、戛然而止，裂帛似的声息让人心生不祥之感。

红颜多薄命，娥皇染病，李煜万千宠爱也不能挽救娥皇的天命，终于撒手西归。

李煜长歌当哭，江山日蹙，爱侣以鳏夫自居，以诔文哭拜灵前，自哀不已。

娥皇的妹妹此时来到宫中，她明眸善睐，清纯若水，活脱脱就是娥皇年轻的样子。

对这个名叫小薇的姑娘，李煜动心了，本来就长了一副与舜帝一样的重瞳子，而舜帝有姐妹二妃，长妃也叫娥皇，而眼前又从天上掉下来一位神仙妹妹，岂不是命中注定？

天意不可违，李煜开始张罗与后来以小周后之名传世的年轻爱人的婚礼。这是这位国王张罗的最后盛典，也是南唐君民最后一次末世狂欢。"亲迎"大典轰动金陵。凤辇羽仪，旌旗扇伞，宫女护拥，前有戎装侍卫开道，后有车水马龙，川流不息，光彩夺目，肃穆而喜庆，通向宫城的御街两旁，挤满了围观的人群，千头攒动，万巷皆空。

小周后与李煜可谓患难与共，相濡以沫。她以少女的天真和柔媚宽慰备受国事折磨的李煜，使他感到爱情的温暖和甘美。

小周后精心布置了一间花房，把南中国的名贵花卉移植到一只只"夺得千峰翠色"的"秘制瓷"做的瓷盆内，花房内姹紫嫣红，芳香袭人，人在其中，如坐七彩云天。李煜大喜过望，挥毫题额"锦洞天"。神仙洞府里，又置花亭，亭子的顶盖、四柱和底座，均用雕刻精致的紫檀木做成，四面以销金纱罩壁，白银钉玳瑁嵌压，又以绿钿饰隔眼，外张红色绡罗。

二人在这弥漫着花香与酒香的小天地里，醒则举杯畅饮，醉则交臂酣睡，此情此景，夫复何求？天下扰攘，又与我何干？

六

每逢改朝换代的战乱，南京几乎都要被血洗一次。

南唐覆灭之后，宫殿建筑荡然无存。人们想象南唐，常常从一幅当时的画作《韩熙载夜宴图》中得窥究竟。

画作的主人公韩熙载，是南唐的三朝元老，年轻时就胸怀韬略，满腹经纶，在朝野之中颇负盛名。李煜偏爱韩熙载的才气和才干，曾一度想用他为相，老谋深算的韩熙载觉察到李煜的刚愎自用和君臣共事的艰难，生怕在国事蜩螗之秋出任宰相治国不力贻笑后人，于是便蓄意自污，践踏礼法，狎妓酗酒。李煜为了考查韩熙载的品行，特诏擅长人物写生的翰林待诏顾闳中和周文矩，以宾客身份造访韩府，目识心记夜宴情景，二位丹青高手，夜探韩府归来不久，各向李煜呈献同题画《韩熙载夜宴图》一幅，画中凭各自印象，描绘了韩熙载夜宴中琵琶演奏、宾客观舞、宴间休息、伶人清吹、欢送宾客等五段场景，还原了一次完整的韩府夜宴过程。

画作出来了，韩熙载终于如愿以偿——疑心重重的李煜决心不再用此耽乐之人。遗憾之余，李煜却对画作赞不绝口，随即传谕内侍送往后宫悉心珍藏，并以重金赏赐顾闳中。

这幅用心之作的细节至为繁复，连同画中的服饰和杯盘的式样和颜色都原模原样，留下了南唐的基本模样，竟成了具有高度艺术价值和文物价值的稀世珍品。这恐怕是醉生梦死的南唐君臣没有想到的。

其实，李煜当初登基时的初心不是这样的，他继位之初，就把原名从"嘉"更名为"煜"，字重光。"煜"，取意于西汉扬雄《太玄·元告》中的"日以煜乎昼，月以煜乎夜"，意为光明照耀，喻中兴之意。但是李煜和其父一样，志大才疏、迂腐轻率，加之用人失误，遂使朝无贤臣，臣无良策。把持朝政的尽是器小识浅、浮华轻佻的宠臣，这伙善辞令、无实学之徒，虽然疏于经邦治国，却以党同伐异、身跻高位为能事。而能干的大臣如韩熙载之流的只能醉生梦死，随波逐流。

而此时，北方的宋却加快了一统天下的步伐。李煜眼睁睁地看着身边的邻国荆南、后蜀、南汉被一一剿灭，唇亡齿寒，紧箍咒越念越紧，勒得李煜难以喘息。

他没招了，只能拿出最值钱的金帛和珠宝来换取苟延残喘的时间，这个手法被一用再用，已成为李煜对北宋的基本国策。南唐对北宋无休止的献纳，几乎到了无事不贡、无时不贡的地步：宋朝皇帝吉凶大庆自不必说，婚丧嫁娶得送，四时八节得送，人家打仗打赢了得送，出师不利也得劳军，不论遇到何等大事小情，也总得表示表示。据史载，在北宋建隆三年（962年）一年就相继于三月、六月、十一月纳贡三次。其中，仅六月一次就献金器二千两，银器一万两，锦绮绫罗一万匹。数量惊人的进献，养肥了敌人，削弱了自己。南唐银根紧缩，入不敷出。李煜为了弥补财政亏空，只好下令改铸和发行质料廉价的铁钱，以十当一，取代铜钱；同时巧立名目，扩大税收来源，甚至连鹅生双黄蛋，柳枝结穗絮都得缴税，民众不堪重负，怨声载道。

然而，金帛再多也填不饱北方王朝的胃口，珠宝再佳也止不住宋太祖赵匡胤的贪欲。因为大宋天子要的并不是这些零零碎碎的财物物产，而是要李煜自献金瓯，贡出整个的江山：有了江山，什么财产物产还不是朕的，还要假你的手来贡？

面对赵匡胤的软硬兼施，李煜委曲求全，步步退让，除了在经济上频频进贡以外，在政治上又进一步降格，彻底奉行藩臣的一切礼仪。李璟当初臣服后周，仅仅是削去帝号，自称南唐国主，对所辖臣民还是照行天子礼仪。李煜更退一步，取消国名，以江南代称南唐，改南唐国主为江南国主，改南唐国印为江南国印。可这番本意讨好的自我贬损并没有换来宋朝的首肯，却让跟着他的臣民们寒了心，使他的政权合法性受到质疑，大臣心思漂移，民众满腹疑虑。他作茧自缚，陷入了永远也无法解脱的被侮辱、被损害的境地。

现代社会学的墨菲定律有个法则：如果你担心某种情况发生，那么它就更有可能发生。这就是中国人说的，怕什么来什么。对于江南国来说，不想来的还是来了。

北宋开宝七年（974年）农历六月，筹备已久的宋太祖宣谕由大将曹彬挂帅出征江南，并在讲武殿赐宴，为出征将帅壮行。

曹彬相传是曹操后代，他统率兵马，自蕲州乘船驶入长江后，鼓棹扬帆，快速前进，绕过江州，再克池州，等到北宋兵马沿着采石浮桥源源渡江，军械粮草接踵而至时，李煜才痛感大难临头，再无退路，只有困兽犹斗，死命抗争。他将澄心堂定为战时处理国政军务的机要重地，特设"内殿传诏"，只准为数有限的重臣参与其事。

划江为界以来，南唐仰仗称臣纳贡偏安苟活，遂使武备松弛，官娇兵惰，朝野堕落，疏于战事，往日驰骋疆场的老将多已作古。此次殊死一战，是李煜有生以来第一次、当然也是最后一次亲自部署兵力抵抗侵略军。

带兵打战毕竟不同于舞文弄墨，与人血拼也绝不是吟诗作赋。看着巍峨的北方军阵，李煜内心开始动摇，他对赵家天子仍然抱有幻想，妄图以和谈弭兵。其实，这无疑与虎谋皮，自投罗网。唯一的效用可能是自乱阵脚，动摇军心。

成竹在胸的宋太祖，对李煜的乞求一如既往地无动于衷。一天，赵天子突然来了兴致，召见南唐的使者徐铉。徐铉先发制人，开口就谴责赵匡胤"师出无名"，竟对恭谨纳贡的江南国妄加干戈。赵皇帝按剑一笑："卧榻之侧，岂容他人酣睡！"

常州丢了，润州（现在的镇江）丢了，宋军杀到了金陵城下。最后的水师也被曹彬的一把大火烧得全军覆没。消息传到金陵城，李煜失声痛哭，陷入极度的绝望之中。当年十一月，天气苦寒，宋军破城的一切准备都已就绪。此刻城中居民粮尽炊断，啼饥号寒，冻馁街巷；守军也因不得温饱，精疲力竭，士气低落，金陵城已经成为惊涛骇浪中一叶孤岛。

几日后，宋军开始攻城，战鼓震天，杀声四起，硝烟奔突，弥散八方。金陵军民拼死抵抗，联军则反复发动强攻，三天后，金陵城破，随后的巷战惨烈无比，结果是玉石俱焚。

李煜面对颓败的局势束手无策，居然幻想乞灵佛门，求助佛力。一阵呼天抢地的祷告后，情况还是没有好转。李煜无计可施了，只得退居宫城，关门闭户，以笔墨解愁。

傍晚，攻城的士兵开始休整，大战前的围城一片死寂。时令已冬，风雪交加，寒气袭人，阴云密布，不见星月，宫墙外混沌一片。远处，佛寺影影绰绰，梵呗声断；近处，宫墙肃立，修竹低垂，孤鹤却步，寒鸦乱飞。暮色肃杀与命悬一线的时局何其相像？李煜痛悔自己，吟出一首《青玉案》：

> 梵宫百尺同云护，渐白满苍苔路，破蜡梅花李早露。
> 银涛无际，玉山万里，寒罩江南树。
> 鸦啼影乱天将暮，海月纤痕映烟雾，修竹低垂孤鹤舞。
> 杨花风弄，鹅毛天剪，总是诗人误。

宋军攻到宫中时，正是中午，在烽火危城中坐以待毙的李煜，正穷极无聊，伏案书写他在初夏时节填的《临江仙》词。刚刚写完上阕，下阕只写两句，内侍便慌慌张张地进门奏报：内城已破，宋军正向禁中袭来。李煜闻声颓然掷笔，在御案上留下了一首未书写完的词稿手迹：

> 樱桃落尽春归去，蝶翻金粉双飞。
> 子规啼月小楼西，画帘珠箔，惆怅卷金泥。
> 门巷寂寥人去后，望残烟草低迷……

临了，李煜下了最后一道王旨，让一位姓黄的保仪点了一把火，将内府所藏书画图籍烧着了，大火吞噬了当时最好的艺术精品和心灵创造，很多汉文明的优秀成果自此不复现世。李煜此举广被后人所指斥。其实从他的角度来看，此举与其说是愚昧昏聩，倒不如说，是他心灰意冷，用自己所挚爱的东西，为自己提前做了殉葬。

李煜率领众臣和宫人，肉袒出降，背后是烈焰灼灼的大火。在寒冷的风雪天中，释放出冲天的暖意。

七

2008年冬天，在巴黎塞纳河边的十里书摊上，我看到一册中国古代的春宫图，中间有一幅《宋太宗临幸小周后》。画面中，宋太宗头戴幞头，面黔色而体肥，器具甚伟；周后肢体纤弱，数宫人抱持之，周后作蹙额不能胜之状。这是根据李煜和小周后被俘后，宋太宗经常召见小周后，后世人附会出的情状。画面很黄很暴力。

果如斯，其状何以堪？其情何以堪？而李煜的心情恐怕不是一个痛苦可以了得。

李煜一行到了帝都汴京，此时，李煜的余生已经不长，自此，他的命运不复是自己的诗章，而是由别人代笔，显得局促而潦草。他寄人篱下，备受侮辱，无日不以泪洗面，他做成了自己早年就极度恐惧、最不想做的亡国之君，而偏偏成了第二个孙皓，第二个陈后主！如何面对江南父老？面对自己的子女臣下？面对常被他人招幸的小周后？真是生不如死，可即使死后，到了地下，又如何面对深爱自己的开国祖父？面对对自己寄予厚望的父皇？

求生不能，求死不得。在深度抑郁，极度悔恨中，他写下了字字血泪的《虞美人》：

> 春花秋月何时了？往事知多少。
>
> 小楼昨夜又东风，故国不堪回首月明中。
>
> 雕栏玉砌应犹在，只是朱颜改。
>
> 问君能有几多愁？恰似一江春水向东流。

这是一曲生命的哀歌，是他的绝笔，也是中国文学史的绝唱，一个可以与屈原问天相媲美的人间绝唱。同是沛然莫御的愁思、迷惘无极的惆怅，不同的是，屈原是问人生天地间之无奈，李煜是问人处人世间之凄怆。

2007年端午节前，我率摄制组去湖南汨罗。在玉笥山的屈子祠，看到一尊屈原的塑像。这里的屈原像不过是一个黑瘦的老者，虽然忧心忡忡，却慈眉善目。在这里，那个经历了几十年宦海生涯的大夫成功回归了自我，不再是《离骚》中的那个美人，不再是《卜居》中的问卦者，一个走过了几十年岁月的老者成就了最真实的自己。回首那几十年的过往，得意，谗言，迁徙流离，都像是湖湘朝夕常见的雾气一般，看不真切。屈原在汨罗江畔，种田打鱼，采风行医，和当地楚人一样，过着清贫简朴的田园生活。"游于江潭，行吟泽畔，颜色枯槁，形容憔悴。"他老了，无力再去朝采木兰，夕揽宿莽；无心再跋山涉水去相约香草美人，也无须在众人皆醉我独醒的状况中苦苦坚持。但当秦国的战车冲破了楚国郢都的城门，当虎狼的号叫惊吓了汨罗江畔赤豹文狸时，沉浸在血脉中的血性被再次唤醒，屈原斫地狂歌，仰天长叹，在痛苦、悲愤、绝望中，选择了五月五日这个传统祭祀的日子，面对这湾平静的江面，怀沙自沉。

由问天、问人而到自问，人生大悲大恸，莫过于此。

而在宋太宗看来，好你个李煜，你是战败被俘，我让你进京，也不杀你，好吃好喝，你还惦记你的故国小楼？还怀念你的雕栏玉砌？这位曾以一出斧声烛影而让后世迷惑不解的皇帝，给这位不识相的"违命侯"送去了最后的晚餐。

餐后，李煜痉挛倒地，在牵机药的煎熬中，他痛苦地把身体盘成了一张弓，那正是此刻天上的月亮的形状。

李煜，那个时代最有才气的诗人，就此告别了令他不堪的人世。那天正好是七夕，临死前，他的耳朵里回荡的一定是远在千里之外的江南儿歌——"月亮公公，月亮婆婆，请你下来，吃个馍馍。"

生于七夕，卒于七夕。月亮伴随他一生。

这位长相酷似明君舜帝的文人国王，却是一位实实在在的亡国之君，生在南唐开国元年，他的生世与南唐的国运相始终，眼睁睁地看着大好河山亡于己手，他的离世，与他离开江南还不到三年。

李煜的死讯传至江南，厚重仗义的南京城一派哀恸，他们的国王客死他乡，怎么不让人伤心？据吴任臣《十国春秋》记载，当时南京的"父老多有巷哭者"。

2013年，我应郁康淳导演之邀，写了一部实景演出的剧本《虞美人·金陵传奇》，以李煜的身世再现金陵的传奇。我在导语中写道："风流诗人感天动地的爱情故事，末代天子家国败亡的传奇境遇，戏剧人生遽起倏落的悲悯感怀，一代词帝发自肺腑的文学传唱。"

李煜死后，虚情假意的宋太宗追封其为吴王，赠太师。特诏辍朝三日，以示哀悼。

李煜最后的归属在位于洛阳城北郊的邙山。那是一座浩大的公墓，密密匝匝，葬满了王公大臣。凭李煜的审美和习惯，这里粗粝简陋肯定不是他喜欢的地方，更不堪的是，他生前最警惕的陈后主的墓也在这里。现在，这里建有中国第一座古墓博物馆——洛阳古墓博物馆，地被圈起来，开始卖门票。

"北邙山上朔风生，新冢累累旧冢平。富贵至今何处是，断碑零碎野人耕。"每一座坟墓都有一个故事，明朝薛瑄的《北邙行》道尽了其中的款曲。

颇有意味的是，赵匡胤当年曾对李煜的使臣说过，"卧榻之旁，岂容他人酣睡"，然而他没有想到，他一手缔造的大宋江山仅仅传到了第八代，后世中偏偏出现了一位不让于李煜的大艺术家，这个被后世称为徽宗的赵佶，竟在他一手打造的龙床上酣睡不醒。

历史传说有时颇似黑色幽默。接下来的就有意思了，后人把同是玩物丧志的亡国之君宋徽宗赵佶说成是南唐后主李煜转世。周密在《齐鲁野语》中说，宋神宗在临幸前，曾阅李后主像。后来生赵佶（徽宗）出生时，又梦见李煜来谒。这样一来，赵佶当是李煜转世无疑。冯梦龙在《醒世恒言·勘皮靴单证二郎神》中，更是言之凿凿："（徽宗）乃是江南神霄玉府虚静宣和羽士道君皇帝。这朝天子，乃是江南李氏后主转生。"转世之说显属附会，但是传说倒是喻示了这样的看法：中国文化本质上是一种君子文化，君子也是中国文化的创作主体，君子与小人的人格冲突是中国文化矛盾的主要形式。这样的君子，遵循由"同人"（与人同）而"大有"（万物归）、由"谦"（大者不盈）入"预"（和人悦己）的自我完善道路，自然与作为君主需要的罔顾众生的雄才大略、唯我独尊的个性器局和天生霹雳的杀伐手段大相径庭，乃全格格不入。

如此看来，艺术之于江山，不啻是"祸水"，所到之处，必致江山易主，社稷覆亡。从这个意义上说，赵匡胤把赵氏的基因传给了赵佶，而李煜则把文化的基因传给了赵佶，甚或有好事者说，李煜以这种带有美感的方式完成了对大宋的复仇。

不过传说归传说，李煜毕竟是曾经鲜活的真实人物，其声名和其诗词也被历代国人传唱。2013年，河南孟津在玉米地里发现一处被盗掘的宋墓，当地媒体众口一词，说是李煜的墓，后来无人响应，也就不声不响，不了了之。

"问君能有几多愁，恰似一江春水向东流。"

能得此句，足铭千古。其余种种，似不必论。

2018年6月5日凌晨于江南

梦 别 天 姥

一

　　蜜蜂像一朵雾，扇着透明的翅，悬停在半含半吐的蓓蕾上，窥探着深藏在梅蕊里的秘密。

　　红的梅，白的梅，紫的梅，绿的梅，一朵、一枝、一树、一林，烂漫了整座山坡，大叫大嚷着告诉世界：春天已经坐稳了江山。

　　虽还未到"杂花生树，群莺乱飞"的四月，但是在二月的江南，寒暖交替，布谷远吟，花开次第，倒也别有况味。一个诗人说过，早春和暮秋一样，是最具诗意的季节。

　　烦事完毕，划动着手机上的绍兴地图，一个地名一下子跳入眼际：天姥山！唐代大诗人李白的《梦游天姥吟留别》里的诗句一下子浮现出来："海客谈瀛洲，烟涛微茫信难求。越人语天姥，云霞明灭或可睹。"天姥山和海上仙阁一样，是古人无限向往之地。而这个在古代大名鼎鼎的仙山就在位于浙东的新昌。

什么叫缘分，这就是了。

从新昌县城一路往南，到天姥山，地图上标注的距离不到一百公里，并不算远。车窗外分明是暖和的，江南的草木在春风鼓荡下开始绽绿，点缀在墨绿丛中的山花似繁星点点，灼灼其华，怡人的春茶萌出芽头，茶农已经上山采摘。

经过剡溪。这是在李白诗里响当当的名字："明月照我影，送我至剡溪。"剡溪由南来的澄潭江和西来的长乐江汇流而成，前者湍急浑浊，当地人称作"雄江"，后者缓和清澈，当地人称作"雌江"。"江河同源向心苦，一清一浊何不同"，一江两流，雌雄交汇，清浊分明，引人遐思。

出儒岙镇十公里，天姥山俨然在望。汽车沿着公路盘旋上行，两岸危崖壁立，林木森森。溪涧怪石累累，瀑潭相叠。史志载："自括苍至关岭界层峦叠嶂，苍然天表，千姿万壮，为一邑主山。"

相传道教有三十六洞天、七十二福地，这些悠远复幽静的好地方远离人寰，遍布神州，皆仙人居处游憩之地，也是世人向往的通天之境。天姥山就是这其中的第十六块福地。在崇尚儒道的魏晋士大夫看来，世人寻访天姥、追慕仙迹，和天子登泰山、封禅天下一样，皆出诸自己的本心。而一篇《梦游天姥吟留别》更是经李白之口，吟哦至今，成为游仙诗中的名篇，甚至在洋洋大观的唐诗中，也独树一帜，作为典范篇章让世人吟诵赞叹，至今不绝。而暴得大名之后，天姥山又归于沉默，以至于寂寂无名，湮灭无闻。

二

"噫吁嚱，蜀道之难，难于上青天。"在中国这片倾斜的大地上，凹陷的四川盆地犹如陆沉，封闭和荒僻陈陈相因。二十四岁的李白从大山环伺的盆地走出，走向了日日向往的穹顶之下，走向了繁华簇锦的大唐盛世。从此，这位志存高远的年轻人开始了天涯苦旅。浊酒浇块垒，同好赋新章。借山水荡涤心胸，借读书丰富心灵，假琴剑陶冶性情。飘飘荡荡，潇潇洒洒，像是传说中的一种鸟，一直在空中飞，困了就睡在风里。

诗人的心都是大的，拥有一颗大心脏的李白才情不凡，自然恃才傲物，渴望建功立业。"奋起智能，愿为辅弼，使寰区大定，海县清一。"天宝元年（742年），四处游历二十多年的李白由道士吴筠推荐，得到唐玄宗的召见。在巍峨的金銮殿上，唐玄宗降辇步迎，御手和羹，赐予李白翰林待诏的荣位。李白由布衣而卿相，青云直上，志得意满，可谓一夜飞渡。

大唐盛世，威加天下，万邦来朝。《梦游天姥吟留别》中的诗句"青冥浩荡不见底，日月照耀金银台。霓为衣兮风为马，云之君兮纷纷而来下。虎鼓瑟兮鸾回车，仙之人兮列如麻"。与其说是对天姥仙列的虚空想象，不如说是对大唐天子仪仗的现实描摹。李白厕身其中，见识了皇帝不凡的威仪，也很喜欢这种华丽排场。

李白性情旷达，爱好自由，在水汽氤氲、绿植遍野的蜀中，盛行的道教与他的内心暗通款曲，甚为契合。当时，晋朝道家葛洪的《抱朴子》在士人阶层中广受追捧，奉为经典。特别是其中的以神仙养生为内、以儒术应世为外，内外兼用、士隐变通的人生哲学显然对李白的人生起到了重要作用。"朝隐"和"野隐"一样，殊途同归，可以择机行事，无为而治。所以"朝为田舍郎，暮登天子堂"，对于李白来说，与后来的"朝饮兰露、夕餐菊英"隐逸生活都是一样的修为，都是一样的自我成全。

李白被封的翰林待诏是个什么官？这其实是个闲职，负责草拟报告，靠文字吃饭。从李白的行止看，他担任的工作是用诗文记录皇帝的生活，以锦绣文字粉饰太平，以呈御赏。对于这项工作，李白看来并不嫌烦，相反，却情绪饱满，干得很欢，甚至迎来了他创作的黄金期。

我们来数数看吧——天宝二年初春，李白奉召作《宫中行乐词》八首，仲春作《龙池柳色初青，听新莺百啭歌》，暮春作《清平调》三首，夏季作《白莲花开序》三首。陪侍在帝王边上，诗人诗兴大发，笔下呈现出前所未有的花团锦簇，藻词丽句，也可见出他兴奋的心情。这首《驾去温泉宫后赠杨山人》就反映了他当时的心情：

> 一朝君王垂拂拭，剖心输丹雪胸臆。
> 忽蒙白日迴景光，直上青云生羽翼。
> 幸陪銮驾出鸿都，身骑飞龙天马驹。
> 王公大人借颜色，金章紫绶来相趋。

日日身处天子的威仪之下，如置身云端，丽日高悬，俯瞰天下，乌云和阴霾统统不见，"济苍生，安黎元"的理想也似乎触手可及。

世间事，不如意者常八九。结果与过程常常二律背反。其兴也勃，其亡也忽。随后，我们看到了作为李白粉丝的杜甫的诗句："李白斗酒诗百篇，长安市上酒家眠。天子呼来不上船，自称臣是酒中仙。"让人对李白的不祥命运似有预感。"天地不仁，以万物为刍狗"，作为天子的皇帝自然也是恩威并施，视人如草芥，处理起来也是不假思索的。结果很快出来了：天宝三年，李白上疏"恳求归山"，玄宗没有挽留，龙袖一甩，赐金放还。

李白走了，不是决绝，而是不舍，不是潇洒，而是幽怨。一首借用乐府古题的《梁父吟》表达了他遭受挫折的愤懑以及期盼明君知己的愿望：

> 我欲攀龙见明主，雷公砰訇震天鼓。
>
> 帝旁投壶多玉女，三时大笑开电光，倏烁晦冥起风雨。
>
> 阊阖九门不可通，以额扣关阍者怒。
>
> 白日不照我精诚，杞国无事忧天倾。

哎呀，我胸有治国大略，我必须为国家担忧，我想见圣人！可是圣人您老人家在干什么呢？鼓声敲得震天响，圣人和宫女贵妃们做投壶的游戏忙又忙！一口的牙齿笑得多灿烂。可是宫墙外危机四起，这些事情圣人您可知？通往深宫的门紧闭着，我用头撞门却激起门人的愤怒，责怪我打扰了您的雅兴。太阳啊，您整天被乌云蒙蔽着啊，您怎么可以照到我忠诚忧国的心肠？

最后，诗人还忍不住再次长叹——

> 梁甫吟，声正悲。
>
> 张公两龙剑，神物合有时。
>
> 风云感会起屠钓，大人嵘屼当安之。

梁甫吟啊梁甫吟，心事重啊声音悲，古之名剑——干将和莫邪，你们何时可以相合？那时才会天下无敌，我什么时候才可以与圣人风云际会呢？那时天下将太平无事。等待吧，安心地等待，等待最好的时机！

一唱三叹，一步一回头。潇洒不羁的李白，此时却与悲愤欲绝的屈原心思相同，在千年后又唱起了《离骚》。

谁能告诉我，天之大，飞渡的乱云中哪块会下雨？地之广，哪里才是理想的栖息地？

既然朝堂不容立锥，那就寄居山水吧。日月经天，江河行地，山岳峻拔，田野广漠，身处其中，可游可居，求仙访道，放浪形骸，逍遥天地之间，不知今世何世。居庙堂之高，危乎殆矣，处江湖之远，不亦乐乎?!

中国古代的士大夫，人生大抵循着这样的套路：得意时是儒家，失意时是道家，绝望时是佛家。不论处于什么境况，人总得找到一个内心的依据。

离开了朝云暮雨的庙堂，离开了无处辩白的是非，李白开始走天涯。由此，唐诗也开始了新的局面。

三

我登上了天姥山。

当地人把山的最高处叫拨云尖，因山顶常萦绕白云，故得其名。伫立回望，山下的房舍田野方正俨然，如微观世界。天姥山其实并不孤立，北有芭蕉、斑竹两座大山遥遥相对；南有王会、牛牯、万年诸山蜿蜒俯伏；西南有莲花峰拜倒脚下；东南有著名的天台山遥遥在望。众山环绕，如屏如障，横亘天际。山色由近处的深黛，到中观的翠青，到远野的淡苍，如洇染的水墨，一层层没入天际，以至于无极。

在李白笔下，天姥山是如此雄伟："天姥连天向天横，势拔五岳掩赤城。天台四万八千丈，对此欲倒东南倾。"我记得上大学时，游国恩先生的《中国文学史》中对此诗做了这样的评价："淋漓挥洒、心花怒放的诗笔，写出了诗人精神上的种种历险和追求，好像诗人苦闷的灵魂在梦中得到了真正的解放。"——但是，此地的山势山色并不出奇，诗中所津津乐道的明灭的云霞、催人入梦的花和石、惊天动地的电闪雷鸣根本无从得见，至于訇然中开的洞天石扉、浩荡的天国仪仗和如麻的仙人队列，更是恍如隔梦，子虚乌有。

不得不说，这是一处普普通通、无甚特色可言的南方山系。

我注意到，《梦游天姥吟留别》又名《别东鲁诸公》，是李白被排挤出长安的第二年，即天宝四年，准备由东鲁南游越中时，写来向朋友们留别的诗。

原来如此！李白开了个千年玩笑：他老人家在山东，人还没来，就把即将要来的天姥山来了个极致的想象，写出来作为赠品送了人。

看来单凭文本说事，真不靠谱。传说李白离开长安前，唐玄宗还给了他一块贴身"金牌"：准许他喝天下之酒，不用付款，其饮酒费用由官府结算。事实上，天子与李白并不投契，皇帝也不能率性行事。但是后人宁愿相信，李隆基生性随性风流，送个投契的诗人一份特别的赠礼又有何妨？再说了，大唐又不是市场经济，率土之滨，普天之下，谁还敢不听皇上的?！

秋风瑟瑟，水波渺渺，穿山过岭，走滩闯原，李白的行踪大致都围绕长江流域，和滚滚长逝的长江一样，东去不回。浮游四方的李白到此一游的地方，在他的诗歌里面都有体现。问题来了，李白有没有来过越地，有没有到过天姥山？

史料阙如，考察诗人的行迹，看来还得要从他的诗歌中寻找答案。

《梦游天姥吟留别》，诗为古风，并不长，中学生都背过，可以借此再温习一下——

海客谈瀛洲，烟涛微茫信难求。

越人语天姥，云霞明灭或可睹。

天姥连天向天横，势拔五岳掩赤城。

天台四万八千丈，对此欲倒东南倾。

我欲因之梦吴越，一夜飞度镜湖月。

湖月照我影，送我至剡溪。

谢公宿处今尚在，渌水荡漾清猿啼。

脚著谢公屐，身登青云梯。

半壁见海日，空中闻天鸡。

千岩万转路不定，迷花倚石忽已暝。

熊咆龙吟殷岩泉，栗深林兮惊层巅。

云青青兮欲雨，水澹澹兮生烟。

列缺霹雳，丘峦崩摧。

洞天石扉，訇然中开。

青冥浩荡不见底，日月照耀金银台。

霓为衣兮风为马，云之君兮纷纷而来下。

虎鼓瑟兮鸾回车，仙之人兮列如麻。

忽魂悸以魄动，恍惊起而长嗟。

惟觉时之枕席，失向来之烟霞。

世间行乐亦如此，古来万事东流水。

别君去兮何时还？

且放白鹿青崖间，须行即骑访名山。

安能摧眉折腰事权贵，使我不得开心颜！

"一切景语皆情语也。"

有人分析，李白在诗歌中不食人间烟火，在现实中却功利心十足。诗中不是追求神仙世界，而是借梦游天姥写他"待诏翰林"的经历，抒他"攀龙堕天"的情态。清人陈沆《诗比兴笺》里说，"太白被放以后，回首蓬莱共宫殿，有若梦游，故托天姥以寄意。题曰'留别'，盖记去国离都之思，非徒酬赠握手之什"。

上面的说法似乎有点道理。但是我更愿意相信，李白是记了一场梦，一场中国文学史上唯一可以跟庄子逍遥游并驾齐驱的大梦。《庄子·齐物论》云："且有大觉，而后知此其大梦也。"而李白在梦境中从"我"入梦，到由"我"的隐匿和旁观，最后是"我"的惊醒和自我确认。

人人有梦，人人爱梦。诗人说，梦是一封没有翻译的远古来信。人类学家说，梦是自然进化的谬误，是上帝造人时的过失。对于李白而言，梦，则是人生的另一部华彩乐章。

一项心理学研究得出结论：人类做梦是大脑在虚拟环境中对如何处置危险情况的预演。尤其是噩梦，一个人每年要做三百到一千次噩梦。人类正是在噩梦中进行安全训练。弗洛伊德认为，梦是人的欲望的替代物，它是释放压抑的主要途径，以一种幻想的形式，体验到这种梦寐以求的本能的满足。隐藏在潜意识中的欲望之火由于现实的压抑不能满足，而潜意识中的冲动与压抑不断斗争，形成一对矛盾，进而形成一种动力。这种动力使欲望寻找另外一种途径或满足，这就是梦。

梦，既真实，又虚幻，这属于心理，还是想象，人们至今还不能完全解释。而我宁愿相信，梦是有意识看无意识的一扇窗子，是可以窥见人的内心秘密的一个预留的锁孔。

能做梦是人生之幸，能白日做梦则是人生之大幸。

黑泽明是我最喜欢的日本电影导演，没有之一。整整半世纪，他执导了三十部电影。黑泽明在电影中最好地阐释、演绎了东方人生哲学，而他一生心路历程在他生前最后一部电影《梦》中展露无遗：狐狸娶亲，桃园游魂，风雪不归，战争惊魂，邂逅梵高，核能爆炸，鬼哭地狱，世外桃源，这八个梦貌似并无关联的故事其实连缀、阐释了他的一生。他肯定心里清楚，这是自己最后的作品。风雨一生，想说的太多，来不及说的也太多，于是把所有的心里话糅在了八个梦里。梦是比喻，是真实的代入。每个梦都有独到的场景，每个故事都是莫名开始，莫名结束，与真实的梦境一样，不知何来，不明所往。黑泽明的《梦》寄予了他对人生和世界的全部思考，加上导演奇崛的想象力和挥洒自如的气魄，可以说是导演一生功力的极致绽放。他把自传定名"蛤蟆的油"，把回顾一生比喻成蛤蟆照镜子，看到自身的丑陋，吓出了一身油——不到最后的路程，人生大梦难醒。

我想起鲁迅的梦。在他的峻烈辛辣的文字中，有一篇柔软而温暖的文字《好的故事》。昏沉的夜间，鲁迅回忆了"许多美的人和美的事，错综起来像一天云锦"的美梦。正是有了这样好的故事，与惨淡的现实相比照，鲁迅说了特别耐人寻味的话：人最痛苦的是，梦醒了无路可走。

对于李白而言，宦海沉浮二三年，一无所获，如同一场梦，总算突围而出，获得了自我解脱和心灵净化。其实，人生就是由一场接着一场的梦连缀而成的大梦，既然是梦，梦在何处、梦在何时也就不重要了。这个梦可发在巴蜀，可发在终南，可发在泰岳，自然也可发在天姥山。无处不可做梦，无处不可游仙，李白不过是在此地找到了一个出口。

没关系的，也无所谓了。

台湾有学者提出梦的"心身作用说"：做梦时，幻想与自我分离，人不会察觉是自己在幻想。而梦境越是美好，现实越惨淡，这种心理落差就越大，巨大的矛盾和比照，是这篇《梦游天姥吟留别》具有特别张力的动因。

李白梦醒了，明白了自己的初心。"且放白鹿青崖间，须行即骑访名山。"知道了从哪里来，将往哪里去。最后的话就顺流而下了，以"李白式"的道白喷涌而出："安能摧眉折腰事权贵，使我不得开心颜！"

我总有一点不解，李白的天姥山之梦绮丽无比，梦游天姥既是一个美梦，而美梦是让人沉醉回味、憧憬不已的，但是李白梦醒后却"忽魂悸以魄动，恍惊起而长嗟"，惊悸复嗟叹，难道让他胆战心惊的原因只是"惟觉时之枕席，失向来之烟霞"的失落？答案可能只有一个，他对遭受的现实落差耿耿于怀，他的人世之心还没冷却。可能这也是他余生的行为轨迹的逻辑起点。

梦里的快意，并不能代替现实的惨痛。梦游天姥山之后，李白是不是真的开始自我放逐，逍遥天涯？从此往后，他的人生就一路坦途了吗？

四

春天山花烂漫，夏天薜萝缠枝，秋天彤叶照空，冬天雾凇冷挂。同行的朋友告诉我，天姥山最美的时节是在冬天和夏天：一是初雪后的雾凇，粉砌玉妆，宛如仙境；一是夏天雨后的龙潭，高低错落的山涧之水，穿过累累顽石，汹涌而泻，恰似万马奔腾，壮观之极。

如果李白真的来过天姥山，想必会在他的诗作中有所体现。但是全篇没有这些真正的实景——镜湖、剡溪一带而过，真实的天台山仅仅写了一句："对此欲倒东南倾"，天姥山呢，则是"天姥连天向天横，势拔五岳掩赤城"。只见概貌，不见细节，只有比拟，没有实摹。

从诗境来说，这不是实境而是梦境，而从诗歌的题材来说，这是典型的游仙诗。

"仙"，从字形上看，就是住在山中之人的意思。游仙诗是中国古代诗歌的一大门类，表现逍遥世界，抒发内心的忧思情绪，早在《庄子》中已有抒写仙人"肌肤若冰雪，淖约若处子"，"千岁厌世，去而上仙。乘彼白云，至于帝乡"。秦始皇曾作《仙真人诗》："及行所游天下，传令乐人歌弦之。"《仙真人诗》已佚，可鲁迅认为"其诗盖后世游仙诗之祖"。后世的游仙诗中，有幻想仙境、描写异象的"慕仙诗"，有祈愿帝王长生不老的"祝颂诗"，也有怀才不遇、愤世嫉俗的"寄语诗"，模仿前人、虚构想象的"拟古诗"，甚至有玩世不恭的应酬诗、吊儿郎当的"狎邪诗"，等等，林林总总，不一而足。

根据顾颉刚先生的看法，"中国古代流传下来的神话中，有两个很重要的大系统：一个是昆仑神话系统；一个是蓬莱神话系统。昆仑的神话发源于西部高原，它那神奇瑰丽的故事，流传到东部地区以后，又跟苍茫窈冥的大海这一自然条件和地理结构结合起来，在燕、吴、齐、越沿海地区形成了蓬莱神话系统。此后，这两大神话系统各自在流传中发展，到了战国中后期，在新的历史条件下，又被人结合起来，形成一个新的统一的神话世界"。此后，神话系统进一步延伸与深化：昆仑一系向上跃升至天庭，形成天上的仙宫意象；向下延伸至名山，形成了"洞天福地"之类的凡间仙窟意象。昆仑、蓬莱两大神话系统，为后世游仙诗提供了活动场域与想象架构。

但在李白之前，仙山大多局限于神话传说中的昆仑及蓬莱三岛，只在曹操、曹植的游仙诗中才出现了华山、泰山等极少数尘世山名。而盛唐其他山水诗人的歌咏中，也只是见山是山，见水是水，与仙境少有瓜葛。只有到了李白，游仙诗和山水诗才如两股溪流相遇，各擅其道而又交汇贯通，激越澎湃。

李白自称谪仙，因此他游于仙境犹如旧地重游，与仙人相遇犹如故人重逢，甚至如游子还家，一切是那么熟悉亲切，且又充满了理想色彩：

仙人浩歌望我来，应攀玉树长相待。

——《怀仙歌》

长鲸奔浪不同涉，抚心茫茫泪如珠。

西来青鸟东飞去，愿借一书谢麻姑。

——《古有所思》

李白和仙人分明是一家亲，双方都殷切地思念着对方。一旦李白回到仙乡，神仙们都格外热情：

明星玉女"邀我登云台，高揖卫叔卿"，赤松子"借余一白鹿"（《古风》），玉女"含笑引素手，遗我流霞杯"（《游泰山》），真人"粲然启玉齿，授以炼药说"（《古风》），"太白与我语，为我开天关"（《登太白峰》）。

而诗人对仙人的邀请则是"含笑凌倒影，欣然愿相从"（《古风》），"举身憩蓬壶，濯足弄沧海"（《酬崔五郎中》）。

至于他在仙境中的行动，则更是自由自在，随心所欲：

"朝弄紫泥海，夕披丹霞裳"（《古风》），"扪天摘匏瓜，恍惚不忆归"（《游泰山》），"羽化骑日月，云行翼鸳鸾"（《登敬亭山南望怀古赠窦主簿》）。

而在《送杨山人归嵩山》里，李白则写道："岁晚或相访，青天骑白龙"，在《庐山谣寄卢侍御虚舟》中，李白更是得意非凡："先期汗漫九埃上，愿接卢敖游太清。"

李白的诗作中，名山大川奔涌而至，仙人美姝纷至沓来：天姥山、莲花山、华山、太白山、嵩山、庐山、泰山、峨眉山、敬亭山、王屋山等，经过他的如花妙笔的诗化表达，被镀上了一层美丽的光圈，增添了几许动人的色彩。

而更难得的是李白在诗中的"主人公"的姿态，他以成仙得道者自居，请朋友一起游仙，那种天真、亲切的情态和傲俗、自然的气派，确实是庸常的游仙诗难以比拟的。

五

诗酒相伴，笑傲江湖。

李白笔下一派天真浪漫、绚烂瑰丽，而生活中却是一地鸡毛。

浪迹天涯，秉烛夜游，不知今夕何夕。无所事事的日子过得很快。在酒气的呼吸吐纳中，在糜烂狂欢的气息里，大唐江山等来了它的末世。

李白五十五岁那年，天下乱了。

唐天宝十四年，安禄山起兵，"渔阳鼙鼓动地来，惊破《霓裳羽衣曲》"，短短三个月，叛军攻克潼关，兵锋直指长安。唐玄宗翻过秦岭，南避入蜀，诏令"诸王分镇"勤王平叛。

李白当时正在庐山隐居，陶醉在"飞流直下三千尺，疑是银河落九天"的美好意境当中。山下的永王李璘急于网罗属地名士，李白诗名动天下，自然是争取对象。

永王李璘是唐玄宗的第十六子，唐肃宗李亨的异母弟。母亲去世后，由当时的太子李亨养大。据说长兄李亨常常把年幼的小弟李璘抱在怀中同睡。李璘虽很聪明，但是容貌很丑，颈偏而不能正面看人。安史之乱爆发，地处富庶江南的歪脖子永王却起了歪心。他派其帐下谋士上山，盛邀李白入幕。当时的名士萧颖士、孔巢父等，均不应召而走避之。而此时的李白却心头一热，欣然从征。也许是为了再次出仕，"为君笑谈静胡沙"，也许是为了一偿再登天子堂的夙愿，总之，李白一个人下了山。

乱世是重整河山的开始，也是野心家问鼎天下的乐土。手握山南东路、岭南、黔中、江南西路四道重兵的永王很快暴露出据东南自守的独立野心，既违背太上皇玄宗的初命，又不听"新帝"肃宗的诏令，擅自率领大军离开自己的属地江南西路，向本不属于他的江南东路进军。这在当时，是赤裸裸的反叛行为。李白却开始为他背书，在《永王东巡歌》第五首中写道：

二帝巡游俱未回，五陵松柏使人哀。

诸侯不救河南地，更喜贤王远道来。

——老皇帝、小皇帝都不顾民生，而永王匡扶天下，拯救苍生。是天下人的"贤王"。

唐肃宗觉察到永王璘的割据野心后，诏令他立即返蜀，"觐见"太上皇唐玄宗。对此，李白在《永王东巡歌》第九首里这样写道：

祖龙浮海不成桥，汉武寻阳空射蛟。

我王楼舰轻秦汉，却似文皇欲渡辽。

诗中，"祖龙"是指秦始皇，而"文皇"即是指的唐太宗，永王的分裂行为被比附成了"天子"之行。诗里的意思很明白："我王"（即永王）

的威仪和实力俱在，夺取天下指日可待。

对于此时李白的言行，这可再不能用天真糊涂和文人无行来说事了。

反叛的结果自然是可以预料的：李白的好朋友、诗人将军高适率领中央军南讨，永王兵败，由南京到扬州，再退鄱阳，一路南窜，最后在岭南被箭射中，俘获被杀。

树倒猢狲散，这下子，轮到李白尴尬了。仓皇间，李白逃到浔阳，可是还没等到他寻出"浔阳江头夜送客，枫叶荻花秋瑟瑟"的况味，就被人认出，收捕入狱。可李白毕竟是名达天下的诗人，很快就被粉丝宋若思营救出狱，宋当时任御史中丞，也就是监察部副职，高管说话自然管用。

出狱后的李白加入宋若思的幕下。喘息甫定，不甘寂寞的李白又萌生了幻想。他以宋若思的口气，写就了一份《为宋中丞自荐表》，这是一篇奇葩文章，全篇都是表扬和自我表扬，他让这位宋朋友转送给唐肃宗，举荐他到朝廷"拜一京官"。李白的这份表文，自说自话，称赞自己"怀经济之策，抗巢、由之节。文可以变风俗，学可以究天人"，可惜这样的李白竟未能在朝上谋得过正式的官职，使"四海称屈"。李诗人还在表文里引经据典："传曰：举逸人而天下归心。"所以，可以得出这样的结论：如果朝廷重用李白，就可以"以光朝列，则四海豪俊，引领知归"。说着说着，他连自己都感动了——"岂使此人名扬宇宙而枯槁当年？"

唐肃宗本来已经差不多忘了这个李白，这下子送上门了。结果自不待言：皇上将李白再次捉进大牢，并做出了当时仅次于死刑的严厉判决——"流放夜郎"。夜郎在当时的黔东南，瘴疠流行，野兽出没，这等于是死缓加上了苦役。

李白辗转流离，踽踽独行在崎岖的山路上，连作诗的心气都没了。

乾元二年，关中大旱，朝廷为感上苍，宣布大赦，规定死者从流，原来判流以下的罪犯则完全赦免。李白终获自由。他随即顺江而下，而那首著名的《早发白帝城》反映他当时的心情。"千里江陵一日还"，他"轻舟已过万重山"地一路漂到了江夏，老友良宰正在当地做太守，李白便逗留了一阵。不久又到了熟悉的旧游之地宣城，依旧是靠友人为生。虽然他还是"雄心未减当年"，但毕竟步入风烛残年，心有余而力不足了。

上元二年（761年），年过花甲的李白因病返回金陵。龙廷又换皇帝了，年号改成了宝应，这次上位的是唐代宗。诗人生活窘迫，只好投奔在安徽当涂做县令的族叔李阳冰。第二年，李白病重，在病榻上赋《临终歌》，歌曰：

> 大鹏飞兮振八裔，中天摧兮力不济。
>
> 馀风激兮万世，游扶桑兮挂石袂。
>
> 后人得之传此，仲尼亡兮谁为出涕？

李白在年青时所作的《大鹏赋》中，以大鹏鸟自喻。而今，大鹏鸟翔于半空，却折翅欲坠。春秋之时，有人猎获一头麒麟，皆不识是神兽，唯有孔子见后，痛哭流涕。孔子，他早不在人世了啊，有谁来为我这只麒麟痛惜流泪呢？

歌罢，李白撒手西归，终年六十二岁。

他去了他该去的仙山。

身后的事，李白可能是意想不到的——

当李白死后被"千夫所指"时，厚道的杜甫却以为知音："世人皆欲杀，我意独怜才。"再后来，白居易辗转来到李白墓前，写下了这样的诗句：

可怜荒陇穷泉骨，曾有惊天动地文。

但是诗人多薄命，就中沦落不过君。

  年轻的唐代宗大概是读了李白的诗，激动之余下了一道诏书，让李白到京任"左拾遗"一职，而那时，李白已经仙逝经年了。

  2008年的端午节前，我在汨罗江边寻访屈原的诗踪。江水激流，汤汤不息。屈原悲愤自沉，李白郁闷终老。可至今，安徽的采石矶还流传李白醉中捞月而亡的传说——人们宁愿相信，李白这个旷代诗人以这样不同凡响的方式完成了他一生最后的诗作。这样一来，华夏历史上的两个最伟大的诗人，都亡于水，这就让我们民族的诗歌有了淋漓的水气、孤独的抒发和哀怨的基调。

  江水自流。冷月无声。

2018年初春于江南

苏东坡最后的四十八天

雷，在窗外轰然炸响，接下来，雨就顺理成章了。

在雷雨声中惊醒，我开了院门，但见紫藤寥落，蔷薇争艳，雨丝如鞭，落红成阵。

雨中的一切都看不真切，目力所及，迷茫一片。

"回首向来萧瑟处……也无风雨也无晴。"脑子里突然冒出苏东坡的诗句。

我决定冒雨出门，目标是不远处的常州，那里有苏东坡的藤花旧馆，承载着他生命中最后的一段岁月。

苏东坡的声名和光晕，是和他的诗文紧紧扣连着的。

1101年，六十四岁的苏东坡带着一家老小，经过一年时间的长途跋涉，从海南一路辗转北上。他原来的心愿是与在河南汝州做官的弟弟苏辙会面，和这个比他小三岁的至亲的弟弟在一起安度晚年的。既然归老，那就得把手头的事情交代了，他准备把在宜兴购置的田产和房子卖了，换了钱到汝州安家的。哪知道这时候又传来消息，那个以踢一脚好球、画一笔好画闻名的徽宗皇帝上台了，翻来覆去的朝廷又开始翻新一轮的人事"烧饼"。曾经沧海的东坡胆寒了，于是抱病给皇上呈书，请求在常州养老。早些年他曾给在常州的去世好友作《哀辞》，文中写道："吾行四方而无归兮，逝将此焉止息。独徘徊而不去兮，眷此邦之多君子。"——谁能料到，一语成谶，常州成了他人生最后一站，在这里度过了他人生最后的四十八天。

绕过乱糟糟的地铁围挡，穿过拥塞四溢的车流，苏东坡纪念馆到了。

迎门就是一座苏东坡的塑像，峨冠博带，美髯荡胸，半坐半卧，似待似迎，眼神亲切而平易，在这样的目光注视下，自然会让人生出由衷的善意和欢喜。

东坡逝后，他身前借住的孙氏旧宅，因东坡在此手植的凌霄枝繁叶茂、藤花烂漫，被当地人叫作藤花旧馆。蒙古兵进入后，满城抢掠纵火，常州城烧得只剩十八间屋，藤花旧馆也毁于兵燹。到了明朝，当地人在东坡终老地遗址重建孙氏馆，翻建时用的是名贵的楠木，以此承载记忆，这也算是江南士人对这位不世文豪的一种敬意吧。

苏东坡纪念馆并不大，正堂三间，东西厢房各二间。青砖墁地，明窗小院，荷包梁、抱梁云头、雕花梁垫、彩绘图案，显出明代江南民居的典雅简洁之风。庭院里有一只残破的井圈，圈里石缝生出葳蕤的草叶，覆住深不可测的井水，这是此地唯一的旧物，东坡生前最后喝的水想必就是从此汲取的。大限将至的东坡基本断食，只靠饮水和汤药为生，从江南的地下渗出的井水维持了中国古代最具创造力的文化奇才的最后一段生命，不由让人生出亲切的感受。

不得不说，纪念馆内有关苏东坡的内容，除了文图上墙，基本上无甚特色可言，看门的老者告诉我，那道文气氤氲的名巷白云渡已被拆改造，四边见缝插针地盖起了楼。只留了藤花旧馆这一块。这还是有心人费了心思，到处奔走呼吁，一直惊动到高层，才被保存下来的。

四边高楼围合，苏东坡纪念馆蜗居其间，如坐深井。

东坡先生的一生如一叶扁舟，从流漂荡，为何把常州选作最后的泊锚地？他又是如何在这里度过最后的时光？

一

东坡病了。

这次病得不轻。此前的一年，他一直在路上。一家老小连带仆童随从三十多口人从海南出发，停停走走，这一年的行走，舟车劳顿，疲劳不堪。总算到了江南，这里刚刚度过"杂花生树，群莺乱飞"的暮春，一下子突入梅雨季节，烈日灼心，发肤生苔，与东坡故乡夏天的季候有得一拼。也许是受了暑热，也许是喝了凉水，东坡先生发烧了，接着是难堪的腹泻，一病不起。不过他并不在意，像以往一样，他自开药方，自我治疗。

富庶的江南，与东坡此前待了三年的海南大不相同，那时的海南，可以说是名副其实的蛮荒之地。东坡曾这样告诉朋友："此间食无肉，病无药，居无室，出无友，冬无炭，夏无寒泉，然亦未易悉数，大率皆无尔。唯有一幸，无甚瘴也。"一句话，大概不适合人类居住，特别是文化人生存。

常州临近太湖，近年来大规模开发的淹城证实了春秋以降的文明史。

经过东晋、南宋、南明三次衣冠南渡之后，中华文化的薪火一路辗转，到了江南，在这片膏腴之地得以发扬蹈厉，光大生辉。远离中原政治纷争和杀伐的江南，成了中国文化的后花园。当年，我和《中国国家地理》杂志社主编单之蔷在泰国同游聊天，策划江南的选题，我说一定要淡化地理意义上的江南，要突出文化意蕴里的江南，后来杂志社以《江南，到底在哪里?》做了专辑，题头文字颇有意味："地理学家说：江南是丘陵；气象学家说：江南是梅雨；文学家说：江南是天堂。"内文中最大的卖点是"最能体现江南精神的十二种风物"：乌篷船、大闸蟹、辑里丝、龙泉剑、蓝印花布、油纸伞、黄泥螺、龙井茶、霉干菜、扬州澡堂、紫砂壶、绍兴酒……十二种国人熟悉的江南风物挑起了读者的阅读快感，也勾起了人们对江南的无限向往。

东坡一家老小都在船上吃住。按宋代制度，此行苏东坡已有朝廷任命，沿途可享受官方接待。是他不愿叨扰别人，还是怕别人打扰自己的生活，不得而知。这一天，他走出闷热狭隘的船舱。江风鼓荡，远山在望，浩荡的江水，一如急剧变化的时势，汤汤激流。此时的东坡，已经没有"大江东去"的豪情，也没有"一樽还酹江月"的雅兴，他眼前浮现的是常州的朋友们，他们曾在眼前的这块土地上生长，而后散布四方。命运各异，有的已经不在人世，托体山阿，消散江湖。

第一次见到他们，还是四十五年前，时间已经相隔很远了。那年苏轼二十一岁，刚刚成家不久，四十四岁的父亲苏洵带着苏轼、苏辙兄弟走出重峦叠嶂的四川，到京城汴梁赴考。次年殿试，苏轼、苏辙兄弟同登龙榜，名动京城。当晚的琼林苑上，三百八十八名新科进士济济一堂，这帮从全国遴选而出的年轻士子志得意满，觥筹交错，东坡的邻座蒋之奇正好是常州人。酒兴之余，蒋便向苏轼夸耀常州的人文渊源，说此地满堂儒生，十个人里面就至少有一个常州人。苏轼一笑置之。蒋看他不信，就到邻桌用吴语招呼了一声，结果一群人围拥上来，胡宪成、胡信臣、苏舜举、孙云、张思、张臣……这下子，苏轼折服了："不愧延陵季子真传弟子！"后来，这些季子故乡来的年轻俊彦都成了苏轼的朋友。

十五年后，东坡调任杭州，领命到常州公干。"独携天上小团月，来试人间第二泉"，他还在当时常州辖下的无锡县流连了几日。船经常州，正好是除夕，千门贴福，万家团圆，东坡不忍打扰朋友，船没有上岸，东坡在江船上卧听了一夜的爆竹，在噼噼啪啪的祝福声中，他吟诵道："多谢残灯不嫌客，孤舟一夜许相依。"翌日拔锚返程，重情重义的东坡就以这样的姿态离开了常州。

东坡身处的大宋，跟雄心勃勃的汉朝和气焰万丈的大唐不一样，这个不完整的帝国局促在西太平洋的一角，强悍的辽、金、夏、吐蕃环伺四周，呼啸来去，厮掳不休。在与北方的草原民族和西南的高原民族争斗中，宋朝始终居于下风，手足难措。在北宋的九个皇帝中，开国皇帝赵匡胤陈桥兵变，黄袍加身，杯酒释兵权，天下大权在握，算是一代枭雄。除此之外，剩下的八个皇帝，既无雄才，又无大略，除了一个末代皇帝宋徽宗赵佶的书画有点成就之外，几乎没有一个像样的有出息的皇帝。朝纲不振，权臣自然分崩离析，党争几乎贯穿整个北宋历史，直到内耗殆尽，强敌来犯，皇帝被捉，像小丑一样被押送到北国囚禁，客死他乡。

北宋的党争闹剧以王安石变法前后为最高潮，儒生本色的东坡相信"治大国如烹小鲜"的道理，他本不是保守之人，但看到变法弊政丛生，民生疾苦，很多私欲乃至罪恶假改革之名而行。他发声了，这个声音刺耳不算，大概还有些大。就这样，他被"拗相公"王安石的党羽当成异己分子，以"乌台诗案"之名捉到大牢，后被罢黜出京。后来，局势突变，王安石政敌兼好友司马光在洛阳写完《资治通鉴》，被推举上台了，东坡也平反昭雪，回到汴京，厕身重臣之列，备受瞩目。可保守派泼脏水带孩子，把王安石改革所有的政令悉数废除，兜底翻了一遍烧饼。东坡不干了，他又出面说话，指斥当局者矫枉过正。这下又惹翻了被改革派叫作"司马牛"的司马光：这个苏东坡怎么出尔反尔，算什么东西？苦头还没吃够？

于是，在政治力学中再次失去平衡点的东坡先生又一次踏上了流放的道路。好就好在这个懦弱的王朝在立国时就定下了规矩：不杀读书人。对于触怒了龙颜和在政治角斗中失败了的臣子们，朝廷最常用的惩罚方法是贬谪。让你远离中原的繁华富庶，到穷乡僻壤反省去，罪行越大，去的地方越远越荒。就这样，东坡好歹保全了生命，被一放再放。我仔细看过北宋的地图，他先后任职的地方有：杭州、扬州、黄州、密州、徐州、湖州、颍州、舒州、廉州、惠州、永州、儋州……除了西北边陲，几乎在北宋不大的版图里全部走了一遍。

身已动，心未远。心思如石坚，身世如飘蓬，东坡开始了他的颠沛一生，按照他自己的说辞，则是："竹杖芒鞋轻胜马，一蓑烟雨任平生。"

二

东坡强支病体，扶杖出门，他抬头向西，西天有景，火烧云在天上如滚滚烈焰，升腾不息，市井声从墙外隐隐传来。

常州到底还是江南，早晚的天气也燠热难耐，不肯将息。生老病死之外，"怨憎会苦"是最让人无奈的。一个与自己纠缠了一辈子的人，就像眼前的梅雨天气，身处其中，即不得，离不得，如影相随，挥之不去。

这个人就是王安石，他就在西边，在离此地一百多里外的南京，东坡一辈子颠沛流离，大多与此公相关。

大才子，老农民，不肯俯就的理想主义者，臭烘烘的不修边幅者，朝中人称"拗相公"，东坡称他"野狐精"。嘉祐六年，二十六岁的东坡参加制举，王安石以知制诰的身份出任考官。东坡在制策中全面地提出了自己对朝政的看法，许多观点正好与王安石两年前向仁宗所上的万言书截然相反。众考官都欣赏东坡的"文义灿然"而置之于高第，王安石却斥责东坡之文"全类战国文章"。

神宗想让东坡修《起居注》，王安石说东坡不是"可奖之人"。神宗说东坡文学出众，为人亦平静，司马光、韩维等大臣都称道之，王安石则说东坡是"邪险之人"，多次劝神宗贬黜东坡。神宗不听，王安石还不屈不挠，说对待东坡必须像调教"恶马"那样，"减刍秣，加笞扑，使其服帖乃可用"。

东坡被贬出京，王安石心安了，但少了有分量的对手，他很快感觉心里空了。东坡不在朝，王安石称赞东坡所撰的《表忠观碑》。东坡写密州出猎，诗传到京城，他又曾兴致勃勃地合辙次韵，吟诵不已。当东坡遭遇乌台诗案后，群臣汹汹，欲置东坡于死地时，王安石上书神宗："安有圣世而杀才士乎？"东坡得以幸免。

十七年前，也是如眼前的炎夏，刚离开黄州贬所的东坡来到南京，与已经退居江宁八年的王安石晤面。一个是经历了四年磨难的旧党中坚，另一个是业已退出政坛的新党首领，虽然都还坚持着各自的政治立场，但毕竟远离了政治旋涡，彼此间的敌意已大为减退。见面之后，东坡说他有话想说。王安石顿时变了脸色，以为东坡要重提旧怨。其实，东坡要说的是对当前朝廷接连用兵、屡兴大狱的忧虑和不满，认为"大兵大狱"是汉、唐灭亡的前兆，并劝王安石出面阻止。王安石摆摆手：不在其位不谋其政，朝中之事，与我何干？东坡正色道，"在朝则言，在外则不言"，这只是事君的常礼，而皇上待你以非常之礼，你老岂能以常礼来报答皇上？王安石顿时激动起来，当即表态，那我一定要说！东坡起身，即施拜礼。这一拜，是为国家社稷，是为天下苍生，更是为眼前这位政治对手的铮铮风骨和不老血性。

罗素说过，人在年轻时不是一个革命家，就不是一个勇者；老年时不是一个保守派，就不是一个智者。而在此时，东坡与王安石对面而坐，淡忘了政治鸟事，朝中仇敌变成诗文旧友，他们的对话离开了政治的主题，遨游于天地山川，流连于从前以往。两位诗文大家互示自己的得意之作，东坡手书近作相赠，王安石自诵其诗，请东坡书写后留念。东坡称赞王安石的"积李兮缟夜，崇桃兮炫昼"二句实属妙得，有《楚辞》之旨趣，王安石十分得意。王安石又问东坡，他的雪诗中，"冻合玉楼寒起粟，光摇银海眩生花"二句中的典故没有见过，是否出自道藏？东坡含笑点头。

东坡在虎踞龙盘的江宁停留了好几天，两人多次携手出游，作诗唱和，东坡游蒋山的诗中有"峰多巧障日，江远欲浮天"二句，王安石大为叹赏，这个不服老的老者为此叹息："老夫平生作诗，无此二句！"他甚至劝东坡卜宅钟山，与他结邻而居，东坡婉拒了他的好意。在临别赠诗中，东坡不无戏谑地写道："劝我试求三亩宅，从公已觉十年迟！"送走东坡后，面对浩浩江流，王安石慨叹："不知更几百年，方有如此人物！"

度尽劫波，恩怨皆泯，两位文化巨人相逢一笑，握手言和。东坡在南京的几天，是王安石最畅心的日子。而随后的两年，几乎每一天，王安石都生活在变法被废的坏消息里：青苗法、免役法、方田均税法、保甲法统统被废，新的执政者为了翻覆新法，刻意求变，荼毒民生。甚至大宋军队浴血收复的国土，也要被重新割让给西夏人……宋朝老马敝车，再换跑道。病入膏肓的王安石常常强撑起身子绕床行走，动辄仰天长啸，泪下沾襟。两年后，孤愤不已的王安石在江宁仙逝，他的政治理想变成黄粱一梦，随风而逝。

而离开南京后的东坡直接去了汴京，这一年，他时来运转。神宗去世，太后起用司马光为相，苏轼为副相。东坡对全部废除新法又不满意，请求下放，回到杭州当起了太守，这可不是他先前任职的杭州通判，而是有职有权的最高行政首长。东坡撸起了袖子，他疏浚西湖，用淤泥在湖中构筑了一道被后人称之为"苏堤"的南北长堤，堤上修建六孔石桥以流通湖水，堤上遍植芙蓉、杨柳和各种花草。自此，"六桥烟柳"使西湖再添妍媚，清风明月，湖光山色，人们得以恣情享受造物之无尽藏也。

眼前的江南，已然物是人非。

门人递进名刺，这次来的是章援。东坡的心情复杂起来，章援是拼死整他的权臣章惇的儿子，而章援本人中进士的时候，苏轼恰巧又是这一榜进士的座主，所以章援拜见执的是师生之礼。

见就见吧！章援来到苏轼的病榻前，"扑通"跪倒，口称"恩师"，泪流满面，痛哭不已，东坡也不由心生哀恸。章援不知从何开口，却给苏轼呈上了一封长信。信中说，父亲章惇被新皇帝贬谪，但年事已高，贬谪雷州，恐身心难以承受，恳求苏轼念在多年的交情上，对章惇援之以手云云。

章惇是东坡的早年好友，正因为熟悉东坡，所以后来整治东坡特别到位，也是最心狠手辣的一个。朝廷御人有术，如视刍狗，人事反复无常，东坡心中早已不介不滞，倒是此刻眼前的这位后生的孝心至简至朴，最是可贵。东坡强撑病体，磨墨展卷，给章惇回信，他拈起笔来，往事历历在目：客栈长谈，山中游历，"乌台诗案"的出手相救……苏轼念及的，都是章惇的种种好处。东坡在信中仍称章惇为丞相，写得也很动情："轼与丞相定交四十余年，虽中间出处稍异，交情固无所增损也……"

人走了。

日落了，暮色四合。

"日方中方睨，物方生方死。"火烧云恢复了虚拟的本质，无灰无烬，沉入夜幕。

黑暗，笼罩四野，一切都没有了边际，浑然一体，了无分别。

三

雨后的蔷薇在墙头烂漫依旧，雨打后残红一片，细腰蜂嗡嗡着乱飞，在花蕊间钻进钻出。

廊外一阵窸窸窣窣的声音，由远而近，一声"吱呀——"，幼子苏过端着青花大碗，推门进屋，碗里盛着煎好的草药，方子是东坡自己开的黄芪和当归，药香袅袅，如雾弥湖，散出草根气息。两位兄长苏迈和苏迨都在为官之任上，伺候父亲的责任就落在了年轻的苏过身上。苏过也叫小坡，跟随父亲南下北上，万里投荒。

进门后，小坡看到，东坡侧卧向内，在默默流泪。他不敢相扰，放下药碗，默默掩门而出。

东坡伤心，非为自己，他在为他的堂妹流泪。妹妹去世，妹夫也追随而去，前几天他专程赶到与常州一江之隔的靖江，去他们坟上祭扫，情怀割裂，让他痛心不已。

在我的故乡扬州流传着秦少游和苏小妹的传说，后世不断踵事增华，敷衍成一段才子佳人的风流佳话。其实东坡确有一个妹妹，不幸嫁与不良之家，难产而亡，父亲一怒之下，召集众人，当庭宣布，苏家自此后与亲家永世断绝来往。

东坡真正心痛的是与自己生命中有交集的三位女人，二妻一妾，三位共过命的好女人，历历在目，耿耿不忘。

岷江之滨的青神县，有上、中、下三岩，当地进士王方办的中岩书院远近闻名，好友苏洵把十七岁的苏轼也送到此地读书。春天到了，万木竞秀，王方带着爱女王弗和一众门生去中岩禅寺游春，当家和尚与王方是好友，喜之不尽，他们让年轻人为禅寺侧畔的一汪碧池取名，希望能为古刹增色。饱读诗书的年轻人在他们的视域里力所能及地展开了想象的翅膀，有叫"藏鱼池"的，有叫"引鱼池"的，也有叫"跃鱼池"的，王方把期待的目光投向人群中的苏轼，苏轼缓缓道来：晚生才疏学浅，言恐不中，既然有命，不敢违背。池中鱼儿很解主客之乐，唤之即来，呼之即散。于是大笔一挥，一气呵成"唤鱼池"三个字。态度不卑不亢，谦狂交加。王方一听，心中暗喜，"唤鱼"二字，既新且雅，有声有色。岂不妙哉！正当其时，王方的爱女王弗在禅房中也题名"唤鱼池"，让丫鬟送到池边。韵成双璧，天缘之合，众人无不称羡。至今青神县把这段佳话做成人物塑像，凝成景点故事，吸引游客观赏。

和所有的才子佳人一样，此后的故事耳熟能详：二人喜结良缘，情深意笃，恩爱有加。读书时红袖添香、作诗时联韵唱和且不必说，每逢客人上门，性情旷达的东坡谈天说地，罔顾其他。王弗端茶招待之后，在帘后观察，待客人走后，会提醒客人的心理和为人，所说无不言中。可惜天命无常，王弗与苏轼在一起只生活了十一年，就病故了，时年二十七岁，留下一个六岁的儿子苏迈。

王弗去世十年后，苏轼在山东密州任太守时，夜中梦见亡妻，枕泪未干，起身写下著名的《江城子·乙卯正月二十夜记梦》：

> 十年生死两茫茫，不思量，自难忘。
>
> 千里孤坟，无处话凄凉。
>
> 纵使相逢应不识，尘满面，鬓如霜。
>
> 夜来幽梦忽还乡，小轩窗，正梳妆。
>
> 相顾无言，唯有泪千行。
>
> 料得年年肠断处，明月夜，短松岗。

哀思深切，泣不成声，堪称绝唱。词乃情物，东坡有情有义，天生就是词人，不需要"大江东去"，仅凭此词，足铭千古。

东坡第二个妻子王闰之，出嫁之前，家中称其"二十七娘"。是王弗的堂妹，当时二十一岁，比东坡小十一岁。尽管不识字，但是性格温顺，知足惜福。更难得的是待前妻之子苏迈如同己出，东坡心情稍慰。

就这样，这个擅长炊茶采桑的蜀地村姑，从家乡眉山来到京城开封，尔后辗转于杭州、密州、徐州、湖州、黄州、汝州、常州、登州、开封、杭州、开封、颍州、扬州、开封，陪伴命运大起大落的东坡南下北上，不辞劳苦，可谓"身行万里半天下"，又为东坡添了两个儿子苏迨、苏过，无论夫君朝为田舍郎，还是暮登天子堂，面对天翻地覆的生活境遇，王闰之却不改声色，处之泰然。牛衣耕织，从不埋怨，锦衣玉食，也不惊喜。

在他们共同生活了二十五年之后，在经历了人生的繁华和落寞、畅达与磨难，饱尝了命运乖戾、人情冷暖之后，四十六岁的王闰之离开了人世。她的猝然去世，令东坡哀痛不已："我日归哉，行返丘园。曾不少须，弃我而先。孰迎我门，孰馈我田。已矣奈何，泪尽目干。旅殡国门，我实少恩。惟有同穴，尚蹈此言。" 苏轼死后，苏辙将其与王闰之合葬，实现了祭文中"惟有同穴"的愿望。

问世间情为何物，直教生死相许。

东坡从此不复言情。在杭州，他看到一位刁姓老者兴致勃勃地筑"藏春坞"储红纳翠时，甚至发出了"唯有诗人被折磨，金钗零落不成行"的喟叹。但是，时间不长，当他在"三秋桂子，十里荷花"之地，在烟波画船里见到眼前的一位琵琶女时，还是被深深打动了。可能是想到了"且为朝云，暮为行雨"的绮丽传说，东坡把这个愿意跟随自己的江南少女取名为"朝云"。

从此，这位被叫作王朝云的年轻女孩成为东坡最后的女人。

比苏轼小二十六岁的王朝云聪明伶俐，最能切近东坡心思。东坡好吃，一次吃完饭，高兴地捧着将军肚在院内溜达，看到一个问一个："你说说看，我的肚子里有什么？"一个说，都是文章。东坡说不，再问，又一个说，都是见识，东坡还是不。问到朝云，朝云莞尔，是一肚皮不入时宜。东坡捧腹大笑。

遇此解人心语的女子，东坡足慰平生。一纸诏令，东坡被流放到民风粗蛮、瘴气肆虐的岭南，东坡遣散了家人仆童，只有朝云不肯离开，相随东坡去了惠州。"朱唇箸点，髻鬟生彩"，敛云凝黛的朝云，和白发苍颜的东坡在岭南的蛮荒燠热中相扶相将，相濡以沫。东坡兴之所至，称其为"天女维摩"。不久，朝云为苏轼生下一子。时年苏轼已近六旬，老来得子，分外高兴。他在儿子"三朝"的宴会上，作《洗儿诗》："人皆养子望聪明，我被聪明误一生。唯愿孩儿愚且鲁，无灾无难到公卿。"可孩子只活了十个月便去世了。苏轼悲痛之情溢满诗词："归来怀抱空，老泪如泄水。"不久，朝云也染上了时疫，一病不起。弥留之际，口颂《金刚经》偈语："一切有为法，如梦幻泡影。如露亦如电，应作如是观。"诵完，气息屏止，芳魂归天。

遵照朝云的遗愿，东坡将朝云葬在惠州西湖孤山南麓，栖禅寺大圣塔下的松林之中，并在墓边筑六如亭，心恸不已的东坡在亭上撰写了一副楹联："不合时宜，唯有朝云能识我；独弹古调，每逢暮雨倍思卿。"

这是一个让他刻骨铭心的女人。朝云逝后，性情风流的东坡一直鳏居，再未婚娶。从此，他再也不听琵琶曲，尤其是那首《蝶恋花》。

有人说，女人是一架琴，能发出什么样的声音，取决于弹琴的男人。东坡有幸，遇到了三位王姓女人，一个是爱，一个是暖，一个是希望。女人也有幸，遇到了东坡这样卓尔不凡、情趣盎然、至情至性的男人，以他的才情和温暖烛照了她们的短暂而不凡的人生。

四

夕阳西下，晚饭花开了，像一张张猩红的小口，七嘴八舌，好像在无声地诉说着什么。

东坡知道，最后的时候到了。

荣耀一生，坎坷一生，游历一生，此生完结在江南，可谓圆满。"出处穷达三十年，未尝一日忘吾州"，早年就与常州籍同朝好友胡宗愈讲定："某已卜居毗陵，与完夫有庐里之约。"北归途中，一路友人热情挽留，东坡总是婉拒："然某缘在东南！"王安石留他在江宁，他也未允。为了一偿卜居常州的夙愿，他在宜兴的山水之间买屋置地，最后遂了他在常州悼念钱公辅的《哀词》中的夙愿："大江之南兮，震泽之北。吾行四方而无归兮，逝将此焉止息。"

当年被贬至岭南，一贬再贬，岭南的荔枝是好的，"日啖荔枝三百颗，不辞长作岭南人"。一贬再贬，到了海南，海南春早，北方朔雪未消，此地已是桃红柳绿，春燕剪风。"春牛春杖，无限春风来海上。便与春工，染得桃红似肉红。春幡春胜，一阵春风吹酒醒。不似天涯，卷起杨花似雪花。"桃花在海风中红蔓一时，杨花漫卷如雪，迎春的仪式开始了，农人们正在播种希望。即使在天涯海角，不也自可欢欢喜喜，春意盎然?! 其实，在东坡眼里，南方、北方哪有什么区别? 中国、边塞也各有妙处。有酒有月，有二三同好，有雅淡的心境，一切也都是好的。

七月十八日，苏轼在临终前，对守在床边的三个儿子说："我平生未尝为恶，自信不会进地狱。"苏辙《亡兄子瞻端明墓志铭》亦云："未终旬日，独以诸子侍侧，曰：'吾生无恶，死必不坠，慎无哭泣以怛化。'"人之死乃自然变化，此乃怛化，不要惊动。东坡告诉孩子们不用担心，"吾上可陪玉皇大帝，下可以陪卑田院乞儿，眼前见天下无一个不好人"。

佛经里有一段记载：或问赵州和尚："佛有烦恼吗?"曰："有。"曰："如何免得?"曰："用免作甚?"每个人都有人生的苦痛、生活的无奈，一个通达的人之所以通达，便是向自己的内心求解，而不是借助外力去打破。东坡与自己的内心和解了，也与这个世界和解了，一切壮怀激烈最终都归于云淡风轻，一切贵贱贫富荣辱美蚩都不是根本，一切恩怨忿恨怒怼仇嗔都是过眼烟云，在无穷无尽的造化面前，这一切又有什么呢?

七月二十八日，东坡呼吸短促，气息奄奄。长子苏迈放在他鼻孔边的绵纸微微飘动。从杭州赶来的惟琳方丈凑近他的耳朵大声说："端明宜勿忘。"这时候可不要忘记去西天的事啊! 苏轼说："西方不无，但个里著力不得。"知道的，朋友，极乐世界是有的，但这个时候不应用力去求啊。钱世雄在旁大声说："固先生平时履践，今此更须著力。"你平时就信佛，这个时候你更要努力啊。苏轼微微一笑，低语道："著力即差。"知道的，用力就不对了。语绝而逝。

苏东坡就这么去了。享年六十四岁。

在江南这位华夏文化的最后栖灵地，这位旷代诗人，一代词豪，以前所未有的生命姿态完成了他人生的最后篇章，以充沛的生命激情，完满的人格，独特的创造，完成了自己的奇崛人生，留下了一个弥足珍贵的标本。

> 唯江上之清风，与山间之明月，耳得之而为声，目遇之而成色，取之无禁，用之不竭，是造物者之无尽藏也，而吾与子之所共适。

苏轼临终前最想念的是比他小两岁的弟弟苏辙。他们是同胞、同学、知音、诗友，惺惺相惜，亲爱尤加，兄弟俩以诗文名动天下，是中国文学史上著名的"双子星座"。兄弟俩年轻时一起出川，同榜高中后，却天各一方，聚少离多。生病之前，东坡就给在汝州做官的弟弟苏辙写过一封信。信中写道："即死，葬我嵩山下，子为我铭。"辙执书，哭曰："小子忍铭吾兄！"

遵照东坡遗愿，一家老小扶棺北上，与苏辙会合。在重情重义的常州父老的倾城相送下，扶灵的队伍渡长江，入运河，过淮水，溯汝河，到达汝州。悲痛欲绝的苏辙在城外素服迎接，在兄长早已看中的郏山筑茔归葬。十一年后，苏辙去世，也归葬此地，与兄长相伴，这对至亲的兄弟再也不分开了。

东坡留下三个儿子，送走了父亲，兄弟分别，各走天涯。长子苏迈"文学优赡，政事精敏"，功业、文章皆有所建树；次子苏迨赴京，但不求功名，成为张载的传世弟子，秉承老师"为天地立心，为生民立命，为万世开太平"的意志传薪精进；一直伴随东坡左右的小儿子苏过则移家汝州，看守父亲坟墓。小坡有诗句："结茅愿为麋鹿友，无心坐伏豺虎狞。"他厌仕而不弃，学陶而不隐，一直在当地低调为官，五十岁刚过，即无疾而亡，死后葬在父亲墓旁，守护着至爱的父亲。

东坡死后二十五年，天下丕变，金人的金戈铁马踏进了江南。粗粝悍勇的马背文明征服了温文礼让的中原文明，塞北的羯鼓鹰哨替代了江南的管弦丝竹，徽钦二帝被虏北上，浩荡的群臣宫人迤逦一路，美艳如花、熟如痈疽的中原文明，终于以这种羞辱的示众姿态溃坏血崩，留下一个苟延残喘的半壁江山。

再往后一百五十年，崖山血战，南宋遗民被蒙古的滚滚铁蹄悉数赶进南海，浮尸累累，惨绝人寰。而在当时，江南的白云渡草木森森，东坡手植的紫藤，兀自空垂，无声无息。

再往后，游猎民族建立的元、清，这些军事上的征服者最终成为文化上的被征服者。江南，作为中华文化最后的桃花源，也是中华文化最发达的地区。乱世避难，盛世怒放。

我走出了苏东坡纪念馆。

门外不远处就是黄仲则故居。黄仲则是东坡门生黄庭坚的后人，被称为"清代李白"的他诗才敏捷，潦倒终身，不幸中年夭亡，在鲜花锦簇、烈火烹油的大清盛世演绎了一则"诗人不幸诗家幸"的悲剧。

黄仲则的诗是我最心仪的，他选择在临近东坡去世的藤花旧馆居住，是不是有所寄托，后人无从得知。东坡旷达，内心完满；仲则郁结，困窘一生。二人心境不同，人生迥异，是经历决定心境，还是心境决定命运？上升的阶梯和堕落的陷阱尽在其中，这就是人生的诡异之处。

有感于二人的境遇，我翻着黄仲则的诗词，步仲则遗韵，拟诗一阕：

白云渡不存，唯闻市井声。

子瞻逝梦远，仲则恸诗生。

长歌断再续，文缕纵复横。

卧听风雷激，龙鳞可生成？

2018年5月1日于扬州

西 风 烈

大河如绳，在机翼下盘绕着，折射出灼眼的阳光。

飞机在天上打着线团。一圈，一圈，又一圈，机舱里叽叽喳喳，不安神了。"各位乘客，飞机增压系统故障，我们正在全力排除，请大家耐心等候……"机长登机广播时的潇洒轻松的声音此刻变得有点干涩发紧。

银翼大鸟总算落地了，我们从舷梯滑到地面，结结实实地跺几脚，转到酒馆，带着劫后余生的心情，不管不顾地大嚼大喝，然后是如死去一般的酣睡。

就这样，我第一次踏上了宁夏的土地。

一

大凡被推介渲染的风景，很少有不让人失望的，但是当我站在西夏王陵跟前，面对高高耸立的突兀丑怪的封土和衬为封土背景的苍苍茫茫的贺兰山脉，我还是实实在在地被镇住了。

五十多平方公里的戈壁上，寸草不生，九座帝王陵墓，二百余座王侯勋爵的陪葬墓散落其中，在秋天的阳光的映照下，如仁如仪，静默如谜。

西夏，这是一个什么样的王朝？在九百多年前的这片土地上，这里又发生了什么？

先要说一个消隐在历史深处的民族——党项族。

便当的网络对党项族做了短短数行的名词解释："党项族是古代北方少数民族之一，属西羌族的一支，故有'党项羌'的称谓。据载，羌族发源于'赐支'或者'析支'，即今青海省东南部黄河一带。"

这是一个彪悍的族群，粗粝的生活环境、未受礼教束缚的个性，使他们形成了特殊的生存逻辑。据《隋书·党项传》记载：党项"每姓别为部落，大者五千余骑，小者千余骑"。他们崇尚蛮力，不事农业，衣、食皆仰赖牧养的牦牛、羊、猪。这个原始族群从青海出发，像云朵一样散布在西北的大地上，随牧畜逐水草而居，逐渐向草木更繁茂的东部漂移，平时各自为生，不相往来。没有法令，没有徭役，也无文字历法，以草木枯荣计算岁月。他们崇拜天神，死后火葬。把他们紧紧拴在一起的是血亲的力量：当同氏族的人受到外族人伤害时，必须复仇。未复仇前，则蓬首垢面赤足，禁食肉类，直到斩杀仇人，血洗怨怼，再回到各自的部落去，和自家的畜群一起，开始他们周而复始的生活。

党项族文化粗粝，从出土的资料来看，根本看不到在中原常见的丰瞻华贵的礼器和琳琅满目的生活器物，但是他们的铸剑水平却在中原地区之上。他们锻造的剑被誉为"天下第一剑"，连后来宋朝的皇帝都以佩戴西夏的剑为荣。同时他们还出产良弓强弩，可将敌人的盔甲射穿。

有强弓硬弩，有锐剑利器，加上他们放牧的庞大马群，安上马鞍的党项人就是一部人马合一的战争利器。党项人崇尚白色，自称"大白上国"。这片裹挟着血光的白色影子自然也是周边族群的噩梦。南京大学的胡阿祥教授一次跟我说起，一部中世纪史几乎就是一部农耕民族和游牧民族的战争史。在人类常见的几种文明形态中，狩猎文明、游牧文明、采集文明、农耕文明，它们的文明高度依次上升，但是战斗力却逐渐下降。党项，这个简单而粗粝的民族让人想起柔然、鞑靼、突厥、蒙古、哥萨克，他们的战刀所至，所向披靡，而征服的快感随着物质利益的扩大而不断增进。就这样，党项族不断从中国这块倾斜的大地如江河一般不休不止地向东突进。

在高低错落的王陵中，泰陵是整个西夏陵区中规模最大的一座。当年曾被付之一炬，历经千年的风雨剥蚀，地面建筑虽坍塌无迹，随风而逝，但从四面环绕陵城的神墙来看，长宽近两百米，规模依旧可观。城墙用黄土分段夯筑，厚度足有三米，基础则一律如须弥座状，残留着崇尚佛教的西夏王国的统治者对后代转世的希望。

这里埋藏着一代豪杰，一个党项族历史上空前绝后的领袖元昊。他对于党项族的意义，如同成吉思汗之于蒙古，努尔哈赤之于满洲。与后两位相比，不论是战功还是谋略，元昊也毫不逊色。

西夏陵区博物馆阐释了这个国祚一百八十九年王朝的历史。原来，开国皇帝元昊其实是拓跋氏的后人，但他在即位前姓李，这是唐朝皇帝给打败黄巢起义军的祖父拓跋思的所赐的"国姓"，皇上除了赐姓之外，还加封为这位异族将军为定难军节度使。唐亡之后，经过乱象纷纭的五代，到了宋朝，宋朝天子仿照唐例，给边臣赐姓，于是他们又成了赵家人。但是宋不比唐，西北总是端不平，这个姓了赵的党项人也不买账。一直与北宋打打停停，有争有和，像一对过不好日脚的邻居，闹了几十年，本来就底气不足的宋朝也鞭长莫及，徒呼奈何。

1038年元昊称帝，他抛弃了唐、宋王朝先后赐封给其祖的李姓、赵姓，改回原来的姓氏"嵬"，称"吾祖"。"吾祖"是党项语，意为"青天子"。李元昊祭拜祖宗鲜卑拓跋，那是在西北有着光荣霸业的北魏王朝。为此他祭出了鲜卑的旧俗，率先自秃其发，剃光头，并穿耳洞，戴环饰。嵬天子在身体力行的同时，还下令党项部族人一律"秃发"，且限期三日，有不服从者，任何人都可以就地处死。一时间，民众争相秃发。

这不能不让人想起满洲，八旗为了征战需要，剃光前额和顶上的头发，以便受伤包扎。脑后蓄发系辫，不至于骑马时被乱发遮目，卧地休息时即可盘发当枕。1645年清兵进军江南后，规定无论官民，限十日内尽行剃头，削发垂辫，不从者斩。而在汉人看来，身体发肤，受之父母，怎能弃之？而"留发不留头，留头不留发"的苛令无疑是对汉人心理情感的一种严重伤害。

同样的事情还发生在隋朝。据《北史·突厥传》记载，607年，隋炀帝巡幸到了榆林，当时的突厥可汗表章，请求隋炀帝让突厥族悉照汉例，衣服、饰物、法令、器用等都按照大隋的样子，以便教化。随行的众臣深感欣慰，莫不赞成。隋炀帝却摇摇头："君子教人，不求变俗，何必化诸削衽，縻以长缨？"意思是说，君子教育别人，不要求改变习俗，何必用裁剪衣襟、系着长带子来同化他们呢？——由此可知，能说出此话的隋炀帝，至少当时还不是一个妄人。

就这样，狂飙突进的党项族从陕北的黄土高原迁到了"天下黄河富宁夏"的兴州，也就是今天的银川。银川，坐山临河，形势利便。西北有贺兰之固，黄河绕其东南，西平为其障蔽，俨然一座天然的太师椅。是上天打造好的，只等合适的人来坐。

元昊来了！

三十五岁的元昊登基，在金銮殿上开始了他的帝王生涯。只是朝廷的一切规范和程序还是仿造中原的，文武两班官员分列两侧，朝拜如仪。

王朝起名为"大夏"。这一年，距赵匡胤黄袍加身成立大宋七十八年，距曾祖父被唐朝封官授权一百五十二年。

二

2000年夏天，我去帕米尔高原采访，在海拔四千八百米的南疆玉其塔什牧场听到了《玛纳斯》，歌者从深喉里发出的灵魂之音让人震撼。那是口口相传已逾千年的史诗，当地的柯尔克孜族借此歌唱他们心目中的英雄。柯尔克孜族从水草丰美的北疆被其他强势的民族一路赶杀，流落到南疆的高原荒漠。在悲惨的流亡途中，文物档案甚至连文字都遗失不在，只有带着维吾尔口音的柯尔克孜史诗存有历史的记忆。柯尔克孜的文化就这样借助民间艺人的口述史诗，在高原的罡风里辗转流传。

雄心和聪明均过常人的元昊想必深谙此理。要取得政权合法性，首先要获得文化认同，而文化认同必须要借助文化中最具基础性意义和最具表达力的文字。

怎么办？既然汉字可以在天雨粟鬼神哭的声息中由仓颉写就，那么我们也可以在马鸣风啸中造出！

不怕做不到，就怕想不到。大夏一位名为野利任荣的大臣站出来了。这是一位党项族难得一见的饱读诗书的权臣，他抛出"一王之兴，必有一代之制"的高论后，开始闭门造字。他以汉字为蓝本，花费了三年时间，终于创造出字形方整、笔画繁复的"蕃书"，被后世称为西夏文。

西夏文字字数并不多，共计五千九百一十七个字，而实际上有意义的字有五千八百五十七个。西夏文用点、横、竖、撇、捺、拐、拐钩等偏旁组字，斜笔较多，没有竖钩。以两字合成一字居多，合成时一般只用一个字的部分，如上部、下部、左部、右部、中部、大部，有时也用一个字的全部。有的字以另一字的左右或上下两部分互换构成。两字多为同义字。象形字和指示字极少。书体有楷、行、草、篆，写起来像是"天书"。

野利任荣完成了使命，向元昊呈上十二卷"蕃书"。元昊十分满意，群臣在惊叹之余，上表称颂，朝廷会议一致通过，以此定为国字，颁行境内。一首名为《颂师典》的西夏文诗歌中，颂扬了野利仁荣造字和办学的功绩。诗中写道：

> 各有语言各自爱，各有文字各自敬。
>
> 吾邦亦有圣贤师，伟大名师数野利。
>
> 天上文星东方出，用字引导西方明。
>
> 招募弟子三千七，一一教诲成人杰。

元昊让野利任荣担任谟宁令（天大王）之职，成为身旁的主要谋士，也是夏国的精神领袖。可是没过几年工夫，耗尽心血的野利仁荣去世了。元昊三次前去祭奠，抚灵恸哭："何夺我股肱之速也！"

在曲阜孔庙和汝州风穴寺，我看过八思巴文。这是藏传佛教领袖八思巴创造出的蒙古字。在成吉思汗建立大蒙古国前，蒙古人还没有自己的文字，先后使用过畏兀儿字、波斯文、汉字，还有野利任荣的西夏文，也许是受到西夏文对凝聚人心作用的启发，忽必烈深感统一的文字对统治的重要性，就把这个任务交给了大臣八思巴。经过多年的摸索和多人的智慧，八思巴最终在藏文字母的基础上，创制出一套方形竖写的拼音字母，即后来所称的八思巴字，由忽必烈下诏颁行于全国，八思巴字于是成为元代时官用文字。有元一代的圣旨、懿旨、令旨、法旨、经文、牌符等官方用书，都采用这种文字。大元亡后，蒙古贵族整体退回草原，留下大量的八思巴碑刻和文献。如今，失去了使用功能的八思巴字已经无人能识，成为遗留在石碑和金属铸件上的神秘图案，供人猜度和感喟。

历史上由汉字衍生出的几种文字，包括已经停止使用的契丹文、女真文、越南字以及现在仍在使用的方块壮字、古白文、训民正音等，都是特定历史的特定人群的产物，凝结了民族文化的精粹。对此细读精研，往往会成为解开历史谜团的密钥。

时间到了1804年，也就是西夏亡国五百年之后，清朝一位名为张澍的学者在一个封闭多年的碑亭中发现了一种奇怪的文字，最后根据碑文上写的"天祐民安"年号，才知道这是"失踪"数百年的西夏文！一种文字只在历史中用了不到两百年，就被丢弃一旁，谁也不曾想起，谁也莫名所以。

西夏陵园有一门生意，就是帮助游客刻章，名字可以用西夏文。我不敢造次，只买了一只陶土做的方形杯垫，上面镌刻着西夏文。透过袅袅茶气，细细辨去，那些汉字笔画交叉的西夏文字，看似熟悉，其实一个都不认识——正如一部党项的历史，合乎逻辑的背后，尽是历史的玩笑。"天地不仁，以万物为刍狗"，岁月也是天地的一种形态，可以成全万物，也可毁坏一切。历史就是这么荒诞，这么吊诡，这么无情。

三

文武百官到位了，典章制度齐备了，文化自信建立了，志得意满的元昊把年号定为"开运"。后来有人告诉他，"开运"乃后晋亡国时之年号，李元昊便又改元"广运"。小插曲，小差错，不碍事，元昊信心满满。在给宋朝的表文中，他如此写道："臣偶以狂斐，制小蕃文字，改大汉衣冠。衣冠既就，文字既行，礼乐既张，器用既备，吐蕃、塔塔、张掖、交河，莫不从伏。称王则不喜，朝帝则是从，辐辏屡期，山呼齐举，伏愿一垓之土地，建为万乘之邦家。"——虽然用的还是"臣"，实际上，俺鲜卑天子，跟你的赵家天子，开始平起平坐也！

西夏立国后，长期和宋朝对峙，这是一段处于战和两端之间的历史"冰河期"。因为掺进了西夏，辽、金、宋由原来的"三国杀"，变成了"四国大战"。大夏天子一呼百应，带着他的子民，开始了征服之旅。白色的铁骑卷成风暴，所向披靡，瓜州、沙州（今甘肃敦煌）、肃州（今甘肃酒泉）三个战略要地迅速被占，此后的三川口之战、好水川之战、麟府丰之战、定川寨之战四大战役中，西夏歼灭宋军西北精锐数万人。北宋派了名臣范仲淹镇守西北，也被杀得大败而归。

元昊四面出击，又开始与凶悍的辽作战。在河曲之战中击败御驾亲征的辽兴宗，奠定了宋、辽、夏三分天下的格局。

元昊好勇喜猎，日以兵马为务。他把三十余万党项军队部署于边境之上，来应对周围的威胁。自己则端坐在银川的深宫，开始了他人生的声色之旅。和所有的征服者一样，他身上的弱点逐渐显现，膨胀成自己的敌人，也一步步把他推向了自己的反面。

传说中，对元昊的外貌、器度、见识有种种不同的猜测。从后世还原的塑像来看，元昊眼神炯炯，鹰鼻高隆，轮廓刚毅，神态凛然。宋朝名将曹玮是曹操后人，作为开国名将曹彬之子，被委以重任驻守边关。曾派人四处打探元昊的行踪。后来派人暗中偷画了他的图影，曹玮见其状貌，不由惊叹："真英雄也！"由此可见，元昊的相貌气质是不同凡响的。他的一生是堂皇的，可惜他的死却不很体面，也不光彩。

就在他身居贺兰山离宫和诸妃嬉戏、纵情声色的同时，他给太子宁令哥娶妻没移氏，不曾想，这个姓没移的姑娘一下子打动了元昊身上不知道哪根神经，元昊不管不顾，就把可人的儿媳留下了，日夜狂欢，并立为"新皇后"。儿子灰头土脸，难以忍受夺爱之恨，加上居心叵测的国舅的挑唆，恶胆横生，持戈进宫，见到父皇，当即迎头劈下，李元昊一惊一让，被削去了鼻子。好不容易熬过了半年，鼻创发作，在惊恼中结束了他四十五岁虎头蛇尾的人生。西夏的开国皇帝，党项族的一代英主，就这样中道崩殂了，史料记载，正是汉历的正月大年初二。

结果自可想象，太子宁令哥被杀，元昊只有一岁的小儿子谅祚即帝位，那位图谋不轨的国舅大权在握，长大后的谅祚又杀了他全家。谅祚去世以后，年仅七岁的小太子即位，梁太后垂帘听政。却不想梁太后一直紧抓权力不放，一度将亲儿子囚禁起来。此后的历史就更不堪了，大夏的国王一蟹不如一蟹，陷在宫廷争斗的泥淖里打滚，弑君、内乱之事不断，狗咬狗一嘴毛，人欲横流，政治黩乱，经济也因战争而趋于崩溃。

宫中不知季节变换，而外面的世界已经天翻地覆。金先是联宋灭辽，接下来向唇亡齿寒的开封进发。靖康二年（1127年），俘虏徽、钦二帝和后妃、皇子、宗室、贵戚等三千多人北撤。宋朝皇室的宝玺、舆服、法物、礼器、浑天仪等也被搜罗一空，经此之变，北宋由此灭亡。

此时，漠北的蒙古国开始崛起，六次入侵西夏并拆散金夏同盟，让西夏与金朝自相残杀，等圈在场上的两个角斗士筋疲力尽，强悍的蒙古人开始挥舞着弯刀亲自出场了。

"勇士们，让我们跨上马吧！"这是当年一代帝王成吉思汗率蒙古大军出征时说的一句话。但是他没有想到的是，横扫欧亚大陆的蒙古铁骑却在小小的西夏被结结实实地绊了一跤。

蒙灭西夏之战历时二十二年，是一场名副其实的浩劫，两个马上民族在贺兰山下开始了殊死搏杀。蒙古人实行"黄河九渡"，攻占了除了银川之外的几乎所有的西夏领土。

据《蒙古秘史》记载，在出征西夏前一年，成吉思汗一次打猎时，从马背上摔下受伤，并发起高烧。当时进攻西夏的计划已定，因成吉思汗身体不适，考虑退兵。但在成吉思汗派使臣去西夏交涉过程中，西夏一名叫阿沙敢不的大臣讥笑，有本事你就来过招。成吉思汗听后大怒，抱病出征，挺进贺兰山，将阿沙敢不的骑兵剿灭了。最终，成吉思汗病情加重，死在军营里。病逝前，这个一代天骄望着帐篷外的银川城，从牙缝里挤出了两个字——"灭之"！

具有戏剧性的是，在成吉思汗死后的第二天，西夏王即被白盔白甲誓死报仇的蒙古大军活活吓死，继位的夏末帝随即出城投降。西夏由此灭亡。

蒙古人的蛮性如出笼的野兽，奔跟而出，他们挥着屠刀杀向了久攻不下的银川城。接下来，就是中国历史上常见的屠城、杀戮、掘墓、焚书，"白骨蔽野，数千里几成赤地"。这一次，西夏王陵也未能幸免，雄殿高堂、陵台献殿、阙亭石刻，都随着入侵者燃起的大火化为乌有，烧不毁的石碑都被砸断深埋。元朝作为宋、辽、夏、金的后继王朝，仅修了《宋史》《辽史》《金史》，却不给西夏修史，也可见仇恨之深。

就这样，西夏文化也随着一个王朝的覆亡堕入历史深处。后人只知道，西夏历经十帝，享国一百八十九年。

成吉思汗死后，忠心耿耿的部属遵守"密不发丧"的遗诏，把遗体运回故乡。下葬后，又出动上万马匹来回奔跑，将墓地踏平，然后植木为林，并以一棵独立的树作为墓碑。随后，为首的将领命令八百名士兵将造墓的一千多名工匠全部杀死，而这八百名士兵旋即也遭灭口，这一"天"字号机密最终被带进了坟墓。所以至今成吉思汗的墓地都是一个谜团——那是后话。

西夏亡了，族人星散四方。投降的部队被编入蒙古军团，成为南征南宋的悍军。西夏宗室后裔李恒率党项军团南征，大败南宋文天祥于江西，兵锋直指崖山。

南宋祥兴二年二月初六（1279年3月19日）的晚上，人类古代史上一场惨烈的大规模海战拉开了序幕。当日，风雨交加，张弘范指挥的元军和南宋水军在珠江口西面的崖门银洲湖海面上进行了最后的存亡决战，一场血战之后，宋军全军覆灭，陆秀夫背负着帝昺投海自尽，后宫及群臣大多随之殉国，随军百姓纷纷投海。海面被鲜血染红。据《宋史》记载，七日之后，海上浮尸近十万具。山河破碎，神州陆沉。

看着遍布大海的载浮载沉的尸骸，同是失败者，不知作为西夏宗室后裔的李恒作何感想。

历史只是记载这位杀红了眼的西夏人一直充当蒙古人的急先锋，一路南征，结果在安南，也就是今天的越南，在东南亚的密林中，身中毒箭，不治而亡。

与此同时，以"大哉乾元"得名建立的元朝荡涤了所有的王国，一统天下。

四

一棵树都没有，一只鸟、一只兔子也没有。深秋的西夏王陵荒芜空寂，让人感觉如同置身在另一个陌生的星球。高耸入云的王陵如今只留下一个王朝寂寞的背影，这是当年雄才大略的元昊没有想到的。

西夏亡后两百年，明代安塞王朱秩炅来到这里，在西夏王陵间辗转不去，他在《古冢谣》里这样写道："贺兰山下古冢稠，高下有如浮水沤。道逢古老向我告，云是昔年王与侯。"

地上起了微风，一团衰草在瑟瑟滚动，仿佛回荡着西夏人不愿不甘的悲愤和哀怨。西夏的由盛而衰，和任何一个野心勃勃的王朝一样，最终成为一个蛇吞象的故事，这个丧失了个性的民族就此消逝在历史的烟幕中，湮灭无迹。

当西夏的学者在西南的大山深处寻找党项族的后人，当我们对碑帖中盘旋缠绕的拼音文字八思巴文迷惑不解，当全国尚存的十五个研究者在琢磨曾经风靡朝野的满文档案时，我们会想起马克思说过的话，"野蛮的征服者总是被那些他们所征服的民族的较高文明所征服"。不唯党项，蒙古和满洲也莫不如此，这一符合历史逻辑的铁律，可以解释成文明的力量，而对一个民族而言，也可看成是一种源于人心深处的悲剧。

残留的陵台前，还有散落的砖块和碎的琉璃瓦片。我随手捡了一块，擦去黄尘，阳光下的青绿釉依见光彩。沉重的瓦片，浸着西夏人的鲜血，又被大火烧过，分外灼眼。

远处，贺兰山无语苍凉，没入云端。

2018年3月30日于江南

眺 望 明 孝 陵

　　春日笼雾，夏天涨绿，秋叶落坡，冬山浴日，在我的窗前，一年四季的钟山风景新意无多地轮回不已。但是我知道，在这看来平常的连绵的大山的皱褶里，在一个个其貌不扬的层峦叠嶂中间，安眠着一个个叱咤风云的人物：孙权、朱元璋、孙中山、汪精卫、廖仲恺，他们在各自的时代里各擅胜场，长袖善舞。而在这些独自往来于历史隧道的人物中间，朱元璋无疑是其中最具个性的一个。一个兼有神和鬼双重特质的人，一个神武天子，一个乱世雄杰，一个魔鬼。无论是神，还是人，还是鬼，哪个方面都可以称得上是一个顶天立地的集大成者。

一、山水

阴历乙酉年的大年初二。此刻，我站在明孝陵的神道上。面北。眺望明孝陵，眺望朱元璋。

这就是我日日向往的神秘所在吗？

毫无疑问，这是一座具有帝王气象的大坟。北枕浩荡东流的扬子江，南借草木葳蕤的紫金山余脉。从形制上看，明孝陵酷似一把太师椅，由茫茫苍苍的山冈圈成一圈的太师椅就这么成了一代皇帝的休息地。战斗一生、算计一生的朱元璋是不是需要一把舒服的椅子，好好放松一下紧张的身体和神经？

三国英雄孙权的墓就在山脚之下，据说在建墓时，手底下的工程师就问过明太祖，要不要把椅前的孙权墓连带着给平了。朱元璋淡然一笑，孙权嘛，还算是一个不讨厌的人，而且有本事，就让他为朕守灵吧。为他守灵的还有散落在山后的大大小小的功臣墓，徐达、常遇春、汤和、李文忠等，这些都是从小一起长大、日后出生入死的功臣名将，他们悉数死在这个幼年被称为"六重子"的生死兄弟之手，死后大家还比邻而居，拱卫着这个始终骑在他们头上的一代雄主。

满坡苍翠的钟山在午间的阳光照射下起了一层蜃气，远处的南京城就笼在这一层朦胧之中。我不知道人死后灵魂是不是随风而逝，如果没有的话，我想象不出，当他们兄弟在地下，君臣之分、尊卑之别犹在，他们该怎么说话？该怎么一起回顾自己的一生？——腥风血雨里面打得了天下，六重子，你老哥怎么这么不够意思，把兄弟们都赶尽杀绝了呢？——能说出这番话的，"公忠持谨"的徐达大概不会，"擅文韬秉武略"的李文忠可能也不至于，明哲保身的刘基更是不可能为，但是厚重少文的常遇春、冯胜与朱天子"少相得"的周德兴、汤和可能会冲口而出，不知道这个时候，脱却了黄龙大袍的朱元璋会不会诚惶诚恐？会不会像小时候一样，生出无赖的小主意，耍个小滑头，敷衍了事？

　　一座山，还有一处水。这处水也不可不提，那就是濠河，这也是濠州之所以得名的所在。这个濠州就是后来被家乡天子改为凤阳的地方。"说凤阳道凤阳，凤阳本是个好地方。自从出了个朱皇帝，十年倒有九年荒"，这曲凤阳花鼓在渔鼓铁铗的伴和下，随着流浪者的辛酸足迹，从两淮传唱到了全国。濠河在中华文化史上留下的最深的印象就是水流的清澈了。这条不长的河流，据说是庄子临渊羡鱼的所在，也是庄子跟那个善辩的惠子讨论"鱼之乐"的那条著名的河。鱼的翩然表情竟然能够被庄子看得如此真切，想必是游鱼细石历历可数的。濠河畔的哲思邈远悠长，就像面对深山的一声长啸，经过山山壑壑层层叠叠地折返回到了元末，这一折，就是一千五百年。一千五百年后，这一声长啸终于汇成了历史的回响。那一年天时大旱，好像被后羿射落的九日再悬天宇，大旱之后的濠河龟裂成干渴的焦唇。"天生异相"——濠河边的老人说，这是人间出枭雄的先兆。但是这些祖祖辈辈生息于此的老者肯定没有想到，就是眼前这些在濠河里面光屁股游泳的邻家小子，竟然在那么浩大的世界里争得了天下。这帮小子在泣别了已成饿殍的家人之后，在和着眼泪草草掩埋了双亲之后，就赤着一双光脚板，烟尘不惊地走进了红巾军的行列，毅然决然。他们没有了哲学，没有了优游，只余下坚定的眼神和神武的战功，但是，他们却得到了整个天下。

　　水。

　　山。

　　起于水，终于山。

朱元璋其人，是不是也有山之雄壮、水之渺阔呢？

二、陵砖

就如朱元璋的谥号"太祖开天行道肇纪立极大圣至神仁文义武俊德成功高皇帝"让人除了觉得冗长别无可记一样，那些个流传下来的朱元璋的画像无不是溢美的"神来之笔"。身量魁伟，双目炯炯，既威且慈，颇具王者之风。如同现在婚纱写真馆里用高光拍出的似是而非的所谓"写真"一样，是不足为信的。但是在明孝陵的享殿，我却看到了另外一张绣像，明太祖的绣像。这张绣像面孔偏侧，丑怪吓人，如果除去毛发——恕我不敬——那就是从崎岖的地皮里面扭曲出来的地瓜，一个基因出了问题的地瓜，用歪瓜裂枣来形容毫不为过，而且是怎么也折腾不出所谓的"酷"的那种丑，即令放到现在的大街上也会立即引起交通堵塞。《明史》里很机巧地说太祖"资貌雄杰，奇骨贯顶"。这种传神的丑我想所有的人都不会怀疑其中的真实性。我们判断历史，基本上可以遵循一种简易原则，也就是越简单，越是未经粉饰的，越是可能接近生活的真实。

从参加义军到称帝金陵，朱元璋用了十七年。十七年说长不长，说短不短，但是从沉沦泥淖到凌于绝顶，这个十七年无论如何都算是快当的了。要是用走科举的路程来换算的话，一个学子，从启蒙、开教到参加乡试、会试、殿试，由童生而秀才而举人而贡生，这中间最短也需要二十七年（明清最小的状元读蒙学时五岁，三十二岁殿试被点为状元）。也就是说，朱元璋从一个小沙弥，一个托钵僧到一个帝王，这中间花了差不多一个举人的科举之路。在十七年中间，群雄竞起，有骁勇善战的刘福通、有人多势众的陈友谅、有坐拥天时地利的张士诚、有智谋过人的方国珍，还有雄踞漠北、虎视中原、虽死不僵的强元，先后出现了天完、龙凤、大周、大汉、夏、吴等不下十个政权，然而这个来自两淮的平民子弟却异军突起，"剪除强敌，统一海宇"，笑到了最后。

在享殿面前，一只摩挲得油光水滑的赑屃驮着一方巨大的石碑，上面镌着有清圣祖康熙的四个大字"治隆唐宋"，走笔裕容，疏密有致，笔画中透露出自信和宽容。后人常把这位文治武略皆有可观的满族皇帝的这一"反常"举动解读为笼络天下汉人特别是江南士子的人心，通过肯定明朝的合法性，证明清朝的得天命。但除此之外，我们是不是还可以感受到后世明君对一位大有可观的前朝君王的崇敬？

朱元璋，这么一个社会最低层的人，一个连和尚都做不下去的人，一个文不成武不就的人，一个长相奇丑的人，究竟何德何能做得了天子？能够把沉沦在六十年混战（元末乱世绵长至六十年之久，为战国以来之最，也为后世所仅见）的民生拯救出来？又是如何赢得后世的君王如此高的评价？这究竟是怎样的一个人呢？

四方城。

四方城的木结构的柱廊屋檐已经毁于不可考的战火，仅余四面坚实的砖墙在。以指叩砖，墙不语。

城砖一方方一层层，叠加着，延伸着，逶迤成世界上最长的古代城墙，我突然看到了城砖侧面的文字，细细分辨，认真解读，读完一方，再接着一方。经过六百年风刀霜剑，字迹有些漫漶，但是笔画还是清晰可辨的。每读完一方砖，我就深深吸一口气，放松一下筋骨，向远方的苍翠处眺望一眼。这些文字让人触目惊心。那么小的一块砖的侧面，清清楚楚地凸着几行人名，照着一块砖，兹录如下：总甲秦名，甲首吴桂茂，小甲郭受玉，窑匠袁兴，造砖人夫罗明。原来一块看似普通的砖头竟凝聚着层层的责任，是精明而细致的级级落实。不敢说这是朱元璋的主意，但是这种思路无疑是出于这位农民出身的最高统治者。每方硬邦邦的墙砖都至少跟五个鲜活的生命紧紧扣连在一起。可以想象，一旦某块砖出现了某个毛病，这些人名肯定会变成行刑官朱笔红钩下的底色。这就是四方城六百年屹立不倒的神秘密码，这些个拘谨而清晰的字，字字凸出，看似平易，却狰狞可怖，透过岁月的层层迷雾，仍能让人感受到其中蕴含的腾腾杀气和一个帝王过人的精明与阴暗的算计。——不管是这二者中的哪一种，都足以让人心惊胆战。

南京留下的明王朝的遗迹除了明孝陵和绵延城市四周的城墙之外，还有明故宫。芳草萋萋，野鸽惊飞，巨大的石头底座，残缺的汉白玉护栏，不辨形状的断壁残垣还在讲述着那个六百年前的王朝故事，间或有附近的老者来此晨练遛鸟、品茗论枰。可是在六百年前，这里却是大明王朝的心室，多少石破天惊的计谋在这里酝酿，多少雷霆大计在这里被一言九鼎地定夺。这里是毫无争议的天下中心。身处这中心，九五之尊的朱天子看着这么多闲地，他忽然有了主意。皇帝一言不发地开始了宫内的劳作，宫女阉人们从门隙里看到，天子见缝插针种下的不是牡丹芍药，而是稻麦菽稷，养的也不是珍禽异兽，而是鸡鸭羊豚。这可不是附庸风雅做隐士用的道具，别的不说，但这些庄稼用的肥料就是从宫里面一桶桶挑出的大小便溺。那些个营养充足的便溺是不是足够肥，已经不可知，但是我们知道，这个宫殿里面的庄稼，收成竟是出奇地好。这个农民皇帝身居深宫，却经历着荞麦青青、稻花扬穗和收成后的清朗荒芜。他肯定也跟地道的老农一样，在感受着日升月落、四季轮回的同时，享受着一份纯粹的劳动快乐。这种快乐是纯粹的，劳动洒下的汗水也是真实的，是混合着阳光和空气的味道的。南京的明王宫就是这样的——农亩阡陌和玉阶官道并行，麦秸稻秆与朱栏华表齐立。峨冠博带的大臣们掩着口鼻，扫着额头的汗，穿过麦地稻田，持笏上朝应对天下大计。——这种朝廷，空前，而且绝后，是一个亘古未有的奇特景象。

难道，这就是朱元璋？这样的土皇帝与那个会画画的赵佶、会作词的李煜、擅长奇技淫巧的所谓天子还有什么区别——除了这种也许更草根的爱好旨趣之外？

三、家天下

我想起了曾经去过的施家庄。位于里下河腹地兴化古城的施家庄，离朱元璋的宫殿两百公里，驿马一天一夜的路程。这里原来是古代海塘的所在。文武兼备的施耐庵辅佐张士诚，兵败后，看腻了杀伐苦斗的他未应朱元璋的诏，而是躲进了这里的漫天芦花里。他走出了"鸟尽弓藏"的因循，走出了"兔死狗烹"的轮回。夜雁排空，青灯照壁，隐居在此，他写成了传世的《水浒传》。相较于朱皇帝麾下的谋士勇夫，施耐庵算是幸运者。他全身而退，终老乡间，留下一脉香火，袅袅不绝。现在的施家庄的青砖牌坊、斜阳巷陌还在，每年清明前的大祀，施家子孙浩浩荡荡，不绝于途。水浒的故事还活在扬州评话里，在那些络绎在乡村道路上的老艺人中间口口相传。

孝陵杂树丛生，隆起如包。沿着坡道上去，上面别无建筑，只有丛生的杂树。"孝"是后辈对父母上人出于血缘上的最高崇敬。这是朱元璋对糟糠之妻马氏最亲最切也是最高的谥号。这个被民间尊称为马娘娘的平民女子善良厚道、聪明贤达，是郭子兴的养女。郭子兴就是朱元璋当初和众多两淮子弟投靠入伙的那支义军的头领。朱元璋入伍不久，作战勇猛，奋力异常，兼之深有谋略，很快就从那帮子弟兵中脱颖而出，郭子兴深为倚重，把自己最为心爱的义女马氏嫁给他。自此朱元璋开始交上旺夫大运。朱元璋的能干和狡黠甚至连恩人郭子兴也不放心了，就把这个点子奇多的朱大麻子关了禁闭。了不起的马娘娘每天怀里揣上两只草炉烧饼，偷偷送进监房。刚出炉的烧饼甚至把自己的皮肉都烫破了。回头马娘娘还软磨硬泡，情理交融地力劝义父郭子兴放人。有史可考的是，朱元璋得天下后，虽也照帝王的老例扩充后宫，但却从未宠幸过任何一位嫔妃。相反，对于马皇后倒是相敬如宾。马娘娘生活俭朴，从不骄奢，做了皇后还自己动手缝补浆洗，直至临终。她吹的最多的枕边风就是戒杀放人，为大明朝保护了一大批仁人志士。可惜好人不长寿，刚过完五十岁，马娘娘就撒手归西了。朱元璋从此再未立后。

马娘娘先走了，郁郁寡欢的朱元璋杀心更重了，大明江山弥漫着一股血腥戾气。要是说起来，朱元璋生前主持的最大工程就是这个孝陵了，闭眼了，累了一生的朱皇帝也躺倒了皇后身边。合葬一处。我们设想，如果天增以寿，假以时日，让马皇后这个大脚的质朴女人再多陪这位家天下的皇帝几年，大明朝会不会多一些仁爱、少一些杀戮，多一些宽厚、少一些血腥，多一些开放、少一些闭守呢？

太阳微转，树影偏侧向东。就在那个太阳的方向，在南京城的西边，还有一方城中湖。那就是波光潋滟的莫愁湖，20世纪80年代，一曲《莫愁啊莫愁》让这个湖名扬九州。在湖边，有一座"胜棋楼"。这里面曾经有过一盘永远没有下完的棋，那是朱皇帝和中山王徐达摆的一盘棋，赌注就是眼前的这座湖庄。下着下着，徐达眼前迷离，面前抓耳挠腮的皇上又变成了幼时尿尿和烂泥的玩伴。卸下了心理负担的徐达赢了。哈哈一笑中，他得到了这方美湖。聪明一时的徐达怎么没有想到，这个早已不是"六重子"的人，他的棋怎么能够胜得？天子的棋怎么能赢呢？这个道理，只有到了他身上的箭痛复发，朱元璋赐食"发物"鹅仔时，徐达大概才幡然明了。在宫人面前，中山王含笑和泪吃下了鹅仔，痈疽暴发，英雄一世的中山王仆倒在脓血之中。弥留之际，徐达挥挥手，赶走了为他医病的太医。果然，朱皇帝闻讯前来奔丧，抹了一脸的眼泪鼻涕之后，下令斩杀太医，这时候，太医已经无影无踪。从此，"味甘"的鹅仔也从仁义质朴的南京人的餐桌上绝了迹，代之以"性寒"的鸭——此乃后话，按下不表。

棋输了，但是朱皇帝那"贯顶"的"奇骨"可不是一个笨脑壳。早年攻下人文荟萃的徽州，朱元璋立即拜访徽州名士朱升。了不起的朱升贡献了了不起的九字真经"高筑墙，广积粮，缓称王"，这种以退为进的韬晦大计甚至直接启发以史作智的毛泽东，"深挖洞，广积粮，不称霸"成了新生的共和国面对国际国内严峻形势而采取的国策。——马上得了天下，朱元璋却没有在马上治天下，他开始用操戈挥剑的手捧起了书。也许真是天意，虚心好学的天子文化水平与日俱增，以至史书上说"太祖高皇帝在军中喜阅经史，操笔成文，雄浑如玄化自然"。连他自己也扬扬自得："我起草野，未尝师授，然读书成文，涣然理顺，岂非天生耶？"——有了文化，他便浏览史书，为他的天下谋求治理之策。据说他为此"劳心焦思，忧患防微"。宫灯烛照下，晨光熹微中，朱天子钩沉爬剔，朝思暮想。饭前厕后，悬念默诵。这位皇帝看到了什么呢？显然，他看到了——春秋战国各自为政，天下大乱；有汉一代，实行封藩，以致诸侯坐大；大唐固雄，但过于放权；宋虽睿智，然耽于孱弱；前朝元，更是马上治国，虽有仁政，但毕竟"只识弯弓射大雕"。前朝之前，并无足观。于是，一个独特的计策在他心中诞生了。

朱皇帝开始了运作。先假小人胡惟庸之手害死"开国文臣之首"宋濂，那个被推为明代"开国文臣之首"的通儒留下一声浩叹之后便身首分离。而后皇帝又借口胡惟庸谋反，废丞相，撤中书省，实行内阁制度。

内阁其实就是皇帝的参谋部，奉诏议事，照旨办理，有建议权，无决策权。这样，"事皆朝廷总之"，天下的决策、行政便集于皇帝一身。朱皇帝临崩前还在《祖训》中加上这一章节"以后子孙做皇帝时，并不许立丞相。臣下敢有奏请设立者，文武群臣即时勃奏，将犯人凌迟，全家处死"。祖训相当于平民的家训了，这里面居然如此凶相毕露，杀气腾腾。朱皇帝对政治设计的固守可谓不可动摇。

"没有革命的军队就没有革命的一切"，这个道理朱皇帝是最早悟出的。天下的部队全部集中待命，而千军万马所待的这个"命"只能由他的口中发出。将军另设营帐，等候调遣。兵将分离，"征伐则命将充总兵官，调卫所军领之，既旋则将上所佩印，官军各回卫所"。将军的考核全在皇帝，职称归职称，聘用归聘用。征战实行现代的"项目制"，战事一毕，吃散伙饭，各归其所。这种兵营遍布全国各地、兵源固定世袭的制度可谓开历史先河。如此，天下的兵士悉成"朱家军"，边疆海关，无远弗届。

朱元璋出身底层，生性雄猜。皇帝设了一个特别的队伍，叫作"缇骑"，这是他亲自掌控的特务组织。他们出宫入宫，披着橘红色的斗篷，这种服色类似今天披坚执锐的荷兰足球队的传统服装，富含侵略的意味。这些口衔宪令的特务们骑着高头大马，"叫嚣乎东西，隳突乎南北"，穿梭于市井瓦舍，田间阡陌，这是怎样的一种惊心动魄的"橘红色恐怖"？大臣钱宰一次赶早朝，大概春睡未足，回来就发牢骚，一边换衣，一边摇头晃脑，信占一诀"四鼓冬冬起着衣，午门朝见尚嫌迟。何时得遂田园乐，睡到人间饭熟时"。第二天早朝，朱元璋幽幽地说，钱大人的诗不错，只是朱大哥我并没有嫌你迟啊，那个"嫌"字还是改为"忧"字似乎更好些！看朱大哥这个一字师做的！钱宰万万没想到，无处不在的缇骑竟然把他的打油诗原汁原味地上达上听！他当即五体投地、磕头谢罪。

皇帝是永远没错的，错的是执行者，这执行者就活该受罚。大概是自小吃多了官吏的苦头，朱元璋对贪官横吏决不轻饶。剥皮、断手、钩肠、阉割，五花八门，花样百出，即令放在看惯电子游戏里血腥场面的今天还是让人心底生寒。平民皇帝的狠毒称之为"虐官"也不为过，以致洪武年间"官不聊生"。

功臣摆平，军权在握。长城开筑，海疆封了。偌大的天下一下子就成了朱家的自家庭院。这个从底层打拼上来的土皇帝，有着底层的坚忍顽强，也有来自底层的狭隘自负和面对现实的聪明练达，农民的品质和政治家的品质就这么神奇而又怪异地结合在一起，而他身上与生俱来的草根性又使他具备对天下平民特有的亲和力。"得民心者得天下"，经过了有元一代异族纵横驰骋的杀伐，经历了分崩离析的苦痛，历史选择了平民出身的朱元璋应为当然，那份安宁与自足，那份家常和平易历来是中国百姓的终极向往。

假如有人要问什么样的人最可怕，毫无疑问就是那种兼具伟人和流氓品格的人。伟人有大胸襟大气魄大家手笔，流氓有小盘算小伎俩小肚鸡肠，忍人所不能忍，发人所不敢发。这样的性格张力如能做到一点便能长袖善舞于人间世，如能做到极致，便能成就一个英雄。

朱元璋无疑就是这样的英雄。

四、江山

晚年面对诸皇子，朱元璋曾自我评价道"星存而出，日入而休，虑患防危，如履渊冰"。这是大致不虚的。朱皇帝实行嫡长子传位的制度，这样一来，血统纯正就可以当皇帝，皇帝可以随便怎么当，一直可以当到死。朱皇帝可能过于自信了，血统是纯正了，但是他身上的血统果能保住江山万世吗？事实是，有明一代，出了最多的昏君，以至出了那个二十五年身居深宫、不朝不巡的神宗，简直比那个"我死后，哪怕洪水滔天也跟我毫无关系"的法国路易王朝的混账皇帝还要混账百倍。明朝十六个皇帝中，有荒淫无度御女为乐的、有炼丹以求长生的、有居于深宫成年累月做木匠活的，形形色色，不一而足，成为千古奇谈。这种"家天下"的遗种，异化成了有恃无恐的"贼天下"。三百年的江山，一朝气尽。到了明朝末代皇帝朱由检，虽励精图治，奈何大厦将倾，油枯灯灭，心死后的崇祯帝挥刀砍死爱妻子女之后，跑到了皇宫后面煤山上，坐看四城烽火，一绳吊死在那棵歪脖子树下。绝世聪明如朱元璋，肯定也想不到三百年后的后代竟会是这么个结局。

清沿明制。不同的是，清代皇帝的传承制度由嫡长子变成了秘密立储，继位的还是皇帝的骨血，不同的是不再立嫡长子。诸位阿哥修身齐家，克念作圣。就是这么简单而有限的皇帝家庭院里内的小小竞争，却有着鲜明的结果。有清一朝，天天顺、康雍乾、嘉道咸、同光宣，十二个皇帝中，平庸者有之，无所作为者有之，无可奈何者有之，虽有制度的保障，但是值得称道的是，这其中几乎没有一个昏君。

但是毕竟还是家天下。而丧失了进取可能的社会是不和谐的，自然也是极端不稳定的。"皇帝轮流做，明年到我家"，只要努力，就会有梦想实现的可能，只要争取，就有无限的空间。心有多大，舞台就有多大。这才是民主的心理背景。

从明太祖到宣统，明清迤逦了六百年。太久了。

六百年，再好的"独夫"也成了万恶的"民贼"。

明孝陵的旁侧就是中山陵，那里埋葬着又一个豪杰，那是朱元璋之后横空出世的第一个民国大总统孙文。朱皇帝不会想到，六百年后，这个来自瘴气氤氲的岭南的中山樵就这么喊了一嗓子《周礼》中的句子"天下为公"，竟然就引得山呼海应，万众拥戴。千年帝制推翻在地，不复再生。继之以国民党的"民族、民权、民生"，对朱皇帝政治设计的全面拨乱反正，竟然成了最具号召力的革命口号。

天渐渐黑了，我回到了位于山后的家，上楼已是万家灯火的时分。从窗口看去，远处黑沉沉的，钟山已不可见。只有主峰上面隐隐地有几星灯火在次第闪烁。我知道，那里是人类观天的天文台。著名的紫金山天文台正蹲伏在明孝陵这把太师椅的椅背上，一架架高倍望远镜像是哲人的眼睛，炯炯有神，穿越尘世，关注天外之天。

风 雨 东 林

一

泾河原是一条小河,在河汉交缠盘曲如蛛网的江南,无籍籍名。有好事者考证,东晋衣冠南渡,这里才开始渐渐有了人家,枕河而居,波澜不惊。因为临河,这块水边的洼地自然被称作泾里,也称泾皋。六百年后,宋室南渡,中原世家大族纷纷南迁,移民随着北方民族锐利的锋镝所向,从江南到闽赣,再到岭南,车尘滚滚,帆樯如云,一波波迤逦向南。泾里和江南的其他地方一样,很快就被移民的人潮填满。

在充满北方口音的泾里,从长安迁居此地的顾家在外来户中算是来得较迟的。男主人顾学到了明朝中叶才带着四个儿子到了这里。迟归迟,顾学却很快就显出他的与众不同。对四个儿子,他做了最周到也是最周密的安排：三子宪成、四子允成求学科考，自己则带领长子性成、次子自成做生意谋生。这种精心的分工和苦心的算计，经过时间的检验，很快结出硕果：顾家的酒坊、染坊、米行、盐庄遍布泾里，更让人欣慰的是，顾宪成、顾允成兄弟两个同窗苦读，竟然在万历年间连捷中了进士，这可是了不得的大事！从此，顾家兄弟四房在小小的古镇开枝散叶。相传泾里老街过去还有座魁星楼，楼高十余尺，楼上安放文曲星泥塑，左托香斗，右执朱笔，楼下还有一条跨街通道供人通行，给这个小镇带来不绝的文气。果然，泾里的顾皋还中过状元，居然也是顾家的，是那个做生意的顾家老大性成的后代。

泾里现在叫作张泾，一个位于无锡市区和江阴之间的小镇。2020年新年，在一个难得的暖冬日子，我根据手机的导航，沿着S228往东北方向，驱车赶往张泾古镇，沿途车流滚滚，长而大的车厢装着钢材和各种工业原料呼啸来去。

江南的古镇形制大同小异，差不多都是几道弯曲的水弄堂，伴着几条光滑的石板路，上头立几方新旧参半的牌坊，沿街卖一些大同小异的腌制鱼肉酱菜糕点酒酿之类。我身处江南，对此间的兴趣总是不大。但这次不同了，我要看看顾宪成的生身之地。究竟是一方什么样的水土滋养了这位深刻影响后世的硕儒？

我的目的地是顾宪成纪念馆。走在泾里老街上，这条老街没有任何特点，横竖的电线切割着狭隘的天空，沿街一溜铺面，卖鞋服的饮食的杂货的手机的，红红绿绿，扰攘不休。巷道里老屋破败，间或矗着几幢同样破败的筒子楼，门口贴着褪了色的字条，上书"百无禁忌"。根据当地风俗，人老后，棺材经过的人家，门口都要贴上此条，用来辟邪。张泾老街并不长，顾宪成纪念馆很快就到，据说这是在他故居的基础上兴建的，一个仿古的阙门，门口蹲两只大同小异的石狮子。进得门来，迎面一尊石像，儒服纶巾，气宇不凡，背后有字，果然就是顾宪成。顾宪成诞生的端居堂则被一把生硬的链条锁锁死，黑咕隆咚的不知就里。庑廊有老人在下象棋，有声有色。房屋空关着，里面一间有人声，一群老年人半围着圈在唱锡剧，声音高亢，嗓子皮实，似可一径地上扬。纪念馆格局并不见大，三重房屋，两侧围廊，散落着些树木，或落了叶的枯枝朝天，或老气横秋兀自苍翠，只是几株蜡梅努力地开出花来，远远近近地散出些香气。

这就是顾宪成从小长大的地方，这位思想巨子精神世界的涵育生长地吗？

站在镇上往东看，是纵横交错的河港，阔大深邃；朝西望，碧绿泾河一去三四里，两岸就是古镇的烟火生涯。可我的眼前现出的却是五百年前的一幅图景。

没错，就在这里。那当是一个梅雨季节。江南的梅雨淅淅沥沥，没日没夜。风雨如晦，一位名叫陈以忠的同乡启蒙业师乘船经过泾里，停船避雨，顺访好友顾学。其时，顾宪成和弟弟允成正在朗诵诗书，书声琅琅，在相互缠绕的雨丝中辗转不已，这位乡贤触景生情，于是吟出上联：风声雨声读书声声声入耳。读书声停了，俄顷，风雨中飘出稚嫩少年的声音：家事国事天下事事事关心。

这是一个注定要被写入中国文化史的生动瞬间，也是中国知识分子精神史上的重要时刻，是一个心灵感化另一个心灵，一个世界推动另一个世界的一瞬。这时候风雨应该骤停，为这个时刻停驻留忆，甚至铺镶一道垂天的彩虹，为这个无籍籍名的江南小镇。也因为这副中国最著名的"三声三事"的名联，泾里注定要被写进历史，风闻百世。大概是觉得分量不够，在后世无锡人流传的版本里，原本当作车骑的寻常小船被换成了一条歇脚打尖的官船，人物也不是当地的私塾先生了，而变为一位曾经位高权重的阁老，结局是这位阁老大喜过望，上岸找到了年轻的顾宪成，并把他直接带到了京城，从此顾宪成青云直上，名动天下。

其实，文辞比人走得更远，走得更久。

站在张泾大桥上，水流浩荡，机声隆隆，有驳船往返驶过。这条气象尚存的水道直通无锡，这就是顾宪成走向外面世界的水路。

是的，是水路，而水路注定是波澜迭起的。

二

顾宪成生于1550年，六岁入塾读书，从他留下的数百万字的书文中，自可想见他当年所下的童子功的扎实。据说顾宪成常常夜读达旦。在他所住的房屋里，题了两行诗"读得孔书才是乐，纵居颜巷不为贫"，作为自励。和当年的千万士子一样，他读的书多为程朱理学圈定的经典，不过更注重经世致用。

万历四年，顾宪成二十六岁，当时已是生员身份的他走出泾里，到顺天府（今天的南京）参加乡试。在热汗蒸流的江南贡院里，他拔得头筹，以第一名的优异成绩一考中举。四年后，顾宪成又在士子们艳羡的目光里，赴京参加会试，中了进士。三十岁的他随即被朝廷任命为户部主事，从此开始了他的仕宦生涯。

主事是个什么官？明太祖朱元璋废了丞相，中央设六部，部下设司，司的主管官为郎中，其副职为员外郎，再下一级即为主事，正六品，这官说大不大，但是在京为官就不同了，何况是户部，那是掌握全国财政大权的，位不算高，但是权重，在地方上还是受人瞩目的。

明朝是个充满血腥和黑暗的王朝，当时的皇帝是明神宗朱翊钧，即便是放在千奇百怪的明朝皇帝中，万历也是一枚别致的奇葩。他九岁登基，一直到五十七岁去世，在位四十八年间，前半段的朝廷的权杖把握在他的老师、首辅张居正手上，张居正死后，他借此打倒自己一辈子害怕的老师，准备撸起袖子，大干一场。第一个举措就是在全国丈量土地，盘盘朕的帝国的家底，这个不过分吧？然而就是这么个常识性的举动，居然导致朝野震动，大臣们分裂成两派，双方争斗整十年，最后以万历投降认输而告终。那么好了，国家大事我不管，家事总应该可以做主吧？万历目光向内，想立自己爱妃的儿子为太子，结果又导致朝廷大臣的激烈反对，大家义正词严，怎么能废长立幼，岂不有违祖制?！祖宗之法不可易！朱翊钧的眼神黯淡，由此他肯定想到，在这个群议汹汹的道德乌有之乡，皇上不过就是一个牌位。

从此，大臣们发现，皇帝开始不上朝了。谁也没想到，这个皇上竟然从此消极怠工三十年，直至去世。可这是怎样的一个三十年?！一统江山的大明王朝君臣之间，朝野之间，文臣武将之间，无时无刻不在上演着控制与均衡的大戏。神色不动中杀机四伏，风轻云淡中暗孕惊雷，制衡冲突中彼此消耗，导致了整个国家的全面危机。为此，黄仁宇在他那部著名的《万历十五年》中感叹道：中国的官僚体制，以道德代替法制，个人行动全凭儒家的简单粗浅而又无法固定的原则所限制，人们理智上的自由被压缩在极小的限度之内，则其社会发展的程度，必然受到限制，这便是中国两千年大失败的主要原因。

这样的一个皇帝，决定了官场的生态。皇帝都佛系了，都吊儿郎当了，都把任性当个性了，他自然也不会为那些自以为是的所谓为国担当者负责了。

历史的宿命每每让后人生戚戚之心。可是顾宪成无可逃避，他就处在那个时代、那个朝廷中，厕身在那样的官场里。刚刚上任不久，张居正病重，所有的官员群起为他祈祷，看到这样的疯狂马屁场面，顾宪成心生厌恶，不肯参与。有谙熟宦情的同僚帮他代笔，他竟然大笔一挥，划掉了自己的名字。

顾宪成如此耿介的性情，在官场的境遇可想而知。两年后，刚愎自用的张居正还没来得及收拾他，就倏然去世。可顾宪成的日子并未见好，他被平调了一个位置，从户部调到吏部，从管钱改为管人，职务还是个主事。

按说，明代的主事是个闲职，平时一般不用上班，部里或司里有什么临时项目和督办事项，才会让主事办理。但是顾宪成是个较真的人，五年过后，因上疏申辩，言辞触忤龙鳞，一道圣旨，被贬谪到了湖南的桂阳，做了个州官下面的通判，又过了五六年，在京的吏部老同事念起旧情，被选调到了吏部，任文选司郎中，这是负责为执政者选任干部的重要职位。顾宪成来了劲。一年后，朝廷选任内阁大学士。其实皇上心里早就在花名簿上画了圈，可这个顾宪成却一个都没提，而看他提名的人，居然全都不在皇上的视线里。皇上皱了皱眉，挥了挥袖子，转身去内宫炼丹了。

顾宪成被晾在空空荡荡的大殿上，他被削去官籍，革职回家。归去来兮，十四年了，家乡物是人非。泾河水流汤汤，插着旗幌的官船载着各种希望和失落来来往往，不远的斗山还是郁郁葱葱，山上产的绿茶在紫砂的杯子里依然清香宜人。

顾宪成吐了一口气，他有满肚子的话要与这个世界说，可他碰到的全是墙壁。生平颇怀热肠，何能耕闲钓寂？他把目光从墙壁收回，落在了满匣的书上。孔子周游列国后归来，并没有"乘桴浮于海"，而是传道授业，由门生记诵，一部《论语》传至万代。孟子与梁惠王，论辩滔滔，留下了"民本"的原初精气和锐意。"述而不作"的老子，在看透了世道纷争、骑青牛出函谷之前，留下了不世的《老子》。而朱熹在白鹿书院，格物致知，假物以游，心通万物，也卓然成为理学大家。

知识分子从来都有归述授徒的归属，中外皆然。在顾宪成也许并不知道的古代希腊，柏拉图创办的雅典学院，存世将近一千年，成为欧洲现代大学的起源。几乎所有的大学者都在学院的一行字"不懂几何者，不得入内"下躬身而过。作为国王御医之子的儿子，亚里士多德十八岁进雅典学院，师从柏拉图二十多年，成为最博学的人，做了马其顿国王亚历山大的老师。当志在天下的学生皇帝带着数万精锐势如破竹地征服世界时，老师却悄悄离开深宫，创办吕克昂学院。从此，唯心和唯物双峰并峙，流脉千载，不绝如缕。

但是此刻，曾经沧海的顾宪成，心里已经装进了一面湖泊，涵咏如花朝，起伏如春水，也似一面明镜，照彻了内心，照亮了世界。

他的目光移到了无锡。移到了无锡东门的东林书院。

三

中国的孩子都知道"程门立雪"的典故。这个典故的主人公一是当时名满天下的宋代理学大师程颐，一是当时还寂寂无名的杨时。就是这个杨时，从程颐处习得融儒汇释兼道的"义理"，顶着一头白雪和传道授业的热忱，辗转来到南方。

第一次到无锡，杨时便应当时开办城东书院的周孚先兄弟的邀请，去书院讲席。这堂课，没有讲义，也没有刻意的准备，题目就是"提问"。士子们踊跃提问，杨时应答如流，金句送出，十分畅爽。在江南与士子们投机投缘，让杨时感动不已，而江南的物阜民丰、崇文尊教也给杨时留下深刻印象。感奋之余，杨时决定在文风昌盛的江南开办书院，授徒讲课。一次在庐山游赏，到了五老峰下的东林寺，这是名僧慧远的讲学地，也是净土宗的祖庭。但见日辉朗照，轻云笼烟，山清水秀。"我来欲问林间道，万叠松声自唱酬"，几乎一瞬间，杨时决定把还未开张的书院起名"东林"——结好人缘，与结好佛缘，出此入彼，念虑只差毫厘。从此，无锡城东的弓河之上，就有了传芳百世的东林书院。

杨时在东林书院讲学前后十八年，倡道东林，烛理甚明，当世所尊。宋金隔江拉锯，烽火过处，富庶的江南也沦为十室九空，"极目灰烬，所至残破"，东林书院自然难逃一劫，岁久颓圮。到了"只识弯弓射大雕"的有元一代，这里则被一个叫作秋潭的避世僧人看中，于是，东林书院变成东林庵，琅琅书声变为暮鼓晨钟，高头讲章成为梵音佛呗，庵堂内凫云绕篆，废址间野鸽间飞，其学其事只能见诸学究先生的训诂辞章。

此时，顾宪成来了。

那是万历三十二年，1604年，距离杨时讲学整整四百年。

顾宪成信心满满，他在给朋友的书信中写道："而今而后，唯应收拾精神，并归一路，只以讲学一事为日常饮食。切磨淘洗，实赖于此。"一心精进，一如佛陀。

万历三十二年（1604年）农历十月，顾宪成牵头发起东林大会，制定《东林会约》。

东林书院正式开张，一个在中国历史上留下赫赫声名的书院就此诞生。

东林书院的发起人除了顾宪成外，还有顾允成、高攀龙、安希范、刘元珍、钱一本、薛敷教、叶茂才，被称为"东林八君子"。这是八个光辉的名字，每个人都是一个完足的世界。我看了他们的履历，发现了几个特点：一是他们都是本乡人，除了钱和薛是同属常州府的武进县人之外，其余六人均为无锡本地人；二是年龄相差无几，除了一个四十多岁和一个七十多岁的，其余都是五十岁到六十岁的，骨干人员中，最大的钱一本五十八岁，最小的刘元珍四十岁；三是他们全都是进士出身，顾宪成在万历八年最早考中进士，刘元珍在万历二十三年最后一个考中进士，其中还有顾允成和安希范都是万历十四年的进士，高攀龙、薛敷教、叶茂才都是万历十七年的进士，既是老乡，又是同科；四是他们都曾在朝为官，差不多都是五到七品官，也都因直言犯上，忠直耿介被贬斥。更重要的他们共同的价值观，秉持的是怀忧天下、心系苍生、耕读传家、乐道安贫的儒家价值观。

既然官场黑暗，咱就回乡，回到杏花春雨的江南，回到崇文重教的江南。

别了，大而无当、昏聩阴冷的朝堂！别了，风雨飘摇、黑暗无边的官场！别了，心怀叵测、口是心非的同僚！别了，案牍如山、纠缠如麻的公干！读书著述，开堂授业，况有这么多意气相投的好友，岂不美哉？后来朝廷也想起其中的一些人，但是他们无一应召。

是的，我经历了，我感受了，我回来了。就在此地，白天听书声琅琅，晚上看膏火辉辉。如此，甚好。

小小的弓河热闹了，码头上系满船缆。来自江南的士子如百川归海，纷纷前来，听这些学养深厚、才识不凡、见过阔大世界的大师讲课。

教育是什么？在林林总总的各种概念中，我最记得的是德国哲学家雅斯贝尔斯的诗意描述："教育意味着一棵树撼动另一棵树，一朵云推动另一朵云，一颗心灵唤醒另一颗心灵。"

必须要提到当时的学风。

当时"心学"炽旺，追随者众。王阳明是明代中期兼具文治武功的学术达人，其德其功其言，均为后世所仰止。龙场悟道后，其"心学"

因其与传统的程朱理学在世界观、方法论、认识论上的根本区别，符合人们对个体生命确认的心理需求，其作用和影响日盛。而一旦一种学问和思潮被过度强调和教条固化，则往往走向其反面，会成为思想的镣铐和锁链，通往天堂的道路和堕入地狱的陷阱尽在其中。"心学"也不例外，逐步走向禅化，学术界空谈心性，不务实际的空疏学风日盛，偏激者，务虚谈玄，不知所云，说一套，做一套，已成时弊。现实中成为伪君子或者真小人的，不计其数。其实，王阳明所说的"知行合一"，不是通常所说的"把知识和行动统一起来"那么简单，其中的深意在于，"知之真切笃实处即是行，行之明确精察处即是知"，知中有行，行中有知。二者互为表里，不可分离。"知"必然要表现为"行"，"不行"不能算"真知"。

尽管东林书院和其他古代书院一样，讲学和研究的主要内容也是儒家经史著述，但他们大力倡导"实学"，所谓"实学"，即社会实际问题和百姓日用之学。不论在内容上、形式上和方法上，都强调从实际出发，注重讲实理、办实事、有实用、求实益。由数达理，科学数学化，注重调查试验，提倡实验之法。主张讲与行、学与习、说与做要密切结合，躬行实践，求真求实，务实致用，以作为对"心学"的拨乱反正。顾宪成一再重申，要"先行后言，慎言敏行"，摒弃"两耳不闻窗外事，一心只读圣贤书"的腐儒做派。高攀龙一句话说得更是直白："学问通不得百姓日用，便不是学问。"

"性善小心"，顾宪成们就是用这样的初心在江南这块土地上播种，可他们收获的又是什么样的果实呢？

这样经世致用的学问，无疑成为在无锡伏脉千载的精神血统和文化基因。许倬云在他的《谈话录》中提到，"江南的教育很特别，苏州是文人聚居，是文艺中心，写诗、小品文、散文，文人很多，无锡的风气却是经世济用为主"。据他的回忆，他的祖父会演算代数，即中国的天元术。从南宋开始，无锡的数学就好，华家、秦家、孙家，世世代代互相教数学。

"有一乡之精神，则能通乎一乡。有一国之精神，则能通乎一国。有天下之精神，则能通乎天下。有万世之精神，则能通乎万世。"看着顾宪成的这段话，我不由在想，无锡家传数学兴盛，后来成为近代民族工业的摇篮，改革开放后乡镇企业崛起打造了"苏南模式"，现在成为物联网名城和现代制造业重镇，以至于生在无锡、学在无锡的胡福明后来写出开创时代的雄文《实践是检验真理的唯一标准》，这中间是不是有一种内在的精神联系？

四

东门侧，弓河旁。东林书院书声琅。

从宋代书院兴起以来，书院成为传递文明薪火的所在。但是很多成为私学，甚至成为修行的密室、交际的场所，甚至成为同好雅集的风花雪月的所在。

可东林书院全不是这样的。

风声雨声读书声声声入耳，家事国事天下事事事关心。

从此楹联过，日久印心迹。更何况还有顾宪成的谆谆教导：为"官辇毂，志不在君父，官封疆，志不在民生，居水边林下，志不在世道，君子无取焉"。他始终念念叨叨地告诫身边人：在朝做官，就该心念君主，在地方主政，就该改善民生，哪怕放逐田野，也得心忧天下。

这是一个堪称伟大的中国思想渊薮。

屈原的"美政"幻梦、孔子的仁政理想、孟子的浩然之气、范仲淹的"先天下之忧而忧，后天下之乐而乐"，这一思想流转至今，历久弥新，成为中国士大夫矢志不渝的现世精神。东林诸公抱定要"伸正气于天下"。东林士子们牢记，不为个人之私，而要为天下之公。要以天下为己任，做人志节，要扎定脚跟，一往无前，做一个顶天立地的大丈夫，"庶几不枉出世一番耳"！

"学者第一要愤"，顾宪成这样说，他援引孔子的话"发愤忘食"，说只是这个"愤"字成就了孔子。东林诸公关心时事，他们"讽议朝政，裁量人物"，纵论天下，一时"士大夫抱道忤时者，率退处林野，闻风响附"。每月的会讲，江阴、常熟、宜兴、苏州、太仓和无锡等地大批追随者纷纷前来，一时船桅林立，车马喧腾，胜如过节。东林书院遂成为南中国的舆论中心。

这就注定要与世事相纠缠，注定会搅起迅雷疾雨，也注定要惹来风刀霜剑。

风雨不俟人，说来就来。

还是1604年，就在东林书院开张之际，在遥远的京城，发生了一件大事。

刘元珍，"东林八君子"之一，当时任南京职方司郎中，这是兵部负责各地武官赏罚的官，他据实举报弹劾首辅沈一贯遍植私人，蒙上钳下。结果被官降一级，调到边防。

按说这在明朝也是见怪不怪了。可皇上一想，不对！一连串的事情，怎么总是这群江南士子来耳边嘀嘀咕咕，更进一步的消息说，这些被贬斥的官都聚到了江南，聚到了无锡的东林书院，这引起了在炼丹炉边的皇帝的兴致：好啊，这帮被朕赶出去的书呆子，竟然都跑到南方抱起团来了！还清谈朝政，妄议中央！

既然要治罪，那罪名自然不缺。好吧，就叫"东林党"好了。

这个"党"在古代可不是个好词。孔子说"君子不党"。在严苛的《大明律》中有专门的《吏律》，其中"交结朋党紊乱朝政"，要判罚"笞、杖、徒、流、死"五刑中的极刑，所以只要冠以"党"字，不死也得塌层皮。

其实，顾宪成还真动过结党的心思，他说，"我吴尽多君子，若能联属为一，相牵相引，接天地之善脉于无穷，岂非大胜事哉"。抱团取暖，确实是官场的生存逻辑，可以一荣俱荣，鸡犬上天。但是天可怜见，这帮东林士子却是彻彻底底的原教旨主义者，他们一丝不苟、逐字逐句地执行着孔孟圣经，哪里能有这种心思，做出这等这种事情？

但是必须要说，东林士子过度自负，严苛待人，用森严的价值观和自以为是的文化习惯砌成高墙。就这样，分别成了分野，隔壁成了壁垒，门户成为阵营，苦心经营的一切会成为自己的茧，自由与限制、畅达与困顿也尽在其中。激烈的党政激起政治的旋涡，每个人都不能幸免。

他们的对手原先只是同样在朝的，也就是被他们称为"浙党""齐党""楚党""昆党""宣党"的同僚，但是当他们都"识相"地与权倾天下的宦官魏忠贤打成一片时，东林君子们的目标就只剩下一个"阉党"了。这些因生理残疾而心理扭曲的特殊人群可不是假模假样的伪君子，他们可是没有底线、心狠手辣的"真小人"。为此，东林士子们慷慨就义，付出了整整一代优秀群体的生命代价，上演了一阕阕荡气回肠的人生哀歌。

识字不多的魏忠贤仿造民间流传的水浒一百零八将，按照天罡、地煞的分类，凑了一百零八个和东林有密切关系的朝臣，并与梁山绰号一一对应，搞了个《东林点将录》。在卧榻上跟皇上一边示意讲解，一边朱笔画圈。这还不够，江西道御史卢承钦亲手编造三百零九人的《东林党人榜》，将每个人的姓名、罪状抄于邸报，颁示全国。至于罪名嘛，还不简单？像打草鞋，边打边有：什么"兴云吐雾，尺泽行天"啦，什么"登高呼应，遥制朝权"啦，什么"掣肘边镇，把持有司"啦，什么"书揭文移，武断乡曲"啦——都是文人，都不差词儿。

"东林"二字，后面往往贴上"羽翼""遗奸""嫡派""邪党""鹰犬"等恶名，削籍，追夺诰命，从此不得混厕仕路。阉党狐假虎威，遣派大批缇骑校尉，窜到全国各地，逮捕追究，"侦探塞道，骑校四出"，弄得人人自危，民怨沸腾。而一旦入狱，等待的就是各种极尽心思的酷刑，怎么下作怎么来，直让斯文扫地，甚至剥夺生命，其酷烈程度前所未有。此后，还有《东林点将录》《东林籍贯》《东林同志录》《东林朋党录》，等等，不一而足，借打击东林之名，行铲除异己之实。

东林书院被限期全部拆毁，讲学亦告中止。高攀龙一次路过被拆毁的东林书院，哀叹一声"纵令伐尽林间木，一片平芜也号林"。就在此后不久，他与客人在厅中纹枰手谈，门人来报，缇骑来锡，他冷静地布完最后一粒冷子，拱手入内，换上朝服，自沉于后花园的水塘之中。

再往后，东林的故事就浸透了血色，让人不忍卒视了。

魏忠贤举起了屠刀。他诬告东林党的左光斗、杨涟、周起元、周顺昌、缪昌期等人（这五人加上自杀的顾大章，史称"前六君子"）有贪赃之罪，大肆搜捕东林党人，被捕者无不备受折磨，惨死狱中。一年后，周起元、周顺昌、缪昌期、周宗建、黄尊素、李应升六人被捕，无一生还（加上自沉的高攀龙，史称"后七君子"）。

东林士子，这些怀抱理想主义的殉道者，他们高标独立，让自己的思想羽化在理想化的境界，纵使无能无奈，也躬身入局，不做局外人，不做隔岸观火者，身体力行，鞠躬尽瘁，献身亡命，蒙冤受屈，不甘于流俗，不和光同尘，直至生命的最后一息。

天道有定，人事无常。身处历史的风陵渡口，如何安身立命？东林诸君为我们做出了他们的回答。

一堂师友，冷风热血，洗涤乾坤。大明王朝也走到了血色黄昏。

在后来复兴的东林书院里，仍可看到死于阉党之手的左光斗手书的一副楹联"雪月光风在怀袖，白云苍雪共襟期"，磊落清越，虎奔龙腾，写尽了东林士子的傲骨和襟抱。

后世常有人议论东林党清谈误国，并借对东林党晚期领袖钱谦益等人品德节操的鄙薄而质疑东林党人的精神品质。对此，鲁迅的态度是清醒而理智的，他认为这种舆论是"瑜里求瑕，屎里觅道"，"苛求君子，宽纵小人，自以为明察秋毫，而实则反助小人张目"。与此同时，看透了中国封建专制"吃人"本质的鲁迅，一方面赞赏这些舍身求法、拼命硬干的人是"中国的脊梁"，但在现实策略中主张"壕堑战"，不做无谓牺牲。他凭着一支健笔，笑傲江湖，快意恩仇，绝不在人事的污泥浊水中打滚。

五

青梅缀枝，榴花似血，时断时续的梅雨把江南笼罩在一片燠热难耐的水汽中。

从白山黑水来的S教授，在东林书院的堂屋廊桥花园间徜徉流连，在密匝如森林一般的匾额楹联中认读赏鉴。五百年前的吟哦化成一架架屋宇，成为一座座崔嵬的文化高山。我讲起了曾经和我的晓明兄弟一起来游东林，当时晓明挂着满脸热汗，被我领到了东林书院。我们谈及我们从小长大的运河村庄，那里土里长出的故事和随处安放的生命，心存侥幸，深有感触。没曾想晓明已经放下了世间的一切，倏尔西归。在感受生命的脆弱的同时，让人感慨人世间残忍的另一面。

时间如水，东林依旧，走出书院，就是钢筋水泥的世界。原先的弓河已经填平，铺成了一条大马路。车流滚滚，无数的橡胶轮胎像火柴头一样擦来擦去，汇成尖锐的市啸。

没有来由地，我想起海子《黑夜的献诗》——

> 丰收之后荒凉的大地
> 人们取走了一年的收成
> 取走了粮食
> 骑走了马
> ……

2020年1月19日于瘦西湖畔

寂寥黄叶村

北京。

从熙攘人车中偶尔抬眼西望，如果没有风雨阴霾，你一定会看见一抹青黛色的山影，沉静，庄重。

这就是西山了。西山，是太行山逶迤至此的余脉。清代地理学家顾祖禹说，"（太行）引而东，直抵海岸"。说的就是永定河以东的这一带山峦。西山其实是"一锅窝头"：径直往西的有三座相连的山头，即翠微山、平坡山、卢师山，也就是"西山八大处"的名胜汇集之处。稍稍偏北方向的，是万寿山、玉泉山、香山，这是三大皇家花园清漪园、静明园、静宜园的所在地。正北面就是燕山了，山势蜿蜒，蛇走龙腾，直指口外。

西山的余峰支阜，幽胜无限。寂默的深谷，静矗的佛塔，满壑的松风，那么厚重又那么灵动，那么古老又那么葱郁，可近可触而又不可亵玩，无数次走进它，但是却不能真正了解它。"瞻之在前，忽焉在后"，是一片真正的大气象。

曾经住在香山脚下。夜里，我经不住山影的诱惑，抬脚上山。石奇松恶，塔影森然，即使眼睛努力睁到最大，眼前仍然如罩着灰色的纱一般，看不真切，但是黑暗的层次却显得丰富，像古画中的山水长卷，墨分五色，枯浓淡湿，淋淋漓漓展开无极。山谷里一片寂静，只有树梢掠过风的脚步，沙沙地，极轻极快的样子，声音的间隙处，便可隐约听到远处沟壑里的阵阵狗吠。

曹雪芹。那个撰写旷代奇书《红楼梦》的曹雪芹，当年也是从烟雨茫茫的江南，从十里笙歌的秦淮，从热闹的燕市，从喧腾的钟鸣鼎食之家来到了这里。他来的时候，是在这样的一个清冷的夜晚吗？是在怎样的一个"奈何天、伤怀日、寂寥时"呢？而他来到这一片大山时，又是带着一种什么样的心境？——是沉浸在清明山景和无边月色里的爽朗坦荡？是逃脱"日月双悬"宫廷纷争后的心存侥幸？还是家破人亡、天涯飘零的落魄失意？抑或"看破世情惊破胆，伤透人情寒透心"之后的大彻大悟？

山无语。

风依旧。

一、故家乔木今谁在

南京，紫金山麓。

此刻，我端坐在一片月色之下。想象芹溪先生。

这片金陵的月色，亘古至今朗朗地照着。曹公见到这方月亮应该是在二百八十年前，二百八十个寒移暑易，说长不长，说短不短，但是要是在阅尽人间沧桑的月亮看起来，那可真是一瞬间的事情。二百八十年前，那时候的秦淮月啊，透过曹家织造府里的雕花的窗棂，照进画坞回廊，会是一番什么样的景象呢？

根据史料记载，江宁织造府并不阔大，也谈不上奢华，肯定没有大观园的重山叠水，画梁雕栋，但是毕竟是皇上亲派大员的府邸，特别是堂上高悬当朝皇上手书的牌匾，这可就不得了。江宁府和过往的官员自是要赶来拜访攀附的。清朝官民的比例是一比八十，八十个百姓供养一位官员，南方人口多，这样算起来，前来拜访的官员也就为数不少。人员络绎于途，冠盖如云，前呼后拥，那种景象想来也是很可观的。曹家老小也不得不应礼答奉，招待不暇。那些五体投地、顶礼膜拜的大小官吏们哪里知道，尽管曹家备受圣眷，龙恩垂幸，其实也只是旗主的包衣而已。"包衣"是满语里奴隶的意思。这种家臣兼家奴的身份是很微妙的：主子喜欢，什么都妥当，你也就能当半个主子的家。而主子一旦不喜欢，你就是做得再好，也是奴才一个，一旦不小心触忤了哪块龙鳞，就会一失万勿，死无葬身之地。《红楼梦》中，刚进荣国府的林黛玉的行状其实就是包衣这微妙心理的精致摹写：不敢多说一句话，不敢多走一步路。康熙六次南巡有4次高高兴兴地住在曹家，见到曹寅的母亲，亲切叫道"此吾家老人也"，还欣然命笔"萱瑞堂"（也就是后来曹雪芹写到《石头记》里面的"荣禧堂"）。青龙牌匾高悬堂内，恩荣何及！

我在国家图书馆里，找到一本《康熙朝汉文朱批奏折汇编》。书籍出版于20世纪80年代，把中国历史第一档案馆一千余件康熙朝汉文朱批奏折和台北故宫博物院影印的两千余康熙朝汉文朱批奏折汇集到了一起。我看到，康熙四十八年十月初二，皇上在一份赐给曹寅的圣谕里说，"朕近日闻得南方有许多闻言，无中作有，议论大小事。朕无可托人打听，尔等受恩深重，但有所闻，可以亲手书摺奏闻才好。"圣谕最后，还不忘殷殷嘱咐"此话断不可叫人知道，若有人知，尔即招祸矣"。这种对话显然越出了一般君臣的规制：康熙帝玄烨让发小曹寅暗中刺探所在地方的官场隐私和民间舆情，并随时用奏折密报。皇帝的朱批和具折人的奏报内容都比较随便，从中可以看出两人之间的关系可谓亲密无间，甚至说是推心置腹也不为过。可等到康熙驾崩，篡位的雍正上台，对曹寅的儿子曹頫则是另外一番说辞："据实奏，凡事有一点欺隐作用，是你自己寻罪。为什么不拣省事有益的做，做费事有害的事？因你们向来混账风俗惯了。少乱一点，坏朕名声，朕就要重重处分。"——圣旨应该是庄严持重的文字范本，措辞也应该是平和雅驯，决不偏激意气的，但是这份圣旨却是如此地任性使气，粗率暴戾，让人心惊。——这两份都是圣旨，然而二位皇帝的态度却有霄壤之别，可谓冰火二重天。从康熙雍正二位父子皇帝的口气也自可看出：所谓的包衣，全是仰着看主子的脸色行事，兴衰荣辱也全是仗着主子的喜怒哀乐。而远离京城，皇上的耳目里面是不是还会有自己的印象，会不会受自己政敌的诋毁，这是心中最无底、最让人惴惴不安的事情。所以曹家老小虽远在千里之外的金陵，但战战兢兢、如履薄冰当是正常的心态。一次曹寅在距离金陵仅仅几十公里的镇江金山偶住一宿，也竟然有如此的感慨："淮海维扬衽席间，卧游终日似家山。破窗风影千帆尽，欹案茶香六梦删。"——尽管与花团锦簇温柔富贵的扬州仅一江之隔，尽管枕着春江花月夜的温柔波涛，但是曹寅的这一宿觉想必还是睡得不够踏实。

"月明星稀，乌鹊南飞。"再往前推一千六百年，也是一方月亮，照在意气风发的曹操身上，激起这位文才武略兼备的一代枭雄的万丈雄心。金戈铁马，横槊赋诗，曹操的英雄气概纵横驰奔几千年，耿耿不灭。曹家后世出名的还有曹彬。曹彬是宋朝开国元勋，领兵下江南破金陵、打碎李后主半壁江山残梦的就是这位神功盖世的赫赫战将。金陵自恃长江天堑，江山形胜，虎踞龙盘，但是从没挡住中原雄主的铁蹄。曹彬破城之后，没有杀过一个无辜的江南百姓，没有取过一文不义之财，敦厚的金陵人特地在鸡鸣山建武惠祠，感德不忘。到了明朝，一直以武功立世的曹家被派往东北边陲，镇守白山黑水。不幸被彪悍的大清正白旗俘虏，成了正白旗主多尔衮的家奴。权倾一世的多尔衮过世后，顺治抄家戮尸，口诛笔伐。被"瓜蔓抄"的曹家从此并入内务府，从伺候旗主变为伺候皇家。自此，这个家族步上了伴君如伴虎的不归之路。个人的升降成败，家族的荣辱兴衰，成也由此，败也由此，一切得仰皇上的鼻息，一切得看主子的兴致。

应该说，曹家还是幸运的，曾经备受皇上的恩宠；但曹家后来又是不幸的，惨遭二次抄家，主人被枷号示众。"忽喇喇似大厦倾，昏惨惨似灯将灭。"——盛极而衰，其哀何及！

以武起家，以文名世。曹家在曹雪芹的祖父曹寅一辈，享尽荣华，名耀天下。身为康熙的宠臣，曹寅兼诗人、戏剧家、藏书家、刊书家、书法家于一身，写下了《楝亭集》和杂剧《续琵琶》《北红拂记》《太平乐事》等名作。曹寅诗词曲的创作，得到了当时名家的惊叹和赞扬。曹家的昆曲戏班在拙政园的上演每每声动苏州、余音绕市。曹寅生长在江南，也死于江南任上。"碧纷裙带缘阶草，红缀荷包满盎花。三月扬州闻杜鹃，南京久客可思家？"很多学者把曹寅的这首七律的主旨解释为客愁，解释为对北方家山的乡恋。身为皇上新派的身边人，特别是为皇上筹办钱款和采办宫中大小物件、暗里还要监督官治吏情的一方大员，处在这种敏感的位置上，最要紧的就是要在皇上和世人面前表白"虽处江湖，心系皇上"。诗人曹寅借此表达乡愁、寄思家国当属自然。反过来说，没有这种姿态，怕倒是要出问题的了。

其实，曹寅在南京、扬州待的应该是很风光、很安稳，算得上安贵尊荣。而且更为难得的是，跟江南的名士交游，甚为相得，诗酒唱和，丝竹悠扬，俨然东南一代文化领袖。否则在扬州刊刻的《全唐诗》也难以得到几乎所有江南士子的瞩望和拥护，这项文化工程费时十年，收录了诗人两千八百多名，诗篇近五万首，堪称当时天下的第一巨制。

从曹玺放任江南开始，到曹頫获罪解送入京，曹家四代人在江南三大文化都会苏州、扬州、南京生活了将近七十年。"从谁绚写惊人句，聚石盘盂亦解颜"，祖父希望的承嗣者竟然成了自己的孙子曹雪芹。曹雪芹生于江南，能说江南的烟雨没有浸润曹雪芹的心灵？江南的人文风骨没有给这位通儒硕士以精神上的滋养吗？

从曹锡远、曹振彦、曹玺、曹寅、曹頫，到曹雪芹，曹家一脉单传，到了曹雪芹，唯一的幼子染上痘疾，不治身亡。曾经传说，曹雪芹跟不知哪个丫鬟曾有过一个孩子，这个遗孤后来流落天津，做了盐务方面的差事，后来无家无业，流离播迁，不知辗转哪方泥淖了。

一代风流随雨打风吹去，一个曾经花团锦簇的钟鸣鼎食之家，一个凭借文才武略经天纬地的世家，一个在华夏历史上留下煌煌伟功和赫赫声名的大族，就这么湮灭在历史的长河里。"诗书家什俱冰雪，何处飘零有子孙？"

二、清磬一声黄叶村

黄叶村。

村仅留名，没有了住户，现在是北京植物园的一部分。

2005年秋，北京植物园，花繁人喧。我和同好穿花海逆人流，寻访黄叶村。这里原来地属北京海淀区四季青公社，再以前就是正白旗健锐营的地盘。正白旗是横扫全国一统江山的功臣部队，也是八旗最精锐的王牌军，健锐营是专职攻城的特种兵。残存的石碉楼就是当年这支骁勇善战的古代勇士的遗存。

黄叶村位于植物园的东首，笼在一蓬蓬的柳烟当中。这就是著名的河墙烟柳了。当年的旗人沿河做石墙，石上凿槽，引山间的泉水，以供饮用灌溉。旗人还在河墙上沿水植柳，此处的杨柳得水之沃，也便有了江南的风韵，不复挺直瘦硬，而是婀娜多姿，绿意飘拂起来。

"门前古槐歪脖树，小桥溪水野芹麻"，这是传说中的曹雪芹的故居风物。穿过柳林，走过横柯伏地的老槐树，来到旗下老屋。一方木板上凹进几个绿色的字：曹雪芹纪念馆。

眼神空洞的塑像、幌帜飘摇的酒家、真真假假的古物、虚虚实实的题咏，布展粗糙、毫无创意的纪念馆不能激起我的兴致，我浮皮潦草地在里面走着看着，后人在曹雪芹这个曾经忍受大寂寞的一代文豪身上涂抹了太多的光环，那些虚妄的反复咀嚼的材料让人昏昏欲睡。这就是那个充满灵性和机趣的曹雪芹的故居？曹公如有灵，看到这些俗滥的陈设和说辞会不会心生愤怒？我不无失望地转来转去，就在这时，一堵灰色的墙跳入我的眼里，让我兴奋起来。

对！就是它！

这是一堵破损的墙。墙面上横平竖直地布满大小、形状不一的墨迹。左上边竖列一行字"有花无月恨茫茫　有月无花恨转长"，中间一行字"远富近贫以礼相交天下少　疏亲慢友因财而散世间多"，字组成菱形，字迹虽小但金钩银画，分外清晰。右边是一副对联"困龙也有上天时　甘罗护早子牙迟"，字则更显小，分成两个团方的形状。这些字迹散漫，有点章草的意思，大多是学的苏轼的天际乌云帖，字有排成扇形的，排成柱形的，还有排成弧形的，林林总总，不一而足。整幅墙面上的墨色清晰完好，只有在高处有点灰黑的痕迹，估计是北方烧炕烟灶熏黑的印记。要说起来，我还是在上大学的时候就听说过这堵墙了，可惜一直无缘得见，今日一见，仍让我心惊。我久久地伫立着，不由得悬想起这面墙的故事了。

那是1971年的4月4日，北京春寒料峭，遥远的北方在酝酿沙尘，而西山的迎春花已经在嫩寒中抖擞精神，黄色的枝条烂漫在北方的苍色土地上，像一串串噼啪作响的鞭炮。正白旗村39号院，这是一个破落的旗人门庭，屋主舒成勋已经是这间老屋的第五代传人了。这一天，舒的老伴在家里打扫拾掇，移床时不慎碰破了西屋的一块墙皮，让她吃惊的是，墙里面竟然露出字来。尽管不识字，但是出于好奇，舒的老伴还是剥下了几块，结果更多的字露了出来。老人吓慌了，那时"文革"还没结束，她怕里面出现大逆不道的字来，那还了得？好不容易挨到天黑，在山下一所中学做老师的舒成勋回来了，她立即把家里出新闻的事情告诉了舒成勋。舒成勋是个业余文物爱好者，他立即来了精神头，连夜用一柄手电照明，把整堵墙的墙皮剥了下来。字的表面糊着一层卝字不到头的光绪年间的小团花纸，外边再次粉刷，所以保存完好。第二天，舒成勋赶忙向上层层报告，这一发现立即引起了专家学者和有关领导的重视，一时聚讼纷纷，成为红学研究中的一大事件。

墙上的诗句对联的署名差不多都是一个人——"拙笔"。这是一个什么样的人呢？考证的结果是，字体大多出于同一个人的手笔，这是一个笑傲江湖的酒徒，一个愤世嫉俗的旗人，曹雪芹的一个莫逆之交，名字叫鄂比。我们可以想见，曹雪芹和这个好朋友，倚着门前的老槐树，向东看，三十里外的京城如在脚下，向西看，如血的残阳一点点掉入西山的缺口。晚上，二人闭上柴扉，沽酒对饮，击节以歌，指点江山，笑谈人生，酒性上来，见砚上尚有残墨，便搦管挥毫，信手抒写。二位好友的即兴命笔，无意中留下了宝贵的生命印迹。

我们应该感谢，感谢鄂比的洒脱爽朗，陪伴曹雪芹度过长夜漫漫，度过人生最后的寂寞时光。我们应该感谢旗下老屋后来的居住者，是他们的悉心守护，使这片文化风景得以保全至今。感谢百年来的红学兴盛，多少有心人在书山文海里的搜罗爬剔、跋山涉水的查勘考证，让我们知道了曹雪芹的行止。我们还应该感谢西山，感谢西山的深山巨壑、松槐土石，庇护这个深山中的老屋，免遭兵燹人祸、天火地灾，让二百多年后的我们能够有一个可以伫立跟前、想象无极的地方。

春来花团锦簇，冬至寒峰如潮。

曹雪芹来到西山，我们不知道当时唐代诗人曹堂的那句诗有没有浮现在他的眼前——"饥即餐霞闷即行，一声长啸万山清。穿花渡水能相访，珍重多才阮步兵。"——我们只知道当时的西山还是有繁华可寻的。出了西直门往西北走，绿柳桃花，松柏夹道，林峦之间掩映琳宫梵寺，丹碧辉煌，灿若日月，而且人烟也很稠密，八旗中的正白旗和正蓝旗驻扎此地，山里还有军寨，军号马蹄，声声不息。

但是，曹雪芹没有追逐这些热闹，而是离开大道，别寻幽径，他躲到了大山的深处，躲到了人迹罕至之处。

曹雪芹的西山住地在哪里？我们从与他交往的朋友的诗句中可觅得踪影。"碧水青山曲径遥，薜萝门巷足烟霞。于今环堵蓬蒿屯，庐结西郊别样幽"这是说门前山水相依，门庭蓬蒿丛生，萝蔓长拂；"丘壑连村多磊落，桑麻填巷亦萧条"是说房前屋后都是山丘和沟壑，里面还有也成景致的庄稼地；"谢草池边晓露香，翠叠空山晚照凉"这是春夏的风景；"野浦冻云深，夕阳寒欲落"这是初冬的景象。四季轮回，风物常新。正可谓"门外山川供绘画，堂前花鸟入吟讴"了。曹雪芹远离山下的帝都皇城和前尘往事,投身在这片充满野趣的自然山水中,什么人际纷争、烦恼酸辛,什么扬州迷梦、金陵风月,还有生活的困窘、身世的坎坷,全部丢之脑后,甚至连"妓楼鲜润榴裙雨,僧寺清凉蒲笠风"也是远去的风景,不复留恋。他回归自然,身心俱释,在霜晨月夕、空晴雨霁、流连阶柳庭云、朋石友花、梅妻鹤子,他把一家四代在人世间的荣辱兴衰,欢喜悲欣,发诸笔墨,敷衍铺陈,写成了一代惊天地、泣鬼神的奇文。

"燕市哭歌悲遇合,秦淮旧梦忆繁华",曹雪芹笔下的儿女情长其实是俯仰天地的大文章,是悲天悯人的大哲思。

我步出了黄叶村。

景区外面的空地上,人声鼎沸。北京植物园"丰收景象"的实物堆雕吸引了四方游客:南瓜堆成船形,成排的玉米连缀挂成风帆的形状,醒目地喻示着五谷丰登。喜气洋洋的大丰收景象的周围,有好几对年轻的男女在镜头的搬弄下拍着婚纱照,曳着婚纱,摆着各式姿态,大概时间有些赶,步履匆匆,显出急吼吼的样子。

回头看看,只有蓬勃的柳烟,再远,只有飘拂的绿意了。黄叶村已经渺不可见。

三、有谁曳杖过烟林

月亮。

秦淮河的月亮,西山的月亮,都曾朗照过曹雪芹,月色里的曹雪芹目灿如星。

同样是一方月亮,曹雪芹曾多次摹写。但是月亮却越来越见寒意,从"天上一轮才捧出,人间万姓仰头看"直至"寒塘渡鹤影,冷月葬花魂"，从鲜花着锦、烈火烹油的繁盛到"悲凉之雾，遍被华林"。脂砚斋有条批语说："从中秋诗起，中秋诗收，起诗社于秋日，叹者三春也，却用三秋作关键。"《红楼梦》中凡有大关键、大转折处皆定于中秋之日，想来中秋为团圆之节，于团圆之日写离散，凄凉尤甚，也格外刺心。

从南方到北方，从南京到北京，从富丽轩昂的江南织造府到破败冷落的西山陋屋，与其说是一次自我的放逐，不如说是一次命运的拨弄。

曹雪芹长得什么样？是不是如书中写的贾宝玉那样"面如秋月，色如春花"？据史载当时有个叫作裕瑞的人，曾经见过曹雪芹，当时曹雪芹正在他的亲戚富察氏家里做西宾。裕瑞在他的《枣窗闲笔》中这样说，曹雪芹"身胖头广而色黑"。看来，这位旷世才子的样貌有点出人意料，并不是世俗人想象中风流才子的标致形象，而是一个大脑袋的黑胖子，这让人多少有点扫兴。有意思的是，曹雪芹还是个正儿八经的玩角儿，琴棋书画自不必说，辩才无碍滔滔不绝，说笑逗乐令人绝倒，而他骑马舞剑的功夫也很了得，唱戏玩票更是专业水平。这是一个绝对的才子。他还有一对兄弟友人，名叫敦敏和敦诚。敦敏在诗中说他"琴裹坏囊声漠漠，剑横破匣影铓铓"，"诗才忆曹植，酒盏愧陈遵"，敦诚说他"爱君诗笔有奇气，直追昌谷破樊篱"。看来，曹雪芹还是个真正的性情中人，"且酤满眼作软饱，谁暇齐哜分低昂"——喜欢了就喜欢，不喜欢的任谁也勉强不来。

曹雪芹不仅"狂"，而且"悖"，他做了两件在当时被看作丢人的事情："身杂优伶"，一个八旗世家子竟然跟戏子一起粉墨登场！这怎么可以？！简直是不孝行轨。曹家家道败落之后，世交尹家顾念旧情，把曹雪芹延为西宾，可这位昔日的曹公子、今日的曹师爷竟然看不起仕途经济，不分场合高谈阔论，对主人不够恭敬，对奴婢竟然礼遇尤加，当门生弟子的面信口开河，说一些奇奇怪怪的话。在外人看来，简直是不知上下进退了。不多久，这个不识抬举的曹师爷被逐出了相门。

走出厚厚的大红门，谁也不敢收留这位被相府赶出来的好佬。站在"落叶满长安"的京城，站在世俗不屑的目光里，曹雪芹的失落沮丧之情不难想见。家庭败落之后，他无力回天，而如今，连自己的世交之好都嫌而弃之，弄得栖身之所都没有了。一文不名，一无所成。——"无故寻愁觅恨，有时似傻如狂，潦倒不通事务，愚顽怕读文章，富贵不知乐业，贫穷难耐凄凉，天下无能第一，古今不肖无双"。——《红楼梦》中这段对贾宝玉的判词，绝非游戏笔墨，而是曹雪芹痛心疾首的自怨自责。

可接下来，又能到哪里呢？曹雪芹不知风向哪方吹，也不知哪块云彩会下雨。这时候，对曹雪芹的根底最清楚不过的好友敦诚送了他一首诗"劝君莫弹食客铗，劝君莫扣富儿门，残杯冷炙有德色，不如著书黄叶村"。——您啊，那么个驴脾气，逢上这么个世道，就不要再到什么有权有势的人家充什么大师了，不要看人家的脸色行事了。对了，您还是到西山黄叶村写书去吧！

曹雪芹把目光投向了西山，投向了西山苍翠处。曹雪芹来西山，应该是在乾隆二十二年也就是1757年前后，这一年距现在二百四十八年，他不知道，这是他的人生的最后一站，他更不知道，六年之后，他会以遗愿未遂的不惑之身撒手归西。

西山，当时的正白旗的镇守地。曹家的旗籍就是在这里的正白旗。旗人被圈居在这里，不许务工，不许务农，更不许经商，就是由皇上养着，拱卫京师，战事肇开，就奔赴沙场。每次大的战事过后，村里家家戴孝，哀声一片。待新的子弟长大之后，又是一轮新的等待与奔赴。这里的优秀子弟自然也可以更多地进入皇上的视野，层层提拔，或提携身边，以供驱使，或领命抚远，镇守边疆，或担当要职，衔令一方。这些受命的旗人，一旦革职或者退养，就回到旗籍，靠着皇上那份饿不死胀不昏的薪水度日终老。

石头，树木。

西山最多的就是这个了。

石头，土中之筋骨。《庄子》在"秋水篇"里面说，"吾在天地之间，犹小石小木之在大山也"。树木，山川之毛发也。《山海经·海外北经》里面提到夸父，夸父逐日死后，他的骨头化为山岳，筋络化为河流，毛发则成了树木。据当地的老人回忆，过去的西山，满山遍野都是黄松、枫树、柳树、黄栌树、柿子树、野漆树，村子里的旗人就像刘姥姥说的那样："我们成日价和树林子作街坊，困了枕着他睡，乏了靠着他坐，荒年里饿了还吃他，眼睛里天天看他，耳朵里天天听他，嘴里天天说他……"

一事无成的曹雪芹，遭人白眼的曹雪芹，百无聊赖的曹雪芹，就这么早早地退养了。要知道，他来的时候，才是二十二三岁的年轻人啊！曹雪芹就在西山的苍翠处，就在满山的草木里，心感风雨如晦，笔摹秋肃春温，"滴泪为水，研血为墨"，写成了《红楼梦》。

于是，在曹雪芹的笔墨所至，西山樱桃沟的那块元宝石成了"补天无才，幻形入世"的通灵宝玉，可以研墨画眉的黛石成了钟灵毓秀的女子的代称，从石缝里挣扎逸出的松树成了入世还泪的"绛珠仙草"，木石奇缘其来有自。往昔家族的兴旺繁盛、败落落寞，字字句句节节章章，如江川入海，烟波浩渺。大观园的三代同堂，各色人等结社、宴饮、会客、接驾、赋诗、斗气、欢聚、悲泣，我中有你，你中有我，各擅胜场，身世浮沉，生动无边。

书中"怀金悼玉"，生活却是惨淡无比。

实在写不下去了，没酒钱，心情也坏。有人慕名来看书，对不起，掏银子！看得还不过瘾，要看下文，行也！交上银子，您老请坐，我立马研墨，即刻就续，稍后请您赏眼！

"风流真假一般看，借贷亲疏触眼酸。总是幻情无了处，银灯挑尽泪漫漫。"

疯疯傻傻，迷迷狂狂。

日长如小年，不知今夕何夕。

四、宿草寒烟对落曛

秋风送爽，丹枫如燃。山下来了人，请曹雪芹去江南。亮出名刺，原来是两江总督准备恭迎圣驾，但是毫无经验，就人托人地找到了曾四次接驾的曹家后人。

这是一次故地重游。曹雪芹心灰已冷，冬日江南的萧瑟想来也没能激起这位断魂人的生活激情。秦淮风月的繁华如过眼烟云，只是让人徒生物是人非的感喟。他没有想到，这是他生命里的最后一次远游。

曹雪芹又回到了西山，回到了黄叶村。

"霜花暗拂心花冷，日影旋移人影孤。"这是曹雪芹生前的好友张宜泉援笔写曹的句子。张宜泉是个落魄的教书先生，授业童子之际，他和曹雪芹诗酒唱酬，颇为相得。除了张宜泉之外，与曹雪芹交游的有三个人，一个是那个在壁间留墨的醉汉鄂比，还有就是英王阿济格的后人敦诚、敦敏兄弟了。敦诚、敦敏是曹公的学生，更是他的莫逆之交。是他们，多次来访这位亦师亦友的落魄才子，是他们，为曹雪芹的将来规划了一条人生道路，也是他们，留下了感人的诗句，使我们能够得知曹雪芹当时的生活景况。

旗下老屋有一副曹雪芹的笔墨："虽今日之茅椽蓬牖瓦灶绳床，其晨夕风露阶柳庭花，亦未有妨我胸怀笔墨者。"这是迄今发现的曹雪芹存世不多的真迹之一，也是对他的自身状况最生动、最简洁的说明。

但是，这里面忘掉了一个人，一个曹雪芹生命里面最重要的人——脂砚斋。

脂砚斋，人因砚名。此砚现在还存世，系歙砚，非上品，然而细润可爱，砚面呈长圆果子形，上端二叶，左右分披。漆盒盖内画有仕女小像，上书"红颜素心"四字篆文。原来是明代一代才妓薛素素的心爱之物，后来漂泊传世。脂砚斋不过是这方名砚的无数主人中的一个，但是这方胭脂气十足的砚台却在这位主人笔下大放异彩。

了解《红楼梦》的人都知道，看红楼，说曹公，脂砚斋是个无论如何都绕不过去的存在：曹雪芹著书，脂砚斋传抄；曹雪芹分章，脂砚斋评点；曹雪芹制谜，脂砚斋解谜；曹雪芹哭歌，脂砚斋流泪。二人亦合亦分，同悲同喜，共同写成了这部"千红一哭，万艳同悲"的大书。及至曹雪芹死后，脂砚斋悲痛欲绝——"书未成，芹为泪尽而逝，余尝哭芹，泪亦待尽，每意觅青埂峰再问石兄，奈不遇癞头和尚何？怅怅！今而后，唯愿造化主再出一芹一脂，是书何幸！余二人亦大快遂心于九泉矣。甲申八月泪笔。"——感情深挚一以至此！

脂砚斋究竟是谁？是曹的故友、曹的新知，还是曹的父亲、曹的继妻？红学界对此聚讼纷纷。我们宁愿设想，这是一个细致的女性，一个才情横溢的才女，一个与曹公知根知底的心上人。如此，曹雪芹在写作时，分砚裁诗，才不会孤独；红袖添香，必不致寂寞。

一说一评，一正一副，一盐一水，脂砚斋的评点，是《红楼梦》的一部分。读《红楼梦》必得读脂，方得真趣。

第一回的批语里，脂砚斋就这样总括曹雪芹的写作技巧："事则实事，然亦叙得有间架，有曲折，有顺逆，有映照，有隐有见，有正有闰，以至草蛇灰线、空谷传声、一击两鸣、明修栈道、暗度陈仓、云龙雾雨、两山对峙、烘云托月、背面傅粉、千皴万染诸奇……"两相对照，曹的机心、脂的机趣甚为相得。

在第七回，曹雪芹以相当含蓄的手法写贾琏和王熙凤中午在家里行房事，点睛的句子其实只一两句："只听那边一阵笑声，却有贾琏的声音。接着房门响处，平儿拿着大铜盆出来，叫丰儿舀水进去。"脂砚斋赞道："妙文奇想！阿凤之为人岂有不着意于风月二字之理哉？若直以明笔写之，不但唐突阿凤身价，亦且无妙文可赏；若不写之，又万万不可，故只用'柳藏鹦鹉语方知'之法，略一皴染，不独文字有隐微，亦且不至污渎阿凤之英风俊骨。"如此浃髓沦肌的透彻鉴赏，非知己不能为。

第三回写到林黛玉初次"还泪"，脂砚斋批道："月上纱窗人到阶，窗上影儿先进来，笔未到而意先到矣！"第十五回有批语引昔安南国使题一丈红的诗句："五尺墙头遮不得，留将一半与人看。"第十六回写贾母心神不定，在大堂廊下伫立，她批道："与'日暮倚庐仍怅望'对景，余掩卷而泣。"第二十五回写早晨宝玉想观察头天偶然给他倒茶的小红，"却恨面前有一株海棠花遮着，看不真切"，她批道："余所谓此书之妙皆从诗词句中泛出者，皆系此等笔墨也。试问观者，此非'隔花人远天涯近'乎？"

第六回写刘姥姥入荣国府求贷。在这一回末尾的收场联语是"得意浓时易接济，受恩深处胜亲朋"。曹雪芹和脂砚斋深切感到"可为财势一哭！"王夫人面无表情地说了一句："他们今儿既来了，瞧瞧我们，是他的好意思，也不可简慢了他。"脂砚斋眉批说："王夫人数语，令余几乎哭出！"联想到"燕市哭歌悲遇合"寥寥数语，曹雪芹和脂砚斋肯定有我们难以想象的遭遇，凄楚、尴尬、落寞、悲凉。

我们还可以择出数端，可谓举不胜举。

脂砚斋还是一个很有生活经验的聪明人。俗谚俚语信手拈来，随意挥洒，皆成文章。比如："一日卖了三千假，三日卖不出一个真！""人若改常，非病即亡。""不如意事常八九，可与人言无二三。""人在气中忘气，鱼在水中忘水。"简直妙不可言。

曹雪芹，脂砚斋，亦写亦批，亦激亦赏，互感互动，生成生发，可以说是共同完成了这部旷世奇作。没有脂砚斋的《红楼梦》是干了露的草，飞了云的月，辞了叶的树，涸了水的池，窒了联想，少了生机，减了意趣。

周汝昌先生曾深情赋诗："笔下呼兄声若闻，一年知己总关君。砚脂入砚留芳渍，研泪成朱谢雪芹。"

刘心武先生写道："我读'脂批'，被她感动——感动的是：她时时处处，如彼其关切玉兄，如彼其体贴玉兄，如彼其爱护玉兄——为之辨，为之解，为之筹，为之计，为之代言，为之调停……其无微不至，全是肺腑真情一片，略无渣滓。嗟嗟！人间哪得有此闺中知己，有此护法，有此大慈大悲菩萨，有此至仁至义侠士？雪芹有此，复何恨之有。脂砚有深情，有豪气，文字不甚考究，一味信手率性而言，赏会雪芹的文心才气，抉发书稿的蜜意真情，时有警策之语，骇俗之义。她是雪芹的闺阁知音，迥异于须眉诗酒之俦，世路尘缘之客。"

历史像一团雾，遮盖了一切，又显现了一切。

一切都付之西山的木石的和山顶的流云。

我们知道：曹雪芹心爱的幼子在一场瘟疫中死去后，曹雪芹终日啼哭，不能自已，最终在癸未除夕的一场风雪中走完了四十岁的人生。

我们知道：曹雪芹去世后，市井乡集出了手抄本的奇书《石头记》，又称《风月宝鉴》，还称《情僧录》，版本字迹各有不同，价昂难求，但众人竞相购买。作者的事迹也成为传奇——"故老相传，撰红楼梦人为旗籍世家子，书中一切排场，非身历其境，不能道只字。作书时，家徒四壁，一几一杌一秃笔外无他物。"声名直至皇上圣听，堪称一奇。

我们还知道：《红楼梦》靠传抄出名，靠猜谜大行于世，是有世界上最多译本的汉语文学名著，问世以来，《红学》也成为名副其实的第一显学，供养最多的学人，以至"开口不谈红楼梦，纵读诗书也枉然"。多少年研红各派探佚索隐，讼议恩怨不绝，一次次刮起"红楼旋风"，至今，《红楼梦》都是高挂各书店排行榜的畅销书，只要有书架的国人家里，鲜无有此书者。

我们还知道：这本"怨世骂时之书"秘不敢传，以至后八十回痛遭散佚。在那个自以为是的"十全老人"乾隆帝弘历统治期间，书商程伟元和粗通文墨的文吏高鹗续写《红楼梦》，并不惜削足适履，大量删改曹雪芹前八十回的锦绣文章，以至谬误传世，遗毒久远。

斯人已逝，香氛传世。

我没来由地想起十七年前周汝昌先生写的一首诗，那是在雪芹生日那天（闰四月二十六）写的，恰逢红学界轰轰烈烈纪念曹雪芹诞辰250周年——"今朝逢大寿，当世几人知。新绿清迟树，古红系梦思"。不知道周汝昌老先生写这首诗的心情，和此刻雾月下的我是不是一样？

有消息说，南京准备开发"红楼游"的旅游线路，有三个点：一是随园，这是曹家织造府的后花园，后被那个弹劾曹家的隋赫德占有，称为隋园，又被袁子才购得，易名随园。相传也是大观园的原型。二是位于太平门内佛心桥37号的香林寺，传为靠曹家施舍生存的家寺，也是书中铁槛寺的原型。还有一处绍德堂，就在我所在的北京西路江苏广播电视总台的后院，原来的丹凤街小学的故地。这里的老街坊还口口相传说是皇帝的奶妈的房子，这就是曹雪芹的曾祖母孙氏的住地，也是荣国府的原型所在。后为太平军顾王吴如孝占据。绍德堂离鸡鸣寺的曹家祠堂相距甚近，少时的曹雪芹肯定也在此居住过。现在这一处厅堂房舍已经荡平无存，隆隆的打桩声中，即将冒出地表的是"江苏广电城"这一钢筋水泥的庞然大物。

2005年冬夜于紫金山麓

虎 跑 访 禅

春天是最让人捉摸不定的，翻手云涌，覆手雨降，刹那花开，瞬时雪灭，都说四季如春，而江南的春天却分明是春如四季。

一帮同学在微信上聚群，嚷嚷说要做毕业纪念。我也被不知道哪位热心的家伙拽进了群里。这样一来，微信就不断冒泡了：早安！吃饭吃的啥？好妈妈胜过好老师，中年油腻男的若干表征，你中招了吗？股神推荐的十大神股，办公室恋情指南，收藏界高手分享心得，睡前要做的三个功课，早睡早起身体好，睡了吗？夜猫子，晚安！……噼里啪啦，不歇火了。

每个人都是一个世界，都是一个圈，圈与圈之间以前并不交集，但虚拟的网络一网打尽，把每个人都划拉了进去。

微信又响，声如秋虫，唧唧不休。

关了机，可是再也睡不着了。

黑暗中，远处学生宿舍隐隐传来乐声——

　　长亭外　古道边

　　芳草碧连天

　　晚风拂柳笛声残

　　夕阳山外山

　　天之涯　地之角

　　知交半零落

　　一壶浊酒尽余欢

　　今宵别梦寒

　　……

大概又是哪个夜游神放的吧。不过独自一人在黑暗中听来，曲子以一种按捺收敛的姿态弥漫在空，不侵不扰，忧而不伤，恬淡自适，此曲大概是相宜的。

我们民族的历史上，生离犹如死别，客人临去歌《骊驹》，告别之歌也叫"骊歌"。我知道，这首《送别》的曲调取自曾盛行于美国的约翰·庞德·奥德威作曲的美国歌曲《梦见家和母亲》。经李叔同借调作词成为《送别》，从20世纪初传诵至今，成为汉语骊歌中的绝唱。

七十六年前的纷纭乱世中，那个以法名演音、法号弘一名满天下的、俗名叫李叔同的老者在西湖边上告别这个让他不再挂牵的世界。弘一的墓面朝西湖，在这个文化中国无论如何绕不过去的名湖一侧，目睹了滚滚不息的万丈红尘，见证了世易时移的千年沧桑。

我裹紧了身上的棉被，在骊歌中暂别这个世界，沉入我一个人的梦乡。

窗外，天心月圆，华枝春满。

一

2017年秋天的西湖，照例是桂花满陇，香溢天地。

从一片红彤彤的会场逃出，骑上共享单车，两胁生风，以一种腾云驾雾的姿态穿透桂花香阵。一路上，无暇瞻望近在咫尺的山光水色，也无心照拂垂手可得的烟柳落花，我的眼前只有一个人的背影，在一片深深浅浅的绿色中载浮载沉。

那是一个定格了的时间：1918年的7月1日。其实，那一年的那一天是一个平常的日子，但是从此以后，这个日子留在了西湖的印象中，甚至留在了中国文化的历史中。

这一切，就发生在我此刻经过的路上——

李叔同，一位名动天下的艺术家。他在西湖边的绿色中出现了，不过此刻他不是一个人，边上是他的好友同事夏丏尊和学生丰子恺，在他们的陪同下，他穿过浙江第一师范师生交错的好奇目光，向校门外匆匆走去。一名校工帮着挑着两件简单的行李。

从学校走出来，过涌金门，目标是虎跑定慧寺。禅寺就在前方，抬眼可见，路程不过半里地。

虎跑不远，却是千山万水。

他停了下来。众人也随之停下。

他从校工担中接过衣箱，从里面取出僧衣和草鞋，将身上的布衫布鞋换下。

"李先生！"校工呆望，惊唤。

"不是李先生。你看错了。"他让开校工的手，自己将行李担起，向前方而去。"李先生，李先生"，背后叫成一串声，分不清是谁在哭喊。而他已不再听，不再辨，他只抛给众人一个背影。

那是一个僧人的背影。

别了，朋友。

别了，红尘。

别了，世界。

满目苍翠间，虎跑公园到了。

大慈山像一只睡熟的动物，毫不起眼地卧在西湖西南侧，虎跑寺则是其爪下的一方不相干的玩具。说起来，这是中国佛教的名刹，创建于唐代。相传在唐宪宗元和年间，高僧寰中来此结庐，苦于无水，意欲弃守。某夜，梦见神人告知："南岳有童子泉，当遣二虎移来。"天亮了，果见二虎在离草庐不远处跑地作穴，不一会儿，即有泉水涌出。高僧遂命泉眼为虎跑泉，寺名遂依泉名，亦称虎跑寺。到了唐僖宗年间，皇上赐名为大慈定慧禅寺。后在王朝更迭中屡毁屡建。而我们眼前所见的则是清代同治、光绪年间重建的殿宇，大雄宝殿、钟楼、藏经阁、济公院、罗汉阁，等等，皆依山而筑，坐山面湖，环境幽静，离尘远俗。

西湖，中国最著名的城市湖泊，也是留下最多文人墨客辞赋文章的名胜地。

还是在公元前220年，秦朝在天目山东部余脉，紧靠钱塘江的这片山水间建立县治，自此开始杭州的城建史。隋朝凿通大运河之后，这是南方运河的尽头，也是南北水运和海上的通道，人烟繁集，市井茂盛，城市开始了前所未有的生长。到了五代的吴越国和南宋赵氏王朝，先后有十四个帝王以此为国都，在此扩湖筑坝，种柳植桂，广建园林。从此，亭台楼阁点缀山川，瓦肆勾栏遍布街巷，灯火星灿，满城笙管。元代的《马可·波罗游记》里说，杭州是当时"世界上最美丽华贵的城市""人处其中，自信为置身天堂"。

这么一处东南名胜地，自然名刹众多，香火鼎盛。最早的记载在东晋咸和元年，来自中天竺的一个名叫慧理的佛教徒来到杭州，在飞来峰下创建了杭州第一个寺庙——灵隐寺，开启了杭州作为"佛国"的历史。与此同时，道教神仙也随着晋室南渡而纷至沓来，兴盛一时。特别是葛洪来杭，将道家思想与儒家名教思想打通，创立了以"玄"学为核心的儒道相杂说，其门徒以养身求仙为内在修炼，以经世济用的儒教应对世界，在朝在野都广有影响。

"山绕重湖寺绕山，红阑碧瓦点翠峦"。一方天水，一圈环山，其间寺观云集，人声熙熙攘攘。据《西湖游览志》载，杭州在唐代以前，即有三百六十寺，到宋室南迁，寺观数量增至四百八十座。李叔同在后来的《我在西湖出家的经过》一文中写道："杭州这个地方实堪称佛地，因为寺庙之多约有两千余座，可想见杭州佛法之盛了！"至今，保俶塔、六和塔、雷峰塔和白塔仍矗立天地之间，在飞来峰、烟霞洞、慈云岭等处的摩崖石刻中，名家字迹依然可辨。

"水光潋滟晴方好，山色空蒙雨亦奇"（苏轼），"松排山面千重翠，月点波心一颗珠"（白居易）。在李叔同眼中，西湖是一方胜景、杭州是一方净土，他是应浙江第一师范校长经亨颐的邀请来杭州的，对于天生敏感执着美好物事的他来说，美丽静谧的西湖大约是最能让人凝神敛息、修养身心的所在。后来，经亨颐在一篇文章中谈及李叔同的出家"（弘一）性本淡泊，却他处厚聘，乐居杭，一半勾留是此湖，而其出家之想，亦一半是此湖也"。

在西湖鼎盛的寺庙中，虎跑寺可以说是平常得毫无名气。与香火烛天的灵隐寺、岳王庙相比，甚至可算是冷清荒僻。但是却与李叔同最为相得。在他看来，这恰恰是王维"行到水穷处，坐看云起时"的地方，也是白居易"晨游紫阁峰，暮宿山下村"的所在。他就安于在青灯古佛下，脱却尘累，净身精进，成为一代律宗高僧。

二

我走进了虎跑寺。

山门有道，直通山上，路侧林木伫立，枝柯交错，人行其中，如行绿色隧道。可以看见有老人带着大瓶小桶，一溜小队在等着接山泉。史料记载，明洪武十一年，学士宋濂朝京，路过虎跑寺。主僧邀他观泉，只见寺僧披衣同举梵咒，泉罅沸而出，空中雪舞。濂心异之，作铭以记。城中好事者取以烹茶，日去千担。由此看来，此地的百姓取水至少已经有了六百多年的历史。

大树朝天，藤葛痴缠，绿植掩映下的虎跑寺楼宇纵横，高低错落。1918年弘一到此出家，距今正好是整整一百年。我看到一张当年拍摄的黑白照片，照片中，虎跑寺前的一条野径，两旁杂草丛生，道中的山门略具气象，他一切素朴如野。而弘一法师当年走进的就是这道山门，从此截断前半生的尘世瓜葛，开始了后半生的僧侣生涯。

李叔同出家前，能诗会画，尤精书法和音律，是享誉南北的艺术大家。他入山归佛的消息传开后，由杭州而上海，由中国到日本和东南亚，作为民国众多的名人轶事中最动人的一则，海内外传媒竞相报道，评述不断。

李叔同幼年时父亲即已作古，含辛茹苦抚育他长大的母亲也已去世。从日本带回的妾寄寓沪上，得知李叔同出家，这位至今不知道真名的日本女人既忧戚又感伤。她原是李叔同在日本画画时的模特，二人日久生情，随他到了中国，独自住在上海，靠李叔同每月寄来的银两维生。女人不解，日本的和尚是可以有家有室的，而中国为何不可？这位东瀛女子带着问号一路赶到杭州，弘一在一家茶室与她见了面，送了她一只戴了多年的手表。从此佛界俗界两分离，天上人间不相闻。这位陪伴大师十年的温顺女人此后回到日本，如石沉大海，再也没有任何消息。

李叔同在老家天津还有一位明媒正娶的俞姓夫人，她是一家茶叶商的女儿，在当时，和出身盐商的李叔同可谓门当户对。成亲时，李叔同十八岁，姑娘二十岁，一个属龙，一个属虎。家里老保姆犯了嘀咕：这分明是龙虎斗啊！可这位俞姑娘却不以为意。她实在爱慕李叔同的风流倜傥，才情不凡。少女怀春，谁能阻挡得了一位才情非凡的翩翩公子的魅力呢？李叔同年少轻狂，捧角狎妓，她视若不见；李叔同漂洋过海，学书游艺，她苦苦守候；李叔同携日妾南下，西湖教书，她还是默默忍受。乱世纷纭，家道中落，俞夫人和孩子只是靠着李叔同每月寄回的二十五元金圆券度日。这次，她看报才知道丈夫出家的消息，不由得伤心至极。又等了快三年，还没有丈夫的片言只语，她坐不住了。1921年的春天，俞夫人从天津南下，一路到了上海，又约上李叔同的朋友黄炎培的妻子等二位女眷一起到杭州，三个女子在香烟缭绕的西湖边的寺院一路寻找，终于寻得了已经成了弘一法师的李叔同，把他约到湖边的一处素食馆说话。餐间，弘一低眉顺眼，无问无息，有问才答，直至终餐，他都没有主动问过一句话，甚至都没有抬头看她们一眼。餐毕，他扣上饭碗，告辞回山。一叶小舟停在湖畔，女人们送到水边，桨声欸乃，船动了，水纹散开，渐行渐远，没入水云间，他始终没有回头。夫人大哭而归。

我不了解这种心境，也不明白此中的款曲。

几年前的一个中秋之夜，我和好友青桐去扬州观音山，拜访住持法融，他原是一家电视台的新闻主持人，面目清癯，骨相不俗。而今终年一身袈裟，过午不食。他在隋炀帝的迷楼，向我们说起当年出家落发后的心魔，最不落忍的是老母亲，哭坏了眼睛。每到此时，就要念佛，心里才能平安。月圆之下，我看到他的脸上掠过的一丝惶惑和黯然，如秋风扫叶，倏忽不见。

位于扬州唐城蜀岗之上的观音山，夜风过冈，圆月之下，竹影幢幢，慑人心魄。

三

范晔在《后汉书》中，将隐士分为六类：或隐居以求其志，或曲避以全其道，或静己以镇其躁，或去危以图其安，或垢俗以动其慨，或疵物以激其清。

似乎一声晴天霹雳，一代俊彦变为苦行佛陀。那么，李叔同出家属于哪一种情形？

丰子恺在《我与弘一法师》中，在讲到弘一法师如何皈依佛门时，这样说过：

> 我以为人的生活，可以分作三层：一是物质生活，二是精神生活，三是灵魂生活。物质生活就是衣食。精神生活就是学术文艺。灵魂生活就是宗教。"人生"就是这样的一个三层楼。懒得（或无力）走楼梯的，就住在第一层，即把物质

生活弄得很好，锦衣玉食，尊荣富贵，孝子慈孙，这样就满足了。这也是一种人生观。抱着这样人生观的人，在世间占大多数。其次，高兴（或有力）走楼梯的，就爬上二层楼去玩玩，或者久居在里头。这就是专心学术文艺的人。他们把全力贡献于学问的研究，把全心寄托于文艺的创作和欣赏。这样的人，在世间也很多，即所谓"知识分子""学者""艺术家"。还有一种人，"人生欲"很强，脚力很大，对二层楼还不满足，就再走楼梯，爬上三层楼去。这就是宗教徒了。他们做人很认真，满足了"物质欲"还不够，满足了"精神欲"还不够，必须探求人生的究竟。他们以为财产子孙都是身外之物，学术文艺都是暂时的美景，连自己的身体都是虚幻的存在。他们不肯做本能的奴隶，必须追究灵魂的来源，宇宙的根本，这才能满足他们的"人生欲"。这就是宗教徒。世间就不过这三种人。

弘一法师，是一层一层走上去的。弘一法师的"人生欲"非常之强，他的做人，一定要做得彻底。他早年对母尽孝，对妻子尽爱，安住在第一层楼中。中年专心研究艺术，发挥多方面的天才，便是迁居在二层楼了。强大的"人生欲"不能使他满足于二层楼，于是爬上三层楼去，做和尚，修净土，研戒律，这是当然的事，毫不足怪的。

丰子恺是李叔同的学生、弘一法师的追随者。早年，也是他和夏丏尊一起，送李叔同进了山门。丰子恺年少轻狂，恃才傲物，甚至动手打了老师，学校要开除，作为老师的李叔同为他说情，挽救了一位鲁莽少年的人生，后来李叔同和丰子恺亦师亦友，毕生交谊甚深。李叔同出家后，和丰子恺合作了一部《护生画集》，历经战乱和动乱，家人殊死守护这部画集，保存至今。太平盛世里，不断出版。苦难磨砺中对生活的从容风度、宽容心态和乐观态度，影响国人心灵至广至深。——从中也自可想见，丰子恺对恩师的理解是最深最透的，他对老师的评价也是令人信服的。

李叔同天赋异禀，对于诗词歌赋、金石绘画、音乐美术等皆有涉猎，合铸融通，悟性不凡。艺术至高境界往往相同，空灵虚幻，如梦幻泡影，捉摸不定，不可把握。将这种爱好与需要推向极端，是很容易与探究心之理的佛法接近的。举杯邀月，开门见山，把自然当人看，化无情为有情，这便是"物我一体"的境界。更进一步，便是"万法从心""诸相非相"的佛教真谛了，所以丰子恺说，"艺术的最高境界与宗教相通"。大凡艺术、技术，最高的境界与宗教，会在巅峰重逢。乔布斯的苹果，不正是人的智力、想象力、制造力各臻极致而又完美配合的产物？那个被伊甸园里的初民啃过一口的苹果，不也正象征着人类对于上帝的绝望与忏悔？乔布斯曾到东方修禅，他最终悟出，要造就一种将艺术和技术合一的极致的器物，实现一种真正的价值。"苹果"诞生了，乔布斯的"技术禅"与佛教的禅在智慧的地平线上站在了一起。

青桐说，世人对佛陀最大的误读，就是将之变成"仪式、教条、功利和迷信"。佛法不是鬼神世界观，不是神秘主义，不是看破红尘，不是烧香念经。佛是觉悟者，是对世界的认知水平的超越。这是一种境界，人人皆可成佛。释迦牟尼只是揭示了一些本质的实相，比如，苦是本质、一切相皆无常、我执之虚妄。然后又教给人们一套方法，通过"戒"实现自律，通过"禅定"训练专注力，不受外物干扰，最终实现"慧"，攀上认知的高峰。这个认知高峰和中国本土文化的"道"别无二致。

有一段时间，我特别痴迷俄罗斯文学。由此我想到了茨维塔耶娃，一位唯一能同阿赫玛托娃媲美的俄罗斯天才女诗人。人们在惊叹她诗歌的天才之外，还讶异于她的滥交。在她的身边，是一连串光芒赫赫的名字：帕尔诺克、曼德尔施塔姆、扎瓦斯基、帕斯捷尔纳克、马雅可夫斯基……那简直就是一部当时的俄罗斯文学史。茨维塔耶娃在致瓦洛申的信中坦率承认："我有一种无法医治的完全孤独的感觉。旁人的肉体是一堵墙，阻碍我窥视他的心灵。噢，我多么恨这堵墙啊！"在茨维塔耶娃看来，男女相处，不借助身体，难以抵达内心深处。过几个月她又说："我主要的热情是同人倾心交谈，可性爱必不可少，因为只有这样才能钻进对方心灵。"到了1941年，穷途末路的她在苏联鞑靼自治共和国叶拉布加镇一椽茅屋上吊自杀。她的死没有惊动任何人，只有房东大婶说了一句话："她的口粮还没有吃完呢，吃完再上吊也来得及啊！"

艺术追求极致，身体渴求高潮体验，都与宗教的慧心相通。所以落实到冰冷的现实中，往往痴情误人，迷情伤心，纵情伤人。对心仪对象的美好向往，却都成了碍心之处，走到了愿望的反面。

毕飞宇一次谈到他的小说《青衣》，筱燕秋演戏到高潮，在生活中下不来，见人手指都是弯的，像面条一样耷拉着，说一声"来——"，在男人意会中，就是媚态百生，甚至就是勾引了。

关于李叔同出家，说法很多，有人事厌倦说，有逃避家庭说，有生活困顿说，有不堪情扰说，有身体伤病说，众说纷纭，莫衷一是。可弘一法师不申不辩，从未着意解释。但是心思是坚定的，态度也是决绝的。

我相信，李叔同就在追求艺术的极致中，抵达了禅境。就此出家，走得决绝。而乱世纷纭，情事纠缠，生计困窘都是外因，都是点燃内心积薪的火星，而根本上，是他的内心变化。

李叔同的好友夏丏尊，第一次到寺院看他不僧不俗的样子，不由脱口说道："索性做了和尚，倒爽快！"不到一个月，蝉声鼎沸中，夏丏尊的第二次去看他，潇洒飘逸的李叔同已经剃度，成为弘一，成为坐禅入定的僧人，同样也是脱口而出："叔同，何时受的剃度？"弘一笑道："你以后该称我弘一法师呢。""不是说静修不出家的吗？"夏丏尊半是抱怨半是惋惜。"这也是你的意思啊！我想想你上次说的也对，便这般实行了。算是脱胎换骨了。阿弥陀佛！"

夏丏尊自知无法挽回，郁郁而回。在后来的日子里，他一直为自己当年的行为内疚不已：李叔同不为他，不会来杭州；自己不提断食，李叔同不会去寺院；不脱口而出狂言，好友也不会断然出家。但是后来他不断接触佛典，了解因缘，于是明白弘一是"于过去无量数劫种了善根的。他的出家，他的弘法度生，都是夙愿使然，而且都是稀有的福德，应代他欢喜，代众生欢喜"。

"以前种种譬如昨日死，明日种种犹如今日生"，就这样，李叔同抛妻别子，琴剑俱断，从此变成了弘一，古佛青灯，芒鞋土钵。也无风雨也无晴，一蓑烟雨任平生。

《晚钟》一曲，是李叔同夜半静观所得。大概最能体现他出家后的心境：

> 大地沉沉落日眠，平墟漠漠晚烟残；
>
> 幽鸟不鸣暮色起，万籁俱寂丛林寒。
>
> 浩荡飘风起天杪，摇曳钟声出尘表；
>
> 绵绵灵响彻心弦，幻幻幽思凝冥香。
>
> 众生病苦谁持扶？尘网颠倒泥涂污，
>
> 惟神愍恤敷大德，拯吾罪恶成正觉；

誓心稽首永皈依，暝暝入定陈虔祈。

倏忽光明烛太虚，云端仿佛天门破；

庄严七宝迷氤氲，瑶华翠羽垂缤纷……

世界辽阔如同水天，然而亦混乱不堪。众生病苦，尘网颠倒。回首过往，投身茫茫大林，在这片审美的丛林里，路上会遇见殉道者的遗骸，有人通过审美，走向了世俗，有人通过审美，走进了宗教，在宗教里超脱，在宗教里重生。

山路不同，可只有一个顶峰。

殊途同归，无论西东。

四

弘一纪念馆位于虎跑寺在一处下沉式的院落里，从一处收费的茶馆进来，转弯便到。

阳光从廊外透进来，照进满壁的字画。弘一曾自谓："朽人之字所示者，平淡、恬静、冲逸之致也。"看他的字，意态静默、境界深远。看似简单平易，其实蕴藉有味。正所谓"仰之弥高，钻之弥坚。瞻之在前，忽矣在后"。圆净清韧的线条、不激不厉的行笔、拙稚质朴的结体、疏朗严谨的布局，极具辨识度。比之于色，它不是光芒万丈的旭日，而是一抹天边的霞影；比之于声，它不是嘹亮悠扬的交响曲，而是如怨如慕的月夜箫鸣。

徜徉在弘一的笔墨里，想象他当年笔歌墨舞时的情态。由弘一不由得想到两个人：一是苏曼殊，一是鲁迅。

比李叔同小四岁的苏曼殊出生在日本横滨，能诗擅画，多才多艺，通晓汉文、日文、英文、梵文等多种文字。1912年，苏曼殊出版《断鸿零雁记》，这本自传体的爱情小说，被誉为"民国初年第一部成功之作"，叫响了"鸳鸯蝴蝶派"的名声，苏曼殊从此名满天下。

苏曼殊时僧时俗，时而壮怀激烈，时而言行不羁。行迹放浪于形骸之外，意志沉湎于情欲之间。有晓事者指出，他其实并非真正的出家人，而是在广州一个僧寺里，偶然拿到一张死去的和尚的度牒，便变名为僧。从此来往于僧俗之间，出入于文人名士之林，名噪一时。

苏曼殊长相脱俗，生性风流，他常常出入妓院，但往往只是陪着聊天，他有洁癖，不允许妓女碰他衣服，但谁向他倾诉身世之苦，便给重金。苏曼殊是一位中国商人和一位日本艺妓的爱情产物，但一直不受父母任何一方待见，于是他自暴自弃，像是一枚随时准备引爆的人肉炸弹，尽管身体羸弱，但是只要有革命党人组织暗杀、暴动，他总是积极报名，只求一死。

鲁迅说苏曼殊"古怪"，有钱就"喝酒用光"。苏曼殊还有一个特殊的爱好，喜欢甜食。嗜糖如命，自称"糖僧"。他曾自记在杭州"日食酥糖三十包"，小说名家包天笑曾有一诗调侃苏曼殊的嗜糖顽习："松糖橘饼又玫瑰，甜蜜香酥笑口开。想是大师心里苦，要从苦处得甘来。"苏曼殊一生穷困，去世前一两年，有时竟会典当掉剩余的衣服，赤条条不能见客。1918年春，三十四岁的苏曼殊病卒于上海宝隆医院。据说在他住院期间，医生对他的饮食严加控制，不准吃糖，可他却逃出医院，去街上大吃八宝饭、年糕、栗子和冰激凌，致肠胃病加剧暴亡。死后，在他的床下、枕旁还找出不少糖纸。

狂放不羁、与苏曼殊惺惺相惜的陈独秀看出了苏曼殊的厌世情结，说："他（指苏曼殊）眼见举世污浊，厌世的心肠热烈，但又找不到其他出路，于是便乱吃乱喝起来，以求速死。在许多旧朋友中间，像曼殊这样清白的人，真是不可多得的了。"

苏曼殊死后，葬在小孤山上的西泠桥畔。不知是不是有人有意为之，坟茔被安放在南宋名妓苏小小旁边。有人写过一首诗："残阳影里吊诗魂，塔表摩挲有阙文。谁遣名僧伴名妓，西泠桥畔两苏坟。"满山梅花，冒寒绽放，让人有穿越时空之愿，一男一女，一僧一妓，千年等一回，不知这两个才情风流的男女若在地下相逢，该如何对话？

鲁迅比李叔同小一岁。

两人均出身大户人家，也都曾家道中落。鲁迅在少年时代，在"从小康之家而坠入困顿"的过程中，领教了"世人的真面目"；从个人的遭遇和阅读的历史书籍中，宗法社会的吃人本质显露无遗；幻灯片事件直接刺激了他的神经，麻木不仁的看客们让他痛定思痛，决计要针砭时弊，治病救人；在现实，乡党秋瑾、徐锡麟的杀身成仁，王金发的革命蜕变，袁世凯皇帝梦碎，张勋复辟帝制……"忍看朋辈成新鬼，城头变幻大王旗"，走马灯式的中国现实把性倔如牛的鲁迅磨成了投枪和匕首，成了一个披坚执锐的暗影中的战士。这个战士是孤独乃至寂寞的，他没有树帆立帜，没有呼朋引伴，他一直在壕堑中，站在夜与昼的暗影中，他是一个人的浩浩荡荡。但是他独立而强大，不祈求任何人、任何组织的青睐，自然也不去任何神灵处寻求自我解脱之道。

而李叔同则不同。他出生在北方的信佛家庭，同处惨淡的现实，少时所爱的不是鲁迅的那些"带复仇性的、比一般鬼魂更美、更强的灵魂"，而是青灯古佛，木鱼经诵，也种下了视世事如霜露闪电、人生如日薄西山等佛门思想，这是一个人的"根器"，也是"法缘"。鲁迅成年后学的是采矿、水运、医学，都是经世济用的学问。而李叔同的志趣禀赋在艺术，他在文字、音乐、戏剧、书饮间流连，满足其精神生活之需。

李叔同在日本留学期间，鲁迅也在东京，李叔同粉墨登场，扮演茶花女，鲁迅看过他的戏，但二人并无交往。鲁迅大概把这等末技当成"熟谙时务"而横眉冷对了。而李叔同来到杭州第一师范任教时，鲁迅已经离开两年，应蔡元培之邀，赴南京而后北京，在教育部做小官，维持他那一大家子的生计。由此可以说他们是前后脚的同事。不过从此后，鲁迅一步步走向前线，成为新文化运动的前驱。而李叔同在西子湖畔的山岚烟雨、梵呗香氛中一步步出世，终于出家，成为一代高僧。

达则兼济天下，穷则独善其身。倡导"儒佛互摄"的马一浮认为佛学千言万语，不外两事：一是"为惑染执着，虚妄分别，为习心"，一是"真如涅槃，即本心"。而儒家所谓私欲或己欲，即习心，一是天理、良知、明德，即本心。因此"孔佛所证，只是一性"。这个学佛信佛但不出家的思想者由此得出结论："果能洞彻心扉，得意忘象，则千圣所归，无不一致。"

纷纭乱世中，苏曼殊、弘一、鲁迅分道扬镳，各执一端。苏曼殊或百衲袈裟，或西装革履，只是裹身的家什；或酒肉饕餮，或素食净饭，当是饱腹的吃嚼。他或僧或俗，纵欲迷狂，放荡不羁，其人生像日本的樱花一样，灿烂朝阳，不可一世，终究难敌风雨，零落如泥。鲁迅目光如炬，看穿世人，看透世道，行临济棒喝之道，以笔为枪，直指人心，成为政治家大加褒扬和民众追忆百年的"民族魂"。弘一则把人生打断成两截，从贪恋声色，追逐风潮，到远离声色犬马，最终抛妻别子，自救救人，普度众生，自我成就。

心法不同，道路迥异。

五

李叔同的墓园位居虎跑寺后院，在半山腰上，俯瞰众生。

李叔同黯落了，弘一法师飘然走出。成为佛门又一传人。

可佛教道行深广，法门历历，弘一选择的究竟是哪一道法门？

弘一首先瞄准的是《华严经》，这是佛祖开悟后宣讲的第一部经书，体系森严，最为高深。后贤比作太阳初出，先照高山，一般钝根之人难以理会。弘一立意高远，以华严为境，从哲学高度，把握佛性和佛境的内涵，深究法理；借助儒道为辅，理事无碍，修身养性；以戒律为行，把关身、口、意，严防死守，成为律宗传人；导引净土为果，一无妄念，一心念佛，以此指示往生的途径。

如此，有高妙奥深的玄思，有脚踏实地的修持，有贴近心灵的说理，有温暖众生的行为，有世界观，有方法论，不囿一宗，不树藩篱，知行合一，融会贯通。历经千山万水，阅尽人情冷暖，看透世事沧桑。如此，才有了大胸襟，有了大智慧，有了大心愿。

弘一修成了佛门南山律宗第十一代祖师，被誉为"人天师范"。他带着经过个人参悟过的佛理和思想，带着救人于色恶之域的大心愿，到处游走，由杭州而衢州，由温州而绍兴，由普陀而上海，由福州而厦门，由惠安而泉州，在赤地千里的神州东南一隅，随缘信步，到处游走。

其时，东邻日本磨刀霍霍，张口欲噬，中日纠兵，一触即发，山河破碎，风雨欲来。

神州之大，已容不下一张敬佛的供桌。

其时，弘一法师潜心佛事，诗词歌赋诸般艺事，已弃而不作。但是1937年的厦门要举行全市第一届运动会，一股久违了的情绪被点燃了，他一跃而起，愤然命笔：

禾山苍苍，鹭水荡荡，国旗遍飘扬！

健儿身手，各显所长，大家图自强。

你看那，外来敌，多么狼狈！

请大家想想，请大家想想，切莫再彷徨。

请大家，在领袖领导之下，把国事担当。

到那时，饮黄龙，为民族争光；

到那时，饮黄龙，为民族争光！

1937年10月，日本侵略军逼近厦门，友人劝弘一法师内避，弘一法师则表示"为护法故，不怕枪弹"，弘一自题其居室曰"殉教堂"。他教育众弟子说："吾人所食，中华之粟。吾人所饮，温陵之水。我们身为佛子，不能共纾国难，为释迦如来张些体面，自揣不如一只狗子。狗子尚能为主守门，吾人一无所能，而犹腼颜受食，能无愧于心乎?"。

他自撰一副对联："念佛不忘救国，救国必须念佛。"先是将此诗句悬挂于他讲演律学时的座后壁上，后来凡是有人向他求赠墨宝者，则概以此诗句赠之，并加跋语云："佛者，觉也。觉了真理，乃能誓舍身命，牺牲一切，勇猛精进，救护国家。是故救国必须念佛。"

心如止水，性情尚在。

佛教有语"世出世间"，说有两个世间存在，一个是现实的、此岸的世间，即所谓"世"，另一个则是非现实的、彼岸的世间，即所谓"出世间"。弘一曾为朱光潜写过华严偈语，谈及弘一时，他说道："弘一法师虽是看破红尘，却绝对不是悲观厌世。佛终身说法，都是为救济众生，弘一法师正是以出世精神做入世事业的。"

晚年的弘一最喜欢手抄李义山的诗句："天意怜幽草，人间重晚晴。"

弘一终于走不动了。

一生一死，人生两隘。死亡是人生最大的恐惧。中国人视人死如灯灭，但是希望儿孙绕床。而在生命的最后一刻，基督教徒只用孤独的自己和上帝对话，叩问自己能否进天国。临终的时刻，不需要床前站什么人。

对死亡这种终极消亡的恐惧，往往是一个人顿悟的开始。我二十岁时想到死，半夜惊起，冷汗涔涔，不由得悲从中来，不能自已。一个人，担当孤独，面对死亡，这是一种强大的能力。道家把死看得很自然，"来于尘土，归于尘土"。佛禅把死看得也很透彻，"缘起而聚，缘尽而散"。

弘一呢，他把死亡看成是一个阶段。他早年演过戏，知道最后谢幕的重要。作为法师，他更觉得"最后一著"如果安排不当，"完全破坏"，一生修持将付诸东流。闽南暑热，大限将至，他冷静地自我料理，一一致信门徒信众，作"最后的训言"。甚至最后的临终助念，为龛脚的碗加水都一一叮嘱。最后，以槛外人的姿态回望自己的一生，梳理自己的心境，给友人的信中，他郑重写道："君子之交，其淡如水。执象而求，咫尺千里。问余何适，廓尔忘言。华枝春满，天心月圆。"他在一张纸头上写了四个字：悲欣交集。太阳落山了，弘一安卧，弟子妙莲法师助念《普贤行愿品赞》，弘一流下最后一滴眼泪，弟子心领神会，这是他悲欣交集之感的最后流露。他悲悯着众生的苦恼怨嗔，庆欣自我的离苦解脱。

弘一法师最后的姿势是侧卧着的，这是他留给世人最后的背影。如同当年他接过校工肩上的担子走进虎跑寺，亦如他面对妻儿的哀求，船驶湖心没入烟雨。

弘一法师，由朱门子弟，风流半世，奢享荣华，转而为佛门僧人，穷困余生，慈悲度世。他用以前半生缀满华枝的朝露，滋养后半生枯寂的残枝。他用自己的一生书写了一部冷热大书。

此刻，我久久注视着弘一的《华严集句三百》"令出爱狱，永得大安"。随圆就方的散淡笔迹中，我总觉得有喝风嚼铁之感。

夜色已深，冷月照窗。

"春水春池满，春时春草生。春人饮春酒，春鸟哢春声。"

月已高，夜深沉。

微信群里也安静了下来，不再热闹。大家在不同的床上磨牙吮舌，枕着不同的心情，打着不同调的呼噜，做着不一样的梦。手机则无一例外地在插座上充着电，等待主人第二天晨起的唤醒。

2018年龙抬头之日于江南

文 心 武 胆 话 翠 湖

阳光如瀑，倾泻在波光粼粼的湖上。在这方被钢筋水泥的高楼四面围合的湖面上，红嘴鸥从西伯利亚的寒风中不远万里来此越冬，万鸥翔集，爪喙厮磨，在白羽的片片交翔和层层翻覆中，腾起缕缕细风，如烟如雾。

这是位于昆明中心城区的翠湖。一个西南边陲的城中湖。

湖岸上有人在放风筝，硕大的线盘在怀里嘶嘶作响，放风筝的老者脸色黝黑，仰头望着在空中高飏的竹筝，手中线紧绷如弦，在风中砰然作响，如弓如筝。

一派安静平和的景象后面其实隐含兵戈气象。明洪武十四年，那是距今六百三十多年前的1381年，明太祖朱元璋号令大明军队征伐云南，镇守云南的元梁王巴匝剌瓦尔密兵败，自投滇池而亡，蒙古统治遂告完结。两年后，明朝大军班师回到南京，朱元璋留下义子沐英留镇云南，封爵西平侯。随即，沐英筑砖城，将翠湖圈入昆明城内。酷爱养马的沐英仿西汉名将周亚夫细柳营屯兵的故事，在翠湖西岸建柳营，在此"种柳牧马"。这片原来与滇池相连的水面自此有了人烟。翠湖出城之河称"洗马河"。有诗为证："万柳郁成行，牵来老骊骝。将军思洗甲，神骏自生光。"

水鸥，无惧无畏地自由飞翔，像是一道道白色的闪电，在人丛中激起一阵阵此起彼落的惊呼，变幻如精灵的空中轨迹很好地解释了三维空间的含义。充盈天地的红嘴鸥已经成了翠湖乃至昆明的标志。应和着鸥翅在空气中的律动，我从密密匝匝的人群中穿梭而过，终于，我站在了一座青瓦黄墙的建筑前。

这就是位于翠湖西承华圃的大名鼎鼎的云南陆军讲武堂，一所深刻影响中国近现代历史的著名军校。

云南陆军讲武堂的前身是1899年设立的陆军武备学堂，当时的清廷风雨飘摇，危机四伏。晚清编练新军，计划在全国编三十六镇（师），其中第十九镇建于云南。新兵需要教官，政府于是规定："各省应于省垣设立讲武堂一处，为现带兵者研究武学之所。"云南陆军讲武堂就设在昆明湖畔、五百年前明朝大将沐英的当年练兵处。做出这个决定的初衷是不是秉承先人之志"明耻教战"而训兵强军，不得而知。

走进云南讲武堂旧址，迎面就是一座走马转角的老洋房，笔直斩方，像一个正方形的仪仗，森严而齐整。东西南北各楼对称分布，中有通廊衔接。依稀可以想见当年校园中军歌嘹亮的生动情形。从云南讲武堂陆续走出二十多位上将，两位元帅，以及越南、朝鲜两国的三军总司令和一位韩国总理。与驰名全国的黄埔军校、保定军校齐名，当年曾是云南讲武堂学生的朱德元帅称之为"中国革命的熔炉"——颟顸的清政府出资兴办了一座革命的熔炉，却培养了自己的掘墓人，历史的吊诡一至于此。

在那个风云际会的时代，云南这一边陲之地，有大批学生出国留学。与内地学子出国大多学习文理法政等的习惯不同，这些出身边陲的年轻人大多在国外学习军事，在他们的队伍中，有年轻的秀才李根源。他当年"考取赴日留学生"时，认定"强国必先强兵，卫国卫民也得靠强大的军队为后盾"。正是基于这一次想法，他选了日本的振武学校，攻读军事学科。在此背景之下，清末云南青年学生"渡海求学者，先后达千人，或习师范，或习法政，或习陆军，多以救国自任"。1904年云南的留学生达到高峰，仅这一年到日本留学的云南籍学生即有一百余人。其中到日本振武学校的就有三十余人。

我想起看过的日本伊藤博文的传记，这位被后世称为"日本宪法之父"的政治家，以其宏大的视野、卓越的才干成为日本明治维新后的第一任首相。伊藤博文出身平民，在海滨小镇长州长大，他和这个在偏地长大的孩子久坂玄瑞、高杉晋作等却都有让人难以置信的开阔胸襟和过人胆略。这帮胆大妄为的年轻人，一腔报国激情无处发泄，竟然趁着月黑风高，潜入新建在品川御殿山上的英国公使馆。伊藤博文在队伍前面开路，手持木锯，锯断使馆四周的木栅栏，其他人随即鱼贯而入，扔出自制的燃烧弹。随后，伊藤博文等人返回住处，彻夜痛饮，沉醉于"攘夷"的狂热之中。这群热血的年轻人后来都成了在日本政治经济军事界呼风唤雨的风云人物。

讲武堂内，还保留着当时的饭堂和寝室。摆放整齐的碗筷，折叠得棱角分明的被子，墙上悬挂的各种规章教程和陆军礼节，后人仍能从中窥见军校当年严格管理、刻苦训练的情景。

当年，以李根源为首的云南年轻学子从日本振武学堂学成回国，他们中的大多数人在东京时已经加入同盟会，成为革命党人。这批留日学生被任命为讲武堂教官，成为云南讲武堂的中坚力量。除了李根源之外，还有李烈钧、沈汪度、张开儒、方声涛、赵康时、唐继尧、刘祖武等，开办之初的四十七名教员中，同盟会会员十七人，革命分子十一人，倾向革命者八人。李根源任讲武堂总办，所有讲武堂大小事宜均为同盟会会员把控，造就了一批优秀的军事骨干和反清英雄人物，也让这座军校成为云南革命的策源地，为辛亥起义和护国首义建立了历史功勋。有人粗略统计了一下，辛亥革命前，在云南陆军讲武堂接受军事训练和民主革命思想洗礼的有近八百人。八百位壮怀激烈的革命党人成为八百把熊熊燃烧的火炬，把地处偏僻的西南边陲染上了一片红色。

橱窗里陈列着当时讲武堂师生使用的课本，课程是教学的基本内容和核心结构。从课程设置上看，当时的讲武堂的课程设置与专业颇具规模，分步兵、炮兵、工兵、辎重兵等五种兵科，除了地形学、筑城学、兵器学、军制学、卫生学等军事科学课程之外，还有国文、伦理、算术、史地、英文等普通通识学科，我还看到了带有研究性质的《国防新论》和《欧洲各国军事考察报告》，还有学生们的几何、地理、外语等学科的试卷。

《云南陆军讲武堂章程》规定，总办（校长）和教官要"奉公守法，自为模范，力任其责"。并实行"精选良师以从教，给予高薪以养廉"的制度。学校的制度和作风效仿日本士官学校，管理严格：学员每天凌晨五点起床，要学习、训练到晚上九点方可入寝室休息。每日三餐后稍事休息即投入"课堂理论、操场演习战"训练，还有步兵操典、射击教范、阵中勤务令、野外演习等。

朱德是云南陆军讲武堂第三期特别班学生。当时二十三岁的朱德从四川仪陇来昆明投考讲武堂，虽然成绩优秀，但是因为不是云南籍学生而未被录取。第二年，朱德把籍贯改为"云南蒙自"，这才得以进入讲武堂的大门。有教官从朱德浓郁的四川口音发现他的籍贯造假，汇报到总办李根源处，李根源主张不能把这样一个不远千里来昆明求学的有志青年拒之门外，不但留下了朱德，还对之十分关注。后来历任红军总司令、八路军总司令、解放军总司令的朱德满怀感恩地写道："李根源先生对于学校的维护起了很大作用，凭着他的革命热忱与灵活手段，任劳任怨的精神，这个革命熔炉才得以保存下来。"

声明远扬的云南讲武堂吸引了国内外仁人志士前来投考。仅第十一期到十七期，朝鲜、越南、缅甸等报考讲武堂的青年就多达二百多人，越南的武元甲大将、朝鲜的次帅崔庸健大将、缅甸最高军事委员会主席吴奈温将军、韩国复国后首任总理李范奭都在这个地处中国西南边陲的军校毕业，走向了建功立业的战场。

李根源后来与蔡锷发动云南重九起义，胜利后任云南军政府军政部总长兼参议院院长，在云南进行政治经济文化改革，使云南成为民国初年比较安定的省份之一。此后，李根源北上任职，历任农商总长、航空督办，一度兼署国务总理，因抵制曹锟贿选，退出官场，隐居苏州。当抗日烽火再起，年迈的他热血沸腾，支援前线，后又坐镇滇西，指挥军民保卫家园，护佑抗战大后方。他去世时，年近八旬的朱德亲往执拂，主持追悼会。二人毕生亦师亦友，情谊之深，感动人心。

在青天白日旗帜下，云南都督蔡锷将军下令将云南陆军讲武堂改为云南陆军讲武学校。以云南讲武堂师生为骨干组建的滇军，在护国、护法战争中战绩辉煌，剑指中原，威震天下。

随后的1924年，悟出"枪杆子里面出政权"的孙中山在共产国际的支持下，在珠江中流的长洲岛上创办黄埔军校，以"创造革命军，来挽救中国的危亡"。云南讲武堂应邀援助建校，云南讲武堂派出叶剑英、何应钦、林振雄、王柏龄等一批教官前往任教，分别担任步、骑、炮、工兵四大兵种科长,同时派出一批带枪械的教官协助办学。长洲岛上的这所学校原来是清朝的陆军学校,不意间成了培养革命军人的摇篮。无数国共两党将帅从这里走出,分道扬镳,从主义之争到兵戈相见,从携手抗日到血拼仇杀,几十年恩怨情仇,让国人扼腕叹息。

北伐成功,蒋介石统一南北。从黄埔军校校长起家的蒋介石深知军校的力量,坐镇南京后,他随即下命令,各省不得办军官学校。云南陆军讲武堂被改编为中央陆军军官学校昆明分校。至此,云南陆军讲武堂走下了历史舞台。二十二期学生,九千多学子,怀揣不同的济世理想,带着满腔热血,从西南边陲走向了外面阔大的世界,奔赴各自不同的战场,书写了不同的慷慨之歌。一部云南讲武堂的历史,几成一部完整的中国近现代史。

在云南讲武堂的大门侧面镌刻着《云南陆军讲武堂军歌》,出自亦文亦武的李根源的手笔:

> 风潮滚滚,感觉那黄狮一梦醒;同胞四万万,互相奋起作长城;神州大陆奇男子,携手去从军。哪怕它欧风美雨来势凶狠;练铁肩,担重担,壮哉中国心!正当中!
>
> 中华男儿,要凭那双手撑苍穹;睡狮昨天,醒狮今日,一夫振臂万夫雄;长江大河,翘首昆仑风虎云龙;泱泱大国取多宏,黄帝之裔天骄子,红日中国心!正当中!

如冲天的呐喊,复如动地的歌哭,炽热的时代气息,破空而来。

又一个冬天,我来到昆明。好就好在昆明从来都是四季葱茏,明媚如春。

我沿着导引，走进了位于云南师范大学校区内的西南联合大学旧址。这里耸立着一块西南联合大学纪念碑。碑座呈圆拱状，高约五米，宽约三米，中嵌石碑，碑镌千字之文。

逐字看去，碑文追溯了学校的来龙去脉，三校师生万里长征，跋涉来此，合作办学，传道授业，赓续文明。在河山既复，日月重光，中华民族获取"秦汉以来所未有"的全胜之局的时候，冯友兰提出西南联大的值得纪念的四点理由——

一是抗战扭转乾坤，而联合大学之使命，与抗战相终；二是北大、清华、南开三校历史不同，而八年之久，合作无间，八音合奏，终和且平；三是联合大学以其兼容并包之精神，转移社会一时之风气，内树学术自由之规模，外来民主堡垒之称号；四是能于不十年间，收恢复之全功。

冯友兰把西南联大比喻成中华民族继东晋、南宋、南明之后的第四次衣冠南渡，尤为难得的是，这次南渡以收复失地、还我河山完美收官。如此看来，联合大学之始终，"岂非一代之盛事、旷百世而难遇者哉！"冯友兰和当时的全国人民一样，沉浸在惨胜后的狂欢之中。

继而冯友兰以难得一见的"三字经"笔法写道：

　　痛南渡，辞宫阙。驻衡湘，又离别。更长征，经峤嶁。望中原，遍洒血。抵绝徼，继讲说。诗书器，犹有舌。尽笳吹，情弥切。千秋耻，终已雪。见仇寇，如烟灭。起朔北，迄南越。视金瓯，已无缺。大一统，无倾折。中兴业，继往烈。罗三校，兄弟列。为一体，如胶结。同艰难，共欢悦。联合竟，使命彻。神京复，还燕碣。以此石，象坚节。纪嘉庆，告来哲。

不到一千二百字的碑文，却是一部浩荡的历史，气势磅礴的铭文，加之闻一多的额头篆刻、罗庸的手书，雄劲苍古，气象不凡。我久久地徘徊在这个"三绝碑"前，七十年前的风霜雨雪，家国爱怨，借助不朽的文字，淋漓无极。

一位善谑的北方朋友跟我说，去南京旅游，知道的是游山玩水，不知道的还以为是去上坟！可不是?! 南京的景点多与陵冢有关——中山陵、灵谷寺、明孝陵、雨花台、南京大屠杀纪念馆，现在还多了个牛首山，上面还有个南唐二帝陵。但是有心人会注意到散布在南京街巷里的民国建筑，一个以酒吧文化为特征的著名品牌1912在南京的夜色里妖娆无比，消磨着人们在白天尚未耗尽的精力，摆渡着一个个没有满足的心灵。1912正在全国各地借助民国热，攻城略地，消费着人们的欲望，也在被人们的欲望所消费。

真实的民国呢？从1912年到1949年，在大陆的三十七年可谓血雨腥风、灾难深重：有过北伐成功、一统天下的短暂辉煌，有黑云压城、生死倒悬的浴血抗战，有兵败山倒、哀鸿遍野的国危民难，有同室操戈、殊死拼杀的民族惨剧。如此短暂的血色时光，如此惨烈的历史片段，而在时间的缝隙中，在人心的复活下，留下的只是动人传说，只是名士风流——这是历史的幽默玩笑，也是中国人的嬉皮浪漫。

命运与抗战相始终的西南联大也是如此。

"读书不忘救国、救国不忘读书"，西南联大师生南渡，告别国破家亡的故土，不远万里，辗转来到西南边陲，在这方远离战火的地盘上暂时厝身。这所只存在了八年十一个月的"最穷大学"，毕业了三千三百四十三名学生（已经是当时中国毕业生最多的高校了），从中却走出了两位诺贝尔奖获得者、四位国家最高科学技术奖获得者、八位两弹一星功勋奖章获得者、一百七十一位两院院士及一百多位人文大师，被誉为"中国教育史上的珠穆朗玛峰"，创造了空前绝后的教育奇迹。

中国人最重名分，想象当年，三个顶级名校合并，首先是校长之争。这所临时大学的校长让谁来做？

南开校长张伯苓对蒋梦麟说："我的表，你带（戴）着。"这是天津俗语"你做我的代表"的意思。然后，他去重庆开办了南开中学。不久，蒋梦麟对清华校长梅贻琦说："联大校务还请月涵先生多负责。"然后，他也去重庆另兼他职。就这样，为了避免三校之矛盾，南开和北大二位校长把权力让给了清华的梅贻琦。后来蒋梦麟说："一校三校长，好比一条裤子三人穿，如果三个人都去抢这条裤子，来回拉扯，什么都干不了，所以只能让一个人穿裤子。"

而梅贻琦是怎么做这个校长的呢？

"校长不过是率领职工给教授搬椅子凳子的。"这是梅贻琦说的一句名言。梅贻琦职位与国民政府的教育部长平级，但他卖掉了汽车，辞退了司机，为了组建承揽工程项目的学生服务社，贴补教师们的困苦生活，他几乎卖光了自己所有值钱的东西。甚至家里偶尔吃一顿菠菜豆腐汤就是过节。为了回请云南省主席龙云夫人，梅夫人韩咏华变卖了自己所有的首饰。为维持一家生计，她只好上街摆摊卖米糕。有次大雨，卖糕的梅太太被淋成了落汤鸡。梅贻琦接过篮子，把泡烂了的糕舀到碗里，一边吃，一边抹泪："咏华，我对不起你。"

教师之间最大的矛盾，就是职位和职称配置，此事关系饭碗里的粟食，更关乎自身的面子。各校教授为此争得面红耳赤。情况严重时，甚至"群议分校，争主独立"。这时，北大历史系教授钱穆缓缓站起，轻轻说了一句："此乃何时？"教授们立即安静下来。

后世一位诗人这样写道：联大的屋顶是低的，学者们的外表褴褛，有些人形同流民，然而却一直有着那点对于心智上事物的兴奋。

阳光底下，西南联大旧址一律土墙茅屋，与一般建筑不同的是，墙面上泛着柠黄色，与周边的绿植形成反差。茅舍、木椽、狭小的门窗、并不宽敞的教室，不时有参观者流连其中。有一对对男孩女孩坐在教室的木凳上，摆成同桌的你的POSE，笑眯眯地拍照发朋友圈。

阳光透过窗户，在泥土的地面上投下一个个平行四边形，无数的尘灰粒子在阳光下舞蹈。七十年前的阳光也以这样的角度照到这里，照到谁的脸庞，照到谁的书本，照到谁的衣襟上。时代的尘烟已经散去，散不去的是七十年前发生在这里的故事。强压家仇国恨，静心学习，奋力拓智，传承薪火，都成为时代最生动的记忆。

西南联大的校园并不大，只有一百三十多亩。三所大学辗转到昆明后，并没有校舍，主要租借民房、中学、会馆上课。梁思成、林徽因夫妇来到昆明后，校长梅贻琦请这两位当时最著名的建筑学家为西南联大设计校舍。两人欣然受命，一个月后，一个一流的现代化大学跃然纸上。但这个一流设计方案立马被否，因为学校拿不出这么多经费。此后两月，梁思成把设计方案改了一稿又一稿：高楼变成矮楼，矮楼变成平房，砖墙变成土墙。最后一稿，除了图书馆屋顶可以使用青瓦，教室、实验室可以使用铁皮之外，其他建筑的屋顶一律覆盖茅草。半年后，一幢幢类似农舍的茅草房铺满了西南联大校园。这是梁思成最无奈的设计，但他却视为人生中最光辉的杰作。

虽说远离前线，但是日本飞机时来空袭，联大师生就把跑警报当成了功课。悬在东山的大红气球一旦升起，警报大作，师生们就带上书本，跑步离开校园，躲到郊区的林子里，挖了土壕，诵读不辍。时为联大中文系学生的汪曾祺曾记下一副防空洞的对联"见机而作，入土为安"。其安贫乐道、无嗔无畏的精神可见一斑。

其实联大师生的生活艰辛无比，甚至在生死线上挣扎。

中文系教授闻一多妻子多病，家里孩子多，生活难以维持。他曾到中学兼课挣钱以补贴家用。后因言辞激烈，中学不再延用。闻一多只得拿出篆刻的绝技。于是昆明西门的路边，这位金石大师开始摆摊为市民刻章。大教授摆摊，斯文何在？闻一多的印摊只摆了一天，就被人劝了回来。可是不摆摊，一家人怎么生活？校长梅贻琦联络朱自清、沈从文等十一名教授，联名在报纸上为闻一多刊登刻印广告，让他在家里"设点"代人刻印。我看到了报纸上的这则广告，在金石润例中列出："石章一千二百元，牙章每字三千元，边款每分字作一字计，过大过小加倍。"闻一多从此在家里捉刀，开始为上门者刻章。石头象牙，金钩铁画，一个个字形，还原成一折折有逻辑的线条，天地自洽，方圆自成。

物理系教授吴大猷为给病妻治病，每天不得不化装成乞丐，到菜市场捡剩骨头为妻熬汤。后来，夫妇俩住的小茅屋遭日机轰炸，瓦缸里的面粉掺满了碎瓦片和泥沙，吴大猷只好把碎缸里的面粉捧起来，用洗面筋的方法把泥沙与淀粉洗掉，把仅剩的面筋留下来作为半月口粮。

费孝通的女儿是在凌晨寒风中出生的，那一夜，日军飞机埋葬了他所有的家产。身无分文的他，只能用唯一的西装裹着孩子东躲西藏。从此之后，费孝通从农民家里乞来小破衣褂，包裹了女儿的童年。后来，这个穿百家衣长大的孩子选择了农学专业，本是社会学家的费孝通竟然成了中国农民的代言人。

数学系教授华罗庚的屋子被炸后，只好到西郊普吉附近找了个牛圈，把牛圈上头堆草的楼棚租下来。牛住下头，华罗庚一家住上头。华罗庚腿有残疾，每天很早，他都拖着瘸腿，步行十几里路去联大上课。晚上，又伏案于牛棚潜心研究学术。棚里蚊虻成群，老牛常借柱子擦痒，搞得楼棚地动山摇，人坐楼棚上，就像喝醉了酒一般。可就是在这样的牛棚里，华罗庚攻克了十多个世界级数学难题，为世界数学史开创了一门新学科——矩阵几何学。

"一寸河山一寸血，十万青年十万军"，联大纪念碑背面刻录着八百三十四个青年的名字，代表着一千一百多名参军的联大学生。他们中，有的帮助美国志愿者作战，有的在滇缅公路上晒过毒太阳。有的在遍地瘴疠的热带丛林作战，九死一生地走过野人山，也有的参加陈纳德的航空队，保卫驼峰航线，血捍长空。

"你所期求的荣华富贵，你的祖先都享有过。我不希望你参军，不是要你赓续香火，只是担心你还没尝试生活的滋味，就被送掉了年轻的性命。"电影《无问西东》中，当母亲得悉儿子要参军打仗，冒着战火赶到昆明，说出这样一副推心置腹的话。让我潸然泪下的原因不在于母子之间的舐犊情深，而是前辈对后生的人生嘱托和生命惋惜，发自肺腑，真切感人。华夏最优秀的子孙在无情的弹火前如焰瞬灭，是最让人心碎的，更何况还是自己的骨血。

虽然清苦，但师生们却坚守"刚毅坚卓"的校训，甘守清贫，不屈不挠。为躲避日机轰炸，教授们住得很分散。有的每天要步行几十里路来上课，但从不迟到。刘文典说："我宁愿被日机炸死，也不能缺课。"财政部长孔祥熙拨十万大洋给学校改善条件，但联大师生全体投票，一致同意："将这笔钱捐给昆明人民，以报收留之恩。"教育部决定给二十五位兼行政职务的名教授每人发放一笔"特别办公费"，但二十五位教授却联名致函拒绝："抗战以来，从事教育者无不艰苦备尝，十儒九丐，薪水尤低于舆台，故虽啼饥号寒，而不致因不均而滋怨。"

"君子喻于义，小人喻于利。"一部南京大学中文系学生编剧的《蒋公的面子》近年来在全国久演不衰。在剧中，中央大学三位名教授为了出不出席蒋介石的宴请而各自辩论该不该给蒋介石"面子"，让观众进入"蒋公面子"与"文人面子"的价值思辨。三人展开了两个多小时的话语斗争，个中的心理剖白让人感喟不已。

这就是刚毅坚卓，这就是文人风骨。

就是在这样的环境下，汤用彤写下《中国佛教史》，钱穆写下《国史大纲》，冯友兰写下《贞元六书》，金岳霖写下《论道》，陈序经写下《文化学系统》，王力写下《中国现代语法》《中国语法理论》，华罗庚写下《堆垒素数论》，吴大猷写下《多原子分子的结构及其振动光谱》，周培源写下《湍流理论》，赵九章写下《大气之涡旋运动》，孙云铸写下《中国古生代地层之划分》，潘光旦写下《优生原理》……这些皇皇巨著，几乎都是各学科的奠基之作。

其实，抗战期间令人可歌可泣的"大学故事"不只西南联大一家，中山大学、西北联合大学等也都是当时大学教育弦歌不辍的典范。浙江大学、中山大学、河南大学等当时也都有长途转移的步行队，成就了一个个超越历史语境的教育神话。一方面物资贫乏，甚至有性命之虞，一方面精神自由，卓然立于天地之间。我曾经采访过联合国副秘书长毕季龙，老先生蛰居上海虹桥，那时候尚是偏远郊区，他笑声朗朗，言及过去，他说当时都以为活不过三十岁，随时可能遇难。不承想活了这么久，见了这么多，都八十了！

《黄金时代》里有句话："20世纪20—40年代的中国，那是一个民气十足、海阔天空的时代。"对于今世而言，那是那个时代的迷人之处。

后来被称作神话的季羡林，我看了他在20世纪30年代的日记，直抒胸臆，毫不隐讳，兹录几则——

"1932.9.11 我的稿子还没登出，妈的。"

"1932.9.23 早晨只是上班，坐得腚都痛了。"

"1932.12.21 说实话，看女人打篮球……是在看大腿。附中女同学大腿倍儿黑，只看半场而返。"

"1934.3.13 没作什么有意义的事——妈的，这些混蛋教授，不但不知道自己泄气，还整天考，不是你考，就是我考，考他娘的什么东西？"

更"过分"的是，在《清华园日记》写道：

> 今天看了一部旧小说，《石点头》，短篇的，描写并不怎样秽亵但不知为什么，总容易引起我的性欲。我今生没有别的希望，我只希望多日几个女人，（和）各地方的女人接触。

了不起的在于，后来几被捧成圣人的季羡林在出版日记时，竟然不许删改，所以我们才有缘得见——在习惯把面具当表情的当下，这需要多大的勇气？！

看顾颉刚和同事给胡适送上的四十生辰贺词，这是独一无二的贺词。太别致了！我读着读着，就想唱出来："今年你有四十岁了都，我们有的要叫你老前辈了都；天天儿听见你提倡这样，提倡那样，觉得你真是有点儿对了都。你是提倡物质文明的咯，所以我们就来吃你的面；你是提倡整理国故的咯，所以我们就都进了研究院；你是提倡白话文的咯，所以我们就啰啰嗦嗦的写上了一大片。我们且别说带笑带吵的话，我们也别说胡闹胡搞的话；我们并不会说很妙很巧的话，我们更不会说'倚少卖老'的话；但说这些祝颂你们康健美好的话——这就是送给你们一家子大大小小的话。"全文故意用琐碎的现代白话，拉拉杂杂，其实言之有物。用正楷小字写就，裱成五幅长轴，有谐趣，有真情，有味道。

什么是教育？教育就是当你离开了学校，把老师教给你的东西忘了，剩下的才是教育。联大的先生点燃了联大的学生，联大的学生，把他们认识的联大精神传承了下来。尽管后来的人生有的辉煌，有的黯淡，甚至可能熄灭，但毕竟灵魂燃烧过，人生有这么一段闪光的回忆，至少不会太混乱、太堕落。这就是联大创造了教育奇迹、诞生这么多大师的真正原因。

这几年国学大热，曲阜"三孔"旅游已成风潮，在巍峨的大成殿、豪阔的孔府背后，与孔府后花园隔街遥对着一个颜回庙，这里有一方石碑"陋巷故址"，建有"乐亭"。其源在孔子称赞颜回的话"颜回居陋巷，一箪食，一瓢饮，人不堪其忧，回也不改其乐"。孔子门生众多，最欣赏的学生却是颜回，不是因为他聪明绝伦，更不是他功高盖世，而是因为颜回身体力行，践行"克己复礼"，一如乾隆的题匾"粹然体圣"。

距离曲阜五十公里之外的邹城，孔子之孙子思的门生孟子以清明的思想、亲民的姿态和天下无双的辩才驰名天下，"富贵不能淫，威武不能屈，贫贱不能移"，斩钉截铁的语言传递出简单而绝对的力量。孟子认为，"天将降大任于斯人也，必先苦其心志，劳其筋骨，饿其体肤，空乏其身，行拂乱其所为，所以动心忍性，曾益其所不能"。顶天立地的真君子品格，只有在富贵加以诱惑、威武加以震吓、品鉴加以压迫的情况下，才能显露无遗——也只有这样，才能养出与天地对话的"浩然之气"。

一个朋友对我说，建设自己，就是改造社会。其言得之。

一城相隔两地秋，寒鸥飞尽水悠悠。

历史如天边的云影，杳渺难觅而又真真切切、历历在目。

云南陆军讲武堂，西南联合大学，一文一武，亦文亦武。它们在翠湖比邻而居，演绎了半部中国现代史。云南讲武堂的校训是"坚忍刻苦"，西南联大的校训是"刚毅坚卓"，它们都存留了民族的血气和刚性，燃继了中华文明的薪火，共同构成了我们民族的气质。

"千秋耻，终当雪；中兴业，须人杰。"

斯人已逝，弦歌不辍。

我在写作这篇文章时，墙外的大学校园里，大红横幅和招贴在阳光下耀眼而喜气，学校正在提前招生，家长开着各地牌照的汽车，带着东张西望的年轻男女，在摆摊的老师间东西游走，讨价还价，与不远处菜市场的喧嚣隐约互闻。——我相信，再过若干年，眼前的一切也和过去的历史一样，成为远逝的风景。

2018年4月于惠山之麓

谒 路 遥 墓

陕北。

北方的黄尘在朔风鼓舞下，越过九曲黄河，静静地降落在陕北的塬地上。黄土高坡就这样以每年十厘米的速度，经过不知多少万年，令人难以置信地堆积成一个耸立的高原。而陕北就处在这一片原始的黄土沟壑深处，这里是游牧民族和农耕文化交会处，历来都是飞马走盗，江洋大盗官兵征剿呼啸来去的地方，战伐不断，狼烟不绝，陕北人也见惯了这些，以惯常的大度宽容粗糙的态度冷眼相看，不置一词。但是一旦有了与他们自身利益相悖的事情，这就不一样了，可以豁出命去拼去杀去死，所以这块土地又是烈性的。闯王李自成，从陕北的沟壑深处杀伐出一个天下，像扳道岔一样生生把一个庞大的明帝国扳到了另外一个道上。谢子长是北大毕业生，刘志丹是黄埔军校的毕业生，他们在这里打出红旗，揭竿而起，为后来的中央红军和随行的党中央打下了基础。前几年在强力维稳的情势下这里还爆发过抗税运动，举国震惊。所以毛泽东和李鼎铭先生"窑洞对"，在这儿激发了关于江山社稷、关于历史周期律的思考，其来有自。

这是一个冬天的午后，没遮没拦的太阳把陕北的空气烘烤得暖和和的，但是延安这座高原小城还是毫无表情，冰壳镶边的延河在无精打采地流淌，草色枯黄，花朵隐忍，树们则一律裸着枝杈，各呈姿态，伸向辽阔得让人绝望的天空。

《路遥传》以厚重如黄土的质感和代入感极强的逼近姿态让人心仪。经延安电视台王黎主任介绍，与作者、延安大学文学院院长梁向阳教授（笔名厚夫）畅聊一晚。梁教授与路遥生前多次交集，后来他在延安大学的几孔窑洞里，办成了路遥纪念馆。一个晚上的畅聊，让我对路遥的形象有了亲切感，也对陕北这块土地也有了更为丰满的认知。这天是元宵节，延安城零零落落的鞭炮声提醒着我们，在圆盘似的大月亮下，梁院长指着不远处的黑魆魆的山头说，就这里，从学生食堂边上的小道上去，上到山顶，那就是路遥墓，他的最后归宿地。

第二天又是一个响当当的大晴天。午后我开始登山。那是一条捷径，路遥是不走捷径的，我以这样的方式去看他，他若有知也许不屑，但是我实在没有时间也没有体力找别的路了，只得聊以自慰地想，实事求是也算是最大的诚意吧。尽管还是正月，春寒料峭，但是中午的阳光还是咄咄逼人，荒草蔓生，道路蜿蜒。当年古斯塔夫雅诺施在布拉格老城陪卡夫卡散步，感受到卡夫卡是如此坚固，致使在人生道路上遇到任何坎坷挫折时，都能像抓住坚固的铁栏杆那样抓住他的影子。——我的心情也大致如此。

记不得转了几道弯，气喘吁吁地，但总算站在了路遥的墓前。

一方墓碑，一尊塑像，一个石砌的圆丘，背后是一道石屏，上面刻着路遥生前的一句话：像牛一样劳动，像土地一样奉献。除了墓碑是白色的花岗岩之外，这一切都是褐色的粗石，与周遭的土地浑然一色。引人注意的是塑像下有鲜花有干果，有干萎的花，还有一方砖，上面写着难以与外人言说的心里话。奇的是，书写者为什么要寻访这个地方，要到路遥的墓前才霍然说出？

迎着路遥的目光，我在想，在文学史上，路遥是一个什么样的存在？他毕生心血凝成的《平凡的世界》尽管获得了茅盾文学奖，可在诞生之初几乎遭遇全盘否定，遭到了杂志社的一再退稿。而为什么到了宿草经荒、墓木成拱时又一再点燃人们的热情？

一般地说，传统的小说是以人物的命运史、心灵史和性格发展史的形式反映现实生活的，对人物的精神底色的描摹当为题中应有之义，以此"见天地、见自我、见苍生"。《平凡的世界》主要人物孙氏兄弟无疑是按照作者自己的理想塑造出来的：一个求实、封闭、求物质自安，一个爱幻想、开放、重精神升华，这是作为深受陕北文化和知青文化洗礼的路遥精神深处的二律背反，而这两个人物无一不与他的经历、性格、心理密切相关。为人诟病的原因无非是流水账式的支离纷披的堆积，时见图解生活的企望心，夸大了人物自我改造、推动社会的能力，成为人物支配历史和生活，甚至有批评者说，违背了生活塑造人物命运即马克思关于物质决定精神这一"铁律"。

梁向阳跟我说，陕西的作家因为文化版图的差异，有的像狐狸，有的像黄牛，而陕北的路遥是一头狮子！路遥在写作之余，曾去榆林的白云山寺庙里占得一卦，抽到了一个上签"鹤鸣九霄"。路遥曾经在红色风暴中异军突起，在市场大潮中挺立潮头，在文学的天地中，他自是要鹤鸣九霄。自然要在作品中灌注自己的思想、自己的观念、自己的主张。

在人物陷入社会和自身困境时，路遥便有意无意地介入矛盾当中，将人物的苦难上升为一种苦难耐受哲学。而对脚下土地的照实描摹，去除隔膜，去除陈见，显示出物质世界本来的质态。笔墨当随时代。路遥的作品尽管粗粝，尽管笨拙，但是却获得了世界本身的质感，自然也接近了精神生活的本质——这也是现实主义的力量之所在。

据访问者说，路遥写作时，每天工作十八个小时，分不清白天和夜晚。浑身如同燃起大火，五官溃烂，大小便不能通畅。在这个不确定的年代，"结硬寨，打呆仗"，不正是一种最具远瞻视力和行之有效的行动策略？

这个不倦的写作在此地留下了他最后的印记。我向他的石像深鞠一躬。此刻，路遥的表情隐在褐色的石头里，目光穿透，亲切而有神。我在墓基背阴处小心地掬起一捧雪，在手心化成水，轻轻擦拭石像的下颌，在雨雪的侵蚀下，那里已经有了乌黑的痕迹。路遥写作过劳，积劳成疾，对成名成家的过分热望和不规律的作息过早地毁掉了这个陕北汉子。如果他此时得知，生前饱受争议的《平凡的世界》已被选为中学生必读的中国现代文学作品，不知他会不会激动得流下热泪？

转身回望，延安城就在山下，以"大跃进"的速度崛起处处高楼巨厦，各地干部群众正怀着朝圣的心情在大大小小的红色遗址胜迹游走，成群成簇，络绎于途。

2014年初春于延安

心在云层之上

只要站得够高

就会发现

大地原来是天空的一部分

汝 州 识 象

一

罡风如帚，扫涤沉积的雾霾，豁出中原难得一见的蓝天。

我站在汝州的土地上。

汝州，位于河南省中西部。北靠嵩山巍巍，南依伏牛茫茫，西接古都洛阳，东望黄淮平原。

中原风土厚重，至博至深，器物往往也随此而简易敦实、文质彬彬。"钧汝哥定官"，中国古代五大名窑中，其中的三大窑址都尘封在中原的土地上。

2015年的夏天，我应河南卫视《华豫之门》之约，采访钧瓷传承人、郑州大学的阎夫立教授和禹州的钧瓷制作名师任星航。由郑州之新郑，之禹州，之神垕，之登封，从古窑址到现代的窑炉，从研究所到现代作坊，从博物馆到私人陈列，一路辗转，粗略感受了中原瓷器文明的博大繁杂。尽管我们都是在泥土中长大成人，但是沉浸在钢筋玻璃电子的世界里，平日的生活里脱离了泥土。而在中原大地上行走，探访碎瓷星散、复归土地的古代窑址，感受神奇的釉色窑变、土与火的涅槃升华。

天人合一的瓷器艺术前所未有地刺激了我的审美感受，让我在一次次震惊之余，不由得心醉神迷。

传说"丹青皇帝"宋徽宗曾做过一个梦，梦到一场大雨过后，在远处天空云破处，有一抹神秘的天青色，令人着迷。他便落笔写下一句诗"雨过天青云破处"，他把诗句传给工匠，让他们烧制出诗中的颜色。一时间，不知难倒了多少大宋工匠。最后还是汝州的工匠技高一筹，在釉彩中加入玛瑙，烧出了令宋徽宗满意的梦幻色彩。而天青色釉也就成为汝窑瓷器的代表色。一千年过后，台湾那边的后生周杰伦在现代的电子配器的背景中含混不清地唱道："天青色等烟雨，而我在等你……"借助央视的春晚，歌词借助曲调传遍了九州。可什么是"天青色"？只可意会，不可言传。

汝窑开窑在宋徽宗年间，直到靖康二帝被俘、偃武修文的北宋在历史的血色中消逝了最后的背影为止。这么一算，汝窑存世其实只有短暂的二十年，当前存世的汝瓷也不过百件，但是汝瓷却成中国陶瓷史上最美的颜色。"雨过天青云破处"，短短二十年惊鸿一瞥，汝瓷像一颗流星划过夜空，留下绝世的惊艳。"无汝不成馆"，一家博物馆，如果没有哪怕一件汝瓷，无论如何也上不了档次。

汝瓷博物馆位于原汝州学宫内。从一处不甚高大的牌坊寻进去，大成殿便在眼前。这是一处单檐硬山式建筑，斗拱脊饰齐全。

供着孔圣人的大成殿巍峨居中，大殿一侧的廊房即是博物馆了。阳光打成斜柱，直插廊房，一个老者埋头盯紧手中的工尺谱，板眼分明地在喉咙里唱着戏文，声音压抑，也不高，但仍有磅礴之气隐约传来。

汝瓷博物馆只有几间房，也只有我一个参观者。古代的一堆碎瓷，瓷片和着泥土，在橱窗里不成款型地杂乱堆放着，毋庸置疑地彰示汝窑在此地的存在。邮票上见过的汝瓷四件套的仿制品也在此陈列：弦纹的三足樽，还有同样是三足的洗、碗、盆。这是生活实用件，但也可见出汝瓷的平易之风。这种风习一直传薪不息，以至现代汝瓷大师的作品，大多也是瓶罐盆盏等日常盛器和摆器。

隔着亮着灯的玻璃罩，我仔细端详汝瓷。那是一种介于蓝绿之间的色彩，冷暖适中，内敛淡雅，不侵不溢，不事张扬。"似玉、非玉、而胜玉"，汝瓷消解了人间的烟火气，经过人与土的协和、水与火的交淬，还原了自然的朴茂精巧。

最奇的是汝瓷的各色釉彩，不论是菊黄釉、茶末釉、葱绿釉，还是天青、豆青、粉青、褐彩，每件器物的色泽无不青翠华滋，釉汁肥润莹亮。大概是由于汝瓷的釉中含有玛瑙的缘故，光色并不晃眼，颜色也不见争斗，是褪去了火气的淡雅，销钝了锋芒的精致，与其说是让人惊艳，倒不如说是让人沉醉。纹饰是陶瓷的形而上学，是一种寄寓深广的文化，而汝瓷纹饰简易，道法自然，宁缺毋滥，只是有一种跳刀纹显得很是特别，如冰凌悬针、春笋破山，如箭镞，如骤雨，纷至沓来，奔涌而至，淋漓复浩荡，让人惊奇。

伫立在汝瓷博物馆，我看到宋元时期全国的窑址分布图。八百年前的古代中国，窑火星星点点，遍燃神州。其中有两块地域星星最多，显得特别：一是以豫晋冀为主的中原板块，一是浙闽赣为核心的东南板块，而其中的汝州就是中原板块的核心。大凡成就名陶名瓷的地方，一是拜当地的水土和金属物产所赐，一是当地文化的荣盛特别是艺术造物的别致，还有就是交通的便利和市井的繁华。汝州自不例外——豫西大平原的千里沃土，汝河清冽的水质，中原文化的厚重积淀，偶然而又必然地成就了汝窑的绝唱，铸造了火与土的传奇。

几间廊房，浓缩了汝瓷短暂而辉煌的历史。华夏窑火继薪千年，耿耿不息。而仅仅在中原燃了二十年的汝瓷窑火，却是辉映千年的中国窑火中最耀眼的星辉，成为神秘的"瓷国"文化传奇的一部分。

二

我兜了一个圈子，转到了厢房的另一侧。

这是驰名天下的《汝帖》展厅。二十块八百年前的石碑静卧其中，沉默无语。

我俯下身，仔细品读石上的碑文。碑上镌刻着从先秦到隋唐、五代的名家书法：郑国大夫皇颉的潇洒俊逸；孔圣宣尼的浑厚肃穆；酒仙刘伶的洒脱不羁；蔡邕的飞白洞达、骨气神爽，钟繇的古朴典雅、流转自如。一代代书者的生命映射在方寸波磔之间，尤让人印象深刻的是张芝的草书，可谓天马行空，凭虚欲仙，而唐王李世民的手书"意兴天来，字外风云"，骨相森然，顾盼自雄，俨然一副君临天下的气派和风范。

这是一方方凝固在石头上的立体文字，这是一个个离我们远去的逝者的背影。斧砍钎凿，锤起錾落间，一个个、一行行、一篇篇汉字带着作者的吁息，带着情感的温度，带着高迈的思想，带着生活的烟火气，钤入石头深处。几百年的火候凝成，我们仍可从中读出苏轼的通达、黄庭坚的才气、徐渭的狂放、朱耷的孤愤，乃至赵佶的孤芳自赏、董其昌的性情和世故、蔡襄的周圆和老到……

毛笔蘸墨，一笔一画中界破了虚空，留下了笔迹，人心之美，万象之态尽显其中。美学家宗白华曾说："罗丹所说的通贯宇宙、遍及于万物的线，中国的先民极早就在书法、在殷墟甲骨文、在商周钟鼎文、在汉隶八分、在晋唐真行草书里，做出极丰盛的、创造性的反映了。"

《汝帖》计有金石文八种，秦汉三国字体五种，五朝帝王书三十一引，魏晋九人书以及王羲之十帖、南唐十臣、唐三朝帝（后）四书和欧阳修、虞世南、褚遂良、颜真卿、柳公权、贺知章、李后主、吴越王钱等九十余家书法手迹，共计一百零九帖。

是谁搜集了这么多珍贵的手迹，又把它们刻石勒铭，传留至今？

北宋时期，当时汝州的治所在临汝。这可是一片文化热土。哲学家程颢、程颐兄弟，政治家范仲淹、富弼、张商英，诗人叶梦得，书法家黄庭坚，著名的苏氏兄弟，都在这里工作、生活、游历过，自命不凡的唐朝大诗人刘禹锡还在此做过刺史，留下"千淘万漉虽辛苦，吹尽狂沙始到金"的名句。那时候临汝曾有一座望嵩楼，楼高三十米，上下三层，凭栏远眺，嵩山峻岭尽收眼底。唐代大诗人李益曾登此楼赋诗："黄昏鼓角似边州，三十年前上此楼。今日山川对垂泪，伤心不独为悲秋。"唐、宋、金、元时期，望嵩楼与黄鹤楼、岳阳楼齐名，有江北第一楼的美称。可惜在历史上最长的元末农民战争中毁于兵火，坍塌不存。

宋大观三年（1109年）的八月，汝州来了一位年轻的郡守，名叫王寀。这位来自江西的少年才俊可不是一般人物，他的父亲王韶是北宋一代名将，曾任枢密院副使，其兄为镇守西陲的边关元帅。王寀七八岁时获赐"从八品"，年轻的王寀不仅是精通儒释道的学者，还是名动一时的书法家、出口成章的诗人。从他留下的诗句中，可见他的不凡才情："一江秋水浸寒空，渔笛无端弄晚风。万里波心谁折得，夕阳影里碎残红。"江山易碎，世道维艰，人心难卜，不幸一语成谶。王寀后来任兵部侍郎。因病迷惑，好神仙道术，应召入宫中延神作法，为人构陷，以通敌谋反的大罪，被下狱弃市。那是后话。

搜罗了那么多名家字迹，王寀又找来当地最有名的石匠，把字帖刻成十二块碑。中原的石匠没有留下他们的名字，但是镌刻者的铁画银钩，字字传神，而且浓墨、枯笔等特殊效果，都神采毕现。从此，中国书法史上有了一个光芒赫赫的名帖——《汝帖》。

字碑刻成之后，王寀把它们镶嵌在汝州官衙"坐啸堂"的墙壁上，随时赏鉴、观摩。后移至望嵩楼上。名家书法合着自然山水，眼前的书法看乏了，再抬眼望望远处的嵩山。王寀在其中流连忘返，心满意足。

刻成石碑的书体有了立体感，字有了深度，便有了气势。而众多的名家碑帖排列成阵，也便有了历史的纵深，汉字的流变也尽在其中：从浑朴豪放，醇厚圆润的先秦金文到天真奇采、体象卓然的石鼓文；从线条飞腾、方圆绝配的小篆到端庄遒劲、浑朴敦厚的汉隶；从笔意奔放、笔画波磔的章草到奇纵变幻、灵气四溢的行书；从骨力充盈，神采照人的晋唐楷书到如顶针垂露、悬石奔雷的草书，琳琅满目，林林总总，让人惊奇。

碑立起来了，县里的士人百姓，都可以来此拓本，"松煤拓纸岁万本"，汉字的精灵翩翩散入寻常百姓家。自此，临汝这个小地方有了胸怀天下的人文底气，有了包孕万有的文化格局。

之后的故事大同小异，物事人事离乱纷纭——明末战乱，望嵩楼楼焚碑残。汝帖碑刻被丢弃在马厩中；清顺治七年，巡道范承祖重新修整一新，并加跋两刻，重新收藏于县衙；道光十八年，州守白明义见所存碑文漫漶难辨，又自洛阳购得《汝帖》宋时原拓一部，重摹诸石，碑刻变成了二十块。1947年临汝解放，州衙被毁，碑帖流落民间。新中国成立，从民间的门槛、马厩、路基中，陆续找到了十八块石碑，又从开封的拓本中复制了两块。谢天谢地，总算凑齐了原来的碑帖。

汝帖的历史也是中国战乱史的写照。

汝州的文化人，都有一个《汝帖》情结。

明代规定，所有的县治以上的城邑，必须建文庙和武庙，分祀孔子和关公，以倡导仁义。1983年以后，二十块石碑一百零九帖的《汝帖》迁入修缮后的文庙。身处新时代，汝州的文化人又提出续帖。盛世修书在汝州成了盛世续帖。因为《汝帖》搜集的只是宋以前的书法精华，新时代的当地文化人开始筛选有宋以来的书法精品，他们从一千余年来挑选出六十八位书家，择选出八十幅作品，再刻制成碑帖，这样一来，《汝帖》的总数达到了整整一百块。

现在的汝碑，闪耀着宋代以来的一串熠熠生辉的名字：苏轼、黄庭坚、范成大、赵佶、蔡襄、米芾、赵孟頫、朱耷、王铎、徐渭、董其昌、唐寅、文征明、祝允明、金农、郑燮、伊秉绶，还有吴昌硕、齐璜、沙孟海、李叔同、林散之、郭沫若……他们各呈姿态，各显其能，神气活现在现代的碑林中。

《汝帖》与《淳化阁帖》《泉州帖》《绛州帖》并称为"四大名帖"。名气大了，自然也是教育的载体，有关部门不失时机加上了几方时事教育的石碑，刻着骇人听闻的警句，可能也自感不太搭调，隐在一边。

从碑林中退身出来，回顾眼前的这个小小的四方庭院：中间是孔子的圣殿，两侧厢房，一为汝瓷，一为汝帖。我总觉得，这二者之间，似乎有着某种神妙的关联在。

临别出门，大殿背后有一副楹联，细看才知，是曾设在这里的一个老学校的学生们退休后在这里书写留念的，他们借用于右任先生的对联："古今古今古古今，今古今古今今古"，半通不通，不知所云，让人哑然。

我一步跨出门外，市井声扑面而来。

三

中岳嵩山，孤落中原。山前山后各有一座名寺，相比于处于山阴的少林寺的显赫名声，处于山阳的风穴寺则显得偏远、岑寂甚至荒凉。

据《风穴寺志略》载：寺东龙山阳坡有大小风穴两个，山因名风穴山，寺因山名。很难想象在嵩山之阳，众山环抱之中，还有这个与白马寺、少林寺、相国寺齐名、被称为"中原四大古刹"的古刹名寺。

2018年开年，一场大雪过后，背阴的山路上残雪未消，我走进了风穴寺。

进入寺庙就是一个大殿，上悬的匾额竟然是"石头路滑"几个斗方大字，家常的提醒不是训示，不是告诫，没有高文深意，没有空头讲章，如此亲切随和，显得贴近、温暖，充满关怀，而又充满玄机。

沿着中轴线，依次是三个大殿：前殿、中佛殿、大雄宝殿。中轴线右侧是碑林、玉佛殿、地藏殿；左侧则是天王殿、六祖殿、七祖塔。后面的建筑则零散了一些，有方丈室、拳场阁、悬钟阁、罗汉殿、藏经阁等。各有特点，也各有说道。寺院建好了，好事者还在高处建了几翼亭子：望州亭、翠岚亭、恩波亭。

从亭中放眼远望，山峰簇拥，晴岚如画，俯瞰飞檐斗角，香烟袅袅。其中的一座亭子的抱柱上有一副对联，上书"亭台楼榭现净界，高低上下明律境"，分明是在借景说事，以文化人。

九龙朝风穴，莲台建古刹。寺院周围，自然形成的沟壑像是盛开的莲花花瓣，在林立的山峰夹伺下，寺院磊落如坐莲台。难得的还有泉眼和瀑布，龙泉汩汩而出，由一石臼接着，流经涟漪亭，亭内地面凿有九曲回环——泉水流经不息，俨然表里河山，微观九州。

这是一座宛如天开的胜地，一处天人合一的圣迹。

唐宋元明清，从古看到今。徜徉在巍峨而密匝的建筑间，我注意到这座七祖塔。塔高二十多米，是九级方形密檐砖塔，塔身略成弧形，内部中空，每层都有塔檐伸出，檐间置小门，四角挂铃，顶部有法轮华盖。这是供奉禅宗七祖的佛塔。禅宗传灯，付佛心印，接引上机。围塔转了一圈，我不由得心生疑惑：有始祖印度高僧达摩而下，依次是断臂求法的慧可、隐化无定的僧璨、开黄梅道场的道信、开东山道场的弘忍，到了六祖慧能，则开设曹溪道场，传了五个弟子，花开五叶，结果自成。自此禅宗遍布天下，六祖之后，不唯祖庭。但是何来的七祖？

细看塔侧，刻有五代后汉乾祐三年（950年）虞希范所撰的《风穴七祖千峰白云禅院记》碑文，述及"风穴七祖"来历云："开元年，有贞禅师袭衡阳三昧，行化于此，溘然寂灭，示以阇维。有崔相国，李使君名嵩，与门人等，收舍利数千粒，建塔九层，玄宗谥为'七祖塔'，见今存焉。"

这里埋的是一个叫"贞"的和尚的骨殖当属无疑。贞和尚信奉的是天台宗，这是起源于浙江天台的佛教宗派，"口不绝诵习，心不离三昧"，诵的是《法华经》，相信天地万物的真谛是"空"，人间的俗谛是"有"，除此之外，还有既不执着于"空"也不执着于"有"的"中谛"。如何修得"三谛圆融"，那就得"止观双修"，即止息散心，收拢分心，回归本心，深入观想，让静心无波，观照四际——这就是通往真谛的法门。以此转识成智，除染布净，自可豁万有，灭我见，从而证得无生。要"止"的心看似很小，却很大；要"观"的世界很大，却很小。大千世界本在心中，一切的归宿都在心中。心中一念，即是三千世界，一念成佛，一念为魔。一只蝴蝶的翅膀能掀起一场风暴，心念的起落，足以搅动世界。

心念的控制至重至大，不可不慎。建设自我就是改造社会。——对自我的思想管理，从来就是人之为人的题中应有之义。

传说中的贞和尚就是一个身体力行此道的高僧，他性爱幽居，以"喧"为起因，"静"是定缘，故弃喧趋静，山居坐禅，蔬食泉饮，茅庐窟处。

自达摩开宗以来，经二祖慧可、三祖僧璨、四祖道信、五祖弘忍、六祖慧能等大力弘扬，终于一花五苞，开枝散叶，遍布各地。世人熟知禅宗六祖，六祖后其事如何，这个贞和尚又是如何当的七祖，值得思寻。我在塔铭中也看不到一言提及此事。只是提示此塔建于开元盛世（当为唐玄宗开元早期），而唐玄宗追谥贞和尚为禅宗七祖是在开元二十六年（738年）以后。也就是先建塔，后赐号。那么究竟有什么因缘，能让玄宗于其去世多年以后谥为七祖的呢？目前尚没有任何史料能够坐实。禅林从来不寂寞，南北两宗争论激烈，直到贞元年间，德宗才御定神会为七祖，即便如此，北宗门徒也仍以普寂为七祖。我再细看，此碑立于950年，也就是和尚圆寂二百年后。此地的贞和尚被谥七祖可能也是出自传闻。

佛法本是一味的，由于接受者的智慧、福德、根性的高下不一，加之生存时代与生活环境的差异，对于佛法的认知、修行的偏重，也就有许多不同的分支派别了。如同上山道路虽不同，但最后同登光明顶峰——殊途同归的案例在生活中也比比皆是。

雾霾尽散，万里无云。极目远眺，远处的玉皇山、紫霄峰连着紫云峰、香炉峰、纱帽峰、石榴顺峰等九座山峰，逶迤如带簇拥着寺院，宛如九条长龙。中岳嵩山也历历在望。自古而今的登临者，想必会和我一样感叹：此处真是修行的福地，尤其适合天台宗的沉迷冥思。天风浩荡，神清气爽的同时，却又有一个谜团开始在我心中郁结：为什么原来信奉着天台宗的风穴寺，后来改成了临济宗？由天入地，从高蹈的天地人的玄想到了棒喝顿悟的世俗教化？

说到临济宗，必须要提临济喝。临济宗禅师单刀直入，机锋陡彻，语辞峻烈，以喝化人，被称为临济将军。他们以铁锤击石、电闪雷鸣的手段，或擒住，或脱开，或拓阔，或豁然，促人醒悟，让人开窍。

一般人沉迷于世俗凡尘，一生如蜎蜱，一直背着、粘着、拖着、拽着那许多甩不掉、舍不得的东西，就是这些东西让人哭笑、烦怨、喜怒、哀乐、死生，它们反客为主，成为撵不走的阿拉伯骆驼。异己成为自我，敌人成为伙伴，以梦为真，以真为幻，这种"认敌为友"、迷失本性成为人生的常态，甚至须臾离弃不得。不经过禅师的凶狠棒打，粗暴猛喝，痛下猛药，狠劲针砭，怎么可能觉悟回头？所以这个临济宗的霹雳手段实际是真正的亲切之处。

临济喝和德山棒齐名，一南一北，一棒一喝，震天撼地，惊鬼泣神。

佛法经历了东汉离乱、三国乱象、魏晋风云、南北割据、隋唐一统，有过鲜花着锦、烈火烹油的兴盛，也经过从质疑到灭佛的人祸，到了宋代，佛寺遍布赤县，佛灯尽燃神州，但是人心的尘垢在世俗社会却越积越深，春风化雨、润物无声、心灵自悟、自证世界的度己度人方式已经难以周全，沉浸在形而上学、皓首穷经的天台宗难堪大用，经世济用的临济宗应运而生，疾风骤雨式的当头棒喝让多少人醍醐灌顶，离苦得道。

这应该是临济宗大行天下的原因。

三年前，我在临济祖庭——正定的临济寺得到一本《临济禅宗》的小册子，至今当成枕边书。里面的禅宗奇行隽语每每让我茅塞顿开。这些被视作可以判别是非迷悟的禅宗祖师的言行被称为"公案"。公案被视为禅门传法的"血脉"、祖师直指的法门。临济宗在汝州，有几个禅师和与他们有关的公案。

一次，慧颙禅师在堂上说道："赤肉团上，壁立千仞。"下面的寺僧问："赤肉团上，壁立千仞。岂不是和尚道?"答曰："是。"僧便掀倒禅床。师曰："这瞎驴乱作。"寺僧刚要辩论，师出手便打。

赤肉团上，心有万物，自然大雄。寺僧问这是不是就是和尚道。所谓和尚道，就是写那个"鹅鹅鹅，曲项向天歌"的骆宾王的自创门派，他把日常起居饮用的道家引入佛教。真正的佛家对此不屑一顾。而小和尚此刻得了意，师父既说是和尚道，那就不需要修行了，还要坐禅作甚?于是就掀翻了禅床。其实，坐禅就是要做到物我合一，万物皆我，我便是万物。这便是壁立千仞的真切含义。既不明白，还要胡作，这等瞎驴岂不讨打?

还有一则公案。

寺僧问："如何是佛?"慧颙曰："待有即向你道。"曰："与么则和尚无佛也。"师曰："正当好处。"曰："如何是好处?"师曰："今日是三十日。"

什么是佛?有了就告诉你。话外之意是，你心中没有，那就永远没有。问者不解了：那么我们辛辛苦苦做和尚，是不是也求不到佛了?好啊，正好正好。这个就更让丈二和尚摸不着头脑了：什么是好?呵呵，今天是三十日。

这就有意思了。

能不能成佛与做不做和尚没有关系，成佛也可以在每时每刻。随时随处都是机缘。不需惊天动地的宗教改革，不必皓首穷经的编经修册，不要繁缛不堪的宗教仪轨，无论何人，无论何时，想到就有，想不到就没有。而这种内心的革命却比上述的诸行来得更为峻烈，更为有效。

一句截流，万机寝削。

生于乱世，寂于乱世。慧颙像一颗流星，划过中原夜空。后人留下赞辞：

> 振济北宗，秉杀活剑。
>
> 体露堂堂，寒光烈焰。
>
> 雨霁云收，风行草偃。
>
> 面目现在，大哉南院。

提到现在的风穴寺，必须要说到延沼。他是慧颙的传人。

伫立在中原的风里，我想象当年延沼在乱世纷纭中，北上河南汝州见慧颙的场景——

延沼满面寒霜。见到慧颙，却不礼拜。

"入门须辨主。"慧颙道。

"端的请师分。"延沼应答。

慧颙不语，往左膝上一拍，延沼大喝一声。慧颙又在右膝上一拍，延沼又大喝一声。这时，慧颙开口问他："左边一拍，暂且不管。右边一拍，又是干吗？""瞎！"延沼脱口而出。慧颙顺手拿起木棒。延沼见状，说："且慢！当心木棒被我夺下打你，休怪我没提醒！"慧颙无奈笑道："今日被你这浙东小子折腾了一番。"延沼却说："你持钵乞食不得，却谎称不饿。"慧颙话锋一转，郑重问道："你可曾来过这里？"延沼反问："你这是什么话？""老僧我可是好好相借问。""也不得放过。"见延沼这般不卑不亢的刚正和峭峻的机锋，慧颙拈起拄杖，这才说道："棒下无生忍，临机不让师。"延沼一听，宛若惊雷贯耳，大彻玄旨，豁然领悟了临济禅要，这就是说，我爱我师，我更爱真理。教我不卑不亢，不崇威势声名，只从自己内心的做法，才是通往内心的道路。而眼前做如此指引者，不是最好的老师吗？延沼当下便拜慧颙为师。

两位大师的一段奇遇，与其说是慧颙对延沼的考验，不如说是二位宗师对临济宗风的一种深刻体认和阐释。

延沼原名匡沼，俗姓刘，因避宋太祖赵匡胤之讳改为延沼。他本是浙江松阳的江南士子，考试不第，落发为僧，云游四方，熟读诗书，寻找安身立命的大道。

934年，那是五代十国的后唐年间，三十八岁的延沼来到汝州，行走在嵩山少室山南麓的一座山下，见山势雄伟，林木葱茏，峡谷幽深，泉水叮咚，但是依山搭建的几间草屋，败落得如逃亡人家。向人一打听，方知这座山名叫风穴山，这破屋原本是天台宗的寺庙，俗称"风穴寺"。

"亲戚或余悲，他人亦已歌。死去何所道，托体同山阿。"继承了慧颙的衣钵的延沼就此在风穴山住了下来，白天托钵乞食周边村落，夜晚点燃松明独自修行。《风穴七祖千峰白云禅院记》云："禅师以身观身，上德不德，挈携瓶锡，来往林泉。谓幽栖为匡界之基，谓宴坐作修行之地。"延沼独自化缘数年，感动一方。在当地施主的帮助和支持下，昔日破败不堪的风穴寺焕然一新，学徒云集，香火旺盛，参禅问法者不远千里，络绎于途。

后来的事实证明，慧颙并不"瞎"，临济宗在延沼手中得以发扬光大。他的禅风颇似祖师临济，虽然较少运用棒喝，可他的话语威猛峻烈，让人无处藏身。

延沼为临济宗四祖、禅宗第十四代，他无疑是临济宗的承前启后、继往开来者。经由他的百般努力，励精图治，可面对乱世当中，临济宗门难振，延沼无时无刻不忧心忡忡，每每想到仰山慧寂禅师"临济一宗，至风而止"的谶语，不禁潸然泪下。

有一天，延沼又暗自流泪，站在一旁的省念和尚问道何故——省念，早年也是天台宗僧人，熟读《法华经》，人称"念法华"，晚年拜在延沼门下，负责接待宾客。

"不幸啊！临济之道，难道真的到我手上就要坠灭了？"延沼无限感叹，又极不甘心。

省念满心疑惑，随口问道："您看门下这么一大批僧众，难道就没有一个可以传承的吗？"

延沼又是一声叹息，无奈道："聪明者多，见性者少。"省念站立一旁，自感惭愧，不过还是斗胆问道："您看我怎么样？""我对你期望很久了，就是担心你沉溺一部《法华经》里头，不能自拔啊！"

省念受此刺激，幡然醒悟。

延沼在汝州待了三十九年后，撒手西归。坐化前一日，这位因口风峻烈著称的南方名僧却住了口，他取出笔墨，手书偈语告别世人：

　　首在乘时须济物，

　　远方来慕自腾腾。

　　他年有叟情相似，

　　日日香烟夜夜灯。

这段偈语成为他大用无方的最好注脚，独步一时。

在一个个庞大的华夏王朝摇摇欲坠时，临济宗三祖南院慧颙、四祖风穴延沼、五祖首山省念在风云飘摇的中原，在嵩山之阳的汝州树帜立幡，匡扶人心，广弘佛法。

后来，延沼的弟子省念再传汾阳善昭，临济宗迅速走向兴盛，到善昭弟子石霜楚圆，又进一步将临济宗传到南方。楚圆再传黄龙慧南、杨岐方会，开出黄龙、杨岐二派，与临济宗、曹洞宗、沩仰宗、云门宗、法眼宗合称为"五家七派"，禅宗发展达到一个兴盛的顶峰。至此，临济宗传遍全国，乃至日本等地。以至于宋代以后，佛寺多为禅宗，禅寺多为临济。

巨浪涌千寻，澄波不离水。

残雪消融，毗卢殿背后的山石小道上黑白分明，冰雪泥泞。这里曾留下多少僧人踽踽独行的步伐，孤单疲惫的身影？又留下多少高妙的哲思和超脱的机语？

我注意到一块铭牌，上面写着《寺歌》。曲谱下是一行歌词，词中写道："清风若度，白云如禅。七祖传灯，光照河山。风吹千古，雪飘万年。松柏不老，法印永传。"

禅寺的边上就是塔林，密密匝匝地围在山麓，生前打坐一处，死后仍聚居一坡。元代以降，八十三位僧人在此留下苦难的肉身，灵魂随着袅袅香烟，没入虚空。

此时，一千年前唐代大诗人刘希夷在此留下的名句浮上心头："年年岁岁花相似，岁岁年年人不同。"

2018.2.24.于扬州西郊师姑塔

大 器 天 池

在雪山底下仰望，结果大都是望峰息心。好在有句诗人的话可以稍作宽慰：远方除了遥远，一无所有。可不是吗？我们每天都与无数的人擦肩而过，其况味也大抵如此——就这样，我欣欣然地转身离开了慕士塔格峰，还有玉龙雪山，纵然咫尺一别即是天涯。

可是，2017年的11月，一个在南方乍寒还暖的初冬，我乘着四驱猎豹，沿着九曲十八弯的盘山路，走进了初雪后的长白山。

这是怎样的一座大山啊！众峰簇拥，江河横流，直让人惊异于大自然的鬼斧神工。都说是天工开物，可这是怎样的一只巨擘？它横空而来，刀砍斧削，先是潦草地立起万千峰峦，接着在顶峰上粗暴地凿下一方天池，雨雪霏霏，汇聚成渊，接下来又生生在北峰豁出水道，让溪流奔涌而出，成为图们、松花、鸭绿三江之源。洎溪流经处，树木草花、菇菌苔藓竞相生长，无数的飞禽走兽跳踉穴居，游走其间，造物主满足了，他又信手在大山周边划出了一片荒芜的苔原，在辽阔的东北大地上留下了这幅得意之作。

太阳无遮无拦地悬在天池顶上。风很硬，雪粉纷扬，如尘如烟。两侧的山体峥嵘陡峭，在积雪下，迎着阳光的一面依然可见不同颜色的岩石，除了褐色的之外，还有明黄和暗红的，这就有了些斑斓的意思了。

就在这一片彩色的山体环抱中，天池安静地沉在山底。山光水色，辉映其间。与天幕的蓝色不同，天池的蓝是纯度极高的青色。风过水面，无波无浪，只是形成了一道道规则分明的轻痕，像是一匹上好的锦缎，松松地皱着，如暗底花纹，没有一丝一毫的瑕疵，那么纯粹，那么干净，让人心醉神迷。白色的阳光，白色的积雪，暗色的山体，青色的水面，组合成一种令人难以置信的大美。

站在北坡远眺，在流云的天际线那边就是邻国朝鲜了，而天池的左右则是如同蛮荒的苔原，延展到苍茫的远处。常说中文是善于作喻的，而在此刻，我却显出语词的穷窘了。史教授说，天池每个季节来，看到的都不一样，春天的山花烂漫，夏天的绿茵接天，秋天的五色斑斓，都有不同的美感。而我相信，此刻的天池，肃杀的冬意去除了一切的繁杂和冗余，简练沉静如远古蛮荒，应该是她最美的辰光。

万山簇拥一天池。这个悬在两千一百八十九米高处的世界上海拔最高的火山口湖，在北侧的乘槎河豁开了一个口子，形成了著名的长白瀑布——连续不断的流水从六十八米高处奔涌而出，摔落山底，势不可挡，咆哮如雷。水落到底后，水流就安稳了，会同大大小小四十七个泉眼中汩汩而出的温泉，水汽迷漫，在石头的河床上百折千回，浩浩荡荡地流向了谷底森林。

谷底森林则完全是另外一种景象，在峡口，隐约听到脚下深处水声轰鸣，前面上书一个醒目的牌匾"一步跨过松花江"。从缝隙处一看，一道湍流从山脚下经过，直奔天际的一个大豁口——这就是松花江的源头了。

松花江就这样从这里走出深山，横贯东北大平原，与乌苏里江汇流入海。流水经过处，是一个深达百米、长达三公里的巨型山谷，这是一千年前火山爆发后造山运动的结果。如今，在谷底森林，除了错落的巨石记录了当年的山崩地裂之外，视线所及，只见草木葳蕤，浑然天成。磊落的长白松、参天的云杉、高大的红松间，是雀鹳鸦鹊的乐园，也是鹿狍狐兔的生息地，自然地，也是豺狼熊虎的狩猎场。一株已经干枯的长白松伫立崖边，如同一个孤独的守望者，俯视着脚下的千年沧桑。

阳光从林间洒落，空气好得醉人。栈道两边，微风经过，树枝上的积雪扑簌簌落下，扬起一阵雪雾。道旁倒木很多，有的拦腰折断，有的根部拔起，横斜着身子，树冠则一律贴近地面。一个凉亭上展示一棵二百三十七年的老树的年轮。我刚要落座，一旁的史教授立即断喝：不可不可，这是林中大忌。其实，森林里的规矩很多，倒木也不许砍伐，更不许运走。要让其自然倒伏，风化腐殖，从死去的树体上自会生草花，长出苔藓，也会长出新的树苗，招来飞禽走兽，形成新的生态。——是啊，来自自然，复归自然，自生自灭，顺其自然，才是自然之道。

行走在东北亚的最高处。这是我第一次登上雪山，也使我明白了一个道理：只有身临其境，才会真正了解陌生世界的万千气象，这是远观者想象不出的，非亲历者不能知之。瀑布，森林，一切源于高悬于天的天池，见多识广的老炮关老师20世纪80年代就来天池拍片，他说，天池的水不论四季，都保持这样的水位，宛如天成。我猛然想到，不盈不亏，不溢不涸，守恒守常——天池，不就是天地间的大器吗？

大 雪 无 声

朔风劲扫如鞭，彤云笼盖四野。

大雪，如期而至。

无尽的雪花从不可测的高空凌空飘落，如絮如烟，如尘如埃，在空中缠卷、浮沉、抑扬、曼舞，以不同的姿态落入山水树屋，落到每一件突出物上，最后，都九九归一，消融成水，没入地面。

地表上蒸腾的水汽，成为浮游的云，云中包蕴的水汽多了，凝水下注，半空中遇冷开始"变节"，水滴，幻为六出之花，飘扬成雪。雪又融化成水，经阳光加热，变成水汽上扬，又凝结成云。

一切都是循环，一切都是自然。

所谓自然，就是自然而然，无所约束，无所执着，无为无造，无形无迹，无边无极。山川水土，林果鸟畜，世间万物，都是天地的自然化育，并非任何意义上的恩典，所有的感恩都不需要，所有的戴德也都是虚妄的。"天地任自然，无为无造，万物自相治理，故不仁也。"是啊，天地不仁，视万物如刍狗。无性无情，无徇无私，无亏无盈，无怜无悯。自然，浩浩荡荡，不可一世，不顾万物生长，漠视生命节律，罔及人生感喟，让狂暴的风雨雷电与温柔的天光云影并驾，让生硬的季节转换和奇妙的万物枯荣齐驱，同时，它也包容一切，安排一切。人，只有匍匐在自然的脚下，抱着天人合一的崇信和顺其自然的恭敬，感受自然的不怒之威，聆听自然的不言之教。

大雪之下，天地同色。

喜鹊在倒伏的竹枝间窜飞，水禽在水面上浮游，动辄扎下去淘食，又从不远处浮出水面。野猫从空空荡荡如月球荒漠般的操场走过，留下梅花状的掌印。不知从哪里来的野狗，拐着一条瘸腿孤独地穿过微缩版的林海雪原。

日日走过的校园，竟然陌生得让人惊异。

飞过游过走过，一切复归平静，复归白色。像是盘古开天辟地前的混沌世界。

难道美就是"盲"，就是"看不见的妙处"？我们身处美景，会说美景如画，看到一幅好画，又会说，画如真景。这种微妙的互文式的交叉点赞，与其说是难以畅达的语词障碍，倒不如是说是人对于美的认知的局限性。我们对身边的美的景、美的物、美的事、美的人常常熟视无睹，只是一味眺望不可及的远处，直到失去才明白是一次次不可挽回的失之交臂。多少"近之则不逊，远之则怨"的苦恼烦怨通过"止息""观想"才能得以纾解？我们身处的环境会给人性打下多深的烙印？人具有多少局限性？人性中潜伏着多少弱点？要经过多少次伤害，才能把软肋变成铠甲？又要经过多少磨砺和拂拭，才能豁蒙开窍，洗尘得真？

雪，扑簌簌下降，大雪填埋了地表的凹凸，模糊了物与物的边界，消解了眼界中的不平。我想起去过的河北正定的临济禅院，在那个龙兴之地，临济禅宗"一念心"中以"虎聚龙奔，星驰电激"的口风，强调"无分别""无差别"——无上下的分别，无左右的差别。天下无别，世界无别，平等、和谐、自由，这不正是从古向往至今的所谓大同世界吗？大同世界和童话世界一样，总离不开天上下雪，星星点灯，而这个世界的来临其实只需要一场雪幕。

大雪无痕。

一团雪在我的掌心攒成了一汪水，从我的指缝间滴落。这把雪怎么到了我的手中？满世界的雪中，我抓的为什么偏偏是这一把雪？它经过了多少不可知的风云际会，降落到我目力所及的地方，而我偏偏走到了这里，又起了把握的心思——这样，我才与这把雪有了偶然的交集。

天地万物的形成，只是万千关系的偶然组合，每一种关系都是偶然，都不确定，也绝不固定，也都是上下左右种种关系的临时组合，因此，一切本性都是"空"。佛教的根本在"缘起性空"，我明白了，唐代的高僧翻译佛经时没有用魏晋时就深入人心的"无"，而是用了"空"，他们一定是用了心思——空不是无，空是真相，空是本质，空是过程，空是途径，空是"真无妙有"。

走过大大小小如同丛林的各地寺庙。它们各树帜号，凭着各自的智慧，号召人们解决人生的大苦。我和青桐说过，不可出家，但是不可没有出家的心思。不为"刻奇"之事，不可弃尘断俗，但求超尘脱俗。一无所有，一无所得，一无所求，回归本性，你会发现，赤子本性竟然如此洁净，无碍无挂，无欲无私，融入宇宙天地，那才是一个人的彻底解放。

雪停了，改成冻雨了。雨打在雪上，加速了雪的融化。我知道，眼前的雪迟早会变成水汽，变成天上的云，凝成雨雪，下到我不可知的地方去。

　　当然，我看不到这一切，我看到的只是晴岚中的远峰，看到的只是——石上无根树，山含不动云。

水 木 天 涯

一

来去无由的鸥鸟，翅羽翻覆，犹如滚卷的海浪，层层叠叠，单调而无尽。海水则呈现出一派变幻的色彩：近处是透明的，沙砾礁石可见可数，然后由绿而碧而蓝，向远方晕染延展开去，像是中国画里的青绿山水，灿烂明艳而又温蕴俊秀。

这是西沙。一串遗珠似的沙礁，星星簇簇，撒落在浩瀚无垠的南中国海。上学时读到鲍照的《芜城赋》，"南驰苍梧涨海，北走紫塞雁门"，不由得心驰神往。在南北朝之前，南海被叫作"涨海"。屈大均在《广东新语》里解释道："炎海善溢，故曰'涨海'。"水热，满溢——这位有"广东徐霞客"之称的明末学人对南海的解释，只是基于日常炊煮经验的想象，简单直接，但无疑失之于粗率和任性。不唯此公，在古人的想象世界中，南海不是以壮行天下为志业的徐霞客们足履所及的地方，而是"远在天边"的那个"天边"，是海上仙客和救世菩萨的诗意栖息地，一个可望而不可即、只在想象中鲜活的存在。我在日本看过东山魁夷的画作，海浪拍天，惊世骇俗。浮世绘中，卷成花须的海浪也是常见的题材。但是在古代中国，除了《山海经》和神魔小说插图之外，海却成了中国画里的稀缺物，海洋成为政治和军事意义上的海防，成为对安宁生活的可能威胁，艺术题材的缺失自是缺如。作为西太平洋最大的滨海古国，对海洋的陌生、无视，甚至防范和敌意，不能不让现代人在遗憾之余，深为困惑。

"漫天涨海游龙鱼，西界闽越东尾闾"。站在永兴岛上，面朝大海。这是西沙最大的一个岛，一个大致椭圆形的珊瑚礁盘，这个面积只有三平方公里的小岛，四周高，中间低，由岛缘向中央依次为海滩、沙堤、沙席和洼地。车行在傍海道路上，轰一脚油门可能就要到底了。

远方没有帆影，脚下没有泥土，只是千百万年来由珊瑚虫的排泄物和尸体堆积而成的珊瑚礁，周边全是海水，周天彻地，昼夜鼓荡，无有静时。

二

这次上岛，是应陈俨将军的邀约。这是一位曾经上过对越自卫反击战前线、领兵镇守西沙、率队参与亚丁湾护航的军旅儒将，也是我最为敬重的朋友。当年他作为全军第一个军事经济学博士，主动从国防大学申请驻守西沙，在水警区做了十年政委，把这个南海边防小岛筑成一座海上的钢铁长城。更为难得的是，陈俨以充满人文色彩的情怀，和驻岛官兵一起，把西沙建成了一道充满人文色彩的军旅文化的风景。

2017年岁末的一个傍晚，我和陈俨上了三沙一号，万吨巨轮行在微风的海里，颠簸如一片浮叶。在黑魆魆的海上航行了整整一夜，天亮时分，一缕岸线在晨光中隐现。随着天光从一抹鱼肚白到完全放亮，一座浮在海中的岛出现在视野之中，从若有若无、飘忽不定，到逐渐清晰、物象齐整。等到泊定靠岸，从高耸的甲板上往下俯视，只见一列兵士整齐地列队，原来是迎接他们的老首长陈俨将军的。我跟着陈俨从高高的舷梯上下船，受宠若惊地接受这场至为隆重的礼仪。

这就是好友陈俨曾经待过十年的海岛，这就是明朝永乐、宣德年间，航海家郑和七下西洋往返途中的落脚地。现在的岛上有了码头和机场，当然这都是四海宣威的郑和的宝船远逝六百年后的事情。环游全岛，除了显得气派的政府大楼和一应俱全的公安局、法庭、医院、电视台、气象局、博物馆之外，构造简陋的渔民石厝，没有红绿灯的北京路，只有两个孩子的小学校，斗室见方的小邮局，大概都是身处岛外的人难以想象的。岛上还有一个小酒吧，一个渔家乐饭店，这都与陈俨的小说《第一百个黎明》中绵密饱满的细节相对应，对照起来看，饶有情趣。

虽说四周是水，但是岛上最缺的还是淡水。陈俨将军告诉我，岛上可以打井，但是打上来的地下水颜色发黄，味道又苦又咸又涩，用来洗衣服会烂，浇菜都会死，根本不能喝。岛上官民饮用的淡水只能依靠补给船从海南岛运来，赶上台风、大浪或者船只故障，淡水送不来，用水难、吃水难便成为守岛战士所面临的最大困难。为此部队成立了西沙雨水班，成为全军唯一进入战斗序列的特殊编制。海军往往讨厌风雨天气，唯独雨水班喜雨，雨下得越大，他们越忙，要把机场的跑道和停机坪的雨水收集起来，进行集中过滤、消毒。就这样，一个班担负起雨季为西沙军民收水、净水、供水的重任。

有了水，岛上就有了生机。部队的菜地让我开了眼界。塑料大棚内，一排排油菜花种在椰糠做成的墙面上，金黄一片。这是科技部研发的项目，大棚的顶部可以自动开启，下面有蓄水池，还装了电脑控制的喷淋系统。不过不同的是，油菜的叶子不是青绿的颜色，而是呈现一种牙黄的色彩。据说口感也与种在土地里的蔬菜有差。但是遇到风浪，外船不能进岛，这些蔬菜可就是宝贝了。

尽管是冬天，也有猎猎的海风，但是走路还是会出汗，黏黏腻腻地在皮肤上，很快结上一层盐霜。在西沙，高温高湿高盐的环境下，钢筋水泥的物理疲劳都会大大提前。

钢铁巨鹰拐着九十度的大角呼啸着起起落落，锐利的声响割破海空，提示着这是海防前哨。机场边上有一辆巡逻车在来往折返，喇叭里不断放出怪声。陈将军说，这是鸟班，专门负责驱赶海鸟，保障飞机起降时的安全。

最让我惊叹的是将军林。高大的椰树，每一株树都是一尊雕塑，椰树成林，组合成一组迎风抗浪的英雄塑像。更让人惊叹的是林下的土地。这是来自祖国四面八方的土地，是陈俨将军让战士们探亲时从家乡一包包、一袋袋手提肩背过来的。这是真正的五色土：松嫩平原的草甸土，黄土高坡的风沙土，中原的黄壤，华南的红壤，江南的水稻土，西南的紫色土……这些来自祖国各地的热土，被倾倒在南海中的这片礁盘上，育成一片葱郁的树林。在战士的眼里，这片不断生长的椰林，承载了故乡的光风霁月，分担了天涯游子的乡愁。我注意到，陈俨名下的那株椰树特别高壮，这自是缘于战士们的精心养护，也是战士们对这位可亲的首长、这位人生的领航者发自内心的敬意。

走在岛上，所到之处，战士们都热情地围拢上来。尽管退伍离岛已经好几年了，但陈俨还是能一一叫出老兵的名字。他博士毕业后，主动下到海岛。他和熟悉岛上的地形和季风一样，了解这里的每一个战士，甚至了解他们的家庭，了解他们的甘苦。陈俨兴趣广泛，特长犹多。他让战士们在刻苦锻炼的同时，组织摄影社、文学社，开播电视台，开展各种文体活动，为这些从天南地北的年轻人系好人生的第一粒扣子，把这个连军犬都会忧郁的海角孤岛建成官兵同甘共苦的海上乐园。

铁打的营盘流水的兵，在热带烈日的灼烤下，再白的小白脸，也被晒成了红黑油亮的"西沙黑"。一茬茬年轻人在这里晒爆皮、蜕下了各自的青春鳞片，从这里走向了祖国的四面八方。但不论走到哪里，他们都带着海岛特有的印记。

行走在通往石岛的路上，在老龙头的悬崖上，"祖国万岁"几个鲜红的大字分外醒目，这是一个临近退伍的战士，用绳子把自己吊在崖壁上，花了整整一周的时间，一笔一画凿上去的。拙朴的大字凭海临风，一波波浪潮冲撞而来，激成一层层水雾，飞花溅玉的浪花成为绝佳的动态背景。

三

汽笛鸣响，我们挥别了西沙。

天边的晚霞由红转绯，由紫而青，终于暗黑下去。明月高悬，在海面的反射下，天海一色，空明皎洁。

舰首劈波斩浪，行驶在南中国海的浪涛里，我却分明听到了另一种风声。

那是来自高原的坚硬的风声。

随着风声，一片高高的白杨林在风里招摇，蜡质的叶子碰在一起，哗啦啦作响，像是无数的小手在鼓掌。在我的老家有句话，叫"房前水曲柳，房后鬼拍手"，这"鬼拍手"说的就是杨树了。

这是新疆克孜勒苏柯尔克孜自治州乌恰县，地处帕米尔高原，处在雄鸡状的中国版图的尾羽部，是我国最晚送走太阳的地方。全境海拔在一千七百米至六千一百四十六米之间，属高寒山区，风大氧少，紫外线强，自然环境恶劣。世纪之交，我带领一个纪录片摄制组，跟踪拍摄一位在这里扎根一辈子的汉族医生吴登云。20世纪60年代，吴登云大学毕业后，从江南水乡来到这片高原，白手起家，在戈壁滩上建起了一座医院。为了救人，他主动献血三十多次，计七千多毫升，相当于一个成年人全身血液的总量。柯尔克孜族的孩子在馕坑中被烫伤，他自己动手，给自己打了局部麻醉，把自己腿上的皮肤一块块割下来。自己麻醉的劲儿还没完，他又开始为生命垂危的孩子植皮。孩子救活了，柯尔克孜人感念他的再生之恩，称他为"白衣圣人"。

我们跟随吴登云去牧场巡诊。说是高原，其实并不平坦，山峰参差连绵，纵横若奔。这里一山有四季，十里不同天。正是盛夏季节，山脚下赤日炎炎，热不可当；往上，草花烂漫，旱獭出没，俨然一派春天景象；转到大山背后，落木萧萧，山寒草枯，则是秋天的感觉；接着往上，云色突变，竟噼噼啪啪下起冰雹，雪山在望，伸手可及。车行在盘山路上，颠簸不已。柯尔克孜族司机咬着烟，马似的从鼻孔里喷出烟气，一路轰着油门，猛打方向盘。半夜时分，我们和吴登云终于来到南疆最大的高山牧场——玉其塔什。

据说我们是第一批登上这个海拔四千八百米牧场的记者，但是柯尔克孜族牧民们和他们的畜群却是每年都来。夏天到山顶，然后依次往下，冬天则在最暖和的山下，上下一轮就是一年。尽管山下是夏天，但是夜里的牧场却寒冷砭骨，羊挤成一团，牛则一头头伏在结霜的草地上反刍，咀嚼着胃里的草料。

毡房里生了火，天还没亮，我们半卧半蜷在角落里，牧人的鼾声此起彼伏，高原反应让人头疼欲裂，额头的筋脉和着炉火的明灭在跳动。

玉其塔什的意思是"三块石头"，三块石头就是一个灶头，就是一管炊烟，就是一户人家。吴登云走进一顶顶毡房，为他们检查身体，诊病疗伤。乌恰县地广人稀，牧民缺医少药。平时只要有人求医，不管多远，吴登云都背上药箱，跟随来人骑马就走。他每年都要花三四个月的时间，带上干粮和饲料，深入到牧区巡诊和防疫。翻山越岭，风餐露宿，遭遇雪崩、洪水的险情时有发生。有时为了一个病人，往往要走几天的山路。一次，他在山区巡诊，由于极度疲惫，不知不觉在马背上睡着了。结果摔下山沟，全身受伤，连眼睛都青了。正是他和那只小药箱，给牧民的帐篷带去生命的阳光。

四十年下来，全县九个乡的三十多个自然村都留下了这位"马背医生"的足迹，他熟悉牧区的几代人，熟悉每一顶毡房，每一户人家，自己也成了牧民生活中的一部分。在擅长唱《玛纳斯》的柯尔克孜人中，一首悠扬的歌曲在牧民们中流传，在高原坚硬的风里辗转传唱——

　　吴登云你是我们的好朋友，当羊群走上高高的山坡，我们盼望你早早来到我们的毡房，大家一起诉说衷肠……

四

乌恰地震后，县城搬到了一片戈壁滩上。在一片苍褐色的荒漠上，老远可以看到一片绿色，那就是县人民医院。

这是吴登云亲自动手，带头用十字镐刨开硬实的冻土，硬是从十二公里之外的雪山上，把一股股高山雪水引到了戈壁滩，灌出了一片绿荫。

一年接一年，吴登云在戈壁滩上建起了一座园林式的医院。坐在他自己设计的凉亭里，这位水乡男儿经过四十载边关风雪的磨砺，已经拥有和当地牧民一样紫红色的脸膛和粗犷豁达的情怀。面前的六万多棵杨树组排成林，如同浩大军阵。我问吴登云，这个奇迹是如何创造出来的？他用始终未改的乡音，说，"心怕，"——他指指自己的心窝，"但是，"——他摊开一双因为握缰绳和劳作而粗糙僵硬的双手，"手不会害怕！"——我不由得心里一憷：是啊，心怕，但手不怕！道路本没有对错，只有通与不通。只要认准一个目标，照直做下去，扎硬寨，打呆仗，未来总是可期的。

这片林子还承载着吴登云的一段伤心往事。从万里之外来乌恰的妻子受不了艰苦的环境，抛下吴登云和一儿一女，回到了老家。吴登云的女儿吴燕从学校毕业后，本来有机会到乌鲁木齐工作，但医院紧缺护士，吴登云硬把她留在医院里当护士，要她干十年后再调去北疆。一次，吴燕护送病人去乌鲁木齐，在途中遭遇车祸身亡，年仅二十七岁。一到天黑，吴登云就去树林里到处看。女儿以前常爬到树上坐着玩，有时爬上杏树摘杏子，高兴得像个孩子。树叶在风中哗哗作响，好像女儿的欢声笑语。吴登云有时候会想不通，好端端的闺女，怎么说没就没了呢？

在帕米尔高原上这么多年，吴登云对这里的一山一水、一草一木都有了感情。我问他退休后是否回到家乡？他说：扬州山清水秀，是我的第一故乡，那里有我少年时的亲朋好友，还有父母的坟墓，我应该回去。但帕米尔高原是我的事业所在，还有我们父女两代人的鲜血和生命，我更舍不得离开。

在泥石流下来的那个夜晚，吴登云催促我们上了返程的车子。泥石流下来后，接下来就会路不通、电不通，他怕我们在此遭罪。隔着大桥，在泥石流的动地雷鸣中，他大声喊着，向我们道别。

我转过身去，不想让他看到我的眼泪。

<h1 style="text-align:center">五</h1>

疫情四起，蜗居江南。我的案前摆放着两块石头，一块是西沙的珊瑚石，一块是帕米尔高原的鹅卵石。这都是我从当地带回来的，它们各自见证了山海变迁、岁月沧桑，细密的纹路铭刻了当地的风土地貌。它们也见识了无数的生命，包括与我的生活有过交集的陈俨和吴登云。借由二石，他们的形象也无比生动地展示在我的跟前。

霍金说过，世界上最让人感动的，是遥远的相似性。

两片人造的树林：一片是椰子林，一片是杨树林；一片在海上岛礁，一片在戈壁荒滩；一片在海角，一片在天涯。它们在不适合播种的地方培育出生命，从无中生出有来。不同的树木，应天时，接地利，顺人和，承沐不同的阳光，吐纳不同的空气，吸收不同的水源，源于生命的本能，向下扎根，向上生长，而每一棵树都有生长的理由，也会长成不同的样子。然而他们共同组成了绿色的史诗，汇成生命的交响，也阐释了"参差多态才是幸福之源"的真切含义。

在我的心中，这两片天涯海角的林子分别对应着两个人。他们和他们培育的林子一样，都在异乡的土地上扎根生长，他们在风雨中进行了自我重塑，在锤炼中完成了灵魂的涅槃。此心安处即故乡。唯其如此，方能有凌然物上的勇气，冲破万难的信心和执锐豁蒙的智慧。

以一部《蝇王》而名世的威廉·戈尔丁在20世纪60年代踏访温泉

关，在当年的斯巴达三百勇士的死战之地，他写下了这样一段话："在非常久远的历史长河中，这支部队站在了历史线索最恰当的地方。他们的意义就是使我能够到任何我想去的地方，也能写下任何我想说的话。"

每个人都在有意无意中书写自己的历史，而无数个人的历史终究汇成人类的大历史的一部分，如砾石沙数，各自生动；如波涛无尽，浩瀚壮阔。这是人世间最壮丽的风景。

看到这样的风景，身处这样的风景，我们没有懈怠的理由，也没有堕落的借口。每当碰到困难，遭遇逆境，我的眼前总会浮现出这两片林子：是它们，同时给我们以阴凉和温暖、力量和慰藉。原来，我也在创造人世间的风景，为此我身怀感念——是他们，让我们得到了通天彻地的大自在和内外澄澈的大自由。

是啊，尘世是唯一的天堂。我们往往不能自主选择生长的环境，但是完全可以选择成长的姿态。接受一切不能改变的，改变所能改变的一切。——正如树林的贡献不仅在余荫，更在于寄寓其上的人的精神一样，陈俨、吴登云们的贡献也不仅在于他们的事功，也不仅在他们的事迹，而在于他们与周遭环境的深刻互动和精神投射——恰恰是这一点，给世界带来光亮，令我们拥有自由。

以指叩石，石不语。可我分明听到了它的声音——它在用沉默发言，用不变的质态说话。

2022年元月于疫情中的江南

风从异方来

从伤口里
长出
会飞的翅膀

在阿姆斯特丹顺访一无所成者梵高

在欧洲大大小小的城市中，阿姆斯特丹大概要算是个异数，这是一座潮湿、喧嚣的滨海城市，与欧洲很多地方优雅安闲不同的是，这儿到处是凶悍的自行车流，在这个世界上人均身高最高的国度，高头大马的男女狂啸来去，汪洋恣肆地宣扬着他们过人的精力。

阿姆斯特丹最吸引我的不是维也纳式的典雅伟丽，也不是柏林人从骨子里渗透出来的高蹈自负的气质，更不是巴黎的五光十色、泥沙俱下，而是一种实实在在的平民精神，一种把不可能变成现实的执拗劲儿——荷兰人是地地道道的傻大胆，是战天斗地的模范。荷兰是一个国土面积不断增加的少数国家，其国土的三分之一竟是填海填出来的，万千精卫的力量一至于此！荷兰的足球论技术花活儿不及巴西，论精密配合不如德国，但是独创了全攻全守的打法：全队一个整体，潮水般快速进退，卷起一场场"橙色风暴"，是让任何一个强手心底生寒的噩梦。

在绘画艺术上，荷兰画派则体现出一种地道的平民精神：没有崇高，没有浪漫，没有奇情幻象，没有丽景美人，只是铅灰的海天，锉拙的农人，粗笨的桌椅，刚出水的海鲜……甚至有人怀疑：这样的画面美在哪里？这样质朴的绘画是艺术的本质吗？

梵高，作为荷兰最具盛名的画家，死在法国北部的一个小镇。

2008年1月，距离梵高用自己的生命完成最后一部作品之后的118年，我作为一个东方人，到阿姆斯特丹顺访梵高。梵高去世是在麦田金黄的盛夏季节，而我，则是在一个阴冷潮湿的冬天的午后遇见了他。

一

梵高博物馆是一幢很气派的建筑，正如梵高在现代消费社会的印象，前卫而时尚。梵高生前不被人待见的遗作被他了不起的弟媳带到了这里。在这幢现代建筑里，梵高成为荷兰的一枚精美的旅游名片，这个来自荷兰乡村的懵懵懂懂的失败者，被资本时代镶上了一道熠熠生辉的金领——他的不为世人所理解的内在情绪被解读为形而上的深刻，他作为人生的失败者的经历成为"天降大任"而"苦其心志，劳其筋骨"的必然途径，他的因抑郁而疯狂的性格被看作天才的独特气质，他的不合时宜的愤怒也与现代人的焦灼严丝合缝地契合无间。

其实，梵高平生乃至他的生命与这座城市毫无干系，甚至与荷兰也关系不大。

梵高1853年出生在松丹特，这是一个不知名的西欧小城，一个普通牧师家庭给了他一个不好不坏的童年。在断断续续地上了四年半的学之后，他到了叔叔所在的艺术品商行打工，普通店员的生活使得十六岁的梵高厌倦不已，艺术品的良莠秽杂更让他恶心不已，甚至后来到了伦敦、巴黎，那些拙劣的艺术仿制品彻底败坏了他的胃口，以致他对这两座欧洲大城的艺术也熟视无睹，如入宝山却空手而归。

就这样，梵高度过了孤独而无所事事的青少年时代。职业的无趣、生活的无奈已经在他的心底留下了阴影。勉强挨到二十三岁，他逃离了这个原本离艺术很近的职业所在，本着压抑不住的"对宗教的兴趣"，开始一根筋似的打定心思要做牧师。

很难想象，这个把向日葵画成太阳般炫目、把沉默的星空画成深蓝旋涡的梵高，还曾经是一名牧师。他的教区在比利时南部的一个矿区。当地的人们每天从太阳下走到阴暗的地下，匍匐在几百米深处，挖出煤块，再背回地面，换取同样颜色的面包。梵高的职业就是要跟他们在一起，让他们从艰难的生计中抬起头来，看一眼头顶的天空，从而皈依上帝，得到心灵的救赎。

这位自己的心灵还需要世人拯救的愤怒的失败者就这样开始了济世救人的工作，业余时间就以教区的人为模特，以手中的画笔自娱娱人。《吃土豆的人》是梵高早期最出名的一幅作品，也倾注了他所有的精力和技法。黑乎乎的背景中，画面中间一灯独明，在昏暗的灯光下，表情难看的矿工一家围坐在桌边，人手一只大同小异的土豆，衣服肮脏，表情抑郁。粗俗、粗糙、粗陋，整幅画面传递出一种让人绝望的情绪。牧师是引导人们视线向上，让人向往教堂尖顶所指示的天国方向的，而这位梵高牧师却让人收回了视线，悲悯地注目无望的生命苦难。就这样，由于他对教区人们过于执着的关心，使得教会不得不做出开除他的决定。做了三年牧师的梵高不得已脱下了牧师的道袍，开始空空荡荡地走向人生的沼泽。

　　性苦闷也不期而至，让无所事事的梵高苦恼不堪。这时他认识了一个孤苦无依的女子，这位叫克里斯丁的妓女挺着不幸的大肚子，无法接客，梵高邀请她住到自己家里。我们在一幅题目叫《悲伤》的素描中，可以看到这位体态变形的裸女侧影：耷拉的乳房，鼓一样凸起的肚皮，蓬乱的头深埋在交叉的纤瘦的手臂里，而落在地上的脚趾却紧张地跷起。尽管我们不能看到她的面貌和神情，但是生活的无奈、生命的悲哀一览无遗。不久，一个不知父亲是谁的孩子降生在梵高的单人床上。

　　发生了这样匪夷所思的事情，梵高的家人开始认定他这是一个无用而奇怪的人。除了比他小四岁的弟弟提奥之外，所有人都对这个把任性当个性的家伙失去了信心，甚至包括他本人。

　　做伙计不成，做牧师不成，二十六岁的梵高一无所有，回到了生活的原点。梵高一头红色的乱发像一根不能点着的火柴头，蓬勃缭乱，无望无助。踟蹰在荷兰海边阴郁的风里，他不知风向哪个方向刮，也不知道头上的哪块云会下雨。

　　怎么办？这是缠绕无数个体生命的一个亘古的问题。梵高经过自己的思考，决定成为一位艺术家。只有在巴黎开画廊的弟弟提奥理解这个自卑而自负的兄长。兄弟俩开始了联手，梵高画画，然后由弟弟在巴黎塞纳河左岸的画廊里出售。这是提奥对走投无路的哥哥的一次援手，对于梵高而言，则是一次人生的冒险，一次向往艺术的灵魂的救赎，是一无所有的梵高的最后挣扎。

二

从哪里开始着手呢？

小块头红头发的梵高夹着画架，行走在荷兰铅灰色的天空下。他画了教堂，画了海边的帆船，画了收割后的麦田。在他的笔下，满世界都是美的，阳光下一切都生气勃勃，就连搁浅的船也酝酿着新的出航，风暴又奈我何？

梵高画得极快，每一块色彩都像是舞蹈，既然舞蹈，那就不必在意足下的不堪，不必计较衣着的寒碜，不必介怀别人的目光，只要自己跳得快活，舞得自在！梵高的画充满新奇的发现，生活原来是这样的！

一幅幅描摹生动生活的画作从荷兰运到巴黎，挂到了提奥的画廊里。梵高的画挂在香艳旖旎的提香和线条绝妙的安格尔等大师画作之中，生猛生硬，粗率粗糙，像一个闯入贵族沙龙的流浪汉。见多识广的巴黎的画家和画评家们就像在宫廷大餐当中发现了一只苍蝇，短暂的惊愕之后便是不可遏止的狂笑：这是哪个矬人画的哦？这么简单，这么直白，这也叫画吗？——且慢，这还是画吗？

梵高看到弟弟为难的眼神，他心痛了，他明白了。对色块和构图有着坚定把握的梵高开始动摇了，梵高开始了投降。投降者梵高到了布鲁塞尔，到了巴黎，到处看，到处学，到处画，他要画出跟大家一样的画来，要有明确的线条，要有完美的构图，要有明朗的色彩，要有衣冠楚楚的人物，要有活泼开朗的表情，要有钱的人在他的画跟前留下兜里的法郎英镑马克便士。

等到他看到日本浮世绘，梵高顿时眼前一亮，他兴奋地跟提奥说道——"我羡慕日本艺术家的作品，亲切干净，简单得像呼吸，闲闲几笔，像是扣外套的扣子一样简单。"梵高画过东方式的断桥斜雨，杂树生花，在假名写成的楹联中，我们看到了梵高蜷曲的颤抖的笔触。这种颤抖让人想到的是胼手胝足的农人遇到意外收获的表情，想到的是讨价还价的商贩诡谲的笑容。

但是巴黎从来就是个花都，时尚像风向一样忽东忽西，浮世绘流行一段过后，很快就烟消云散，不复存在。模仿者梵高又一次失去了方向。

向米勒投降，向德拉克洛瓦投降，向安格尔投降，向浮世绘投降，向一切可能被认可的市场胃口和审美口味投降，向不知在何处但有时无处不在的人群投降，但是梵高却没能得到一个像样的结果。向情欲投降，向亲情投降，向艺术圈的朋友投降，梵高同样遭遇了被漠视的冷遇。"我很清楚优秀的大师懂得如何巧加润饰，但那个已经超越我的能力。"这样的喃喃自语是蛮牛一样闯进了艺术殿堂的梵高的自我疑问。他不能像后来的毕加索一样敏感地预测风向，从而把自己塑造成一杆猎猎作响的方向旗。他不善于与人沟通，自然也不能像很多艺术家一样，打出一个旗号，然后呼朋引伴，啸聚山头。他只能踽踽而行，只能艰难跋涉，走向根本不存在的地平线。

三

一无所成的梵高再也不能在巴黎这个拥有着天堂和地狱的混合气质的城市待下去了，他来到了奥维尔，这是一座法国北部的小城，民风淳朴、四季分明，春天麦苗青青，盛夏一片金浪，向日葵金色的脸盘孕育着黑色的籽粒，终日朝向太阳，随风转动。

阳光、清风、向日葵，还有和土地一起呼吸的人们，梵高找到了理想的栖息地。他希望能邀请画家朋友来做伴，一起作画。于是向他素来景仰的画家高更发出了邀请。高更是个有着稳定职业的"业余画家"，他的画没能被世俗所承认，还在我行我素中徘徊着。

　　高更趾高气扬地来了，梵高抖擞精神，兴高采烈地画了十二幅向日葵，挂在专为高更准备的小卧室里。这些生命中难得的亮色照亮四壁。在被后世称为代表作的梵高的向日葵作品中，差不多每幅画都画了十二只到十四只向日葵，画面以桌线为界，以大色块的平涂作为背景，鲜艳的黄绿搭配，使向日葵呈现出独特的生命形态。其实，终其一生，梵高要表现的是他对事物的感受，而不是他所看到的纷纭形象。他要表达的是人与物的关系，而不是照相式的描画。

　　梵高和高更相互望着对方，陷入一种惺惺相惜的热切情绪里。他们相互为对方画像。不过，梵高给高更的画像与所有的肖像画不同：高更在画面中，头优雅地拧了个九十度，安详而焦虑地望着框外。其实这种戏剧感的表现正是梵高内心温柔的表现，以至高更自己都不无自恋地认为自己像《悲惨世界》里冉·阿让：外表高贵，内心温柔。

　　其实梵高不懂高更，也不能明白那些在巴黎的画坛上盛极一时的人物，他们的绘画更多靠的是自己的技能甚至是爱好，是与大众趣味若即若离的"钓鱼"式关系，是对时尚感的巧妙拿捏，而不是拼将自己的生命。就像画画的红颜料，只能是自然界植物汁液或者是某种矿物质的巧妙配比，而不可能是自己的鲜血。高更是拿着便士、想着月亮的巴黎白领，不过是自以为是惯了，不被当时的沙龙甚至所谓的先锋们的山头所拒斥罢了，与梵高根本不是一回事，他迟早是要回到那个花都的。可他还是没想到，还没等到在这个单调的乡村感到腻味，他就被梵高这个疯子弄得哭笑不得。一次口角之后，梵高把自己的耳朵生生地割了下来，这下使得高更心生畏惧，以更快的速度离开了不可理喻的梵高。后来，在自恋中快乐膨胀的高更把自己放逐到了更远的塔西堤小岛，在太平洋的阳光下的椰风蕉影中，在热带女人的怀里辗转，做了快乐而落寞的"岛主"。

四

高更走了，金色的乡村变成了黑白的世界，梵高陷入了更深的恐惧和绝望的复杂情绪当中。他画了一把椅子，一把孤零零的椅子，这是高更坐过的椅子，可以说，这是我见到的最简单也是最让人感到不安的静物画，充满了落寞和不安，让人绝望。梵高在割掉耳朵之后，看着镜子，给自己画了一幅自画像，寄给了远在巴黎担心不已的提奥。信中说，"今天我寄一张自画像给你，我希望你看到我的脸部表情已经平静许多，虽然我的眼神还是缺乏安全感"。弟弟的心宽慰了不少，他没有想到的是，这是兄长对自我最后一次清醒的认知。

梵高没有了模特，他画了一双《鞋子》。画面上，一双已经被粗大脚骨撑破，被粗糙的地面磨砺得面目全非的帆布鞋，系绳凌乱，沾满泥浆，龇牙咧嘴地歪斜在泥地上，让人感到鞋的主人闯荡世界的失败和失望。

一再的失败使梵高的心智趋于急躁和狂乱。于是我们看到的是几近痉挛的笔触。失去了白天的太阳，晚上的星空是梵高的最爱。"夜晚的颜色比白天更生动而丰富"，这是梵高信中自剖自解的告白。可他画的是什么样的星空啊，像一个蓝色的旋涡，星星出没其间，黯淡无光，宇宙中骤起了巨大的旋风，随时准备下探地上的树、屋、人。与丰子恺《人走后 一弯清月夜如水》表现的清和忧伤不同，梵高的《星空》是旋转的，是动荡的，是随时可以卷走一切活物的巨大的对立物。

后世关于梵高的电影和书籍很多，我注意到电影《梵高传》中有个长镜头：梵高背着画板在路上慢腾腾地走着，跟边上的人有一搭没一搭地说话，突然，他就慢慢地走进了河里，任水流一点点漫过自己的身体。无可无不可，生死两由之，一个人的内心要蕴含多大的悲哀才能如此平静地做出这样的赴死举动！

梵高最后的作品还是麦田，这幅作品被后人命名为《麦田群鸦》。画的是三岔路口的一块麦地。麦浪滚金，鸦群惊飞，天空湛蓝，没入黑暗，绿色的杂草铺满的小路像一条受惊的蛇，向远方逃遁而去。画面没有视觉中心，如陷色彩的泥淖。解读者说，这幅画传达的是梵高"悲伤与极度的寂寞"。

1890年7月30日，这是一个阳光明媚的日子，也是一个昏暗无光的日子。梵高走向了法国北部的一块金色的麦田，天气很热，村里人已经看惯了这个天天画着他们庄稼的古怪异乡人。没有人注意到这个三十七岁男人这次带的不是画架和颜料，而是一支装上了子弹的枪。

在麦田翻滚的金色波浪里，他窸窸窣窣地慢慢躺下。天空很蓝，他瞄准了心跳的地方，抵紧胸口扣动了扳机。枪声很闷，甚至都没能惊动不远处啄食的鸟雀。

梵高满意地看着红色的血从身体里流出来，流在金色的麦地里。他意识到自己没能打中心脏，他忍住剧痛爬回自己的居室。接下来的二天，他一直睁大眼睛在等着什么。第三天，弟弟接到电报从巴黎赶到他身边，他终于闭上了眼睛。

弟弟提奥安葬了兄长，回到了巴黎。两年后，他也郁郁而终。

抑郁的梵高，狂躁的梵高，一无所成的梵高，坐拥世界的梵高。

"我到底能做什么样的事情？"梵高一辈子没能想透这个人生在世最应该想明白的问题。

在阴霾重重的荷兰，头发火红、髭须不整的梵高是个可笑的失败者。对于绘画而言，梵高是头误闯进去的公牛，可惜他还不够强劲，不够坚韧，是头不幸的公牛。在别人眼中心智不全的梵高一厢情愿地向往绘画艺术，自愿充当祭坛前的牛羊牺牲，并不屈不挠地往爬上供桌，但是他还是被一次次踹了下来，跌落尘埃。更窝心的是，他一辈子都没弄明白踹他的是一只什么样的脚。他连最后的死亡也拖泥带水，很不干脆。在内心的狂乱和迷失中，梵高很不和谐地过了短短一生，留下的是一个不干净的身体和不平静的心。他的画被后世拍成天价，更是一个天大的误会，是现代的浮躁的商业气氛喧嚣成的一个庞大的气泡。

对于个人而言，梵高无疑是一个绝对的悲剧。

梵高博物馆的边上是荷兰国家博物馆，伦勃朗神清气爽地在里面熠熠生光。这些锻造荷兰历史的人物在深色的底子的画幅里光彩照人，每幅画都像是一声爽朗的大笑。

但是梵高是发不出这样的笑声的——自然地，他的耳朵里也听不到这种笑声。

在梵高纪念馆的出口处，有一个小卖部，卖梵高在各个时期画作的复制品。鬼使神差地，我排着队，买了一幅著名的《向日葵》。回到住处，打开卷轴，一朵朵向日葵像一颗颗太阳，爆炸似的金色直闯我的眼睛。王阳明的一句话蓦然出现——"尔未看花时，此花与尔心同归于寂。尔来看花时，则此花颜色，一时明白起来。"

卡夫卡和他的女人们

就像但丁、莎士比亚、歌德与他们的时代一样，卡夫卡对我们至关重要，因为他的困境就是现代人的困境。

——美国诗人奥登

"卡——夫——卡——"

当你试图发出这个声音的时候，请体验一下喉舌唇间的气流摩擦发出的类似哽咽的感觉——这个很不顺畅的声音其实是一种鸟语，是我们中国人视为不详的乌鸦发出的声音。我查了一下，原来卡夫卡在德语中的意思就是"寒鸦"。冬天去过欧洲的人想必都见过这样的一幅场景：夕阳西下，荒郊上空翔集着成群的乌鸦。在寒冷的空气中，或聚拢成一团乌云，或星散成漫天黑点。那千百条连缀一片的"哑—哑—"声直指

"凄切"这个词的本义。

据说犹太人起名即兴随意，并不十分当真。在他们看来，世俗社会所用的姓名只是符号而已，只有面对神圣的上帝，端肃谨顺的教名才是一个人的灵魂所系。——卡夫卡这个名字，竟然是他在乡下做屠夫的祖父即兴给起的——无独有偶，据说文化旗手鲁迅出生时，做京官的祖父正在会见一位叫豫山的客人，稳婆来报，孙子落地，要他起名，祖父一高兴，这个在后世大大有名的孙子便随客叫了"豫山"。绍兴话里的"豫山"的发音太像"雨伞"了，后来才改成了周树人这个响当当的名字。——而卡夫卡的祖父是不是也是听到了寒鸦的叫声，才灵机一动，才起了这么个名字？问题是，这个"寒鸦"的名字在世人看来还真有寓意在：卡夫卡发出的不正是不祥的乌鸦之声吗？

卡夫卡的全名叫弗朗兹·卡夫卡，他的生活平顺得像一条稳妥的直线：从生到死，出生、上学、工作都在布拉格。从出生的房子，到上学的小学到大学，一直到工作的保险公司，相隔不远，都在脚程可达的范围之内。十八岁卡夫卡上大学，在布拉格的日耳曼大学；五年后取得博士学位，然后进入一家保险公司工作；工作了十四年，然后因病辞职，两年后病死在疗养院。死时四十一岁。

刚刚写完这段话，不经意间看到报纸上有一则消息：英国有一位七十七岁的老富翁，花了三十年在家里挖地洞，把所有的东西都埋在洞里，自己也在自己挖的洞里生活起居。——这个被当地居民称作鼹鼠人的古怪老头很像是卡夫卡的化身。卡夫卡是个以孤僻著称的人，寂寞、恐惧、幻想、自责一直伴随他一生。尽管他没有后代，没有正式的妻子，但是作为男人，不可避免地要向往另一半的女人，卡夫卡自不例外，他一直对异性有着狂热的幻想。

看一个男人，大抵看他身边的女人即可知道其品性的大概。所以我们不妨从卡夫卡和他的女人们开始，解读这位忧郁怪才的灵魂。

卡夫卡身材很高，五官俊朗，最特别的是长着一双机警的眼睛，这样的样貌在今天看来都属上乘。再加上博士的学历，收入不菲的工作，中产阶级的身世，良好的教养，向往温暖家庭的卡夫卡找个女人、成个正常的家应该是举手之劳。事实上，有几次，卡夫卡已经走近了家庭的门槛：先后三次订婚，与至少四个女人产生了非比一般的交往和感情，但是他被自己的内心的恐惧吓住了，在婚姻的门槛上迟疑不决，最终还是在形影相吊中走向了生命的终结。

从三十岁到四十一岁，在卡夫卡的最后的岁月里，都带有女人的底色，但是女人带给他的回忆，不是粉红的浪漫的印象，而多是黑色的隐喻的痕迹，是不断加重的十字架。就这样，他在不断的诱惑、追求和自谴下痛苦不堪，而女人们一个个离开了他的视野，他也被越来越沉重的心拖着坠入死亡的深渊，万劫不复。

让我们来看卡夫卡生命中的第一个女人。

一、菲利斯

在与菲利斯订婚之前，卡夫卡已经有过性经历。他的第一个女人是一个被世人视为身份低贱的营业员。二十岁的大学生卡夫卡几乎每天经过她在的那个小店。终于有一天，他鬼使神差地跟她进了一家小旅馆。在门口，卡夫卡犹豫了，但是她的一个带挑逗意味的小手势打消了他的顾忌。

这是他第一次进入女人的身体，奇怪的是，这种感觉并没有让他难堪。

犹太人，在有基督教传统的国家要算是个异数。他们以自我为中心，崇尚理性和发展。耶稣因犹太人出卖而被钉死在十字架上，拯救人心的努力化成了身体流出的鲜血。犹太人一直不为基督世界所宽恕，被放逐出耶路撒冷。从莎士比亚的《威尼斯商人》开始，犹太人就被视为见利忘义、不顾廉耻的异类，反犹几乎是每一个政治领袖拉拢人心的手段，直到纳粹上台，酿成几近灭种的惨案。而今，纳粹残杀犹太人是举世公认的暴行，可在当时的欧洲，特别是在一些没有被德军占领的国家，包括中立国，甚至民间，对希特勒的暴行是默认的，没有谁站出来保护犹太人，以至出了个辛德勒，被犹太人看成民族的救星。但是犹太人也是人类的奇迹，他们从形而上学的哲学、文学、历史、社会学，到数理化农医等科学，乃至军事、商业等，在人类所有的能证明能力的领域都熠熠生辉。马克思、爱因斯坦，弗洛伊德等大名鼎鼎的人士，都是犹太人。有个令人咋舌的统计数据：从1901年诺贝尔奖首次颁奖以来的一百年间，在总共六百八十名获奖者中，犹太人或具有犹太血统者共有一百三十八人，占了五分之一。而犹太人占全世界人口的比例，不过是五百分之一。

但是在卡夫卡身处的那个时代，犹太人还是不招人待见的。卡夫卡的父亲尽管获得了很好的地位和社会，把家也搬到了布拉格最繁华的旧城广场，全家人都讲德语，卡夫卡也一直进的是日耳曼语的学校，但是这些还是不能改变他们犹太人的身份。——这一点，让生性敏感的卡夫卡与无处不在的飘零感相伴相依，终生难以挣脱。

1913年，卡夫卡三十岁了。三十岁的卡夫卡很孤独，孤独中的卡夫卡在一次朋友的聚会中见到了菲利斯，这个长相一般的女子让卡夫卡感觉很亲切。他开始了平生第一次献殷勤，主动送菲利斯回家，在路上，卡夫卡激动难耐，几次故意跌倒，希望能感动菲利斯。他在潜意识里希望菲利斯能开口说话，放下女性的矜持跟他走。但是菲利斯像所有正常的女孩一样，安安静静地回到了住处。

从照片上看，菲利斯瘦骨嶙峋、鼻梁塌陷，长相中性，眼神淡漠，与漂亮、温柔毫不搭界。而卡夫卡却心驰神往，这应该是卡夫卡"求次"心理的结果：不自信的人大多有这样的心理，在自己对美好事物的向往与追求当中，往往不敢追求那最出色的，而是习惯退而求其次，主动选择那个不怎么起眼的目标。因为那不起眼的事物能让他们感到自在和心安，与自卑的心理暗合。

卡夫卡早年曾经痴迷东欧犹太区中常用的意第绪语，与意第绪语剧团的演员们混在一起。"身杂优伶"的他遭到父亲赫尔曼的呵斥和辱骂："谁要同狗睡觉，醒来一身臭虫。"——可菲利斯不同：她果断而入世，有稳定的收入和正常的人际交往。这样的婚姻可以让卡夫卡过上像模像样的正常生活。这桩体面的亲事，自然也得到了卡夫卡这个犹太家庭的支持。

卡夫卡就这样开始了对菲利斯的追求。

菲利斯在柏林，卡夫卡在布拉格，中间有八个小时火车的行程。这个并不算长的路程对于卡夫卡来说，却好像隔着银河，他更喜欢的是书信来往。

可问题很快来了。

问题出在卡夫卡自己身上。原因起自他需要与世隔绝，而独居一室是生活的必要前提。他在信中说："我的头脑里面有一个巨大的世界，但是怎样才能释放我自己，释放这个世界？同时又保证我不被它撕碎？"要做到这一点，像一个隐士一样那是不够的，而要像永别人世的死亡一样。他习惯的是日以继夜、夜以继日地写作，然后展翅高飞。——"然而我不写作，就立刻瘫倒在地板上，只有进垃圾桶的份儿了。"结论是："没有她我活不下去，但是和她一起也活不下去。"

菲利斯慌了神，她不知道怎么去理解这个神经兮兮、反复无常的家伙。似乎为了招致菲利斯的厌烦，他热心地展示自我的嫌恶。"我是神经错乱、缺乏安全感的，请你尽快忘掉我这个幽灵。""我是一条神经错乱的狗。"

卡夫卡陷入了对自我的无限嫌弃和怜惜之中，他体弱多病、不善交际、沉默寡言、神情沮丧、举止呆板。此后也一再证明，卡夫卡很难同另一个人结成一种成熟的关系。适度的奉献与索取、为对方着想、宽容、忍让，以及互利互惠，所有这些有利于亲密沟通的方式是他无法做到的。与一个不熟悉的人在一个屋檐下生活，这使他感到陌生而恐惧。

尽管卡夫卡也试着让自己相信德国的谚语："把蛋生在露天，自有太阳帮你孵化；与其咬自己的舌头，不如反咬生活一口。"但是五年自虐式的顾影自怜终于把二人的激情变成一场滑稽戏。

只要是戏，总有终结的一天。

卡夫卡裹紧了外衣，锁上房门，关上窗户，把世界拒之门外，开始塑造他自以为是的真实的表象。

卡夫卡重新坠入黑暗。

二、朱丽叶

2008年初，乍暖还寒，我去了欧洲，在观摩了维也纳中国新春音乐会过后，经过布拉迪斯拉法，去了布拉格。

伏尔塔瓦河流水汤汤，查理大桥上圣像肃立。旧城广场双塔耸立，胡斯铜雕傲岸挺立，烧死这位布拉格大学校长的宗教审判所的刑火已经化成了斑驳的铜绿，如霜如雪，披拂在胡斯的额头。最著名的是建于15

世纪的"天文钟",从清晨到深夜的每一个正点时分,钟楼前永远人头攒动,只为了亲眼一见"敲钟表演":钟面上的指针每到正点刻度,旁边一具象征"死亡时间"的骷髅就倒转左手的沙漏、拉起右手的钟绳,钟面上的两扇小门迅速打开,从圣彼得开始,耶稣的十二门徒依次出场亮相,机械而又冷漠地滑过轨道。最后一个圣徒隐去的刹那,钟楼里钟声轰鸣,四百多年前的那口铜钟用震耳欲聋的声音在城市上空鸣响,传递时间流逝一去不回的人间寓言。据说制造这个寓言的制钟工匠被执政者刺瞎了双眼,并且流放到千里外的波希米亚沼泽。

鸟群在城市上空掠过。从看不到尽头的远处流来的伏尔塔瓦河强劲地蜿蜒着,把这座暖色调的城市生生裁成两半。傍晚时分,布拉格被夕阳点燃,遍布全城的一百多座教堂上的金色圆顶熠熠生辉,满城的赤黄墙体显得更加鲜亮,阳光在建筑上舞蹈,挥洒成金色的星星点点,汇成星的河、光的海。显然我深深地理解了"金色布拉格"的含义。——从布拉格,我想到了巴黎。无数文明胜迹汇聚塞纳河的左岸右岸,无不熠熠生辉。但是从埃菲尔铁塔上俯瞰巴黎,我们见到的是一个灰色的巴黎,一个非常深厚的底子,每个人可以在上面挥洒出属于自己的个性色彩,也使得这座城市成为恢宏壮阔、色彩斑斓、气象万千的大城名邑。而眼前布拉格不是这样的,它细节生动、色彩鲜明、熠熠生辉,不过,这座声威赫然的东欧名城是不是也让生活在其中的人显得黯淡失色、渺小卑微?

病中的卡夫卡想必也曾在位于旧城广场的家中阳台远望,看到自己的从出生到上学、工作的地方,都在自己的视野之内,不由感慨一生竟在这个如此小的圆圈里坐井观天。——确实,卡夫卡就像一只家养的鸽子,从笼子里起飞,稍稍盘旋了一小圈,就回到了鸟笼。

经过五年不死不活的恋爱,卡夫卡更加心灰意冷,但是身体里的荷尔蒙让卡夫卡心神不宁。他的心又被一个名叫朱丽叶的女子点燃了。朱丽叶出身低微，但是常常兴高采烈，不知忧愁为何物。卡夫卡惊诧于她的无知无畏似的闯劲。这一点深深吸引了他，在卡夫卡的眼里，朱丽叶"勇敢、诚实、谦逊"。而且，这一点也很关键——"她并非不漂亮"。

卡夫卡开始了以往不敢想象的恋爱。朱丽叶习惯并沉迷于市井的娱乐方式，让卡夫卡感到新奇有趣："如此多的优秀品质，像小飞虫一样朝我这盏灯飞来。"

但是问题又来了，这次问题出在父亲身上。

卡夫卡的父亲赫尔曼是一个地地道道的犹太苦孩子，渴望成功，积极上进，靠着自己的不懈努力成为有产有业的商人，他决不能坐视卡夫卡这个唯一的儿子，这个将来继承家业的博士娶一个鞋匠的女儿，让家里的地位"一夜回到解放前"。

我们所能看到的卡夫卡最早的一幅照片，是他六岁时在照相馆拍的。那是19世纪常见的那种摆拍式留影。背景是镶着花边的帷幔，点缀着当地稀罕的棕榈树，墙上是织花壁毯，边上立着画架，虚假的热带空气令人窒息。在这个"像审讯室又像王宫"的虚幻背景里，六岁的卡夫卡穿着缀满流苏的西装，手上拿着一顶模仿西班牙人的那种特大的宽檐帽，纹丝不动，那双无比忧伤的大眼睛看着眼前摆好的风景，那双支棱着的大耳朵聆听着这风景。这就是卡夫卡的"心酸而短暂的童年"，这个孩子的别扭的眼神的前方，肯定有着带着强迫神色的家长。这个望子成龙的家长一直让卡夫卡心怀忧惧，一次跟父亲去浴室的经历更使他加深了这种心理感觉："我瘦小、虚弱、渺小，您健壮、高大、结实。"赫尔曼以粗暴、武力的方式对待生性敏感的卡夫卡，目的是使他跟自己一样，在生活这场战斗中幸存下来。但是对于胆怯的卡夫卡而言这却是一种巨大的压迫，这种潜伏在父亲阴影下的感觉使得卡夫卡更深地躲进了自己的内心世界。在他十来岁时写的处女作《高个子出丑记》中，主人公生性羞涩、身材瘦长，像蜘蛛的脚一样——这无疑是自卑者卡夫卡的一幅自画像。

在1921年写成的《判决》中，父子两人发生口角，清白善良的儿子竟被父亲视为有罪和执拗残暴，在父亲的淫威之下，独生子害怕、恐惧到了丧失理智，父亲的一句气话的压迫，竟致儿子破窗而去，直奔河边，投河自尽。主人公临死前还在喃喃辩白——"亲爱的父母亲，我可是一直爱你们的。"

《变形记》里，一天早晨，格利高里从不安的睡梦中醒来，发现自己躺在床上变成了一只巨大的甲虫。他的任何请求都无济于事，事实上谁也听不懂他的请求，他越是温顺地扭动他的头，他的父亲就越是使劲地跺着脚。

20世纪80年代末，那时整个社会像流行感冒一样地流行文学。一部小说出来立即激起反响，一池池春水被吹皱荡漾，余波不断，文学女青年动辄激动得"子宫在颤抖"。有一次，本人听到时任上海作协秘书长的赵长天谈文学与生活，他说"文革"时很多对革命忠心耿耿的老革命被打成反革命，被揪斗时备受委屈，大声抗辩。但是在造反者的耳朵里，这是反动派的嚣张气焰，根本不值一听。——这让他想到了《变形记》：当你变成一只甲虫的时候，你发出的声音就不是人声了，就不是人所能懂得的了。

父亲是卡夫卡心中的一个结，尽管这个父亲给了他生活的全部，甚至在最后理解了儿子的乖张。但是在更多的时候，父亲就是这个把卡夫卡的内心声音听成了甲虫发出的古怪声音的人。1924年6月2日，卡夫卡去世前一天，身在奥地利一处疗养院的他还挣扎着给父母写了最后一封信。他试图劝阻他们不要来看他："我还是不够好看，根本不值得来看我。"但他努力用乐观的笔调写信。他提议和父母聚聚,"我的意思是一起在一个美丽的地方安安静静地住上几天,不受任何干扰。我不记得我们上一次这样相聚的时间了……然后再喝上一杯好啤酒……在炎热的天气里,我总是想起我们过去常在一起喝啤酒,那是在很多年前,父亲带我去公共游泳池的时候。"

看到这儿,我不由黯然——为父子间的亘古以来的不歇战斗,为人世间至亲的不能理解。应该说,没有父亲不爱自己的孩子,因为是自己的血脉,是自我的时间延续,也是自己多年的生活伙伴。孩子是父亲心头永远的痛,但是在孩子跌得鼻青脸肿的时候,父亲一定得克制自己的心疼感觉,首先要做的是,帮儿子找到跌跤的原因,然后再帮他包扎。

卡夫卡的父亲深知犹太人的处境,深知未来的不可测,希望儿子能够出人头地,能够继承他辛苦打拼挣来的家业,这是正常不过的愿望。卡夫卡也认为父亲是对的,一切问题都出在自己的身上,是自己的不争气造成今天的现状。他开始怨天尤人:"宇宙只是上帝在恶劣情绪下的产物,因为那一天上帝过得糟透了。"一次一个人用蝇拍打一只苍蝇,一直不言不语的卡夫卡却莫名发火,你为什么不能让这只可怜的苍蝇好好待着,它何曾触犯了你呢?

朱丽叶没有错,但是在卡夫卡的父亲看来,这是一个身份低贱的鞋匠的女儿,有这一条就够了,这就是一件不能被允许的荒唐事情。既然父亲认为是荒唐的,那就无法挽救了。于是,卡夫卡约出朱丽叶,两人坐在一个广场上,朱丽叶在他身边浑身发抖,她说我不能离开你,可是你要我走,我就走,你要我走吗?卡夫卡说,是的。朱丽叶脱口而出,但我不能走。

可怜的朱丽叶以为卡夫卡的变心是另外一个女人,她给那个女人写了信,不知如何是好的卡夫卡居然转交了这封信。从此,朱丽叶音信全无。

卡夫卡永远失去了朱丽叶，失去了一个可能让他快活的平常女子，失去了一个可能平淡但是有着世俗乐趣的家庭。

三、米伦娜

卡夫卡回到了一成不变的过去。

生活就像一把老式的提琴，单调、喑哑、让人沮丧。每一天，卡夫卡瘦瘦的长腿就在了无生机的家里和更无生机的保险公司之间来回走动。卡夫卡失去了好的睡眠，每天早晨，从深夜的噩梦中醒来，在气味暧昧的被窝里，想象用一把刀子刺透心脏的欢乐。光线强烈起来了，卡夫卡可以清楚地看到对面街上 一幢长得没有尽头的深灰色的建筑——这是一所医院，上面惹眼地开着一排排呆板的窗子。都俗不可耐，都毫无生趣，一切，一切的一，一的一切，一切的一切。

一天上午，卡夫卡抬脚进入电梯，就突然感到他的生活"仿佛是一种惩罚，这种惩罚要求每个犯错的小学生把毫无意义的句子抄写很多遍"。他无数次想象自杀的场面：冲向阳台，挣脱所有，挣脱他的胳膊，然后纵身一跃，身后留下一段遗书。

结论是他的日记里的话——"我应该被鞭子赶到荒漠里去。"

在这种心情下，又一场恋爱像一场及时雨一样地赶到了。

其实朱丽叶当初的猜测也并非全然没有根据：卡夫卡当时确实脚踏两只船，这另外一只船就是米伦娜。

卡夫卡的写作风格吸引了米伦娜，他的作品继承了意第绪语作家的传统，其特点就在于奇思异想，人物可以借动物发言，而这些动物常常生活在地下。于是，他把自己变成一只蟑螂、一只猿猴、一条狗、一只松鼠，自己则躲藏在这种文学语言中，成为玻璃幕墙背后的人。

米伦娜是个翻译家，是个比卡夫卡小十三岁的有夫之妇。米伦娜给卡夫卡写信，谈到对他作品的理解，希望翻译他的作品。

卡夫卡收到米的来信，信中的每字每句都是那么切中他的心思，而更难得的是对他的作品"几乎没有任何误解"。这让卡夫卡倍感意外和欣喜。

说到这里，不得不提到我最为相熟的一个朋友，他在最寂寞的时候遇到一个女孩，在例行公事式的逛公园中，看到一副公园门口的楹联，女孩脱口而出，这联用了典，但是不"隔"。这一句话要了他的命，他觉得好像在哪里见过这幅场景，让他一下子确认了眼前的女孩就是多年寻觅的意中人。其实呢，他们根本不是一路人，在相互吵闹相互伤害中无可奈何地走向生命的终结。

卡夫卡显然也是这样的男人，他确信信中的女子是最跟他意气相投、心气相通的，米伦娜的生命力、理解力、智力让他心醉神迷；而对于米伦娜来说，这个敏感忧郁的高个子男子无疑是个天才。接下来的事情就顺理成章了。尽管卡夫卡内心很挣扎，"不敢在这个布满陷阱的地球上迈出哪怕一小步"，"不能拽着一个人，一个甘愿献出一切的无私的好姑娘坠向更深处，不敢向她伸手，这肮脏的、颤抖的、爪子般的、局促不安的、忽冷忽热的手"。但是他们还是走向了心气相吸的男女必然的结局。

长着一双猫似的眼睛的米伦娜成了卡夫卡的第三个女人。米伦娜有个才智平庸的丈夫，是个捷克语的作家。米伦娜在两个男人之间游走，自如婉转。对于卡夫卡来说，这种状态最平静，也最不安，最窘迫，也最自在。"我不能大踏步地走进未来，只能跌跌撞撞地闯入未来，在碾压下进入未来。"

点着了，毕竟是点着了，但这团火烧得太猛烈了，卡夫卡有点吃不消。

这场恋爱消耗了他已经衰弱不堪的身体能量，肺病开始在他的体内发作。他在小说里将咳嗽称为"动物"，咳嗽成为巨大动物群中最前沿的岗哨。

在卡夫卡的笔下，堂吉诃德是个煞有介事的傻子，桑丘则是个笨头笨脑的助手，让他的骑士走在前面，不论是人还是马，已不再重要，只要卸掉了肩头的重负。

《饥饿艺术家》中歌唱艺人为了使自己的艺术达到"最高境界"，竟把绝路作为出路，以绝食表演作为谋生手段，宣称可以四十天不进食而引吭高歌表演，进而发展到为绝食而绝食的所谓"艺术"境界。

《审判》中，银行助理约瑟夫·K在三十岁生日的那天早晨醒来按铃声吃早餐时，进来的不是女仆而是两个官差，宣告他被捕，并被法庭审判有罪，无故受审的他四处奔波，想搞个水落石出，亲手写抗辩书，从各个方面来说明自己无罪。然而一切努力都徒劳无益，最后，他毫无反抗地被两个黑衣人架走，在碎石场的悬崖下被处死。

《致科学院的报告》中，马戏团试图寻找"人类道路"而驯化猿猴成为会说话的人。被关在狭窄笼子里的非洲猿猴，在人的逼迫下学人吐唾沫，学人喝烧酒，学人语喊"哈罗"。

《地洞》中，"我"是一只大鼹鼠，一边挖洞，一边冥思苦想。犹豫不决地从一个担忧摇晃到另外一个担忧，品尝着各种恐惧。"即使从墙上掉下来的一粒沙子，不搞清它的去向我也不能放心。""我"永远在挖掘新的地道，在这个没有尽头的迷宫里，面对最担心也是最应该防备的事情就是"有人来了"。

卡夫卡的世界平常而阴郁，正经而疯狂，风雨飘摇，摇摇欲坠。

更糟糕的是,叶公好龙的卡夫卡凄凄切切地认为"我的精神患病了,肺病不过是漫溢而出的精神疾患而已"。心智不俗的米伦娜对此的看法是"他用自己的病来承担他对生活的全部恐惧,也故意从心理上培育和鼓励了这种病的发生"。

被人看穿了的卡夫卡更加畏缩了,他觉得"除了写作,我一无是处"。

卡夫卡去世十年后,同是犹太人的评论家本·雅明有几段精彩的评论,太精彩了,以至于我不忍割舍,引述如下——

> 卡夫卡生活在一个需要补充的世界。卡夫卡发现了补充物,却没有看到他周围的一切;
>
> 卡夫卡的文学作品其实都是譬喻,但它们又超乎于此,这就是它们的凄怆和辉煌了;
>
> 卡夫卡具有创造譬喻的罕见能力。然而,他从不尽心竭力地写可以阐释的作品,反倒使尽全身解数,使他的作品成为不可阐释的;
>
> 卡夫卡的作品是一个椭圆,它的遥遥相隔的焦点一个是神秘主义体验,另一个是现代大城市人的体验;
>
> 有一点不能忘记,他是一个失败者。他的失败的情形多种多样。可以说,一旦他对最终的失败有把握,路上的一切就恍如梦境。
>
> ……

一针见血,一剑封喉,让人感喟。

米伦娜激起了卡夫卡的写作激情。其实,卡夫卡生前发表的作品不多,尽管写作是他赖以自处的地洞,认为自己是一个能够操纵语言进行写作的人，但是，他自己却深深地怀疑自己作品的价值。

卡夫卡在夸张的虚构中追求精确的细节，以完美精确、一目了然的现实主义叙述来描述荒诞、虚构的故事。而在现实中，他是个彻底丧失行动能力的人，一个被自己的内心击垮的人。"我只能爱那些被我放到高处、让我无法触及的爱情。我得不到她，我不得不自己选择放弃。"卡夫卡希望坐在阳台上半裸着晒太阳，独自和心里的幽灵待在一起。他喃喃自语——人只是作为《圣经》中的鸽子被派遣出来的，还没有找到一片绿地，便又缩回到挪亚方舟中去了。

米伦娜与卡夫卡的短暂爱情无疾而终，在卡夫卡死后，米伦娜的评论最感性，也最理性——

在穿衣服的人群当中，他是唯一的裸体者。

我们每个人都有病，而唯独他是健康的，是唯一一个可以正确看待和感知事物的人，唯一一个纯洁的人。

因为懂得，所以慈悲。

四、多拉

作为犹太人，卡夫卡在基督徒中不是"自己人"。作为不入帮会的犹太人，他在犹太人中也不是"自己人"。作为说德语的人，他不完全属于奥地利人。作为劳动保险公司的职员，他不完全属于资产者。作为资产者的儿子，他又不完全属于劳动者，因为他把精力花在家庭方面。而在家里，按照他自己的话来说，"我比陌生人还要陌生"。

但是身份和处境的尴尬并没有妨碍卡夫卡在工作上的兢兢业业、克勤克俭，他是保险公司的先进职工，但在他的坚持下，卡夫卡还是在四十一岁就退了休。

　　卡夫卡进了疗养院。连他自己也没想到，这时距离他离开这个世界只有十一个月了，一年不到。

　　卡夫卡在疗养院遇到了多拉。

　　多拉是这个疗养院的护理工，在厨房，卡夫卡看到多拉在掏鱼的内脏，他脱口而出："多么温柔的一双手，干的活又是多么血腥！"抬起头来的多拉看到了卡夫卡，那双瞪得大大的圆圆的眼睛中，眼神羞涩，当说话时，眼神就被点亮了。

　　多拉内心一处温柔的地方被击中了，善良的多拉认定有着这样眼神的人一定是个好人。她不了解他的创作，这一切都与她无关，她感兴趣的是眼前的这个可触可感的生命，这个脆弱而美好的生命。

　　在多拉面前，卡夫卡再也不要在父亲面前诚惶诚恐地唯唯诺诺，也不要在保险公司看那些惨烈的天灾人祸的现场、与那些刁蛮的工厂业主纠缠不休了。他摘去了面具，开始了难得的自由呼吸。

　　一次，卡夫卡和多拉去附近的公园散步，一个小姑娘丢失了玩偶，在伤心哭泣。卡夫卡弯身告诉小姑娘，玩偶是去旅行了，还在旅途中给她写信呢。于是，卡夫卡从第二天开始写信，每天念给孩子听，信中说，玩偶厌倦了总是在一个家庭的生活，希望换换地方。就这样，卡夫卡每天写一封信，连续写了三个星期，汇报玩偶的旅行经历，每封信都说明不回来的原因，最后玩偶遇到一个小伙子，结婚了。

　　小姑娘心安了。

　　卡夫卡也心安了。

　　其实，卡夫卡最后的岁月是很拮据的，他的全部收入就是不多的养老金。他和多拉生活得很穷困，买不起煤，冬天也不能生火，新年的晚饭还是在烧剩的蜡烛头上做成的。卡夫卡本来就不喜肉食，这一来更是成了一个彻底的素食主义者，所以参观水族馆时，卡夫卡小声地对鱼说，现在我能良心清白地看你的眼睛了。

卡夫卡就在这种清贫和甜蜜的生活中走向了生命的终点，卡夫卡是幸运的。

临死之前，卡夫卡要多拉去邮局，他不愿让多拉看到自己临死的样子。等到多拉赶回，拿着鲜花，一定要让卡夫卡再闻一下，不可思议的是，卡夫卡居然抬起了头，最后深深地闻着花朵的香气。他最后的愿望得到了满足："带田野的百合花来，但不要带注射剂。"

1924年6月11日，卡夫卡安葬在斯特拉施尼兹的新犹太人的墓地。墓地上空的乌鸦声声哀鸣，似召似唤："卡——夫——卡，卡——夫——卡——"

卡夫卡没有亲人，没有孩子，他的遗嘱给了一生最珍惜的朋友麦克斯，这是一张夹在一堆文件下面的便条。也许是兴之所至，也许是某个晚上自己辗转难眠时写的——"我遗留下来的一切，那些放在我的家里和办公室里的书架上、柜子里和写字台上的东西，或者是在可能放东西的任何地方，你所发现的任何东西，有关笔记本、原稿、往来信札和草稿等，以及你手边或者别人那里（请你以我的名义请求他们交出来）我写的一切短简和文章，都请你不要阅读而给我全部焚毁。没有交给你的信件，也要请那些执有这些信件的人忠实地付之一炬。"

说完还不放心，他还进一步强调："你最好不要看，而且无论如何，不要让别人看，所有这一切，都毫无例外地给我焚毁，我所要求你的是，尽快地把它们焚毁。"

像写法律文书一样的严谨，没有遗漏的细节（只有这儿可以看出卡夫卡法律博士的出身），如此决绝的遗嘱，没有商量，没有妥协。卡夫卡称自己的作品为涂鸦，认为自己的作品是自己制造出来的精神垃圾，"我该拿这些东西怎么办呢？既然这些东西不能有助于我，那就一定对我有害"。

本·雅明认为，卡夫卡的遗嘱是深奥难解的，必须仔细斟酌。他活着时天天都得面对难解的行为方式和含混不清的宣告，他可能想在临终时，以牙还牙地至少报复一下他的同时代人。

所幸的是，麦克斯没有忠实地执行这个遗嘱，他不但没有销毁卡夫卡的作品，而是把它全部整理出版，让卡夫卡的作品向世界发出了叩问。我们要感谢这种"第二种忠诚"，使我们得以看见一颗敏感的人心，一颗被自卑击倒的人心。麦克斯没有想到，源自病弱的卡夫卡的一次小心翼翼的叩问，得到的是全世界惊天动地的回响，留下了深邃无比的历史回声。

卡夫卡的为人和他的作品同样遭受争议。评论的角度很多，可谓形形色色。以下二则尤为耐人寻味——

一则来自"墙内开花墙外香"的捷克作家米兰·昆德拉，他认为，19世纪沉睡中的幻想被弗朗兹·卡夫卡突然唤醒了，卡夫卡取得了后来超现实主义者提倡但他们自己从未真正取得过的成就：梦幻和真实的融合。

还有一则来自美国评论家埃德蒙·威尔逊，他认为，卡夫卡对那些矫揉造作的知识分子颇具吸引力，因为他表达了他们无助而自卑的情感。卡夫卡留给我们的是一个被践踏的、缺乏自信的灵魂那没有完全表达出来的喘息。我不懂人们怎么会把他看成是一位伟大的艺术家或精神指导。

而卡夫卡的同学、著名的精神病医生荣格则这样认为：卡夫卡的作品是以宗教，尤其是犹太教意识为基础的，在其他任何维度上对卡夫卡的作品进行分析都没有意义。

也许，还是卡夫卡的生前好友麦克斯说得准确：对于卡夫卡，"人们可以就这样解释、解释，必定永无休止"。

卡夫卡离开了这个让他痛苦的人世。

十四年后，纳粹的铁流淹没了布拉格的街道。

掩埋了卡夫卡，多拉成了一个活跃的共产主义者，在苏联、英国活动。后来被关进监狱，死在一家医院里。卡夫卡的三个妹妹和他心爱的米伦娜全部关进了上书"劳动意味着自由"条额的集中营，接受所谓"正义的惩罚"。而此前，菲利斯嫁给了一个德国富商，移居国外，朱丽叶郁郁寡欢，被送进了一家精神病院，不知所终。卡夫卡最心爱的妹妹奥特拉不愿意连累身为雅利安人的丈夫，主动表明自己的犹太人身份，自愿陪伴一千二百六十名儿童接受特殊流放，这支长长的幼稚的队伍的终点是人间地狱——奥斯维辛，奥特拉和孩子们一起化成了后来盟军见到的森森白骨。

纳粹期间，卡夫卡的书也被当成颓废的作品而遭禁。纳粹倒台后，卡夫卡的书也因为同样的原因被禁。随着在国外的声誉日隆，卡夫卡才被捷克人所知。2007年，捷克加入欧盟，卡夫卡成为布拉格的文化名片，寻访卡夫卡的人带着地图满街游走。看着人影，卡夫卡的一句话随之浮上心头——"目标虽有，却无路可循；我们谓之路者，不过是彷徨而已。"

注：本文所引文字分别出自马克斯·勃罗德的《卡夫卡传》（北京十月文艺出版社2010年版）、彼得·安德列·阿尔特的《卡夫卡传》（重庆出版社2012年版）、凯西·迪亚曼特的《卡夫卡最后的爱》（江苏人民出版社2012年版）。

2018年写于日本

尘埃里的花朵

低到尘埃
空气里
就会开出花来

2019 重返生活

晨光熹微，寒气袭人。隔窗看见，一方铁塔高高矗立，电线绷直，平行地在空中画出乐谱的模样，一只不知何来的喜鹊在线间掠飞，成为一道流动的音符。这一切隔着玻璃，显得悄无声息，只有我一个人的呼吸，在口鼻方寸间循环不已。

2018年，所有的甜酸苦辣、喜怒忧乐、成败得失，和2018年的日升月落、山色水光、花晨雪夕一起，走进了历史。

都说似水流年，是的，流年似水。

2018，看书仍为第一要务。历史、文化、传媒、艺术……林林总总，不一而足，有对过去的检视，有对未来的瞩望。书中有大乐，书中有自我。而我总是贪，总是东张西望，不肯放下任何一种好奇，我是爬野坡的，先博而后约，与习见的先约而后博一样，我相信，不同的路线，不同的方向，但结果会殊途同归。

有得进，必须有得出。留下印记，是为至要。《高湾史记》完成了我对家乡的一种心结，尽管出版不甚顺利，但是交付了，于我就算是卸下了担子，也算是交代了。我的内心世界是走出家乡后自我构建的，一个人要走过多少千山万水，才会走到内心深处？我半生走过看过的路，面见或神交过的人，汇成了一部《与我相关的远方》。鲁迅说过，无数的远方，无数的人们，都与我有关。其实，人生只是无休流转的时间一瞬，我们见识的也只是大千世界的一隅，就在这无足轻重的人生中，我们与无数的人和事擦肩而过，也在世上留下了个人的印迹，而留下的雪泥鸿爪，这就是一个人最具个性也可能最具价值的一部分。正缘于此，我们不遑多让，不必过谦，只管在尽可能广阔的空间啸傲独行，在局促的时间里长歌当哭。

于是，怀着对山河的守望，对历史的忧思，对人生的瞩望，我写了《山河血证》，在太行山的沟回间寻找长平血战的点点印迹，感慨了中国历史治乱循环下历代草民们如蝼蚁的命运；在《西风烈》里，拨寻尚有余温的历史劫灰，探访党项族王朝的血色背影；《清凉山月》则寻味江南国主李煜的人生志趣，感慨一代词帝李煜的错位命运，一个人格的悲剧如何衍化成为一个王国的覆亡；《苏东坡生命中最后的四十八天》中，看一位文化达人在生命中最后的岁月，面对生死大关，如何安放自己的内心；《虎跑访禅》寻踪一代律宗大师皈依前后的心相，揣摩从李叔同到弘一出家前后的种种矛盾心态；《汝州识象》走访中原，感触华夏文明的核心带，一木一石，一帖一土，历史的幽微中隐见中华历史的光辉；《天姥说梦》探究大诗人李白潇洒诗性背后的不堪人生，一体两面的人性，通往天堂的阶梯和掉落地狱的陷阱尽在其中；《文心武胆话翠湖》，西南高原上的一方湖泊，映照出倏起忽落的现代中国，各种风云人物走马灯似的轮流登台，又烟消云散……凡此种种，是我走向阔大世界的深情一瞥——也许，永不可及的远方，才是我的精神原乡。格林的墓碑上刻着这样的话："我爱看的是，事物危险的边缘。"友人嘱我写一部能寄寓情怀、托载心力的厚重作品，下一部会是什么？又从何发力？尚不明晰，也不自知。但是我相信马尔克斯的话，东西自有它们的生命，只要唤醒它们的灵魂就行了。——我相信有唤醒沉睡的愿力。

暑假同学聚会，年轻时的样貌依稀可辨，却都经历了不同的人生，岁月的印记刻在每个人的表情中，成了似曾相识的陌生人，没有比这个让人更有感慨的了。柏拉图说，时间带走一切，经年累月，会改变你的名字、外貌、性格，甚至命运。聚会，餐饮，各种扯淡。七嘴八舌中，我站起来说，大家济济一堂，但我这时候想起了没有在场的三位同学，一位是病逝的M；一位是正在青藏的X，这是他第十五次骑行到像月球一样荒凉的无人区，我不清楚这需要多大的愿力；还有一位是辗转病榻、神志不清的D，现在已经是植物人。我去年和同学去看他，眼球能动，手有余温，但毫无知觉。我们原来是一起踢足球的，但现在他的腿上肌肉已经像面条一样耷拉下来。此刻，我特别想念他们。我还想起采访学兄汪晖时，他说过的一句话，中年危机怎么过？他说了两个字：硬过。别样的重逢，让此生充满暖意。

行行重行行，且行且珍惜。

读书，行路，并行不悖。暑期大热，去山西做真人秀项目的媒体顾问。行走在南太行，这是八百里太行的最美处，珏山的卓然挺立，天井关的雄关当道，盗宝河的清澈灵动，羲皇庙二十八宿的精妙绝伦，李寨山水的秀甲江南，大阳古镇的奇伟庞大……无不让人称奇叫绝。山西与河南一直在较劲，在争谁是华夏文化的正源，底气有自。还去了北京、上海、深圳、重庆、福州、太原、新昌、汝州……去了台湾，去了日本，风情各有千秋，人文各臻其妙，感慨文明的断裂和接续，感喟历史的奇异和吊诡，感叹人性的丕变与不易。

谁道光阴抛掷久？壮志未酬身先老。

文以载道，书以行术。每临墨海砚田，纵气任笔，总感到心气通达，不由得一爽。但是不临帖，没有根，站不稳。一边临帖，一边自撰。且随心思吧。

陈俨将军说，锻炼是人生的第二职业。每天力量锻炼，是为至要。乒乓，反手直打，卓然有效，但是对手单一，缺了交流，就缺了变化。

2018，与《山西日报》原主编姚剑老先生，赤膊喝酒，大谈晋国春秋，一大爽。与北大的荣新江教授在湖边畅聊丝路上的古代人事，一大爽。与青桐、陈亮、跃秋在东瀛山间赏枫，看漫山红叶如染如烧，一大爽。与陈俨将军一起谈天说地，纵论天下，一大爽。横滨街头见小侄子长高一截，拖着我的行李箱行走如飞，一大爽。与如愿在扬州上班的大侄子纹枰厮杀，难分难解，一大爽。在烟台山友人指点古树老宅，时见惊喜，一大爽。惠山脚下，坐看云起雾收，灯火明灭，一大爽。还有收获的是见了深圳的C万林，上海的Z明星，一个做工业互联网，架构大数据逻辑，一个做机器人，占智能制造高地。年轻的状态，年轻的事业，感受到时代车轮的滚滚不息。

"喵呜——"一只黄猫仄身挤进了院内。此刻，栏外的紫藤已不再嚣张，从四处伸张攀缘到眼前的枝枯叶萎，也只是经历了几场风帘雨幕而已。可是月季的绿还在，但也不同于春长夏荣，而显得死气沉沉，毫无层次和生机。我似乎理解了，为什么列维·斯特劳斯把他在亚马孙河流域和巴西高地森林的人类社会学笔记叫作《忧郁的热带》——无论如何，一成不变是让人伤感的，如同末世。

年终岁末，如同世纪终了一样，总是弥漫着一种伤感乃至抑郁的情绪。一百年前,梁漱溟的父亲梁济选择投湖自杀,临终前三天,他问儿子一个问题:"这个世界会好吗?"当时在北大任教的梁漱溟说:"我相信这个世界是一天一天会往好里去的。"梁济长叹一声:"能好就好啊!"说完就离开了家。

一位朋友在公众号里写道:"凛冬之际,不动土,不折腾,君子安身静体,多读书,多会友,互相取暖,积蓄力量,以迎接春天的到来。"至于我,且安守青灯细字,安处偏屋狭室,安顿饭蔬饮食,不古板,不虚妄,不拘泥,不张狂,不必改变面孔,甚至不必改变表情,重返生活,重返内心,以体温温暖自己,温暖他人。

记得《功夫熊猫》里的一句话,昨天是历史,明天是未知,只有今天才是天赐的礼物。

以此送给即将到来的2019。

2018年岁末

2020 我曾经的沧海

一

雀声扯出了黎明，晨光随即切进了房间，无声而截然地划开了昼与夜，不成体系的梦魇应声消遁。迎光看去，窗外的紫藤拉拉扯扯，终于攀上了窗棂，蓬勃成婆娑的绿枝，但此刻它们也谢却了最后的绿意，暂停了不屈不挠的生长。再看远处，夜晚的凝露被晨起的太阳蒸发成水雾，与人间的废气混合成雾霾，把天地笼罩在一片青灰色的混沌里。

有光，但是不见太阳。有声音，但是不知所来何处。

2020年的最后一天，成了一个绝佳的寓言：一切明明还在，但是暗昧昏蒙，看不真切，就像这个充满不确定性的世界。

2020年的第一天，我去了位于无锡东北角的张泾古镇，这是大儒顾宪成的出生地，顾宪成的"风声雨声读书声声声入耳，家事国事天下事事事关心"闻名世界，这句名联之所以成为后世学人瞻望的丰碑，源于其成为士大夫襟抱的绝佳证言。居于江南一隅的东林学子从理学的本源出发，破袭了嚣嚷当世的阳明心学，承续了从孔子以降的入世传统，发奋蹈厉，终成一代文风，其"实学"传统经世致用，洋洋大观，泽被后世。

但是眼前的这座古镇实在是不敢恭维，显出破败萧落的样貌。除了商场之外，古镇上最轩昂的建筑大概只有顾宪成纪念馆了，纪念馆迎面是一尊顾宪成的褐石站像，手执书卷，儒巾飘扬，气宇轩昂地站在风里。端居堂空关着，堂后有个小花园，回廊环绕，蜡梅已谢，残香仍在，旁厅传出声音，原来有老年人围坐着唱锡剧，在胡声铺成的底色上，唱戏人表情僵硬，但是声音高亢，嗓子皮实，似可一径地上扬。张泾大桥下，水流汤汤，机声隆隆，有驳船上下驶过，这是张泾通向无锡的水道，是顾宪成从小镇走向阔大世界的道路，也是他历经风雨沧桑后回归故乡的道路。

斗山的茶园边上，一排不知名的鸟雀栖在电线上，像一串安静的音符。友人在身边笑说，奇怪这些小生灵怎么能攥住带电的高压线，而没有安全之忧。沉浸在顾宪成故居的寂寥氛围中，我默想着顾宪成的话，"学者第一要愤"。这是不是《论语》说的"发愤忘食"的意思，我不知道。但是我知道的是，这一"愤"字便做成孔子。当我们习惯了平和，习惯了庸常，习惯了在别人眼睛里讨生活，一切和顺，一切平安，一切谐和，这个"愤"字自然就消隐了。

二

一通不堪忍受的忙乱之后，捂着隐痛的心口，拖着几大包书，渡江到江边小城，开始久违的假期。

看书，看书，还是看书，丰沛的知识和飞扬的想象向我展开了一个迥异于日常经验世界的样貌，我感受到周作人所说的，在不完全的现世享受一点美与和谐，在刹那间体会永久。我几乎忘掉了时间，只是每天的新闻把我拽回到现实中，就像潜泳者到水面上换气。让人窒息的可怕消息不停传来：就在沿江几百公里外的武汉，一个小小的病毒让一座浩荡的大城陷入前所未有的冷寂当中。我暗自庆幸，原定的去汉口电视台的讲座因故取消了。我不敢想象，如果讲座按期举行，我身陷其中会是一个什么结果：不能出城那几乎是肯定的，大概率事件是感染了，然后能不能住院，能不能得到救治，能不能保命……不敢想象的结果像无底的深渊，凝视着我。做了半辈子新闻，看着那么多生命的陨落，看着那么无助的人生，看着人世间的种种惨状，我第一次深切地感到，信息传播原来与每个人的生活乃至生命息息相关。

戴着小弟寄来的口罩，我开车冲锋到超市买菜买米。大街上空空荡荡，疑似梦境，只有超市全是人流，口鼻捂得严严实实，用不信任的眼神看着彼此。大敌当前，人们只关心粮食和蔬菜。当我们隔着无纺布呼吸，学会用身体的突出部位关门，一切线性生长的东西突然中止，唯一性取代了多样性，碎片化的世界变得板结，似乎一切需要从头来过。站在世界的断裂处，每个人都在思考这个世界，思考另外一种可能。

我们每个人生息其中的地球其实与人的内心一样，孤独无比，也是一个封闭的体系，除了接受太阳光能和少量陨石之外，在星际空间并没有什么物质交换。人类的一切活动都被限制在这个直径不足一万三千公里、表面积约五亿平方公里的大陆和海洋之中。人类的全部新陈代谢活动都在这个球形生态缸中完成。有别于其他生物物种，现代人类这个生命体的新陈代谢活动还包括人类产生的各种垃圾：废物、废水、废气、生产废料、生活垃圾、废旧产品、过时淘汰产品……它们全都沉积在这个大生态缸中，对人类而言，这是一种广义的新陈代谢。

一个正常生物物种本该享有的物种寿期一般都已亿年，而人类从新石器时代的农耕文明到高度发达的现代文明只不过才经历了一万年，相当于万里长征才走了第一步。这一里已经难以为继，我们真的还能撑到剩下的九千九百九十九里吗？

人类恐怕很难达到整个物种的寿终正寝。这一切让人感到无望。还是回到现实中来。我每天戴着口罩，小心翼翼地散步，小心翼翼地行事，好在家中有粮，心中不慌。少小离家，从来没有这么长时间，和弟弟几乎天天见，我们在小区边上的小公园散步，去社区的空地上打球，在一起喝酒聊天，无所不谈。外面的世界凌乱无比，好在有亲人相伴，内心温暖，自然无惧。

三

更多的时间还是在书房。窗外，朴树辞掉全部叶子，只余下枯瘦的枝条，在风中凌乱。阳光隔着玻璃照进来，消减了热力，但仍然让人感觉温暖。玻璃显然是一种软隔断，窗外的景色不准确地传达着四季的信息。与物体的距离要把握一个度，不可过近，也不可过远。不强迫，不侵掠。知白守黑，画碗不画饼。这大概就是日本人讲究的"间"和"密"吧。

无意中我在一页书签上看到了一句话，不为不可成，不求不可得，不处不可久，不行不可复。反复品味之后，我在阳光下，写下了一行字：

用一个人的长期主义，对冲世界的不确定性。

可事实的程序和内心的逻辑总是不对称的。现实也并不如卡夫卡所说的，只要你继续攀登，前面便有阶梯。路并没有如魔法般出现在攀登者的足下。无望的无为和眼前的水雾一般，真切而虚无。隔着水汽，展教授泡在汤泉里，这个曾经在新闻领域里纵横驰骋半辈子的学者此时回复了松弛。他眯着眼睛告诉我，新闻已死，文学将要迎来一个大时代。是啊，现实有多无奈，真实书写的局限性就有多大。它们可以被当局意识所屏蔽，被社会因素所干扰，被公众心理所忽略，被个人心智所蒙蔽，被各种傲慢和偏见所有意无意地扭曲变形……

还能再说什么呢？就这样，我匆匆上路，暂别了纪实写作，开始了前所未有的虚拟书写。我开始和博尔赫斯纵横八荒，和卡尔维诺神游天地，和夏目漱石相谈甚欢，与福克纳若即若离，与横沟正史相互勾兑，与斯捷潘诺娃朝夕厮磨，甚至和马尔克斯重修旧好……

只要站得足够高，你会发现，大地原来是海洋的边际线，再高一些，你会发现，海洋原来是天空的一部分。世界上的关系，不外乎物与物、人与物、人与人、人与内心这四重关系。要想实现高行健所说的"从自己的地狱中逃亡"，是最难的目标，也是最终的目的。

树枝的阳面灿烂肥硕，阴面则自由伸展，虎啸震天仗风，大鱼游海靠水，蛇虫不能直行，不均衡产生动能，也能草上飞。万物自存理数，世情悲凉苦涩，人物郁勃黝黯，各守其德，各求其道。所有的生长都是合理的，所有的故事都是好故事。

依照我的家族史，写了四代人的四季歌：春夏秋冬是自然的循环，家族是血脉的循环，个人是人生的循环。从此出发，是一个挣脱不开的情结，一个不由分说的开始。人生的百鸟，必须朝凤。靠记忆还原自己，靠想象创造世界——一切，都向着自由的方向。

四

碎片化的世界，板结的生活，成了这一年的主题词。

不再外出，不再讲席，超过98%成员的飞行纪录和积分被删除清零。孩子上班不便，牌照还没拿到，拿我的车代步。好在我基本不出校门，就在位于城市一隅的校园里盘桓：从一楼的宿舍到三楼的办公室是九百五十步，从三楼的办公室到二楼的食堂是四百五十步，而从食堂鼓腹而下，走到宿舍则是五百步。往复折返，一成不变的生活形成了节奏，标识了我的生活。工作之余，读书、写作、锻炼身体，成为一天生活的主基调。

草木伏霜，残阳滴血。《诗经·黄鸟》追念秦国三良早逝，说："悠悠苍天，曷其有极（规则在哪里）？"重读《鼠疫》，心有戚戚。枪炮、病菌和钢铁在重塑这个冰冻的世界。个人的命运已不复存在，唯有一段集体的历史。层层封锁、人人自危并未持续太久，上头又重新号召解禁，倡导消费，我们又沉浸在一片快活的空气里，英明优越的颂歌成日不休。事逝时移，春天给人信心，也让人觉悟。鲁迅说过，在中国，哪怕搬一张椅子都是要流血的。这一点似乎确定没变，不能确定的是，我们的下一代、下下一代还会生活在这片土地上，他们会不会觉得他们的先人怎么那么健忘，那么快就忘掉了那么多的失误昏招，那么多的自私颟顸，那么多的刻薄戾气，还有那么多无辜生命悄无声息的消失？

好友陈俨告诫我，要把锻炼作为人生的第二职业。尽管如此，感觉身体还是在慢慢走向不期然的衰退。用眼过度，眼睛开始不争气。几处比较，反复斟酌，还是决定做眼部手术。有劳线兄弟，在上海为我安排了一切。大医院的名医生总是忙的，手术说做就做，滴了几滴眼药，然后局麻，我就任人摆布了。眼见得动剪动刀，缝线烧灼，眼前悬的手术灯如着一枚白而热的太阳，可是并不移动。感觉有点涨痛，不很舒服。最后的麻醉过去了，缝针处开始刺痛。眼睛蒙着纱布，被匆忙赶来的儿子推着回病房，热风吹在脸上，有乘风破浪的快感。我长舒了一口气：一件大事总算完结了。病房里，有眼底患肿瘤的，有打球被撞坏眼眶的，也有老了眼部出现莫名肿块的，都是人生的病苦。大家住在一起，同病相怜，有相依为命的依赖感。

纱布终于揭了，世界重新为我打开。

我去影院看《八佰》，一道黄浦江，隔开两个迥然不同的世界，一边是热血和死亡，一边是声色和烟火，一边是天堂，一边是地狱。我到南京路，去四行仓库，因为没有预约，不能进馆。我戴着墨镜，骑着共享单车，回头瞥望那堵弹痕累累的长墙，苏州河上吹来阵阵热风，没有人看得到我横溢的泪水。

五

儿子上班，我遵嘱养目，只得躺着。窗外雨声潺潺。我尽可以想象，外面的世界黑云翻墨，白雨跳珠。原定的出海，又出不了了。听着不远处黄浦江偶尔的汽笛声，想起晓明临终前在上海，也住在医院里，最后带着对死亡的恐惧，万念俱灰地回到家里，不由心中悲伤。我默念出几行句子——

刮骨豪士今谁在，空留春秋伴寂寥。

忍居逝友病苦地，黄浦江畔雨潇潇。

晓明是我心中永远的痛。

平时的想念是少不了的，清明节又不能前去祭奠。我和巨宗兄来到太湖十八湾，预备去晓明生前去过的华藏寺为我们的兄弟上香，可是疫情期间，庙门奉命紧锁，佛祖与众生隔栏相望。我有感而发——

孤灯犹暗照旧痕，乱叶惹风紫藤门。

清明唔君早有约，疫路难行总成恨。

渺渺逐日奔月梦，茫茫补天填海魂。

最恸兄弟长别后，燕来雁去立晨昏。

清明当天，我和巨宗兄在泥人大师家里，为晓明塑像。看着大师先塑后雕，凭着寥寥的几张照片，还原了晓明生前的模样。

9月17日是晓明去世一周年的日子，我们凌晨出发，驱车去烟台，中午到了墓地。小曲兄弟来迎，我们去了墓地。云龙山天象有变，天上垂云，犹如龙吸。毕竟是秋天了，月季叶子尽落，蓓蕾放出如血一样的鲜红，杨树高高矗立，树皮上镶着一只只眼睛。"人生寄一世，奄忽若飙尘。"与周边不同，晓明的墓上鲜花簇拥，这是晓明生前没有来过的地方，却成为他的最后归属。巨宗兄在喉咙里低低地说，晓明，我们来看你了。峻兄摆上家乡带来的菱角芋头果蔬，把酒杯满满地斟上，缓缓开口：我们兄弟昨晚吃饭，就差你一个。语未尚毕，就哽咽了。我打开喜马拉雅，听着郑兄为我诵读的文章《兄弟，今晚我们谈谈》。我们伫立在北方海滨的秋天，和晓明共度了难得的午后时光。

下午，京波来了，和我们一起谈晓明的往事，她对晓明深情和晓明的生前为人一样，让我们深受感动。我在想，兄弟，我们从最底层的生活中挣脱出来，从宿命中挣脱出来，我们的使命就注定是救赎吗？救自己，救亲人，救家族，还得清除自己身上的劣根性。

生当作鹏起，终当如鲸落。

兄弟，您安息。

晚饭后去海边。浪花声声，如召如唤。黑沉沉的海面上卷来一道白光，带着声音，几乎瞬间，就到了跟前，"砰"地撞在礁上，随即"哗"的一声泻下，散落无迹。无边的大海，潜伏在远处，不断侵蚀着吞噬着光明的岸线。

兄弟，我将继续上路。我将走过千山万水，走到你不曾走到的地方，我相信，那里有我们共同的风景。

六

经过三年积累，三个月写作，三年审校，《高湾史记》在这个最不确定的2020年年尾问世。感谢山东画报出版社，感谢责编姜辉老师。在介绍中，我这样写道：

> 以江苏扬州宝应大运河畔的一个无名小庄高湾为基本作业面，立足于这个"邮票大的地方"，结合山野调查和人物实录，串连村庄的历史、人文、地理，人们的衣食住行，山川地貌，展示风景，风物，风情，并以此观照在历史中，通过人物的经历体现中国农民命运的坎坷，通过民俗民情的流变反映充满骨感的社会现实，即通过一个神经末梢的颤动印证中国的剧烈变化，为一个散落在中国大地的无名村庄作一部信史，为祖祖辈辈以土地为生的小人物作传，为正在变化中消亡的传统农业文明留下一部真实的时代记录。

没有记忆，就没有历史。

最让我感动的是豪对《高湾史记》的评点：

落笔处着眼的是个人，是小家，是乡土，是"邮票大的地方"，字里行间却有种超越了时间、地域和文化的、把个人轻如尘埃的生活和整个世界联系起来的、永恒且普世的喟叹。

孩子，你是懂我的。

继锋教授邀请我，让我在江苏省口述历史学会举办的文化强国高层论坛上发言。我以"此心不安处是吾乡"为题，介绍了《高湾史记》，可以借助"风""土""人""情"四个篇章，打开《高湾史记》的三重门。第一重门：雕刻时光，重拾消逝记忆；第二重门：为村立传，缅怀乡村文明；第三重门：立足当下，反观前世今生。

演讲中，我提到，有一种现象遍布全球：对未来的深切恐惧，对过去的疯狂热情。由此衍生出对历史知识的日益不满，对重写过去的各种尝试。与此同时，另外一面是，当代人对当代的事物是如此地不感兴趣，对我们自己身上正在发生的故事如此冷漠。这就形成了玛丽安·赫希所谓的"后记忆"。在这场旷日持久的"记忆大战"中，我相信：物，比人走得更远。这也是我讲述高湾这个没有故事的村庄故事的由来。

文化是需要上架的。我把我的《高湾史记》捐给了江苏省档案馆和宝应县档案馆收藏。希望我们的后人能看到她，知道在这块土地上，还有这么一群人曾经这样生活过，这样思考过。

第二天，我即从南京而扬州而老家，为乃源大哥庆贺七十岁生日。如鲫的亲朋、红火的寿仪、热闹的流水席，乡村的安静与躁动、明亮与昏昧，其况味与城市不同，本质其实一致。刚收拾完餐桌，几张牌桌就开张了。等不及上桌吃饭，龙侄匆匆送我去赶高铁。了不起的铁轨穿越山河，第一次伸入河网纵横的家乡，把水乡同世界连接在一起。铁轮滚滚，从里下河腹地出发，半个小时就到长江了，真是方便之极。当今农村不再偏僻，不再穷苦，主要问题也不是收入太低，劳动太重，而是消费不合理，空间无价值，时间无意义，是社会关系的失衡，是基本价值的失准，也是文化的失调。我想起利兄带我去看的太行山深处的小镇，一帮失地农民在城市包围的乡村中生造出一个乌托邦，演绎着这块土地上的亘古传奇：长平之战的滔天血仇、走西口的时代苍凉、晋商的利泽天下、铁花绽放出的千年铁魂……无论哪个时代，文化才是人类最值得珍惜的瑰宝。

我在给朋友们的赠言中写道：此心不安处是吾乡。故乡，是我们再也回不去的地方。这是我的隐痛，也是时代的伤痛。

人生的要义不是天天幸福，而是天天不烦。李教授发来《认知北美》，他开头就打招呼，老了，卖完了，自己玩。他神仙了。当年他跟我说过，要写自己的家族史，现在写自己的旅感。洒脱不羁，信之由之，这种状态让人羡慕。钱理群说，只打不玩，很难持久；只玩不打，越玩越空虚；要边打边玩。

人生的钟摆，在痛苦和无聊之间摇摆。且把文字作为这两者之间的离合器。就在这种"打玩结合"的精神鼓励下，在小友的帮助和支持下，我好整以暇，煮字治文，出了一本旧体诗集《耕读集》。小册子，小情调，即兴生发，雕刻时光。书印出来了，我为此又写了几个句子——

　　恋恋南北半世遥，一江三地残梗漂。
　　拣字铸章文心近，引商刻羽块垒消。
　　芜城燕市又吴墟，水阁天台复板桥。
　　冬来蛙鹊催声歇，江南风寒荻萧萧。

"自家意思，自家言说"，也是一种心象的记录吧。

七

天亮了，回笼觉也无趣了。那个流亡了半个多世纪的出家人，每天面北，对着那座世界上最高的山系静坐四小时，用以驱除内心的恐惧苦恼愤怒。可静坐之后呢，还得面临那么多的贪嗔痴，就像推搡不开的水浪，或是空气。这是一个循环，也是一个过程。广播里说，本世纪最强的冷空气正在席卷南下。我洗干净脸面，整束好衣裳，准备套缰拉磨。喂饱自己，就得出门谋食，不论晴暖，不论阴寒，人类自古而然，动物自古而然。这是习惯，习惯与常识一样，它在不动声色中告诉你，正常才能持久，悖逆终将消亡——这是时间所能给予的希望，而唯有希望，才能产生力量。

出得门来，河岸的一排杨树抖擞完最后的落叶，犹如一行整齐的宋书，中宫紧括，瘦挺开张。耳边突然传来一声分明的布谷叫声，冬天里，哪儿来的春之声？正疑惑间，不知从哪儿的远处，又飞来一句回音似的应声，似在借风问答，又像是传情达意。

2020年岁末于江南

2021 面朝大海

　　2021年，其实和经历过的往年和可以想见的来年一样，一天不多，一天不少，但是这一年却显得步履蹒跚，直到年末，才显出进程的快捷乃至潦草来。至于我，一年一度的回望，这是对过去的一种礼敬，也是与自我的一次对视。——在这个薄情的世界上，最深情的再见，也许就是这种告别了。

　　努力当"自己的考古学者"，自我反省，自我批判，自我超越，自我拯救。如此，守尊如堤，崖岸自高。

　　2021年，圆了十二次的月亮，此刻冷漠地斜挂在我的头顶上，流下一派清波。赫拉克利特说，一切皆流，无物常驻。比他大七岁的孔子，站在东方的水边，也以流水比况人生的一去不返。而两千年后的此刻，江流天地外，湖色有无中，我在一个不为他们所知的江南，身处曾经照拂过他们的如水月光之下，我却分明感到，生平在各个地方所见到过的河流，皆一一从心上流过。

2021，辛丑年，这个牛年里没有立春，旧时叫无头春，不吉不祥。但是人们相信，只要像牛一样的勤奋努力，就可以克服自然节律带来的岁时不顺。通过主观来与世界达到一种化解，一种平衡，这是传统文化的优长。理想的人格不正是"无所求、无所待、无所依"吗？

马尔克斯有一句话：生活不是我们活过的日子，而是我们记住的日子。他的生活和他的作品一样魔幻，但这句话还是实诚的。

一

我的2021年，是从维也纳新年音乐会开始的。这是一年一度的心灵狂欢。因为疫情的原因，今年的音乐会是线上的，乐池一如既往地满满当当，可是观众席上却空无一人。在屏幕上，我看到了十年前曾坐过的金色大厅那个位置，自然同样也是空着的。丝弦在铜管的伴奏下，发出或磅礴或细美的音响。八十岁的穆蒂，动作准确，思路清晰，沉稳而敏感，让人怀疑岁月何以在这位演奏家身上没有留下老迈的痕迹。最后的收官之作依然是《蓝色的多瑙河》，充满欢乐，也充满悲伤。——似乎也定下了2021年的基调。

这一年的热词无疑是新冠病毒。这是全人类的敌人，一个不得不相伴的敌人。我们在赛跑，我们在作战，我们在抓狂，我们在赌气，我们在瓷器店里捉老鼠，我们在用高射炮打蚊子，我们在挥舞长矛与风车作战，我们在左右手互搏，我们在拔着自己的头发想离开地球……而所有的这一切困境窘态衰象，无奈无能无聊，都证明了人类的局限性，证明了我们苦心构筑的文明其实是沙滩上不堪一击的堡垒，我们津津乐道的成就可能不过是一场梦幻泡影。

李安把流行小说《少年派的奇幻漂流》拍成了同样的经典。以象征的手法，向世人提前展示了一派末日景象：海难之后，救生艇上，只有一个少年PAI和一只老虎，海天茫茫，一切都不可知。PAI对老虎的态度，从最初的害怕、争斗，到明确界限、相互依存，最后成为因警醒、证明自身存在，而成为生存中不可缺少的一部分。而我们能否有这个勇气和智慧，是否有这个心力和气量，在这个注定丢盔弃甲的战场中尽可能平静地撤出，正如PAI目光中的老虎何时能走进那个属于它的森林，我们不知道。我们所知道的只是——灾难还远未结束，老虎还在船上虎视眈眈，我们还在梦幻漂流。

暑期结束，刚到南京才一天，与一帮老友欢聚畅谈。晚上的饭桌上就传来禄口机场的不详消息。天刚放亮，就赶到扬州。小区的大门在我身后訇然关紧，我怎么也没想到，这个城市的大门居然就此关闭了整整五十天，把整整一座城隔绝在世界之外，考证说，这大概是史可法抗清之后的扬州又一次围城。不过这次的原因不是来势汹汹的异族军马，而是看不见摸不着没得抓挠的病毒。这个病毒被一个颟顸愚昧无公德心的老巨婴带到了这座悠闲的江边小城，把这个被"水包皮、皮包水"泡得发软发酥发红发痒发福发嗲的城市生生搅成了一座人间炼狱。胡阿祥教授跟我说，南京和扬州是两座相克的城市，看来又多了一个例证。

寂寂寥寥扬子居，年年岁岁一床书。就这样，被迫开始了自我"换档"。床边两架书，窗前一棵树，日月叠壁，山川绮焕，尽在其中。虽足不出户，然自享自足。三百年前欧洲大疫，牛顿爵士被困庄园，发现并推导出牛顿万有引力定律，促进了科学发展和技术进步。想象一下，在静如万古的空间里，苹果自枝上成熟坠地，这种熟视无睹的寻常景象，大概只有在如初生的心态下，才会如陨石般燃烧落地，地动山摇，才会激起牛顿探究的热情和智慧吧。

波普的、雅痞的、普罗的、资本的、现代的、后现代的、先锋的、古典的、建构的、解构的……如今不再聚集、碰撞、相融，统统让位于无所不在的强大意志。我没有"在自己身上克服这个时代"那样壮大的心力，但是我可以借由难得的假期，在字里行间觅得自由的芥子。在安静的时间中躺平，不需要刻意调动，各种物事自然浮现。星辰大海，苍茫大地。野草与生命在废墟中萌生，大理石上有天人交战，人迹在时空交织中穿梭，万物在盘旋中起落上下，过去、未来和现在同时降临，重重叠叠，无序和理性张弓搭箭，缠斗不休。

于我而言，最痛快的是乱翻书。黑格尔擅筑方城，卡夫卡自掘地洞，博尔赫斯双目炯炯，海明威不怒而威，劳伦斯的沉湎，纪德的忘情，罗素的绅士相，卢梭的下流态，屠格涅夫的优雅，纳博科夫的贪婪，鲁迅在黑暗中的刃光，苏东坡肉香茶氛中的曼妙文字……我像是一个馋嘴的人到了零食铺子，剥啄嗑啜，随捡随食。这种流淌式的读书，自在浪漫，从流漂荡，其乐何及。

晨昏颠倒，日月无感，失去了时间的刻度。我前所未有地感受到"时光如流"这句话的真切。

有两句诗，记下了当时的情景——

楼树历历在，
凉风翻书来。
夜半望缺月，
玉沉影徘徊。

二

成天被吊在诡异的楼林里，日日夜夜呼吸着令人窒息的空气，周遭是用钢筋撑起的透明的玻璃和不透明的水泥，感觉像极了一个末日寓言。

活着不容易，人生是如此的不确定，偶然性如此强大和捉弄着人们，究竟什么是人生的真谛，如何估量生活中的得失、是非、祸福，从而主动把握自己的一生，不是值得好好思索一番吗？

福克纳说，我拒绝人类的末日，因为人类有尊严。所有人都站在边缘上，尽管触摸不到中心，但仍需要关心中心问题。有感于周遭的不安、不满、不定，我偶尔从读书之余抬起倦黑的老眼，探出了笔尖，试图廓清误解，消除误会，用事实说话，努力从未曾遇见过的人心的至暗时刻中挖出一点现实的光亮来。于是我把《读书札记》改成了《扬城日记》。

二十天短短的日记，不作起居注，只是对生活草蛇灰线的描摹，夹杂一些零星思想的倏忽火光。在日记背后的网络里，越来越多熟悉的、不熟悉的朋友在关注和鼓励。当然，可能也会有别样的眼神在。"若避好名之嫌，则无为善之道。"我把日记当成一个园艺小圃，作为一次自媒体的实践，以字自囚，自稼自穑，自沉自浮。作为曾经的媒体人，从第一天我就清楚它的命运。但在孤独的狂欢中，也第一次感到，创造亲密感是多么重要的事情。

我相信蒲宁的那句话：唯有词语被赋予生命。但我还是意想不到，我的日记竟然遭到了过度关注。鲁迅说，久受压制的人们，被压制时只能忍苦，幸而解放了便只知道作乐。而我只是希望，大家不要忘了这场无妄之灾。不论哪个层面的，都要好好总结，庶几利于未来。

灾难终会过去。龚自珍说："观今宜鉴古，无古不成今。"这个世界的一切，都会如同尘埃一样随风逝去，只有一样东西会留下来，那就是历史。

一座城市全部停摆，这场无妄之灾，既是偶然，也属必然。本应成为人们应对灾难的最好教科书，但是躲过一劫的人们开始庆幸了，上头忙奖勉，民间涮火锅，好了伤疤忘了疼，当初的痛不欲生、无奈无助统统扔到脑后，如痴如醉地投入像烧烤火锅一样沸腾的生活去了。所以，这一劫和下一劫本无不同。直到下一轮循环。

《丘吉尔传》里，这个拉开冷战铁幕的英伦牛人曾言：在人生的头二十五年，我渴望自由；在接下来的二十五年，我渴望自律；后二十五年，我意识到自律就是自由。被圈囿久了，我感觉都有了下楼恐惧症。回想起来，我不知道，这是不是斯德哥尔摩综合征的前兆。

终于，像当年一样，我离开了这座熟悉而陌生、让我爱恨交加的小城。这期间，我被关了整整五十天。

车流滚滚，云彩漫天。"卧龙跃马终黄土，谁道狂歌非远谋。"最终，我用黄仲则的一句诗为这段难忘的历史作了结。

三

就在圈囿一隅之时，接到消息和脑瓜俱灵的孙同学电话，电话传来的却是噩耗：汇祥去世了。心中悲痛。今年上半年这伙计还跟我联系的，我给他寄去了书，他说已经回南京了，正在创办浦口新校区。我还说了，都到这个年龄了，不要老是做为他人作嫁裳的事情，不要太累了。他还调侃道，没事，我就擅长做这种事情。

兄弟啊，我被困住了，去不了南京，不能为你送行，只有在紧闭的门窗内燃一炷香，一遍遍播放我最喜爱的舒伯特的小夜曲。且让小提琴的四弦和着烟雾袅袅上升。兄弟，记得你跟我一起在红八楼的四楼走廊里拉小提琴，其中就有这首小夜曲。

落叶他乡树，寒灯独夜人。

我又失去了一位好友，汇祥兄弟，一路走好！

心里莫名烦躁，独自在小区的楼间乱走。虫，伏在不可见的草下，做最后的腹鸣。蚯蚓不安了，拱出了土，被晒僵在画面苍茫的大理石板上。蝉声嘶哑，有点凄切的意思在。毕竟入了秋，天，到底还是高阔了一些。

"秋天，无论在什么地方的秋天，总是好的。"想起平生秋天的况味来，在家乡的场上学自行车，月色明亮，稻草沉香；北京西山的夜色中，狗吠远近，复沓如同交响；腾格里沙漠，星大如斗，雁鸣阵阵；塞纳河的波光中，蒙马特高地墓碑后的大师们影影绰绰，形迹如风……

大自然的季候提醒人们：人，只是自然的人质。

没有人是一座孤岛，但每个人都是一个半岛——一半连接着自己，一半面对着陌生而不可知的世界。

一两片黄枯的树叶藏在茫茫叶海中，像是满头黑发中不经意间崛起的一两茎白发。一只不知道从哪里飞来的鸟，在树的周围侧旋着，转了一圈又一圈，终于拿定主意，挫了翅子飞远了。

鸟，在梵语中被描述为"诞生两次"，第一次诞生在蛋壳包围起来的空间之中，第二次也是最后一次，是生于无际天空的自由之中。

生日那天，正好读张承志的《三十三年行半步》。对于我而言，三十三也是一个有意味的数字。从大学毕业到现在，也是整整三十三年。余生如能再活三十三年，算是鲐背之年的老人了。所以，这时候可以说是人生半途。我为自己订了《三大纪律八项注意》：

三大纪律是：正派正直；谦虚谦逊；节约节欲。

八项注意是：一、身体就是精神，通过锻造身体，磨炼意志和人格。二、以独处为习惯，不矜傲不轻狂，凡事须向内心求。三、不浪费时间，不徒耗精气，聚焦中心问题和重点。四、不贪物恋新，须简朴生活，低调为人，务本务实。五、不争不求，不勉强自己、为难他人，主动边缘化。六、待人诚恳，与人为善，分寸适当，与人保持距离。七、人不知而不愠，安身生定，安心生勇，安神生慧。八、保持头脑清醒，精神清洁，志存高迈，周遭和谐。

张承志还说了，我们不背离，即便是和平的攻战，即便是孤立的死守，胜利仍然是可能的。这句话让人欣喜。

于是，像关注灵魂一样关注身体，精神是身体的天空，这句话有虚；身体是精神的大地，这才是实的。锻炼身体，健康饮食，减掉冗余，恢复弹性。几个月下来，恢复了三十年前的肉身，差不多就成广告上说的"年轻态，健康品"了。难吗？不难。心里有，才会有。现实是心理的对照物，这句话在身体力行中得到了切实的验证。——这大概就是唐三藏所说的，在"信悟、解悟、行悟、证悟"中，"证悟"为最高修行的缘由吧。

生活在一个没有花园的时代，认真过好余生每一天，等待草木荣华、大地葱茏。

四

《高湾史记》总算出版了，继锋会长请我在江苏史学会口述史分会上演讲，我以"此心不安处是吾乡"为题介绍此书。振羽先生、善庆教授、陈冰博士，还有青桐、春劫都写了很好的文章推荐，《新华日报》《扬州日报》《无锡日报》等媒体，还有《新疆艺术学院学报》，都刊载了评论文章。江苏省、无锡市、扬州大学，还有家乡的档案馆、图书馆陆续收藏了拙作，让家乡高湾这个小小的地名留在了历史的册页中。其实，我最想说的话已经被木心说过了：我的文章比不过海，只是一带不太长的沙滩，而你们可以眺望海。

《高湾史记》参与中国好书评选，层层推选，已经进入最后的复评。结果与雁北的一位圈中人乡村扶贫的书撞车，临门崴脚，没能进入"中国好书"。出版社姜老师表示遗憾。卡夫卡说，道路是没有尽头的，无所谓减少，无所谓增加。且随它去。

纪实写作与现世，局限性越来越大。虚拟写作尤显珍贵。小说处女作《瘿瓢》被昌平总编作为头题，发表在《鸭绿江》上。承蒙政师推荐，加入了作协，在平生参加过的那么多团体中，这是我最看重的。正如在所做的诸事中，写作于我的价值意义一样，可以砍开我内心的冰山，把我从淹没的荒诞和虚无中一点点挖出来，不至于窒息。

完成了二十八集影视主题系列片串联稿，拟定了三十篇专题文辞，完成了七集专题片统稿，展览会、策划的项目无算。庆幸的是，去年动了刀的眼睛虽生了结石，但总算经受住了文剑字芒的考验。

每个人都在披荆斩棘，每个人都在重蹈覆辙；每个人都在与时俱进，每个人都会回到原点。

往事如烟更如火，一川星影听潮生。

恺撒已经渡过卢布孔河，一切不可挽回，未来不再幻想。那个以伟大的辩证法著称于世的哲人说过，没有历史，只是循环。循环有意义吗？我不知道。但是，历史对于个人，是一座山，还是一粒灰，还是深有体会的。

生活不过是一场锻炼耐性的游戏。卡夫卡说得对啊——谁怕谁呢?

五

方立天先生的《佛教哲学》里记载了佛陀的事迹:年轻的佛陀在南亚的一棵菩提树下静坐七天七夜,他最终悟出了什么呢? 他说,"我现在知道的和世间上的人所知道的不一样,我认为美好的,他们认为不好;我认为道是至真至贵的,而众生畏苦,裹足不前;我体悟到欲念的痛苦,而众生贪爱,趋之若鹜"。

其实,真正的证语是无法用语言去描述的,只能通过实修实证去证得这些道理可以观世,可以内省。第一是关于时间。往事历历,无始无终的时间,是在当下的一念,这一念之下已具足了大千世界的风光霁月。第二是关于空间。远近的世界,慢慢靠拢,没有远近。世界的距离,已经不复存在。第三是关于生死。生死无非假相,众生生了又死,死了又生,常人不知,信以为实。第四是关于执念。一念成佛,一念成魔。一切众生,只是因为妄起执着,遂沉沦生死苦海。第五是关于他人。物物之间,互为因缘,人我之间,本为一体。我帮助你,非帮助你,而是爱护自己。我仇恨你,即仇恨自己。

我所在的高校的一位功成名就的深圳校友,乘着周末,避了人专程过来看我,盘膝坐在我的办公室里,他侃侃而谈。前些年他得了绝症,大彻大悟,准备放下俗世尘想,一心向佛。我佩服他的心智。我说,中国人都是"少年去游荡,中年忙掘藏,晚年做和尚"。一个人不可以做和尚,但是也不可断了做和尚的心思。世界上不论是哪个界门纲目科属种,只有尘世才是唯一的天堂。所以啊,慈悲不是宗教,只是平等心而已。

佛教也不是迷信，是文化而已。不必崇信迷狂，不须五体投地，只需内心存敬，身体力行。

想起晓明兄弟在临终前，我忍泪跟他道别。我说，我在内心最困苦的时候，独自去大理访崇圣寺，依次看到观音、金刚、弥勒，最后才是端坐大雄宝殿上的佛陀。在我们槛外人看来，就是要智慧、无畏、欢喜，然后才能获得圆满。兄弟，安心吧。——如今，我的兄弟已经安息。愿他安心。

六

又想起了晓明。

以往的日子，常常在轮子上度过。现在不同了啊，晓明，你离开我们已经两年了。最感抱歉的是，一年多了，我都没有去你的归宿地，没有和你谈谈了。真的很想你，我的好兄弟。

为央视的一个纪录片项目撰稿。了不起的年轻编导们深入山川大地，拍出来的各地风俗各异，人们借助一年一度的礼仪，敬奉天地，慎终追远，孝亲敬友，家庭团圆，刷新内心。在藏族拉萨，家里没有任何已故亲人的旧照。按照他们的习俗，要销毁亡人所有遗物，有利于转世轮回，让他们回到一个干干净净的陌生时间。"存，吾顺事；殁，吾宁也。"

但我得老实承认，我不能忘却。我忘不了你最后的眼光里，已经有了不可见的光。在那光里，没有了自己，没有了我们，也没有了局促的房间和毫无意义的时间。我在想，你一定是在天上看见了深渊，在周遭的一切中看见了无所有，希望在无所希望中得救。

晓明，你我其实都知道，什么都将消逝，什么也挡不住、留不下，除了你独有的这份人世体验和心理情感。这一份存留在你自己心底的酸甜苦辣，却是有价值有意义的。不要轻视，不必低估。也许，只有它能丰富你的"此在"，只有它能使你感到自己独特的存在。念桥边红药，年年知为谁生？答案只能是涧户寂无人，纷纷开且落。不为谁生，也不为谁落。你我不再有此生，一切也仍将如日。花自开，水自流。

但你还是先走了，怎么能让我忘记呢？不但不忘，我还常常想到你身处的地下世界。远在南国的同好给我寄来了罗伯特·麦克法伦的《深时之旅》，我们不熟悉的地下世界长久安置着我们所恐惧和想要丢弃的，也安置着我们所深爱和想要保存的。

我的兄弟，下面黑吗？譬如芜草丛生的发丝深处？譬如无人问津的地底？

北极圈下有个欧洲唯一的自然民族萨米族，他们认为，地下世界像是人世的颠倒镜像，地面就是镜面，生者直立，而逝者行走时上下颠倒，二者的脚彼此接触。

那我们就约吧，走在你走过的路上，我的脚印就和你的相印在一起了。我是不是还可以生出想象呢？你从地下伸来一只温暖的手，穿越时空，跟我的手相触，指尖相对。

那就太好了。如果真能这样，我们就可以随时在一起了。

暑期，我和兄弟们在南禅寺为你祈福。还有几天就是2022年的元旦，我和兄弟们也约了聚会。我想告诉你，我在努力按照你所说的"布一个局"，要找一处房子，种一排树，做一处别业。《莲华经》里不是说嘛，世上的生命本是"一云所雨""一云所孕"。一朵云中下来的雨，所孕育的生命，不管它是什么形态，是个草也好，是个虫也好，是个人也好，都是平等的。这样的话呢，我们兄弟可以常待在一处，与一块土地共呼吸，与植物的枝叶一同生息，无离无间，不分彼此。

"目极千里兮，伤春心。魂兮归来，哀江南。"兄弟，等到陌上花开，君可徐徐归。

今年是俄罗斯作家陀思妥耶夫斯基诞辰二百周年，也是他忌辰一百四十周年。在阴霾沉沉的世界，大家都在纪念这位一辈子在苦难中挣扎的文学先知。就在他去世的同一年，托尔斯泰写出一部《论生命》开始探索生命问题。他认为，人的生命有两种，一种是肉体的生命，一种是精神的生命。肉体的生命是动物性的，有生有死；而精神的生命，即灵性的生命，才是人的生命。最终的结论是，人的生命没有死亡。

是啊，每个人都有自己的最后晚餐，从生到死，或长或短，或喜或悲，临到最后晚餐，其杯中所酌之酒，应该是整个生命酿成的浓烈之酒。当我们在最后的晚餐中，我希望我们的桌上有两只酒杯，一杯酌满苦难，一杯注满崇高。

干杯，兄弟！

七

花草凋零，霜杀四野，我踽踽独行。一千亩的校园，一圈环绕下来三千米。千百遍走过，我对此熟悉无比。按照钱锺书的说法，把鞋子放在门口，都能自动走个来回。

世路无穷，劳生有限。佩索阿式的卑微的工作，加上自由的写作，成为生活的全部。

然而在黔驴拉磨之余，仍然关注星辰大海，关心一只野鸽子在哪里安家。

其实，人类的悲欢并不相通，人情薄如片纸，虚伪，做作，傲慢，扯旗子，摆架子，虚与委蛇，言不由衷，我们见多识广，习以为常。但我相信康德说的，如果每颗星星都有生命，那么最远的那颗上面，一定有最高级的生命。

一年尽头的这个深夜，深得这夜将尽了。我知道，明天太阳会照常升起，从距离地球一亿五千万公里的地方一成不变地升起，从我小院东边的楼宇电杆中间升起，携光带芒，不可一世。以每秒钟几百万颗原子弹爆炸的当量，不管不顾地向四周释放着无穷无尽的热力。

甘地说，每天晚上我睡去，我便死去；当我醒来，我便复活。群籁虽参差，适我无非新。而这个晚上，我的梦里一定会有汹涌的背景声——我知道，这是潮汐的声音，海的声音。

2021年年末于江南

明明就在那里

在通往

过去和未来的双向道上

一边奔赴

一边迷失

天 心 月 圆

　　铲、堆、勾、抹，墓工的动作机械而严正，无可挑剔，在众目注视下，黑色的大理石墓板徐徐盖下，晓明的骨灰盒就此安放。

　　我的兄弟最终埋骨异乡了。

　　晓明的照片罩着黑纱，被哀恸不已的妻儿捧在怀里。我拈了一朵白色的菊花，鞠了躬，仔细放在他的墓前。一米见方的石岗，这是晓明最后的归属地。我在心底默默道一声：晓明，委屈你了。

　　下山前，我最后回望了一眼这个叫作云龙山的墓园，墓碑层层叠叠，如簇如涌。每个墓碑下都埋藏着一个迥然有别的人生，但是墓碑则完全一律，上面只有姓名和生卒年月的差异。

　　晓明的墓穴就在这一片石头的灌林中，湮灭不见。

　　告别晓明，车返江南需要十个小时。路上车不多，车轮滚滚，天空高蓝，深邃无边。风很硬，透过窗隙狠狠地撞在脸上。在风中，我开始下泪。我相信，这次是真的了，晓明真的与我们永别了。

都说盖棺论定，我在想，是到了对晓明说些什么的时候了。从小到老，我们说了不知道多少话，有正话、反话，也有闲话、气话，各种玩笑话、打趣话，在电话和手机普及之前，我们也不知道通过多少封信，但是这次阴阳相隔，我和晓明还是第一次这样说话，如果他黄泉有知，相信他会和我一样感觉陌生，甚至不很自在。从懵懂的儿童到年过半百，我们相识相知四十年。平时都习惯了在轻松快乐、诙谐调侃中谈话议事，几十年了，人即是语境，改不掉的。

晓明是我的同学，我的伙伴，我的对手，我的兄弟，我们有个词叫"亲如手足"，对于他，如同对自己的手足一样，再也熟悉不过。在我看来，晓明是一个始终远不止吊唁仪式上的悼词那么粗略，但可能也正是由于太熟悉了，这种"零距离"造成了巨大的取舍苦恼乃至认知障碍，甚至成为我写作的最大难度。

都说文字要比人走得更远，但在他的亲朋故知里面，大概也只有我写他是最合适的了。往事历历，如梦如幻。且容我随思绪漫流，在不尽的回忆路途上随意撷取几朵小小的野花，以此作为菲薄的祭品，奉献在他的灵前。

我和晓明都生于60年代，成长在一个文化和物质一样贫瘠的时代。沃野千里的苏北大平原，一道贯通南北的京杭大运河从中间硬生生地犁过，把南方的物产源源不断地输送到帝国的北方心脏。所幸的是，这个古老的国度终于从零和游戏中清醒过来，开始了经济建设。一个百废待兴的年代最需要的是人才，就这样，晓明和千万底层的农家孩子一样，不唯成分，不靠关系，单靠智力和成绩考进了宝应南部最好的氾水中学。百里挑一的孩子们划着船，推着车，更多的是挑着担子，挤进了这个当地的最高学府，自此开始了我和晓明的交集。

　　那是一个拼命学习的时代，千军万马挤独木桥，目标只有一个——高考。晚上只要有光的地方都是一片黑压压的人头，长明灯教室的荧光灯通宵达旦，一座难求。天刚放亮，校园每棵树下都有一头雾水的朗读者。我和晓明年纪小、个头矮，记得当时上高中时我只有十三岁，身高一米四六，体重四十五公斤不到。晓明跟我差不多，教室里四排学生，只有我们两个男生坐在第一排，其余的都是女生。有位认真到近乎迂腐的老师，上课时就喜欢满幅板书，擦了写，写了擦，我和晓明在前面净吃灰。一等老师转身写字，我们就不约而同起身，够到讲台上拿粉笔，然后迅速坐回。等老师写完，看到没有粉笔了，只好干讲。后来终于发觉了，老师背过身板书时，就把粉笔装到裤子口袋里。裤子沾满粉笔灰不算，有时带彩的粉笔灰又弄到了脸上，这就有了喜剧效果了。同学们开始哄笑，平时紧张的教室里立即充满了快活的空气，这是晓明和我最开心的时候。

　　学习竞争激烈，但我和晓明是异类，可能是年龄小，玩心难收，班主任张老师用他浓重的高淳口音把我们两个叫作"小老爹"，督促甚严。唐巨宗智商一流，语文数学都好，可惜写字太慢，每张卷子都不能写完，终未及第，连老师都只叹可惜。杨峻因为身体原因，边治病边读书，连考八年，终于如愿。他们和我、晓明四人，仿照古人桃园结义，结为兄弟，面对即将打开的未知世界，患难与共，此生不渝，成为氾水中学师生中的佳话。

　　兄弟四人中，我是第一个考上大学的。拿到考试分数单，我骑车赶到晓明家，那时候晓明高中毕业，回乡做了民办教师。家里依照当地的风习，已经买了砖瓦，准备筑巢引凤，立门成家。看到我的成绩单，晓明几乎立即做了人生的决定，他辞掉了当时很多人羡慕的工作，回到母校复读。以一种不管不顾的精神头，冲刺高考。听杨峻说，晓明为了更好地读书，专门在学校附近租了民房，常常看书到天亮，困了累了，就开了水龙头，用冷水洗头，激醒后继续苦读。晓明终于以全校文科第一的成绩，被录取到当时全国最好的政法类大学——西南政法学院，在歌乐山下戴上了那个时代人人向往的大盖帽，圆满结束了这段注定改变人生的复读生活。

杨峻小时候患骨病，留下了骨髓炎。毅力惊人的他屡败屡战，努力够上了分数线，但是体检这一关总是过不了。那一年他又一次落榜，我去看他，过了轮渡去大运河西，他在家刮着芦柴，柔韧的芦柴在冰冷的铁片下被修整成细长的薄片，打成高度一致的芦围，供粮公所囤粮。杨峻见了面，头也不抬，只是沉默而机械地刮着芦柴，一根接着一根，刺刺刺刺，柴屑纷扬。我和唐巨宗和晓明商量，决定带杨峻出去散散心。每人拿出仅有的几块钱，凑成了几张长途车票，第二天到了无锡。那时候的无锡的乡镇工业发达，经济总量在全国仅次于上海，再借势太湖美，成为人人向往的旅游目的地。

这是一趟真正的苦旅，运河边的一所小学因为学生放假，教室成了廉价的客房，几张课桌一拼，铺上草席，就是床了。能走的路，连公交都不乘，成天处在半饥半饱的状态中。在鼋头渚，波涛万顷，一碧如洗。可是天光水色慰藉不了饥肠辘辘的肚子。下山的路上，我看见石阶上有几枚尚未成熟的山桃，立即拉了晓明往坡上走，居然真的找到了桃树，晓明来了精神，上了树，摘了半书包的桃子。泡在崖下的太湖水里，吃着酸涩微甜的桃子，我第一次感觉到物质才是精神的保障。晓明开玩笑说，再没钱就把他的手表卖了，换钱吃饭。

去路艰难，回程就更加不堪了，余钱只够买便宜的船票，而且只能买三等舱。在闷罐似的船舱里，农民们贩卖的鸡鸭臭味熏人，一个船员下来验票，大概也是烦了，骂骂咧咧，还动不动用脚踢那些在船舱中东倒西歪的农民。晓明气不过，上前理论，他喊了句，你们下船等着。等天亮到了氾水码头，晓明东张西望，终于看到了那个痞里痞气的船员，就上去招呼，用指头点着自己和我，又指着船员说：我们单挑，两个你选一个！我一听这话，就从肩头卸包，开始捏拳。那小子一看势头不对，赶紧溜了。这一趟旅行是我们兄弟的第一次出行，苦则苦矣，但是能让杨峻恢复了生活的常态，恢复了奋斗的信心，大家都觉得很值。多少年后回忆起来，都乐此不疲。

雄心志四海，万里望风尘。

晓明毕业，从巴山蜀水的重庆到了凭海临风的山东，在烟台成家立业。山东，号称"一山一水一圣人"。泰山迎日出，播云雨，镇天下，黄河填陆地，润万物，化苍生，儒家三子均源于此，弦歌不辍，文风长继。我曾去祖籍地济宁汶上探访古阚国所在地，在此真实地感受到，有人说的中国古代的纸上文明一半在山东，似乎并不夸张，与地下文明在陕西，地上文明在山西的说法完全可以相提并论。受儒风熏染几千年，山东人厚道、豪爽，讲义气，好交友，讲礼节。晓明融入妻子所在的山东家庭，这个家庭给了他前所未有的亲情和温暖。"吾心安处即故乡"，他后来每次跟我们说起，都表情怡然，心存感念，让我们钦羡，也感觉他找对了人，走对了路。

2000年，我从大连公干完毕，乘上了大连到烟台的渡轮，那是我第一次到烟台。初冬的渤海并不平静，飞鱼艇在浪涛中腾跃，胃里也翻腾欲吐。等到见到在岸上的晓明的笑脸，我心安了。晓明的父亲听说我来，执意要见我，在马路上，抓住我的手不放：乃庆啊，多少年看不到你了！我在这儿幸福啊，晓明对我好，我的儿媳妇也好，从来没有红过脸。我问他生活习惯吗？平时做什么？他连说习惯习惯，这儿夏天凉快，冬天有暖气，家里很舒服。平时呢，接送孙子上学，回头就在股票市场炒炒股，晓明给钱，让我消遣呢。老人很动情，说：没有乃庆你当年鼓动晓明复读，考不上大学，哪有我家晓明的今天？老人情深义重，我很感动。

那一次，我领教了山东的"哈（喝）酒"文化。与北方盛行的划拳和南方的敬酒不同，山东的酒文化重感情，排座次，是一个逻辑严密、线索繁杂的话语场，"生死之交一碗酒"，各种话头都可以构成端杯的理由，诚恳实在的表情，浓酽如酒的话语，不由得你不一次次端杯哈酒——远道来的客人，咋办？哈一个。你我是兄弟吗？是！那哈一个。请哥哥帮我办件小事，行！谢大哥，我哈一个。什么？还有这事？我来办了。再哈一个。升官发财考学生日，自然要哈。还有呢？健康要哈，快乐要哈，不幸要哈，聚会呢？老朋友自是要哈，新朋友呢，第一次见面是缘分，有缘分肯定也要哈。哈来哈去，就酒酣心热，勾肩搭背，击胸唱喏，就上穷碧落下黄泉，终致两处茫茫皆不见了。

晓明聪明热诚，性格豪爽，心思细致，做事敢拼，终于成就了一番事业，取得了众人瞩目的成功。他带领的律所成为全国百佳所，有了一堆炫人眼目的荣誉和光环。但是，我们知道，不管怎么着，他还是那个待人真诚，性格豪爽，慷慨大度的兄弟。

儿子着一身玄黑，在晓明的墓穴旁默默流泪。晓明生病，他一直要来探望，我都没让，这次还是说不要来，他在电话里急了：都不让我见晓明叔叔最后一面？三年前，儿子从国外留学回来，应聘进了一家央企。年轻人急功近利，刚上班不久，就急吼吼地想跳槽挣大钱。我和晓明说起此事，他说了一段话：要想挣大钱，必须要让自己成为一个值钱的人。我把晓明的话录音后带给儿子。我问他，还记得晓明叔叔的话吗？他说记得。还向我完整地复述了一遍，看来他是记到心里了，昨天他给我发了一张图，获得了集团的青年突击能手，这是他继集团的一个大项目获得贡献奖后的又一个荣誉。相信这里面有晓明的功劳。不但为我的孩子，还有杨峻的孩子、唐巨宗的孩子，他总是给予足够的关心、鼓励和支持。兄弟们每想起来，都十分感动。

晓明整整工作三十年，成为一名闻名山东的律师。相比于三十年如水年华，得病后三个月，无疑是一场日以继夜的战斗。三个月前的那个早上，我正在开车，接到晓明的电话，他先是跟我开几句玩笑，然后云淡风轻地告诉我，他患了肝癌，还加了一句，是晚期。我一下子炸了。把车停到路边，我急了，冲他吼了起来，我说，你开什么玩笑，我们说好一起养老的，我们兄弟四个，一个都不能少的。他说，我也不想这样，没有办法。我说你在哪里？我马上去看你。他说不要，等下面做个小手术后再到你这儿住几天。那一天，是6月17日，我永远记住这个日子，从那一天开始，我们兄弟的心思都牵挂着晓明。我把我们四个人的群名改为"晓明平安 兄弟福臻"，这是我们的心愿。正如杨峻后来说的，上天有眼，我们情愿每个人给他五岁，让他再活十五年。我们兄弟还有很多事没做，很多地方没走呢。

就这样，苦苦熬到了7月18号。他做完手术，我们长驱千里去烟台看他。他对我们笑着说，我会积极治疗，但是也要做好准备，万一不行，就先走一步，到下面帮兄弟们看房。我说你别胡说八道，这么多天了，你为什么不让我们去看你？他跟我重声说，我在医院，又起不来。你们来了，我怎么陪你们？这个家伙，都什么时候了，还说要陪我们。唉！

正如那个该死的墨菲定律，越是怕什么，越会来什么。在与死神赛跑的路上，好强的晓明还是不幸落在了后面，终致不治。巨宗让女儿下班后，到上海的医院到处寻访，最后找到了病房，细心的孩子不敢露面，把鲜花悄悄递给护士站。上面写着"123，加油"，还是了不起的成豪破译了这个爱心密码：是兄弟三个，为晓明鼓劲的。

中秋节前，我倡议去烟台，和晓明一起团圆过节。立即得到巨宗、杨峻的响应，但晓明不让，巨宗把我们订的机票截图发给他看，说我们兄弟也是家人，就当家人团聚了。中秋当日，我们兄弟三个驱车，从无锡到江阴到宝应，再到盐城机场，飞到烟台，夜幕初降时赶到晓明病房。两个月不见，万恶的病魔改变了晓明，他形容消瘦，腹部鼓胀，气息奄奄。见到我们，他嘴角牵了牵，但是很快压住了欲哭的动作。遵医嘱他只能吃流食，但还是从我的手指里破例吃了一点家乡的芋头、菱角，然后就催促我们回去休息。我问他，是不是人多嫌闷，他使劲点头。

出了医院，乌云盖海，星月不见，恰如我们的沉重心情。

回到酒店，我彻夜难眠，不远处的沙滩白天光亮，此刻则是黑魆魆的，我知道，那是退潮后的沙底。我写了几句——

长风直入祛秋燥，乌云如盖遮海潮。

明月皎洁不可期，菱芋馥郁且慰劳。

锋砺齐鲁三尺剑，情动吴越一声箫。

云上星寒无穷数，梦月长天挂林梢。

这个晚上没有见月，却是我们兄弟最后一次团圆。在我的心中，那轮圆月一直挂在乌云之上。天心月圆，花枝春满。

第二天，我们三个怕他感觉人多烦闷，就一个个进去跟他说话。我第一个进去，我说，晓明，前几年我一个人在大理散心，在崇圣寺往里走，依次看到三座大殿，一是弥勒，一是观音，一是罗汉，就是告诉我们，要欢喜，要智慧，要无畏。晓明，你要放心、安心。他使劲点头。我说你我兄弟此生努力，得到了很多，也享受了很多，应该说，没有什么遗憾了，他补了一句，也没有亏欠。

这句话一下子击中了我，是啊，他有什么亏欠？先是为养父母送终，接着又一个个送走了把他送人的亲生父母，家里的子侄亲戚朋友，只要有所求，他都一一满足。每年要回老家好几次，看老人，看老师，看同学，当然这也是我们兄弟欢聚的时候。

四十年世易时移，老家的河水依然流淌，庄稼仍在吐花扬穗，但是天上再也没有组成人形的雁阵，水里也没有穿梭的鱼群了。年轻人在农村待不住，纷纷走向阔大纷纭的外面世界，平时只有佝偻的老人在村间地头蹒跚来去。

有一次我看到晓明在笑呵呵地用手机看一段视频，我凑头过去，一个老太太在唱当地民歌。这是他的生母。老太太老年痴呆，由弟媳照顾，除了生活费之外，晓明每月都给护理费，直至老太太仙逝。晓明妻子跟我们说，他好像生来就是为了还债的，把所有人、所有事安排好了，他就走了。只是对他的身体，对我们家庭没有交代。一番话语，让人唏嘘。我想起在沙漠里见过一种梭梭草，到了秋天就放弃了生命的节奏，不再生长，而是枯索着站在无边无涯的荒漠当中，把所有的营养留给根系，为寒冷的冬天做准备。

晓明要强，不愿让自己难堪的一面示人。除了我们兄弟外，拒绝所有闻讯要来探视的人。在医院，他每天坚持剃须。要知道，这对于说话都费劲的他来说，要耗费多大的体力啊！跟了他三十年的司机小曲也成了他的兄弟，成天在医院和家里往返。实在不能动弹了，晓明还请他给剪脚上硬化的指甲。

时间很慢，也很快。临上飞机前跟晓明告别，摩挲着他软弱无力的手臂，我们四只手握在了一起，只有晓明的手冰凉。我们四个心思是通的，大家都明白，这可能是此生的最后一面。他嘴角抽动了一下，看出来是要哭了，但是又忍了回去。

登了机，倚着舷窗，不争气的泪又下来了。风起一天云，霞光照天宇。我不敢想象晓明的未来，心思只有在文句间徘徊——

　　天地有大仁，运命何参差。
　　生离作死别，分手即天涯。

巨宗开车到了凌晨，把我先送回家，然后才回去。老大默默奉献，总是让人感动。第二天心思恍惚，晚上失眠，辗转间，我又写了几句——

　　月斜东天夜沉沉，枕单簟寒梦亦深。
　　昨天鲁东今江南，心事无言托雁声。

蒙蒙眬眬中，枕边手机响，是巨宗：晓明走了！我一下子坐了起来，尽管心里有所准备，但还是接受不了这个生硬的现实。我一看时间，是9月17号凌晨两点。

苦熬到天亮，巨宗到高速口来接我，又去宝应接上杨峻，我们驱车赶往烟台。车轮滚动，风声呼啸，高高的运河大堤上，白杨耸立，像浩荡的军阵；落叶惊飞，如低低徘徊的雀群。这条从宝应通往烟台的路，晓明来来往往，走了不知道多少趟。我们一路无语，心底都在流泪。

晓明静卧在透明的棺材里，闭目无言，似在酣眠。我们离开才一天，晓明就撒手人寰，独自西归了。兄弟一场，如今阴阳相隔，痛何如哉？我们兄弟三个抑制不住不断涌出的泪水。一向冷静的杨峻前所未有地放声大哭，让人心惊。京波抚棺哭诉：你起来啊，你起来啊，你太不像话了，你就丢下我们不管了？！你不守诺言，我们说好一起终老的呢？面对不能接受的事实，这位坚强的女性完全失去了往常的冷静和理性，儿子成豪哭着抱着妈妈，不停地说，妈，有我呢，妈，有我呢。这位中国名校毕业的高才生考美国的博士，几轮拼搏，眼看就要拿到世界顶级大学的博士录取通知，他毅然放弃了，临时参加司法考试，准备在国内发展。为了治疗父亲的病，他查阅了大量医学资料，甚至找到大量国外的医疗资料，总共有上千页，翻译过来参阅。

葬礼前一晚，晓明的儿子在灵柩前抚棺，一边不断跟爸爸喃喃说话，一边擦拭滴落在棺上的眼泪。整整一天一夜，几乎不吃不睡。我心疼极了，抚着他的肩，问孩子：爸爸临终前说了什么没有？他告诉我，爸爸用最后的力气大声说，我爱你们！连说了三遍。孩子说完，又哭了。

我在灵前放了一段扬州观音山禅寺住持法融颂的南无阿弥陀佛经，悲凉澄净的声音如炉前的香烟，袅袅不息。在局促的酒店桌上，巨宗仔细地裁纸，我写了一副挽联——"锋砺齐鲁三尺剑，情动吴越一声箫"，慎重地署上我们三个的姓名，让杨峻兄第二天带到殡仪馆，挂在花圈上。

巨宗提醒晓明的老家亲属带去了老家的黑土，撒在了墓穴的地下。当天，同学李德全、张国英也特地赶来吊唁，我们的老师、母校的原校长居继顺听闻后，在电话里声音哽咽，表示要去烟台扫墓。班主任张开桂老师跟我们情同父子，在散布天下的学生中，他最喜欢晓明和我。三年前撑着还能走动，让女儿、女婿开车带他去晓明和我处看望我们。晓明特地赶到江南作陪。老师喉部开刀后不能言语，用随身带的小本子不停地写，高兴而欣慰。这一次，张老师从我们的同学大姐、女儿张杨处知悉晓明离世的消息，眼眶含泪，沉默不语，用笔写下了：我也快要走了。

天空流云，滔滔不绝。

"埋骨何须桑梓地，人生何处不青山。"从墓园所在的高处远眺，胶东的山崮像锯齿一般横亘天边，其中一段像是人的头部轮廓，被墓场的经营者想象炒作成仰躺的佛容。我知道，山崗的那边就是他的家，他的家人还将生息其间，边上就是大海了，浩瀚无边，海潮激岸，永无止息。我知道，这是善于置业的晓明的最后选择，这个选择是对的。

尼采说，世界曾为他打开，又自卷起来。晓明留在了半山上，生者的道路还得继续，我希望这篇小小的文字能稍稍填补他逝去留下的巨大空洞，以此作为一种解脱，退却他逝去带来的沉重的负担，以便他的妻儿和我们兄弟更好地前行，走完苦难的人生。我相信，这也是晓明所希望，所期待的。

我曾对在病榻上的晓明说，我会写写我们的故事，下次来带给你看。他立即跟了一句，狼狈的（事）不要写。这家伙，这时候还要面子！很抱歉，兄弟，这篇文字没有办法给你审阅了，不到之处也只有请你见谅了。

你一个人走在未知的黑暗中，你是一个喜欢热闹的人，想到你独自面对的孤独，不由悲从中来。

最后，我要说的是：晓明，我们下辈子还做兄弟。

兄弟，一路好走。

2019年9月22日沐手写于江南

兄弟，今晚我们谈谈

指针嘀嘀嗒嗒地跑向午夜，往常这个时候，你该睡了。你不止一次笑着跟我说，你睡的是老头觉，睡得早，醒得也早。今天晚上呢，似乎有些特别，我好像有点魂不守舍，做什么都不安神，我明白，我又在想你了。这么长时间没有在一起聚，都不习惯了。你啊，可能也想跟兄弟们见见面，说说话。那我们就谈谈吧，随便谈谈，谈什么不重要，只要能在一起聚聚就好啦。

十年生死两茫茫。才是一年，我竟觉得是那么漫长。古人在意"去思"，今人更在意眼前。

我宁愿相信，你从未走远。

此刻，我的眼前看到你，你使劲向我们拱手。大声说，走吧，走吧。这是你留给我们最后的场景。尽管心里不愿承认，但是大家都知道，这是我们兄弟的最后一面。生离死别，人生之痛，以此为最。你的衰枯模样让我心如刀割，我也分明看到了你眼神里的不舍与不甘，尽管这也是轻易不肯示弱的你不愿让别人看到的。

我没有看见、也不敢正视你在世界上消失的样子，但是我还是想象得出焚化炉的熊熊烈焰，想象得出你羽化登天的场景，我就在这种想象中，提前目击了我们的下场。

一连串的事情，一件接着一件，木然地做完了。

人生向晚，经历了那么多的人和事，但是没有一件事情，比死亡来得更加明确，更加简单。最终我明白了，这个世界没有诗意，因为我们不能超越死亡，就像我们不能拔着自己的头发，离开地球一样。

你的死，像是一道霹雳，把我们的人生劈成了两半。也似一道闪电，让我看清了以后的人生道路。不再虚妄，不再挣扎，安之若素，安步当车。

人生的下半场，怎么过？兄弟，你能告诉我吗？

此刻，一圈灯光罩住了我。

毛不易在音箱里喃喃地唱着《呓语》——

　　　　人总需要记住遗憾

　　　　它来过 它走了

　　　　没回头 没问过 你可舍得

　　　　日月蹉跎 小起大落

　　　　光阴里有多少景色

　　　　偶尔也心口一热

　　　　什么都不说

好过亲手把它撕破

路还长 梦还多

……

这个草根出身的年轻人竟然唱出了我的心声。

一代又一代人在生长，就像我们老家的稻麦蔬果，等着大自然的稼穑刈摘。而我们曾经的成长时代渐渐堕入岁月的暗处，成为黯淡的背景。就像纪德说的，我的青春是一片黑暗，没有尝过大地的盐，也没有尝过大海的盐。我们长大，走出了那块让人爱恨交加的土地。我们不放过任何可能性，过一种"全欲"的生活，全方位地体验人生，全方位地思索探求，在追求快乐和幸福的同时，也不惜品尝辛酸和苦涩、失望和惨痛。

如今，你卸下了沉重疲惫的肉身，自由飞翔了。而我，还要在这艰难的人世间苟且偷生。对于我来说，你带走了我对这个世界的一份热爱。

蓝桥路尽，几多失魂，说不清爱与死。转瞬头白，阴阳永隔，道不尽存与亡。

时间是每个人的十字架。你走后，一场突如其来的瘟疫打乱了一切。世界天翻地覆，社会分崩离析，人心涣散无稽。你走后的第一个清明节，我们却不能去烟台扫墓，巨宗给京波发去信息——

清明将至，倍思故人。奈何疫情未去，不能前往扫墓，只能心中存念，江南遥祭，哀思不尽。特借迺庆的诗作《清明悼亡人》略表寸心，敬奠灵前。愿兄弟安息，您和孩子平安。

孤灯犹暗照旧痕，

乱叶惹风紫藤门。

清明唔君早有约，

疫路难行总成恨。

渺渺逐日奔月梦，

茫茫补天填海魂。

最恸兄弟长别后，

燕来雁去立晨昏。

京波回复——

你们兄弟情深，他如有知，一定倍感欣慰。谢谢你们的牵挂和惦念。对我和孩子来说，他总在我们心里，永不会离去。

清明节当天，我和巨宗去了国家级非遗传承人家里，我们要请他为你塑一尊像，留作纪念。在大师工作室，一遍遍修改，一点点琢磨，凭着不多的几张照片，了不起的泥人大师用一团混沌的泥土还原了你的身前样貌。

我们随后去了位于太湖十八弯的华藏寺，这个南宋兴建的寺庙是你生前去过的，可惜山门紧闭，关扃挂锁。太湖波光万顷，粼粼烁烁，我们不能敬香，只能面对北方，遥寄哀思。

现在，你笑眯眯地立在我的案头，面对着我。不过这已经不是你，而是你的塑像了。

人不可能两次踏进同一道河流。

日子如流水，一去不回头。跟你说说你走后的事情吧。

老大还在厂子里忙着，聪明、仔细、实诚、仁义的老大，一直是你最关心的。我们一直提醒他，不要太累，对待资本家要警惕，不能全抛一片心，要为自己做打算。二爷呢，见到他的时候总是在接电话，高效，和蔼，善解人意，他成了学校的中枢，也是我们在老家稳定的大后方。我嘛，还是老样子。工作撞钟之外，看书、写作、锻炼身体，成为生活中的主要内容。我的两本书在出版社审着，还有一本在写。好在修订时，把关于你的一篇文章放进去了，也算是一个纪念。我请人在一方砚上镌了几个字"耕云种月，煮文治心"，其实非为别的，就是孟子说的"求放心"，把心收回来。这么多年了，我要跟这个世界谈谈，要跟自己的内心谈谈，我得聚焦了，要在有限的时间里种好自己的田地。

几个孩子呢，都在按照他们的心愿在各自的天地里成长，让人欣慰。老大的闺女找了心仪的对象，老大心安了。二爷的孙子大了，儿子在合肥和桐城之间来往，感受亲情的幸福和负累。我那小子的事业发展似乎不错，还做了个小主管呢。据他说，高级职称两年可期。你跟他讲的话，要想挣钱，首先要变成一个值钱的人，这句话他一直记着的。最让人欣慰的是你的宝贝儿子，他没去美国读博，现在中国顶级的律所。我去北京，他来看我，我们一起吃饭，孩子长大了，很懂事，跟你一样聪明，一样热诚，也有跟你一样高的心气。他不抽烟不贪食，滴酒不沾，理性而克制。想必他知道，社交饮酒和男人的饭圈综合征、女人的瘦身厌食症一样，很大程度上不是个人问题，而是一种社会性的文化缺陷。看他发的论文，对与医疗相关的法律问题特别关注，也许是命运使然。送他去灯火通明的地铁，看着孩子走远的身影，我不觉泫然。告诉你一件小事，我曾经撺掇一个北方的女孩与你那小子结识，人家高知家庭出身，在国内一所著名高校的医学院读博士，但是小伙子说不想考虑。你看看，枉费了我这个做叔叔帮你找儿媳妇的好心。嘿嘿。

我跟孩子们说，你们要努力活成你希望的样子，这才是对逝去叔叔的最好纪念。你走了，我们还得好好生活，我们要走你没有走过的路，看你匆忙路过的风景，感受你没有没来得及留意的心境。

两位仁兄在老家，都留了房子。那里有我们一起走过的路，那里的太阳灼伤过我们的头顶，那里的月亮抚慰过我们的心灵。那是我们的从来，也是我们的过往，那是我们的前世，也是我们的今生。都说念念不忘，必有回响。老了，我们回老家，你也常回来看看才好。

博尔赫斯说，要相信不朽，不是个人的不朽，而是宇宙的不朽。我们将永垂不朽。我们的肉体死亡之后留下我们的记忆，我们的记忆之外留下我们的行为，留下我们的事迹，留下我们的态度，留下这一切最美好的部分。虽然我们对此已无法知道，也最好不去知道。

你奔忙一生，劳碌一生，你没有真正地休息过，现在你在我所不知道的暗处，那里可有些什么呢？雨果说过，我将在节日里独自退场，这流光溢彩的幸福世界什么也不会少。当时看到这句话，我蓦然一惊。而现在，我想到不可知的死亡，突然感觉不害怕了：可不是吗？兄弟们一天天老了，都走在与你相会的路上。我跟他们开玩笑，我说，咱们那边也有人了。你肯定在那边，帮我们挑好了地方，我们可以一起再聚。

今天晚上，我戴着口罩，到影院重看了一遍《盗梦空间》。这部了不起的结构电影深植一个理念，人在梦境中死去，就可以在现实中相见。

不知不觉，夜已经很深了。月亮特别亮，我在你熟悉的小院子里用长焦吊了一个影像，看它从东天慢慢往西挪动，它也在寻找它的梦乡吧。

人生如梦，梦如人生。好好睡吧，我的兄弟。我们梦里见。

2020 年中元节

适 彼 乐 土

一

已经是小暑了，可是梅雨还赖在江南，徘徊不去。

天，阴沉，麻木，疲惫，茫然，不肯将息地将雨未雨，好像被不知道是什么的东西困住了。

平时坐台拉磨，归巢后读书写字，时间被雕刻成节律，生活团团转转，而又空空落落。可一旦想到你，我心里就涨起了潮，就像此刻的江河湖海。

是啊，晓明，你离开快两年了。这两年多快啊，似乎一切历历在目，都未曾远去。据说物质一旦运动到光速，就可以让时间折返。如果真的我们回过身去，重头来过，那你说，我们该返回到什么时候呢？是我们在运河小村里无知无畏的孩童时光？是竭尽全力拼死挤上高考独木桥的至暗时刻？还是我们为暗昧的时事困扰、对自身的不解而产生的忧心日子？或者，是蹚过急流险滩、柳暗花明后重见天日的开心瞬间？

这些，都是深铭在我们生命里的印记，或者说，凡此种种，造就了我们的人生。黑格尔说，空间的真理是时间。是啊，没有超越于时间的空间，没有任何人、任何事物能脱离时间的限制。这是我们作为生命体的局限性，自然也是生命意志的价值所在。

晓明，几十年来，我们被教会的只是如何处理空间问题：如何与世界，与社会，与他人，甚至与自己相处。而你的离开，于我最大的启发，就是感受到了这个世界的另一个维度，那就是时间。人生的根本区别大概就是对时间的态度了，不同的人有不同的态度，不同的态度也造就了不同的人生。

都说生死两茫茫，其实，我们与其说是被空间阻挡在生死两端，倒不如说，我们被时间之川分隔两岸。

二

春天的时候，我去了你熟悉的江边。

在那个已经沉沦了千年的古渡边，我在橙黄的路灯下行走，梧桐树青色的暗影在我的衣襟间闪烁。

好像是冥冥中的注定，我听到了魏佳艺的《忘川之河》——

一次回眸 将我的心牵扯

兜兜转转 万里山河踏破

> 不料缘起缘灭 终究错过
>
> 抱紧累累伤痛 谁来渡我……

苍凉凄异，触目惊心。

我的心一下子收紧了，不想，但是也只得往下听——

> 我只身跳进忘川的河
>
> 狠心抛下一生的不舍
>
> 从此爱也婆娑 恨也婆娑
>
> 多少前尘往事再无瓜葛……

我的泪涌出了眼眶。

身边的友人老左跟我说，人死了，要走过忘川上的奈何桥，喝一碗孟婆碗里的汤，这碗汤是一个人一生一世的泪水，喝完就会忘掉尘世所有的人和事，所有投入的情感和纠结，一切清零，然后到望乡台上回望一眼，就转世投胎了。如果对人世间不肯相忘，那就要下了奈何桥，沉溺于忘川，一百年一个轮回，眼睁睁看到生前牵挂的人走过，但是不能相见，要等到一千年过后，才能投胎，才有机会与你牵挂的人见面。

兄弟，你在哪里？你走过望乡台了吗？你看到了谁？与你生离死别的那个瞬间，我分明看到了你的失神。百年之后，我们会相见吗？暗黑的世界里，你可还记得我的模样？

千年等一回，谁能承受如此之苦的相思之痛？谁又能接受如此之重的前世之约？

兄弟，苦守不如相忘吧，相忘于江，相忘于湖，泪流在水中，就没有了分别。

心思零落，不成样子，我拾掇成几句：

> 望乡台上阴风冷，孟婆奉汤亦吞声。
> 生死瞬隔岁月老，天地不仁酬苍生。
> 此身成灰云归影，忘川流长水无痕。
> 玉石芝兰书无尽，哀赋江南总难成。

我的哽咽被风吞没。浩荡江风中，我感觉自己像是一棵脆弱的芦苇。

三

太阳高悬，飞机落地。

我接到了欧阳自远。这位八十六岁的院士、中国探月工程的首席科学家跟我说，他每天五点半起床，晚上十点多上床睡觉，抽烟喝茶，从不锻炼身体，但是思维清晰，精神很好。

随后，他做了一场报告《向太阳系的星辰大海挺进》。我们的话题离不开天地，老人告诉我一些鲜为人知的事实。

我们身处的宇宙，作为所有时间及其包含的内容物构成的统一体，形成于一百三十八亿年前的一次不知何之的大爆炸。浩渺得难以想象的宇宙，可见半径约为四百六十亿光年。而目前人类的探索和认知只是停留在太阳系。1977年美国发射了两个飞行器，旅行者一号和二号，它们带着地球上所有语言的"你好"问候和男女生物等信息，分别朝不同的方向分道扬镳，目前它们用每秒十七千米的速度走了四十四年，已经走了二百六十亿千米，也只是到达太阳系的千分之一。也就是说，如果有朝一日它能走到太阳系的边缘，地球实时传过去的景象也就是一千五百年前的大地景象：大概可以看到霓裳羽衣舞，看到大唐的盛世绽放，次第传过去的大概是大宋汴河的繁盛市井、蒙古铁骑的滚滚黄尘、大明修建的宏伟边墙、大清黄龙旗下的浩荡山河……

太阳系像一个小小的挂件，悬在银河系的边缘，在银河系中，像这样的太阳系大概有两千亿个。这其中，距离太阳系最近的比邻星，大概距离是三光年。一光年有多远？可以让人类的飞行器飞五百万年，要飞到那里，至少需要一千五百万年的时间，所以人类无法到达。

最近的星星我们都注定无法到达。地球有多孤独，人类就有多渺小。作为一个物种，人类是幸运的，合适的空气、合适的水、合适的温度才造就了这一天地间的神灵。人类有了一万年，而地球上的物种的生灭也就是一亿年，人类刚刚走完了万分之一的路程，剩下的路还能走多远？没有人知道。而人类的创造相对于无边无际、无止无休的宇宙而言，就是漫天飞舞的微尘中的一粒。

这样的空间，人的任何行动的意义几乎都可以归结为零，而人的终极意义究竟又在哪里？

欧阳院士告诉我，现在月球上也有中国人命名的广寒宫了，但是可以肯定的是，月球上面没有嫦娥，没有桂花树，这个从地球分出去的兄弟星球上，有的只是粗粝的沙砾和寂寒的荒漠。不能寄予任何的诗意和想象。

来吧，兄弟，随我听一遍张雨生的《带我去月球》——

> 不求轩，不求冕，不为这红尘所囚
> 带我去月球，那里空气稀薄
> 带我去月球，充满原始坑洞

带我去月球，重力轻浮你我

挣扎在一片荒漠，也不见嫦娥相从

但我要背向地球，希望寄托整个宇宙……

兄弟，你走了，这个世界多冷啊，我甚至感到整个世界就是一片荒漠。

我拉黑了对你的无私帮助不懂感恩的人，我去除了那些虚头巴脑，那些浮皮潦草，我宁愿一个人待在黑暗里，静静地与你交流。

亚里士多德说过的一句话值得回味：幸福属于那些容易感到满足的人。社会给人所带来的困难和不便、烦恼和危险难以胜数、无法避免。生活在社交人群当中必然要求人们相互迁就和忍让。因此，人们聚会的场面越大，就越容易变得枯燥乏味。只有当一个人独处的时候，他才可以完全成为自己。一个人只能与自己达到最完美的和谐，完全、真正的内心平和和感觉宁静——这是在这尘世间仅次于健康的至高无上的恩物。

所以啊，兄弟，我觉得我还不自由。但是，并不妨碍我对自由的无尽向往。孤独是幸福、安乐的源泉。据此可知，只有那些依靠自己，能从一切事物当中体会到自身的人才是处境最妙的人。

在这个世界上，要孤独得起，要孤立得起，以此方能养气凝神，养浩然之气，凝格物之神。

四

父亲节了，想起那年在老家，你拿出手机，笑眯眯地跟我说，你看这小子！我凑头过去一望，原来是你的宝贝儿子发来的微信，那是用几

322

张照片拼成的一个图秀：年轻的你歪着头，看着对面一个小帅哥，一脸困惑："你哪位?"帅哥则一脸灿烂"你儿子"！——看得出来，你们父子的亲密无间。那天，我记得正跟我那不懂事也不能与我共情的小子生气，你的微信让我羡煞。

晓明，我要告诉你，巨宗兄的姑娘已经成家，小姑爷很会照顾人，巨宗也放心了。峻兄的孙子已经开蒙上学，他是最省心的，享受着让人羡慕的天伦之乐。我那小子也处了个女友，女孩很聪明，很优秀，难得的是有一个温驯的好性格。我找出了孩子们小时候在一起的照片，他们在峻兄家的院子里刚刚结束玩闹，稚气未脱，各呈姿态。如今院子里的银杏树苗已经长成大树，硕果累累。孩子们也都长大了，走上了不同的道路。这几个孩子中，你的豪是最有志气的，我跟他说，你爸给你起这个名字，就是说男儿立世，须有胆气，需有志气。豪跟我说，阚叔放心，我的志气不在爸爸之下。我很惦记他，尽管他说随时可以打他的电话，但是不敢随便打扰这个自立而自律的好孩子。相信孩子们会努力，会活成你希望的样子。也祝愿孩子们未来幸福。

每次回扬州老家，看到双亲一年年变老。心中五味杂陈。我曾经生龙活虎的父亲现在已经起身困难，聋了的耳朵屏蔽了他与这个世界的联系。他逢人就说，他活得太长了，祖上还从来没有过，似在炫耀，也像是感叹。他拄着杖，我扶着他，慢慢挪步。十二年前的一场大病后，父亲一路平安，他不知道，这场病改变了我的心态，甚至改变我的人生道路。父亲瘦弱缓慢，在我的眼前，他的形象和儿子开车疾驰的形象交叠在一起。一代人承载着一代人，就像一条大河，手拉着手，从一个远方奔到另一个远方。

记得古希腊盲诗人荷马说过，正如树叶的枯荣，人类的世代也是如此。秋风将树叶吹落到地上，春天来临，林中又会萌发，长出新的绿叶，人类也是一代出生，一代凋零。硬而老的叶子从树上掉下，娇而艳的花瓣从萼畔脱落，对于每一枚叶、每一朵花来说，无疑是一次决绝果敢的撕裂，一次无可奈何的陨落。总之，都是生死攸关、惊天动地的大事件。但是，撕裂也罢，陨落也罢，与其说是生命的骄傲，倒不如说是一种宿命。造化以万物循环为节律，这些物事都是自然不过的，连微不足道都谈不上，更何况叹息和惋惜。

我暗自在想，我们的使命是不是完成了？

五

百无聊赖中，最讨厌无聊聚会的我竟然张罗了一个饭局，一个熟人的饭局，想热闹一下。大家年龄差不多，也曾在一起度过几年的青春时光，现在大家处在一个城市里，反而很少往来。互不干涉、互不羡慕，没有愤怒，没有苦难，但是生活方式和观念不同，不在一个辙上，聊起天来如同隔代人。生活呼啸向前，大家各得其所，尘埃落定，脸上的淡然从容和麻木颓丧那么奇怪而和谐地混合在一起，我知道，那是生活的包浆味。

晚上，我独自开车，在车影寥寥的长江大桥上，我打开了车窗，横吹的江风撞上了脸，我感到清醒而懵懂。

忙了一段应时的主题，也收获了俗世的好处。但是值得告慰你的是，你生前看过的《高湾史记》经过两年多的折腾，终于出版了。这是我对乡愁的一次清算，也是一次心灵的回归。我补上了对你的悼文，我让我们的情感沉淀在这本小书上。承蒙继锋会长的厚爱，让我在江苏史学会口述史分会上演讲介绍，振羽先生、善庆教授、陈冰博士，还有青桐、春劼都写了很好的文章推荐，江苏省、无锡市、扬州大学，还有家乡的档案馆、图书馆陆续收藏了，我让高湾这个小小的地名好歹留在了册页中，可能也留在了一些人的心里，而这，不正是我写作的初心吗？

我由此也痛感到写作于现世的巨大局限性，由此，我开始了虚拟写作。在博尔赫斯、卡尔维诺、马尔克斯、加缪、卡夫卡的世界里周游、沉浸，在还没完全消失的疫情下，我每天读一本书，我每天写下新鲜的句子。特别感谢史教授的推荐，昌平总编让我的《瘿瓢》作为头题发表在《鸭绿江》上，这么多年来，发表文章已经不新鲜了，新闻、评论、散文、诗歌……但是这是我的小说处女作也，虚拟的写作让我打开了一扇新门，我多了一方天地，这方天地是如此广阔，如此自由，如此让我向往。

我敞开怀抱，拥抱每一个与众不同的灵魂。像是一次纵情的放飞，直到假期结束，回到了一成不变的撞钟拉磨的生活圈套之中。

六

窗外的藤花谢了，藤蔓就轰轰烈烈地长出来，柔韧的藤条在空气中微颤，试探着、摸索着，相互纠缠，相互生发，像无数只求告的小手，写满了溺者的神情，这是空气中的溺者，它们不知道救赎者来自何方，只有向四面八方求助。没有攀缘物，便失去希望，它们便卷曲着收回，转向另一个方向，或者干脆枯萎、自行了断，就像无休无止的欲望，不断生长，不断寂灭。可一旦逮住了目标，那局面就完全不同了。无论是树竿篱桩，还是门窗墙垣，它们就紧攀牢攥，绝不松手，逶迤蔓延，载枝载叶地一路长过来，直至安营扎寨，蓬勃成它想要的另一个世界，开始下一轮不知所之的生长。

枝也婆娑，叶也婆娑。淅沥的雨声中，布谷声动，似在问答。

我要找一个庭院，感受底气，感受四季，可以借此观复。

晓明，你生前跟我说过，兄弟们要为未来布个局，找几处好地方一起抱团养老。我们去过养马岛，我们去过崇明岛，我们去过太湖边……去年从烟台看你，返程路上，我们兄弟路过青州古城，走在古今相照的石板路上，我当时就在想，你生前的这个梦想我们会延续，我相信，总会有个枕藉友情的地方在前面，等你，等我，等兄弟们。

那是我们的乐土。

逝将去女，适彼乐土。乐土乐土，爰得我所。

七

一地鸡毛还没来得及收拾，就和峻兄从不同的方向奔到常州，和巨宗聚会。时间紧张不可控，车票先是改签，接着又退了重买，总算在开车前站到了站台上。看到早五分钟的前一趟车还没发出，就侧身上了车。热汗刚敛，窗外开始暗黑。风纠云集，一场豪雨骤然而至。巨宗小心翼翼地开车，在犹如河道的马路上乘风破浪。

晚上，我们住在你曾经住过的饭店。

房间里空空荡荡。

晓明，我又梦见你了。

梦里有云龙山，那是你最后的栖息地。梦里还有我们所不知道的关于你的人和事，那是你的爱人说给我们才知道的。你的正直，你的仁义，你的慷慨，你的厚道，错综成一天的锦绣，那是你留在人世间的好，留在后人心中的碑。我们兄弟定了个规矩，每年都要去和你见一面，和你聚聚，和你谈谈。

周作人说过，路的终点是死，我们便挣扎着往那里去。有的以为是往天国去，正在歌哭；有的以为是下地狱去，正在悲哭；有的醉了，睡了。我们只想缓缓地走着，看沿途景色，听人家议论，尽量地享受这些应得的苦和乐。

一代人承载了一代人，我们都走在通往生命终点的路上。电影《男孩别哭》里说，我害怕前面的路，但是一想到你，就有能力向前走了。

大学时读过张承志的《北方的河》，当年的激动记忆还在。最让我感喟的是，这竟然是四十年前的事情了，而下一个四十年，我们应该都不在这个人世间了。是啊，人，要有河的沉静，含蓄，宽容，河的坚忍，激情，力量。粗悍清新，动人心魄，但又不留痕迹，不动声色。

一道道大河，塑造了人的品性。回忆如流，而这恰恰可能才是真正属于自己的东西。"如果现在停止不前，就到回忆里去看看"，后来被拍成著名电影的法国作家冯金诺斯的小说《回忆》记录了一家三代人的爱与离别，讲述生活的沉痛与时间的残忍，亲密关系所拥有的力量不仅慰藉着当下，也滋养着回忆，延续了生命。

是的，记忆。我们拥有共同的生命记忆。晓明，我知道我将离你远去，你也将与我渐行渐远。但我相信，我们一路行走，一路播发，我们留给这个世界的是善意的香气。

我们去了南禅寺，佛塔巍峨，市井热闹。这里的素餐难得的精致，各有滋味，让我想起我们在灵山吃过的素宴。饭后，兄弟们依次拈了香，燃了烛，向不在身边的你致意。

香烟缭绕，我说不出话，只是在心中默祷：兄弟，你在那边要好好地，等我，等我们，有兄弟在的世界，就是天堂。

八

冷气隔开暑热，玻璃小屋外面是紫金山的梧桐，巍峨参天，如同军阵。我和陈将军在谈天说地。南京的好处不由一端，东边的紫金山自是最让人心仪的好去处。

见到好友，拣得好书，久郁的心情为之一舒。回到钟山北麓的住处，少有人居的房子毕竟还是冷落了。等到收拾停当，已是午夜。骇人的新闻开始跳入屏幕：郑州遭遇千年未遇的水灾，更惊人的是，禄口机场出现新冠本土病例。赶紧给河南的朋友发消息慰问，南京的朋友纷纷来电，催我快走。好不容易挨到天亮，赶紧拼车，逃到扬州。晚上，在明月湖的灯火水色中，我陷在半是无奈、半是庆幸的情绪中，上次湖北遭疫，我因故没有去汉口，这一回，我再次与看不见的病毒擦身而过。上天佑我，不可辜负。

面对窗前的朴树，借此顶天立地，物我两忘，感受久违了的安全和安逸。就这样，在扬州开始了我的书斋生活。读书，写作，锻炼，几乎成为生活的全部。"哀吾生之无乐兮，幽独处乎山中，吾不能变心以从俗兮，固将愁苦而终穷……"再读楚辞，竟然感同身受。

一边是看得见的台风烟花，一边是看不见的新冠病毒。互为表里，夹攻人间。我暂时不能离开这座江边的小城了。阴晴晨昏在玻璃之外的天地间枉自循环，往复不已。我心思无极，神游八荒。但我相信，我会带着你的眼睛，带着你的口味，带着你的全部感受，走不同的地方，蹚不一样的路，看不同的景，尝试不同的况味，感受不同的人生。

我相信，这也是你的希望、你的愿想。

不知不觉，夜又深了。满月空悬，无着无落。

星星寂灭，可光仍在前行。

世界如其所是。

这个世界有多少遗憾，就有多少无奈。

"人生若寄，憔悴有时。静言孔念，中心怅而。"不由想起300年前日本诗人松尾芭蕉的一句话，他说，他的俳句就像是夏炉冬扇，与众相反，没什么用处。——我的这些文字大概也是这样的吧，那就让它们化作缕缕风，霏霏雨，随你而去吧。

2021年7月28日午夜于扬州，时风雨声作，戛玉锵金

后记：流年似水

　　天光熹微，弥漫无间，东边的天幕被晕染上一层滞闷的灰白色，任由虬曲的树枝写上奇怪而放纵的联翩墨篆。

　　灰絮般的云在天上迟迟疑疑地走着，深藏其中的月亮半掩半露，忽明忽暗。但太阳毕竟还没有出，在黑暗与光明之间，一切的形象既清晰有力，又混沌昏昧，如同这个微妙的世界。

　　这大概就是所谓的"晦"了。风雨如晦，鸡鸣不已。这一切并不妨碍早行人的脚步，昏昏沉沉中，从Y州到N京的汽车载我上了路。

　　昼与夜，明与暗，从概念上说，如刀刃和刀背一样明晰，但是现实的情形恰恰相反，像山连着山，风吹着风，水流着水，云推着云，绵延无际，和融一处。正如此刻的我，站在年度的时间分界线上。都说时间是虚拟的概念，也是人为的刻度，但此刻总是有着不同于寻常日子的感

330

觉。正好可以借此停一停匆忙的脚步，听听内心世界的声音。

透过模糊的车窗，田野萧瑟一片，村舍、树木、电杆，慢慢现出千篇一律的轮廓，远远近近的，它们一个接着一个快速后逝，如同一个人物带出一个人物，一个情节推动着另一个情节。

那么，即将过去的岁月，对于我来说，意味着什么呢？是分花拂柳的情愫、创榛辟莽的艰辛，还是罡风劲扫的凌乱，浮萍之末的微茫？抑或不可挽回的无奈，似水流年的苍凉乃至溃败？

我印象中的新年，总是飘雪。最难忘的2019年也是从山东半岛的那场大雪开始的。我和巨宗、峻兄赶到烟台和晓明相见，兄弟聚会，分外亲热。几天的短暂相聚带来的温暖，足以融化心地的冰凌，焐热整个的寒冬。万万没有想到的是，这竟是我们兄弟四人最后的聚会。

春节过后，在民工还没出发的日子，我登上了北上的列车。一通忙乱，事务结束，南太行开始下雪，雪落无声，自天而降，走在寂静的街巷，铺天盖地的大雪，掩住所有的坎坷，遮了一切的不平。在城市的灯光映照下，雪夜显得生动无边。大雪天，所有的高铁和航班都取消了，只有铁路职工通勤乘坐的绿皮火车还在通行。张利兄帮我拖着箱子，在冰地上和我相扶相将，歪歪扭扭地赶到车站，随后招着手，汇入摩肩接踵的人流中。我揣着朋友的暖意，学着边上的行人跺着脚候车。来了来了，一阵长长的笛声，绿皮车终于伴着一阵冷风进站，呼哧呼哧的，像一只庞大的节肢动物。吊着冰冷的扶手，我踏上了车。随即掉进了一个沸腾闹猛的人肉火锅里，一帮红男绿女还沉浸在过年热闹中，大家挤坐其间，嗑着各色植物的果实，嚼着各种动物的头颈爪喙，跟近处的邻座或远方的手机联系人窃窃私语高声说笑。铁轮噙轨，满载着人间的大热闹、大快乐，在中原的烈风中，在我的热泪中铿锵前行。窗外的山岭头顶雪冠，一律迤逦后退，终至不见。

邕江，在我的过去一年的经历中，无疑扮演着一个重要的角色。左右江汇拢后，流经了一段平阔的江面，成就了邕江和枕河而建的南宁。我和郑浩兄一见如故，共同的情怀和志趣让我们对这条南方的大江倾注了心血。在这座热诚大度的南国绿城，追溯前世今生，踏访人间烟火，感受现代文明。特别是活色生香的南方美食，各种食材，各种混搭，颠覆了对寻常美食的舌尖体验，多姿多彩，无所不及，这才是生活的本真滋味，也是对苦难人生的最好回馈。

耿耿难忘的一场生离死别。短短三个月，病魔夺去了我的晓明兄弟的生命。我明白了"天地不仁，以万物为刍狗"的真相，让我感受到生命的脆弱、命运的无常与人生的无奈，也深切地体会到失去血肉兄弟的至痛。我的兄弟是完成了人世间交付的所有责任和使命后，毫无亏欠地离开的。那个晚上，从住处的窗口向外远望，海潮退去，白日明净的沙滩此刻黑乎乎的一片，显出丑陋不堪的一面。我们兄弟，从十几岁朝夕相处在一起，风风雨雨几十年，早就把彼此焊成了自己生命的一部分。此时生生撕裂，情何以堪？勒内·夏尔在《沉睡的苏醒》里说，"留给我们的遗产没有任何遗言"。我们探望、吊唁、祭扫，办追思会，借助各种外在的、内心的仪式和话语，好不容易走出了心里的浓重阴影。可是在大连，一场风雨中的海边一瞥还是击中了我。那是一场积蓄已久的秋天的豪雨，一早，冀兄带我到星海湾，这是我熟悉已久的地方。风雨大作，惊涛击石，浪沫飞溅，往复不已。我伫立在漫天风雨中，眺望远方的海天。我不止一次从这片海域乘船，我知道，那边就是烟台，现在成了我的兄弟的埋骨处。我眼中的海天混茫一色，界线难分。吴为山的青铜塑像高矗在海边，老子和孔子在海天间相对论道：天地无涯，而人生有涯，该如何自处处世？两位中国文化的圣者各持一端，殊途同归。而这个千古不绝的天问，需要每个人做出回答，但是却没有答案。

天渐渐亮了。此刻我体会到了雨果说的一句话，暗夜之后的白昼如同一场胜利。江南的山形由远至近，渐渐显形，像名家笔下的水墨山水，渐远渐淡，终至不见。

车过长江，大江澎湃，浩荡东去。

我想起了拉萨河。

雪山冰川的涓涓水滴从念青唐古拉山一路走来，在拉萨打了一个结，浩荡而去，汇入雅鲁藏布江，这段黄金水道被称作拉萨河。从拉萨到日喀则，伴着深嵌峡谷中的雅江驱车而行，灰褐色的大山如艨艟巨舰，不断从车窗外驶过。眼睛单调得如史前蛮荒。但是水畔居然有绿色，如果不是亲眼所见，我不会想到竟然有柳树。是的，柳树！柳树竟然在这片地球上离天最近的地方生长，虽然不复是绿意的葱茏和纷披的样貌，而是虬曲而干硬，但是挺立如仪，显得倔强而有力。

在拉萨见到久违的兄弟，分外亲切。一批批援藏人，像一棵棵杨树在高原的阳光下生长。相信是布达拉宫的绝世美丽，大昭寺的神圣悠久和八廓街的人间烟火，特别是拉萨河的丰沛激情，给了这帮来自天南地北的仁人志士以别样的滋养。晚上去拉萨河边的露天剧场看实景剧《文成公主》，恢宏的场面，泼彩似的灯光，如云的畜群，无不让人惊叹。当剧中演到文成公主进藏的大戏时，雪花从天而降，飘飘洒洒，风雪助演，分外动人，把这场历史大戏演绎得荡气回肠，活色生香。我开始相信亚里士多德说的那句话——艺术往往比历史更真实，因为它表现了人性。文成公主也罢，布达拉宫也罢，抑或眼前的这部大戏，都是由拉萨内外的人的汇流而成，是他们在雪域高原一次次生命的绽放，成就了这一切。如同在西藏随处可见的转山人，是日复一日、年复一年的一个个等身长头，成就了大功德，也成全了自我。

还有一道水，鸭绿江。

这是一方特殊的水道。水道并不宽阔，水流也不湍急，船行中流，对岸就是那个让人爱恨交加的邻国，那叶在国际汪洋中逆流而上的独木舟。可远远看去，这里的一切都很平和安详。山色青黛，河水清澈，屋舍俨然，庄稼和树木安静地成长，人们在田亩间行走，山道上时见穿着单调的男女骑着自行车，驮着物件来来往往，根据身形的弯曲可以想象山形的起伏。走在高句丽的故地，坐山临水的丸都山城，由整块凝灰角砾凿成的好大王碑，用上万块巨石垒成的长寿王陵，记录着这个强悍的王朝曾经的辉煌，一个承载着光荣与梦想的东亚民族就这样消失在历史的尘烟里，消失在一堆堆荒石蔓草间。王陵之上，安静如盘古，我登临其上，眺望着不可见的远方，在此我心下暗记，要珍惜眼前，珍惜美好，珍惜拥有的一切。而青岛沙滩上的趾感、上海桐阴下的屐声、苏州深巷里的斜雨，以及河下古镇的热汗、绍兴旧城的酽烈、春秋淹城的陈迹，和八都芥的灿叶、三茅峰下的烟火一样，都铭刻着岁月的赠予和人世间的谐和。我知足，我感恩，一切都是好的安排。我明白，只要心怀感念，哪怕是踽踽独往，都是一次壮观的锦衣夜行，一次深铭五内的心灵之约，一次与自我的久别重逢。

前不久，母亲八十大寿，我带着老人家回到久违的运河村庄。家乡的亲人们燃炙高香，香烟缭绕，飘散在收获后的田野上，不可复见。在里下河的暖阳下，父亲怀拢手杖打着瞌睡，母亲兴高采烈地与围着她的乡亲攀谈。我在想，父母的一生总体是完满的，他们心想事成，自己多年在乡间积下的功德，经过岁月的渲染，也成为人们发自内心的尊重。

儿子撇开年底的事务，特地从上海过来，他和侄子一起买了最新型号的IPAD，两个小子说是送给奶奶追剧，老人自是欢喜不迭。堂兄门前的小沟用水泥驳了岸，儿子小时候在这里待过几年，但他可能并不知道，小沟通灌河，灌河通运河，运河通长江，自然也连接着黄浦江。这些水道不可同日而语，看似也不相干，但对于我们家族来说，却都有着神秘的命运关联。年前在上海的黄浦江边，儿子买了房。一次去外地讲学，经停上海，我在房子里暂住。晚上，小区偶尔传来黄浦江上一二声汽笛，看着灯光下无边无际的水泥森林。我想，儿子，你在这个中国最大的城市安了家，拥有了我在这个年龄无法拥有的一切，以后的人生就靠你自己了。

从城市职场归来的子侄们与乡间显然是隔膜的，看着孩子们在乡间无所事事地甩泥块。我知道他们打不远打不准，原因是"随挥"不够，就是手臂和要掷出的东西要保持尽可能长时间的接触，并赋予它带有方向感的力量，这才能扔得准而远，这是所有投掷的要义，也是做事的要诀。稻盛和夫说，仅有一次的人生，稀里糊涂地过就未免太可惜了。面对迟早到来的死亡，我们还有多少时间做"随挥"？还有多少时间，还有多少空间，要与哪些物事交集往来？佛在《金刚经》中说，过去心不可得，现在心不可得，未来心不可得。人生世间，无非就是要处理物与物、人与物、人与人的关系，不与那些不想不愿不甘的人事物相纠缠，需要无畏、智慧和欢喜。

邕江、渤海、拉萨河、鸭绿江，还有我身边的大运河、太湖、扬子江，黄浦江，一道道水来一道道痕，纵横交错的水道，在不期然间构成我逝去的生活场景。

会议开始了。主题是要为这个稳固如磐的社会再筑根基。高头讲章，人头森森。我开会的地址是国民党执政时期的励志社，那是近一个世纪前民国一个风光而显赫的所在。碑文仍在，桌榻依旧，重糅的藻井鲜明妍丽，但那时的衣香鬓影、高朋嘉宾已不复见。"革命革心，立人立己"，曾经的革命者也是怀揣救世情怀，抱定澡雪精神，"前世所袭误者，可以自我更之；前世所未及者，可以自我创之"。择志，决志，励志，行志，慎心，坚心，省心，信心，但时移世易，一切竟也随雨打风吹去。"曲终人不见，江上数峰青"，历史的吊诡一如人的命运，难以测度，不可捉摸，让人感慨。

墙外就是热闹的中山东路，车流滚滚，日夜不休。高而且大的梧桐像一排严整的军阵，它们已经站立了一个世纪，见证了这个江城的血雨腥风。阳光如金，把这个天下驰名的军阵镀上了一层辉煌的金色。今年恰逢罕见的暖冬，晚上饭饱后散步，在等红灯时，我看到一掌阔大的叶子，缀在老朽的枝上。它大概是在犹豫：是掉呢，还是不掉?

"不要沉湎于过去，不要为未发生的事情担心。"莱昂纳多·科恩《颂歌》里这样说。在塞外鼓荡已久的寒潮终于到来，高铁的钢铁巨舱载我回到江南。风雨模糊了车窗，局促了我的视线，没有地平线，或许就难以找到方向感。这场年底的例行差旅将告结束，我像宽慰好友一样宽慰自己：人生下半场即将开始，要接纳自己，与不满足不满意和解。脸上不必有戚容，心底定要有阳光。

回到斗室，暮色四合。灯光所及，叶落满园。院篱外的紫藤开始卷曲蔓条，收缩起生长的欲望。我想，中山东路上的那片叶子该掉下来了吧?

2019年岁末于江南

图书在版编目（CIP）数据

与我相关的远方／阚乃庆著. -- 北京：作家出版社，
2022.6

ISBN 978-7-5212-1904-3

Ⅰ．①与… Ⅱ．①阚… Ⅲ．①散文集－中国－当代
Ⅳ．①I267

中国版本图书馆CIP数据核字（2022）第069998号

与我相关的远方

作　　者：阚乃庆
责任编辑：朱莲莲
封面设计：陆斐然
装帧设计：意匠文化·丁奔亮
出版发行：作家出版社有限公司
社　　址：北京农展馆南里10号　　邮　　编：100125
电话传真：86-10-65067186（发行中心及邮购部）
　　　　　86-10-65004079（总编室）
E-mail:zuojia@zuojia.net.cn
http://www.zuojiachubanshe.com
印　　刷：唐山嘉德印刷有限公司
成品尺寸：152×230
字　　数：264千
印　　张：22
版　　次：2022年6月第1版
印　　次：2022年6月第1次印刷
ISBN　978-7-5212-1904-3
定　　价：52.00元